暹春纪

暹春的一生
镶嵌在汉正街、洗马长街悠远岁月中
坚实而闪亮

姜燕鸣 / 著

作家出版社

作者在汉阳晴川

作者简介

姜燕鸣

湖北武汉人，中国作协会员，已在全国多家核心文学期刊发表中篇小说三十余部，部分作品被《小说选刊》《小说月报》《中篇小说选刊》等刊物转载；出版长篇小说《汉口的风花雪月》《汉口之春》《倾城》《大智门车站》，其中《汉口之春》《倾城》《大智门车站》分获中国作协年度重点扶持篇目；出版小说集《武汉的沉香浮影》；曾获第六届湖北文学奖、第九届屈原文艺奖、武汉市第三届文学艺术奖、参评第九届茅盾文学奖等；著有"雕塑大武汉"系列长篇报告文学之《武汉新区的崛起》《锦绣江汉》《医若晨曦》三部；迄今已发表出版文学作品四百余万字。

目　录

见字如面（代序）

2024年大寒之日，我在电脑上开始写序。

这对小说是一番回顾，为何写，如何写，似乎是读者最想知道的问题。

最初只是一个念头，吕家夫妇捡到一个弃婴，背景也朦胧，并没明确到汉正街，写到两万多字便停住了，铺开的框架显然不是一个中篇的架构，但写长篇似乎又动力不足，就一直放着没动，其间经历疫情的困苦和伤痛，不堪回首。

某日翻开朋友送的一本《武汉基督教救世堂》，封面是暮云残阳下的救世堂，苍凉，冷峻，遗世独立。拍摄者是大学生郭思瑜，时间2010年，书中照片也皆为她所摄。在原图里，救世堂被普爱医院大楼及周围建筑物所环抱，犹处在深谷中，渺小而陈旧。封面照片去掉了周围的房屋，只留下救世堂黯淡的剪影，由此主体突出，时间也变得模糊，可以是任一年代，任一黄昏，兀立于天地间。

2021年初冬，我来到阔别多年的汉正街，以前的石板街已寻觅不见，宽阔的大道两边竖立着一座座高楼大厦，楼下依然是一家家店铺，各个品牌的大幅广告占据着大楼的显要位置，充满了时尚气息。我却找不到北，恍若隔世，从大夹街拐入药帮一巷，才寻到老街的味道，硕果仅存的石板路两旁，还是曾经的老房子，那幢有雕花栏杆的四层白楼也在，《汉正街志》里明确记着武汉市二色织布厂的地址，楼里早已空空如也，墙体斑驳，饱经沧桑，门口被蓝色围挡封着，有猫在满是灰尘的窗口跳上跳下。

以前，我只知道外祖父在市二色织布厂上班，他也从没跟我说过厂里的事，有时他的同事来家里，叫他曾师傅，他宽厚仁慈，不善言辞，总是笑眯眯地听人家说话。在他去世多年后，我才了解一些家事，曾外祖父从徽州来到汉口，后来在汉正街药帮巷建起了鸿兴织布厂，曾外祖父病故后，便由外祖父管理着工厂，一直到公私合营，后来改名市二色织布厂，外祖父也一直在厂里上班，每天从友谊路过马路进满春街，经新安街，再走进药帮一巷的织布厂，几十年如一日，直到退休。

小说渐渐有了脉络，背景便定在了汉正街。

洗马长街则是多年想写的地方，龟山周边是汉阳历史文化的聚集地，不了解这里的历史，何以谈武汉的历史？

然而，用故事串起这两处聚宝盆，实在不是件容易的事。汉正街是汉口形成后的首条官街，其发展的历史，也是汉口从无到有后成为中国四大名镇之首的历史，至上世纪八九十年代，汉正街已是全国首屈一指的小商品市场，号称"天下第一街"，现有的资料也多是这一时期的内容，更早则是清末民初前的记载。而小说所写上世纪二十年代到五十年代的历史，几乎是空白，洗马长街的资料更是寥寥，何况拆得片甲不留，了无痕迹。

只能四处寻觅，大海捞针，就像当初写《大智门车站》一样，时有无米下锅之难，写到武汉解放时，才顺畅了些。五十年代的中国朝气蓬勃，从一些老电影、老照片及长辈的讲述中，总能感受那时的纯真和美好。人们对新中国充满了希望，忘我地工作，只为奉献。小说人物虽没有原型，却有一个个活生生的形象存在心里，比如主人公暹春当上居委会主任，每天义务在街道工作，毫不计较个人得失，就有我外祖母当年的影子。火热的激情和干劲推动共和国的蓬勃发展，哪怕历尽艰难，全国人民都拧成一股绳，才有了抗美援朝的伟大胜利，武汉由此战胜了1865年以来的最大洪水，仅用三个月时间就建成了中苏友好宫（即武汉展览馆，1994年被毁），1957年建成万里长江第一桥，实现了武汉三镇真正意义上的连通。

时代洪流影响着人的命运，每个人的走向也与各种机遇相关，在暹春已忘记画画时，一直欣赏她的晏玉伟为之可惜，他提醒暹春，有些事看起来不重要，但是有价值，值得一辈子去追寻。她后来回到洗马长街，为缅怀往事，也为找回最初的梦想。

小说走向尾声，作者亦然"轻舟已过万重山"，写一部书不容易，不仅考验着功力，考验着身体，也考验着心性。时间是唯一的检验官，时间也让沧海变桑田，老的街道不见了，但记忆深处总会在某时某刻被唤醒，如同那张救世堂的照片，历经沧桑，夕阳下的飞檐翘角更令我们感怀和眷念。

写完小说，我才第一次走进武汉基督教救世堂，望见圣堂上的十字架，仿佛久别重逢，不禁潸然泪下。作家迟子建说："你从历史一路跋涉到现实，蓦然抬眼，会发现这片天空原来早就看过。"回想2020年2月，武汉疫情最严峻的时刻，口罩难求，我使用的口罩已几天没有更换，不敢出门。危急时刻，是北京的基督教徒通过顺丰几次给我邮来救命的口罩。武汉解封不久，我在居住的僻静小区附近，偶遇几位年轻的基督教徒，其中一位走到我面前，将一本《圣经》送给我……天使们向我传达着上帝之爱，自然而然也融进了小说里。

此时已是甲辰龙年的春天，那日我来到草木葳蕤、樱花盛开的龟山，在晴川阁见到清初名士毛会建所书"山高水长"的碑贴，毛会建先生晚年居住晴川，我在小说中已有所涉及，见字更觉亲切。此碑为1986年从西安碑林摹刻而来，碑上款写"康熙甲辰行醉日"，看到甲辰二字，心头顿时一热，仿佛毛先生就在眼前，畅饮后用竹叶疾书。

我又一次感受到冥冥中的奇巧安排。

甲辰龙年也是我母亲的本命年，母亲患有阿尔兹海默症，我告诉过母亲将她的祖父和父亲写进了书里，她很欣慰。小说所涉及的内容皆是长辈的讲述和儿时记忆，也成为小说的重要补充，某些情节虽有所虚构，但大体还原于真实，以此告慰九泉之下的祖辈亲人。

写小说是件幸福的事，可以让消失的风景再现，与故去的亲人相逢，予作者以再造和重生，暹春即我，我即暹春。

2014年4月，我得到作家出版社确认出版《倾城》的回复。一晃十年，同样是4月，又接到作家出版社确认出版《暹春纪》的回复，似乎一场轮回，我唯有感恩。也坚信往正确的方向努力，哪怕艰难曲折，上天终会对你有所眷顾和回报。

谢谢每一位读者，见字如面，愿人安岁好，山高水长。

2024年4月6日

修改于沌口梅兰舍

楔　子

汉正街的夜晚似与别处不同。店铺打了烊，青石板街面又响起小贩的吆喝声，缕缕白气绵延到汉水岸边，与夜市的灯火交相辉映，直到头更才渐渐散去。此时背街的巷子大多关门闭户，只有昏黄的路灯照着曲折幽深的小道，偶有打更人经过，愈显寂寥。

萧家门楼耸立于永宁巷那些低矮的房屋中，就像个地标，显得鹤立鸡群，那窗里映出的灯光似乎也明亮一些，将四周照得一片黄白，连对面墙壁上的苔藓都清晰可见。这天夜里，门楼上的灯光也一直亮着，像夜的眼睛。

楼内确实出了大事，户主萧老爷的大儿子萧景暄在临近婚礼时突然出走，没留下只言片语。萧家下人们四处打探大少爷的下落，都空手而归，只有禀告一些蛛丝马迹，有的说到大智门车站坐火车走了，也有的说坐轮船往下江去了，自此之后，杳无音信。

萧老爷一时急火攻心，终于撑不住倒下了。在萧老爷心中，景暄就是他的命根子，景暄自小聪明乖觉，品貌端方，何况大少爷是太太生的，这不仅源于根深蒂固的传统观念，也是感念先夫人的温良仁慈。他对太太的抑郁离世有了悔过之意，也因与戏子出身的姨太太生出罅隙有关。生活时间长了，他渐渐看出汪少芬的自私和贪心，且小儿子也不太像他，不免心生疑窦。萧老爷宠景暄，也是压一压汪少芬的气焰。可现在景暄逃婚离去，未从丧妻之痛中走出的他，哪承受得了这番打击？

萧老爷病得确实凶险，几乎要了他的命，现中风在床一时起不来。姨太太汪少芬表面上呼三吆四要人寻找，暗地里却按捺不住高兴。大少爷这一走，等于少了一个眼中钉，肉中刺。萧景暄一直不搭理她，认为她是导致自己母亲离世的罪魁祸首。只要萧景暄在家里，她就不舒服，气氛就不对，总会来一番唇枪舌剑。也因大少爷的反对，她这个姨太太一直没能扶为正室。但萧老爷这顶梁柱一倒，她也受了点惊吓。以她的能耐，还撑不起这偌大的家业，何况儿子仲平才十二岁，他们母子还得靠老爷呢。

汪少芬在萧老爷跟前殷勤侍候着，也想消除老爷对她的怨怼，大少爷离家，多少与她相关，如果不是她从中作梗，让景暄娶了沈家姑娘，而不是另娶她娘家的表侄女，景暄可能就不会出走了。现在景暄一去，表侄女那头也不好交代，且街坊邻居都知道了，不让人看笑话？汪少芬自然也烦乱不堪。

却在这时，又出了一件事。

有个拎竹篮子的婆婆叩响了萧家的大门，萧家的用人一问对方来意，非同小可，连忙将篮子拎了进来。等篮子到了汪少芬手里，她撩开外面的搭巾，里面竟是一个用包被裹着的婴儿。

汪少芬见那粉嘟嘟的小脸，跟大少爷确有几分相像，顿时明白了。

"是沈家送来的？"她问下人。

"那婆婆说这伢是大少爷的，非要交给老爷，被我拦下了。"对方是她的心腹，自然先向她禀报。

"老爷一再夸耀大儿子如何贤德仁厚，却在外做这种丑事，还留下孽种，让老头子也知道他宝贝儿子干的好事！"汪少芬对那婴儿一下有了厌恶，提着篮子就往萧老爷的卧房走去。

走到门口，看到萧老爷一双眼直直盯着天花板，她不由得停下了。老爷还在忧伤之中，现在去说他儿子不好，他哪会听得进去？这私伢虽来路不正，到底是大少爷的骨血，老爷的孙儿。老头子说不定把对儿子的思念倾注到这毛头身上，这不给她和仲平又多了个障碍？

不能让老爷知道这伢的存在。她转过身来，便给那心腹下人交代了一番。

第一章　吕家

初春的汉口总是阴寒多雨，这样的天气少有人出门，街市也显得冷清，尤其是清晨，静寂中夹带有几分肃杀的味道。

天还没亮，集稼嘴的吕记药铺突然传来嘭嘭的敲门声，仿佛一颗石头投入静谧的湖中，分外清澈。吕掌柜正迷糊着，昨夜里起来几次换尿布，现在还困着，眼睛睁不开，堂客①却把他拍醒了。

"有人拿药吧，快去开门。"

药店离码头近，免不了被打扰，时有深更半夜求医问药的，吕掌柜也得临时抱佛脚，做一回郎中，医术谈不上精通，倒也不厌其烦，价格公道。久而久之，他的小店便成了码头船帮的驿站。现听到堂客叫唤，他的神经一绷紧，人就骨碌一下起来了。

"来了，来了……"他披衣下楼，慌不迭地打开门插销。吱呀一声响过，迎面扑来一股飕飕的冷风，他禁不住打了个寒噤。

"人呢?"他出来张望，街道还浮着一层淡蓝色的雾霭，四周静悄悄的。再一扫台阶，有个长圆形竹篮，他挑开一层搭布，顿时大吃一惊，里面竟是个裹着襁褓的婴儿。他左右地张望，除了凛冽的风声，街上空无一人。

"这么冷的天，是谁家的毛毛呀?"他喊了一声，没人应，篮子

---

① 堂客：方言，妻子。

里的婴儿却嗯嗯呀呀地哭叫起来，好像在向他求助，他呆了一下，见没人过来，不由得拎起篮子进了门。

"伢姆妈，我捡了个毛毛回来了。"他进了里屋就喊。

吕太太正坐在床上给儿子喂奶，吕掌柜把婴儿放在她的床头，说了刚遇到的情景。

"肯定是敲门人扔的，想是让你捡回来，"吕太太看了下婴儿说，"长得还蛮好呢，这又是谁造的孽呀？"

吕掌柜打开包被，一看是个女娃，里面还夹着张纸片，上写：正月二十三卯时生，求慈善人家抚养。叩谢。

"可能是这附近的，知道我们家有奶娃。"

吕太太皱眉道："这年头，我们自己都吃不饱，又多一个哪受得了？"

吕掌柜说："这么冷的天扔在这，总是一条生命啊，是猫是狗都不能丢弃，何况是人？"

"这得骂扔她的人，也狠得下心。"

"唉，看她冻得快没气了，赶紧先喂点奶水吧，要不就没救了。"

吕太太放下儿子，把婴儿抱起来喂着。儿子本没吃饱，又哇哇直哭，吕掌柜抱起儿子哄着。

"等下熬些米汤吧，落在我们家门口，也是缘分呀。"

女婴一直没人来认领，从此就留在吕家。她倒也好养活，能吃能睡，小脸渐渐白胖起来，又活泼好动，三个月就摇头晃脑，五个月已能坐起，比长她四个月的汉树还要结实些，吕太太本奶水勉强，便有点吃不消了，只得给她断奶，改喂米汤稀饭，照样长得珠圆玉润。

吕掌柜虽懂点中医，却不及当年可以把脉开药的父亲，能在强手如林的汉正街生存下来，除了占得地利，也因父子俩积累的口碑。吕掌柜不太懂经营，整天就喜欢读些杂书，鼓捣配药，有时闲了，便抱着孩子去码头玩。

集稼嘴为汉水入江口，汉水逶迤延展到这一带形成码头，有了货栈和商行，明末清初，汉口巡检衙门前的青石板路也顺势东延至集稼嘴，由此这条汉口正牌的官街，名为汉口之正街。吕家药铺就处在集稼嘴码头附近，江边帆船云集，来往客流不断，吕掌柜带孩子在码头边看风景，也禁不住念诵几句竹枝词：

楼榭重重坐水湄，舟船渺渺集天涯。
吴罗蜀绢来无数，唯写风流汉上诗。

那天，吕氏夫妇在铺子里忙碌，把两个伢放在木车椅里自顾嬉耍。吕掌柜从旁经过，女娃抬起头，一双滴溜溜的圆眼睛望着他，随即荡开甜甜的笑靥，像朵清晨带露的朝花。吕掌柜怜爱顿生，他想起包被里的那个纸片，朝女娃的额头点了下，"卯时兔呢。"然后拿起笔，在纸上写下遥春二字。

女娃从此有了个好听的名字。

两个伢没有吃够奶，吕掌柜总觉得底子差，就想法子弥补，时常在菜饭里加点陈皮、白术、鸡内金什么的，经过调理，两娃的食量逐渐增大，吃起饭来就像一对小老虎，抵得过一个大人。多一个人多一张嘴，给夫妻俩无形增加了负担，吕太太有点受不了，就在吕掌柜面前叨嚷遥春吃得太多。吕掌柜听得烦，反说她心肠不好，把吕太太堵得没话说。吕太太虽偏爱儿子汉树，倒也没饿着遥春，老话讲生不如养。时间长了，她跟遥春也有了感情，倒是离不开了。

两个娃在石板街上瞎跑时，同龄的孩子还不会走路，邻居们觉得稀奇，有的便前来探究，吕掌柜也不藏着掖着，告诉人家调理脾胃的秘方，有的听了倒不以为然，这么小的孩子用中药，不是揠苗助长？还有的笑说暹春以后长成大块头会嫁不出去。吕掌柜听得不舒服，心里也不免忐忑，以后就没再给孩子吃那些中药。

长江汉水不停流淌，两岸的树木绿了又黄，黄了又绿，刚刚经过大水漫灌的汉口，景况大不如前，市面还在逐渐恢复。

从吕记药铺的二楼窗口，可以望见江边码头来往的人流，透过聚集的帆船，还能隐约看到汉水另一边的南岸嘴。六年过去，两个娃的脑袋都高出了窗沿，能趴在窗口看风景了。

暹春是汉树的影子，到哪都跟着。眼看到了上学的年龄，吕掌柜就把两个孩子送到附近私塾里读书。孩子们放学之时，夕阳还未西下，这是他们最快乐的时光。

此时深巷里就像炸开锅似的，有滚铁圈圈的，有踢毽的，几个孩子围着一个莲蓬样的木陀螺，玩陀螺的那位右手执一皮鞭，一个忽悠扬起来，噼噼啪啪落在场中旋转的陀螺上，陀螺旋转得更欢快了，那陀螺中心的红点点，就像深陷在旋涡里一样，围观的孩子雀跃着，欢呼着。

汉树和暹春一会看看这，一会瞅瞅那，见街口有吹糖人捏面人的，就拿出各自的零用钱，一个买糖人，一个买面人，然后你一口我一口分着吃。吕掌柜时常出来瞅一下，见俩伢嘻嘻哈哈快乐着呢，就喊一声，不要跑远了。两个伢便坐回来，在门口玩踢毽子。次数多了，吕氏夫妇也有所松懈，附近都是熟人，不会有事的。

汉树和暹春朝夕相伴，日渐亲密，吕氏夫妇看在眼里，也萌生了让俩娃相守终生的想法。有一次，吕太太问汉树："你长大了，想要暹春做你妹妹，还是做婆娘？"汉树晃了下头，懵懂地答道："都要。"吕掌柜问："要是选一样呢？"汉树说："是妹妹也是婆娘。"两人听了哈哈直笑，看看儿子，又看看暹春，想象这对金童玉女长大后结为夫妻，然后他们抱上了孙子……多么幸福的一家啊。

吕氏夫妇憧憬着未来，每天勤扒苦做，年复一年的花开花落，药店的生意也渐有起色。一晃汉树也到了垂髫之年，个头已如少年一般，吕氏夫妇看着欢喜，又不免发起愁来，孩子大了，该给他们分房住了。可楼上只有两间房，夫妻俩住一间，另一间俩孩子住。以前不觉得狭小，现在一家人再挤在逼仄的空间里，就显得不方便。吕掌柜便寻思着把房屋重整一下，再加高一层，也为儿子长大结婚之用。

吕掌柜刚聘请好工匠，就传来日军进攻卢沟桥的坏消息。他心里紧了一下，还是安慰自己，不会有大事的。就如期开始房屋的整修翻新。吕氏夫妇不想让生意停摆，也为了督促工人干活，还在搭起木架的楼下营业。

但形势急转直下，战争还是无法避免地来临了，渐渐货物的运达都受到影响，不仅药材受阻，房屋建材也供应不畅。吕家暂住附近一处简陋的小屋里，夫妻俩早出晚归，事事又繁杂不堪，难免焦头烂额，顾此失彼。

那天，吕太太在店里忙着给工人做饭，一时顾不上家里。汉树和暹春放学后，就在租住屋里待着，等过了中午还不见吕太太回来，暹春肚子饿了，汉树找不到东西吃，就拿了柜子里的钱，准备去巷子口的摊子买几个烧饼。可这一出去，就不见人回来。

等吕氏夫妇闻讯赶回，问明原由，急忙去找那烧饼小贩，小贩也记不清，说男伢是来买过烧饼，当时有个卖艺的在附近耍猴，围了一些人，那伢是不是跟着看稀奇，走迷失了？

夫妇俩便急着去寻找。汉正街的街巷四通八达，纵横交错，有的巷子狭窄深长，两边的高墙像回音壁一样，回响着吕氏夫妇急促的脚步声。两人见人就问，还到处打锣，不见儿子的踪影，又张贴寻人启事，还是没有回音。

吕掌柜忧心如焚，几天头上就冒出好多白发。汉树虽长得壮实，心智还处在孩童期，是辨不清好坏的，如果遇上坏人怎么得了？曾听说有小孩被人贩子蒙走，被挖眼睛掏器官的惨事。他中年才有了儿子，堂客生产时又遇上大出血，再无法怀孕，汉树可是唯一的独苗啊。他懊悔自己疏忽大意，面对整天啼哭的妻子，也几近崩溃。

整修房屋的工人见他家出了事，材料也接济不上，有的接到别的活，就干脆不来了。那工头看吕掌柜整天魂不守舍的，便趁机偷工减料，以次充好，还虚报材料多赚工钱。

吕氏夫妇被忧伤困扰，又手忙脚乱忙着店里和装修的事，暹春便被遗忘到了角落。吕太太自从儿子丢失后，就时常埋怨，汉树要不是为暹春买烧饼就不会丢啊。吕掌柜听多了，也难免受感染，不想看到暹春。

暹春时常饥一顿饱一顿的，责骂也成了家常便饭。吕太太嫌她个子长得快，吃得多。又说她懒，这么大了还吃闲饭，要人养。暹春知道自己犯下不可饶恕的过错，任凭吕太太怎么说她都默默承受。她开始学做家务，生炉子，做饭，买菜，洗大人的衣物，只想消除对她的怨怼。有时把饭弄煳了，衣服没有洗干净，又少不了吕太太一顿臭骂。

汉树失踪的阴影一直笼罩着这个家庭。吕太太时常呆滞着，吕掌柜又三天两头出去寻找，已顾不了生意和房屋整修，到二楼勉强做完，三楼还未开建，工人已走得差不多了，只得草草收场。等工头拿完工钱走了，吕掌柜才发现那隔断的墙壁是用稻草和泥糊上的，一戳就穿，他又懊恼不已。

药店也少有人光顾，冷清不少，伙计无事可做，吕掌柜只好打发了，店里就剩下他一个人。

暹春刚搬回楼上，里面垃圾物品四处堆放，杂乱不堪，灰尘满地，她一件件地清理收拾，一切得靠她自己做。

正忙着，发现床下落了一个小纸片，她捡了起来，看到上面的字，愣了一下，不觉往楼下走。

"爸爸，这是谁的？"她把纸片递给吕掌柜。

吕掌柜见是她的出生卡，忙说："别人的，你拿这干吗？"

"这是我的生日，我不也是兔年生的吗？"暹春不解地问。

吕掌柜瞧着那双清澈无邪的大眼睛，不忍再隐瞒下来，叹了口气说："这是当年放在你包被里的，指望有人把你抚养成人啊……"

暹春原以为吕太太就是母亲，可有一次汉树告诉她，她不是他的亲妹妹，他可以跟她一辈子待在一起。暹春心里便有了困惑。现找到纸条，听了吕掌柜的讲述，才知道这个世界上，她还有未曾谋面的亲生父母。可他们为何要扔下她，他们又在哪里？

暹春知道自己活下来不易，对抛弃她的亲生父母便有了怨恨，反而对吕氏夫妇更加依恋。他们是她的再生父母，现在又失去了哥哥汉树，她就是他们的依靠。她不能再让他们伤心，她得把哥哥找回来，这事由她造成的，她必须弥补这个过错。

暹春心里有了想法，就想去找汉树，可吕氏夫妇又不让她出门。已丢失了一个，再要丢失一个，还要不要人活？尤其是暹春知道了自己的身世，吕氏夫妇一直惴惴不安，现在暹春想要出去，就以为暹春要离开他们，这无疑是雪上加霜。吕太太整天魂不守舍，吕掌柜也无心做事，心中的伤痛还在持续发酵，严重地压迫着夫妻俩，生意也越发惨淡。吕掌柜承受不住，便开始了酗酒，一杯一杯地喝，然后就倒头昏睡。暹春待在沉闷的家里，心情忧郁不堪，去找哥哥就更迫切了，只有哥哥回来了，这个家才能好起来。

那天上午，暹春借故去买菜，就出了门。她从一条巷子穿到另一条巷子，不觉出了汉正街，走上了中山马路，她沿着马路往六渡桥的方向走，街上人来人往，她左顾右盼，希望能觅到哥哥的身影，过了十字路口，又走了一段，看到了新市场的圆顶大楼，大门口的人流出出进进，她不由得走进去，迎面有个哈哈镜，看到镜子里怪异的自己，不禁哈哈一笑，郁闷的心情顿时消散了些。

往里走，又见一鸳鸯池，池中碧水荡漾，翠屏叠嶂，苔藓成斑，藤萝掩映，一涧流水涓涓而下，有捉迷藏的裸体小儿在山腰嬉戏，憨态可掬。近观池中，水草依依，一些锦鲤在其间游来游去，还有成双成对的鸳鸯划着红掌在悠闲地戏水。

她在新市场里四处逛着，从玩杂技的雍和厅，到唱戏的大舞台，又从演文明戏的新舞台，逛到中西餐厅、百货商店、弹子房、书场，还有名为小乾坤的室内花园，以及哈哈亭、溜冰场……真是光怪陆离的大世界。

暹春一时忘记了时间，却不知吕氏夫妇因她出走又忧愁不堪。

那时吕掌柜看暹春半天不回，就以为她是去找亲生父母，也不好跟生病的妻子说，又开始喝起闷酒，喝到醉醺醺的，便倒在楼上睡觉了。

吕太太呆坐在楼下店里，一直等着暹春，她望着门口，渐渐又出现汉树和暹春小时候疯玩嬉戏的情景。吕太太一时痴着，忽而想起两个孩子还没吃饭，不觉起身，晃晃悠悠去了厨房。小桌上只有残羹剩饭，炉灶也熄了，吕太太又抱来柴火生火，刚把灶膛点着了，忽而听到外面有孩子在叫喊，以为是汉树回来了，忙扔下柴火起身迎儿子，点着的柴火掉到地上，渐渐引燃了柴火堆，噼里啪啦起了火，把橱柜、桌子也点着了，浓烟从厨房里往外蹿，吕太太在走道里望着，渐渐感觉到了，慌得又进来灭火，火舌探到她的衣服上，头发上，她在浓烟中又看见了汉树，叫了声儿子，便一头倒下了，烈火漫过她，开始烧到楼梯上，楼上的隔层是稻草抹泥，很快也被点燃了。

"失火了！失火了！"

邻居在惊慌地呼喊，有人拿着水桶过来灭火。

那时暹春逛完了新市场，感觉有些饿了，才想起菜还没买，便沿着中山马路往回走。忽而听到一阵凄厉的叫声，只见两辆红色救火龙呼啸而来，转眼往汉正街方向去了。暹春顿时一惊，飞也似的往回跑，不知跑了多远，老远看到集稼嘴方向浓烟滚滚，好像就是自家的位置，救火龙却被堵在巷道进不去。她急得哭起来，没命地奔跑着，眼见大火已弥漫到吕家药铺的屋顶，暹春拨开蜂拥而至的人群往里钻，还未到近前，就听哗啦一下，整幢楼轰然一下倒塌了。

第二章　幸遇

在燃烧后的废墟里，万福林牧师发现了蓬头垢面的暹春，然后带着她来到了救世堂。

救世堂处在大通巷里，是英国基督教会在汉口修建的第一座教堂。早年英国传教士史密斯在汉正街开设普爱诊所，不久又在医院旁修建福音堂，救世堂就是在福音堂原址上改建的。

经过几进的半圆形拱门，就见一长方形庭院，两旁种植着树木花草，郁郁葱葱，中间的甬道直通那座飞檐翘角的红色圣堂，圣堂中央嵌着白色圆形凯尔特十字架，牧师告诉暹春，这是亚瑟王用过的十字架，代表着永生。

拱门的上层就是牧师居住的地方，隔着一道围墙，便是普爱医院。

上了二楼，牧师便叫许琴。一位清秀的女人走出房间，得知了暹春的遭遇，不由得把她揽进怀里。

"不要怕，你会好好的。"许琴摸着暹春的头说。

"快给她洗个澡吧，快成叫花子了。"牧师催促妻子道。

洗完澡，换上干净的衣服，暹春又露出白嫩的脸，她闪着那双清澈无邪的圆眼睛说："我饿了。"

许琴给她下了碗面，不想几口就吃光了。

"没吃饱吗?"

救世堂

暹春点了点头。

许琴想她是饿坏了，又去下面，见她依旧吃得精光，不由得担心，别吃撑着呢。暹春看出许琴的惊异，倒不敢再要吃的，生怕牧师不留下她。

从此，暹春就住在了牧师楼里，与牧师夫妇朝夕相伴，牧师夫妻照顾她的生活，也关心她的成长，十岁的暹春已显出少女的模样，但还是懵懂的，得让她上学，读经，掌握知识，明白事理，感受神无处不在的关爱。

每天上午，暹春被送到普爱医院旁的循道小学里上课，她虽认得一些字，却没进过正规学堂，就被分到一年级，与小几岁的孩子并排坐着。她本来个头就高，这下越是鹤立鸡群，就像白雪公主与小矮人在一起。那些小伢们也把她当稀奇，管她叫大姐姐，羞得她不自在。

暹春在小学校里有些难熬，渐渐对上学产生了抵触，但她不敢告诉许琴，只是盼望着快点放学。

放学是暹春最快乐的时光，许琴有时会带她去北欧风格的圣堂，走上旋转式楼梯，进入耳室，宽敞的圣堂就尽收眼底。在圣堂后墙的中央，嵌有一直径两米的荆棘冠冕十字架圈，由伦敦产的彩色玻璃制成，两旁并列六个长方形彩色玻璃窗，让堂内光线充足，明亮通透。

六年前救世堂竣工，就在圣堂前举行了辟门典礼，庭院内黑压压站满了人，有普爱医院的医护人员，也有三镇及救世堂的教友，华中协和神学院的师生，博文中学和训女中学的校友，以及伦敦会、圣公会的来宾，六百多人济济一堂。汉协盛营造厂沈祝三老板承接了圣堂工程，他的夫人是训女中学的校友，对救世堂的修建费捐助最多，便由她用金制钥匙打开堂门。等信众入堂就座，万福林牧师便主持献堂礼拜……

许琴带着暹春一边观赏，一边回忆着往事。

两人走到十字架圈前，暹春指着四个金色大字问："以马内利是什么意思？"

"就是天主与我们同在。"

许琴的目光里充满了慈爱，暹春感觉一股暖流注入身体里，不禁说："许阿姨，你要是我妈妈就好了。"

许琴揽住她的肩膀说："你是主的孩子，就是我们的孩子。"

日子继续往前走着，不觉冬天过去了，又到了万物萌发的春天。暹春在救世堂里过着有规律的生活，白天上学，晚上读经。礼拜天不上学，她也会去圣堂做礼拜，念诵赞美诗。

那日又是礼拜天，她起床晚了，没去圣堂，便待在房间里读起《圣经》。

起初神创造天地，天地空虚混沌，渊面黑暗。

她看到黑暗两字，那不堪的一幕又出现了，浓烟滚滚，火光冲天，然后吕记药铺轰然倒塌……她的心又揪扯得难受。

她甩了甩头，对着蓝色的天空发呆，神创造了天地，神为何不阻止那种惨剧，难道神没看见吗？

她也看不见神，蓝色的背景中，斜逸出一截杨树枝子，透过树枝子，可以望见商铺毗连的汉正街，此时街上人来人往，流动着全国各地的商客和难民，比以往还要热闹，战时首都的武汉到处呈现着一派祥和，并没感受到战争的临近。

哥哥在哪里呢？暹春的心又被勾起，有些抑制不住了。

青石板路随着汉水的流向，逶迤延展，两边青砖黑瓦的雕花门楼、店铺、会馆、宅邸比邻而建，门面有全敞式、半敞式，也有的敞外窄式，交错穿插，风格异彩。夹街背巷的铺面也多，用木桩架起雕龙饰凤的红漆横梁，精巧绝伦。伙计们站在店铺门前吆喝，南来北往的商客一家家地挑选，忙着讨价还价，各种方言在这里交汇，就像长江汉水在此融和，相互杂糅，呈现着新鲜又世俗的气息和韵味。

此时，有个小姑娘正穿行在人流中，她身着蓝布裰子，梳着小辫，圆脸白皙，大眼睛左顾右盼，似乎对什么都新奇。

那正是吕暹春。她利用课间休息，偷偷从小学校里溜了出来，准备去找寻哥哥吕汉树，希望他在汉正街的某个角落突然出现。

暹春不敢告诉万福林牧师。牧师现是暹春的监护人，不会让她独自外出，上学放学也由许琴接送。却不料，她会趁着门房不在的时候逃离出来。

暹春穿街走巷，各种招牌在阳光下闪着光影，庆生祥广货铺、谦祥益布铺、大红楼徽帮馆、叶开泰国药店……响当当的名字就像吸铁石，店里店外聚集着旺盛的人气。

闻到一缕木材的香味，暹春一看是茅泰兴梳子店，不由得走进去，柜台里陈列着各式各样的梳子，有桃木的、檀木的、黄杨木的，也有牛角梳、玉石梳，琳琅满目。她还看到篦子，许琴阿姨曾用它给她篦过虱子。她浏览了一番，又兴致勃勃走进另一家店。

不觉走到大夹街，隐约听到锣鼓声，小伢们随着大人往药帮巷那边跑，暹春也跟了过去，拐进药帮巷，见药王庙门前张灯结彩，人头攒动，原来是药王孙思邈的诞辰日，覃怀药帮进庙里向药王举行祭祀朝拜。

哥哥会在那人多的地方吧？暹春不觉走向那黄瓦绿檐的大殿。

门前已彰显出气势，两侧蹲伏着一对大石狮，狮身和脚爪旁又雕有一个栩栩如生的小石狮，大门上方嵌着镂金浮凸的药王殿三字的匾额，边缘绘有镶金边的云头小狮。走进大殿，靠壁正中挂着药王的神像，下面摆着一紫檀木供桌，桌上的神龛内供奉有孙真人的牌位，牌位前摆放着一个大型紫铜香炉，还有一对铜烛台，神龛两侧和殿内的盘龙大柱旁各挂着一副紫木金字的对联：

药物素有灵苦无奇方医俗病
王侯高不任独操仁术救人危

四周宫灯高悬，殿内金碧辉煌，华丽庄严。从大殿卷棚前的石阶下去，正中是一条白矾石栏杆的甬路，栏杆上雕有双龙戏珠，活灵活现。

大殿的对面又是一个戏台，戏台前面是朱红雕花的弧形看台楼，分上下二层，楼上设女座，楼下设男座。

戏台上正在演《长生殿》，看台坐满了人，正听着唐明皇的唱段：

韶华入禁闱，宫树发春晖。
天意时相合，人和事不违。
九歌扬政要，六舞散朝衣。

走到药王庙的后花园里，又有覃怀阁，里面摆放了供桌，小神龛里供奉着药王的牌位，悬挂几十盏琉璃纱灯，壁上挂着很多名人字画，大阁两侧建着不少房间，里面陈设富丽堂皇，是怀帮仕商的寓居之所。

覃怀阁外，又有妙景，一池青莲，假山峥嵘，水榭照影，石桥通幽，四周还种有松柏、槐桑、杜仲之类药用树木，浓荫蔽日，花坛里奇花异草，芳香扑鼻。

暹春正左顾右盼，忽而感觉花丛里有动静，一看是只小白兔在蹦来蹦去，不由得凑上前，想抱抱它，小兔子见人过来撒腿便跑，她就跟在后面撵。可小兔子跑得飞快，时而跳到花丛里，时而绕到树背后，时而躲在墙根下，像跟她捉迷藏。

暹春刚过十岁，已有少女的身形，容易被人误解，旁人纷纷投来疑惑的目光，有的还嚷嚷，这姑娘怎不在家待着，跑到热闹的地方来，还撵人家的兔子？

她也不管不顾，似乎被敏捷的兔子惹毛了，一副不达目的不罢休的疯劲。

迎面过来一位清瘦男子，一下逮住了兔子，他抱着它，对暹春说："你喜欢，就拿去玩吧。"

暹春对这突如其来的馈赠不知所措，一时愣着，他已将兔子递到她手上，笑道："这里人多，可别跑丢了。"

暹春抱着小兔子，只顾着逗它玩耍，也没谢谢一声，等转头想起，人家已不见影了。

小兔子在墙角做了窝，一共有三只，花园的护工说，兔子是萧家二少爷养的，二少爷在覃怀会馆里兼着差事。

暹春在后花园里跟小兔子玩耍，也忘记了时辰，不知不觉到了中午，戏场的人已散了，一些来宾被请到附近菜馆里吃饭，看热闹的也回家去了，四周清静了些。

前面树阴下，刚才那位青年在跟人说话，回头见暹春还在花园里转悠，便走过来问："还不回家呀？"

暹春说："我在救世堂里住，没有家。"

他愣了一下，笑道："是来看热闹的吧？"

暹春摇了下头说："我是来找人的。"

"找谁？"

"找我的哥哥吕汉树。"

"吕汉树……"他思忖了一下，"就是吕记药店的小东家吧？"

暹春点了下头。

他叹口气说："早听说吕掌柜的儿子丢了，谁知后来又失火，夫妻葬身火海，真是祸不单行啊……"

暹春想起那情景，又要掉泪。

青年人见此，忙转移话题："听说救世堂的牧师收留了吕家的小姑娘，原来是你啊。"

暹春点了点头，问道："你是萧家二少爷？"

对方笑着说："不是什么少爷，叫我萧仲平吧。"

前面有人在叫："仲平，怎还不走，吃饭呀。"

他答应了一声，对暹春说："一起去大江楼吃饭去吧，那里人多，顺便可打听一下汉树。"

暹春的肚子确实饿了，便跟着他往庙外走。

走到新安街附近的大江楼，暹春看到里面闹哄哄的，有的猜拳行令，有的吞云吐雾，有的嘻哈大笑，满嘴油腻，暹春有些反胃，对萧仲平说："我不想进去了。"

萧仲平迟疑了一下，说："饭总是要吃的。那带你去另一个地方吧。"

街上人来人往，萧仲平领着暹春又往药帮巷走去，巷子通往药王庙，较为宽展，也是青石板的路面，经过一幢有镂空栏杆的白色大楼，见门口挂着鸿兴织布厂的牌子，暹春惊讶道："还有这么漂亮的工厂呀。"

萧仲平说:"这厂老板是徽州人,爱讲究,厂里还有院子呢……"

这时从厂里面走出一中年男人,气宇轩昂,很有派头,萧仲平忙招呼亚东公。

亚东公笑问:"仲平,来找平先生吧,他走了呢。"

萧仲平说:"正要去他家的菜馆呢,亚东公吃了没,一起去吧。"

亚东公拱了下手说:"多谢了,家里等着呢。"

仲平见此,也不好勉强。

路上暹春问:"这亚东公是谁?"

"他就是这织布厂的老板,大名曾亚东,来自徽州休宁,江湖人称亚东公。"萧仲平随口聊起来,"这新安街周围有不少做生意的徽州人,他们都很勤奋,亚东公就是其中的代表,不仅创立了鸿兴织布厂,还是江汉路九华绸缎庄的大股东,九华售的都是苏杭上好的丝绸,下江裁缝做的衣裳也是一流,是名流太太们和一些当红妓女爱光顾的地方……"

不觉走进了大生巷,萧仲平指着前面挂明黄色油纸灯笼的地方说:"看,到了。"

也是幢徽式民宅,黑色的木门敞开着,天井投下的太阳光照着墙壁,像附上一层温暖的釉,青砖地面泛着微光,窗下悬挂一个鸟笼,里边有只绿鹦鹉,见人进来,便叫:"客官好!"

仲平忍不住逗它。

珠帘哗啦一响,从里面走出个丰腴女人,笑着招呼:"哟,少东家来了。"

"桂嫂,弄几个菜吧。"萧仲平依然逗着鹦鹉。

"还要臭鳜鱼和一罐香吧?"

"行,桂嫂家的菜都好吃。"

桂嫂挑开门帘让他们进去，对仲平直眨眼睛："这小妮子好看。"

仲平道："救世堂里的孩子，到庙里走丢了。"

"吗回事呀？"桂嫂又看了看暹春。

"先去烧菜吧，一会告诉你。"

店堂不大，摆了四张八仙桌，三张餐桌上有人吃饭，一张桌子正在收碗筷，有认识仲平的，便跟他打招呼。寒暄的工夫，桌子已收拾干净。桂嫂让两人先坐下，伙计拿着托盘递上两碗清香扑鼻的黄山毛峰，笑着说："二少爷慢用。"

靠椅上铺了布垫，柔软舒服，八仙桌也是徽式风格，边缘镂雕精致，乌红色的油漆泛着温润的光泽，桌上的佐料瓶罐玲珑小巧，仲平一边喝茶，一边介绍："桂嫂家的菜地道，不仅汉正街的徽州生意人爱来，一般的食客品尝过了，多会再来，成为常客……"

说话间，伙计已将菜端上了桌。

"您要的臭鳜鱼，请慢用。"

等菜陆续上齐，伙计又端来一个盛满米饭的木钵。

"快吃，饿坏了吧。"仲平给暹春添了一碗饭，递过来。

桂嫂从后面厨房出来，见暹春吃得津津有味，正要说什么，忽听鹦鹉又在叫，随即进来一个微胖男人。

"二少爷，你让我好找！"不等仲平答应，对方已到桌前。

"孟掌柜，您怎知道我在这？"仲平问。

"都在大江楼喝酒呢，半天不见你来，问了一圈，才找到这里。想有什么吸引你呢，连朋友都不管了，果然是另有佳会，秀色可餐哪。"

"捡到个小孩。"仲平笑道。

孟掌柜揶揄道："你总能捡到宝。"

暹春也不理会，救世堂去的人多，总有人对她指指点点，早习惯了被人当活宝看。

"坐下一起吃吧。"仲平做了个请的动作。

"吃过了。"孟掌柜站着不动。

"有事呀?"仲平问。

"当然有事啊。"

伙计见仲平已吃完,过来收拾碗筷,把桌子抹干净,又提着茶壶往盖碗里续水。

仲平端起盖碗喝了口茶,又问:"什么事呀?"

孟掌柜只得坐下,凑近他说:"刚才酒桌上几位谈起,京汉线又停摆了几日,说是日军正从北边攻过来,我店里的货一直不到,好几味药都空着,顾客配不齐药,这如何是好?"

萧仲平说:"总会通的。实在不行,到别的店先借点。"

"都等着货呢,谁有多的?要不你借我点吧?"

"我去看看,不过也只能救一两天的急。"

"那好。我一会先去你家店里赊点?"

"行哪。"

两人谈妥,孟掌柜这才端起盖碗喝了两口茶,看了一眼暹春,问起她的来历,仲平直截了当道:"她是谁你恐怕猜不出,只说吕家药铺,你肯定想得到。"

"是集稼嘴失火的那吕家吗?夫妻俩不是都……"孟掌柜不好再说下去,转而问道,"这姑娘也是他家的?"

"嗯,她现在救世堂里,出来找哥哥汉树,就是吕家丢失的那个儿子,"萧仲平似乎想起了什么,"哎,上次你好像说见过那男伢?"

"是啊,说是找妹妹,饿得走不动,就给他一碗饭吃。"

暹春一听,忙放下了筷子问:"他现在在哪?"

"走了呢。"

023

"去哪了？"

"不晓得呀，"孟掌柜怕再问起，有点坐不住，"你们先聊，我去你店里拿货。"

暹春心里一急，刚找到一点线索，又消失了，便要跟着去。仲平忙说："也不急，可能就在附近，我再问问看。"

暹春还是坐不住，只觉汉树哥并没走远，在附近等着她。

从巷子出来，走到正街，便到了萧永康店铺的门口，仲平也不进门，只顾跟着暹春往前走，有伙计在叫："少东家，这是哪来的小姑娘啊？"

仲平随口答一声："她是救世堂里的。"

周围人听见了，便凑过来看暹春，一双双眼睛探照灯似的投射到她身上，一时叽叽喳喳地问这问那，暹春困得难以招架，只得落荒而逃。

暹春上街

第三章　桂嫂

高大的石牌楼矗立在江边，台阶搭着长长的木跳板，人挑肩扛的货物上上下下，小河里泊满大小木船，帆布高挂，桅樯林立。这样的图景，在永宁巷的萧家楼上看得清清楚楚，汉水近在咫尺，离汉正街不远，地处繁华，又闹中取静，要在往日，汪少芬会时常请人过来欣赏江景，哼唱几段楚戏，如今却少了这份雅兴。

由于萧老爷中风卧病在床，照顾病人之事就落到汪少芬的头上。她虽掌握了萧家财权，但太太身份尚未定夺，身板到底不硬，何况气死大太太，致使大少爷出走的嫌疑一直存在。所以做人做事便未敢趾高气扬，逢人面带三分笑，也时常施些小恩小惠笼络人心。如此这般，萧家的下人们便对她俯首帖耳，街坊邻里也少有议论她的不是。

汪少芬表面上过得安适自在，但也有一事烦心。萧老爷虽身体大不如前，但思念大儿子景暄一直没有停止，时常念叨要去寻找。汪少芬答应得好，却没有下文。萧老爷难免心生怨怼，说她不尽力。汪少芬受了责怪，却不敢声张，也是心里发虚，做过对不起老爷的事。

要说她一直讳忌提起的，便是那年初春扔掉的婴儿，这是她不能触碰的心病。她害怕头顶上的神明降罪于她，但越是害怕提起，却冷不丁会冒出来，仿佛蛰伏于暗处的蚊虫，时不时要叮她一下。

得知暹春寻兄之事，她心里不免泛起了波澜，吕家药铺处在集稼嘴，在药帮业界也有所闻，吕家夫妇丢失儿子，接后失火被焚，这样的惨事在汉口时有发生，她听说难免唏嘘一番，却不知吕家还有个女孩，且年纪跟那孽种相仿，她就不免勾起联想，莫非……一想便冒惊，就让人把仲平从药王庙里叫回来。

萧仲平在覃怀会馆里管事，也兼顾着自家萧永康店的生意，他刚过二十，已娶了亲，堂客比他大三岁，跟汪少芬沾着亲，是汪少芬远房表姐的姑娘，长相一般，为人又小气。萧仲平本对婚事不满意，无奈母亲做主，他只有服从，但彼此生活已有两年，感情始终淡淡的，那堂客也未见怀个一男半女，汪少芬只有这么一个儿子，当初以为亲上加亲，控制自己的地盘，却不想为儿子酿成不幸。她愧对儿子时，就越发加紧对媳妇的教化，要她学会对男人温存，这实在为难了狭隘又粗心的媳妇。

要说她现在最关注的，便是媳妇的肚子，有时也隐隐感到，是否因当初那件事让老天爷降罪于她，让她得不到孙子？由此后怕，便不时去栖隐寺烧香，求菩萨保佑，希望老天爷不因她一时的过错惩罚她的儿子。

仲平不知母亲找他有吗事，下人也不说，他心怀忐忑地往回走，寻思又是堂客在姆妈跟前说了什么，惹是生非。他对父母之间的事不清楚，但父亲中风后，对他也冷淡了，早上去请安，也不像往日跟他说不少话。他虽觉得不适，倒也不曾多想，可能是病中虚弱，不爱搭理人吧。他现在整天在外忙，有时连睡觉都在药王庙将就一宿，也是躲避婆媳俩的唠叨。他是散漫人，温顺随和，对婚姻之事也不在意，自小灌输的不过是传宗接代，生儿育女。他接受的教育也是旧式的，没想过情爱之事，对父母之命，媒妁之言只能接受，但心里总有好恶，堂客不能让他喜欢，这是确定的，因为没有冲动，他与女人睡一张床与自己单独睡没有区别，那婆娘也笨拙，就像个木头人，但是下了床就来劲了，不是问他的钱，就是寻他的去处，不知有多烦，他只有越躲越远。

萧家在汉正街有几处宅子，都是慢慢积攒下来的，走不了多远，就到了永宁巷，便见巷子中间亮眼的萧家门楼。进门走过天井，就是高大宽敞的堂屋，后面有正房，两厢，正房本是萧老爷和太太住，汪少芬一直住东厢房，太太去世后，汪少芬依然在东厢房住着，正房就萧老爷一人住，也因病，互不打扰，倒是免去了不少龃龉。

汪少芬没在堂屋，西厢房是她爱待的地方，与正房隔着后庭院，院内的花草疏离了与前屋的联系，安静而自在，闲时约两三个好友来打打麻将，赏花品茶，聊些家常，看本闲书，倒也怡然自在。

仲平进院后，径自去了西厢房，见一个瘦削的身影正对着后窗抽烟，他轻轻叫了声姆妈，汪少芬回过身，嗔怪道："怎么几天不着家，非要姆妈叫你才回啊？"

"忙啊，爹一倒床，什么事都找上我了。"他从提壶里倒了杯凉茶，咕噜喝下，拿手帕抹了下嘴，才坐下问，"姆妈有什么事要问我的，赶紧说，一会还有人找我呢。"

汪少芬嗔道："堂客那待不住，姆妈这里也待不住了？"

"真有事，等不得。"

"好，问你个事。"

"您说。"

"听说你认识救世堂一个小姑娘？"

"是，前几天在药王庙大会上走失了，我就带她吃了顿饭，然后她就回去了。"他看着母亲狐疑的眼神，本能地想掩饰什么，不敢道出更多。

汪少芬轻轻点了下头，又问："她是集稼嘴那家药铺的伢？"

萧仲平一惊，果然都瞒不住母亲，只得实话实说："是吕家药铺。"

"吕家有个姑娘？"

"嗯，父母两亡了，就来到救世堂。"

"她多大了？"

"有十岁了。"

"她也十岁？"汪少芬不觉惊叫起来。

"怎么啦？"萧仲平疑惑地望着她。

汪少芬稳了稳神，还是忍不住说："你带她来家里看看吧。"

"姆妈怎想见她？"

"遭难还能活着，有些稀罕，看看究竟长吗模样。"

"嗯，我找机会带她来。"萧仲平答应着，又跟母亲说了几句话，才走出来。一时觉得奇怪，姆妈向来胆子大，做事干脆果断，不似这般吞吞吐吐，欲说还休，怎么突然对暹春那丫头这般热心，还急不可待要见人家？

万福林牧师得知暹春独自外出，便十分着急，汉正街人流辏集，三教九流，青洪争霸，现又处于战乱，难民剧增，要是被人拐骗怎么得了？牧师正要遣人去找，她倒自个回来了，道出去找哥哥的缘由，还说在药王庙里碰到萧仲平，带她去徽州小菜馆吃饭，又送她回到救世堂，牧师才松了一口气。

暹春又恢复了往常的生活。每天由许琴带着她去循道小学里上课，下午许琴从普爱医院下班，就顺便接她回来，以避免她单独上街。

暹春在学校里继续白雪公主与小矮人的生活，她坐在教室的最后一排，难挨的是下课，小同学们在她身边疯玩打闹，她玩不到一起，只得趴在窗口，望外面的风景。

楼下种着一棵英国梧桐，蓬蓬勃勃已伸展到二楼屋顶，透过婆娑的树枝，可见普爱医院三角形的红色屋顶，那屋顶上还设有一座西式的钟楼亭，亭上竖立的十字架与救世堂屋顶上的十字架相互呼应，在阳光下熠熠生辉。许琴阿姨说十字架是耶稣基督的象征，也是医疗十字的标志。她时常听见钟声响起，尤其是礼拜日，牧师会穿着黑色长袍，佩戴圣带，庄严地走向圣堂。

礼拜的钟声再次响起时，暹春走进了圣堂，里面坐满了教民，都虔诚地听着万福林牧师讲道。

牧师正在诵读《圣经》里的章节：

> 你只要谨慎，殷勤保守你的心灵，免得忘记你亲眼所看见的事，又免得你一生这事离开你的心，总要传给你的子子孙孙……

暹春听着出神，眼前又出现那火光坍塌的情景。

忽然有人拍了下她的肩膀，暹春回头一看，竟是萧仲平。

等礼拜结束，暹春走出来，萧仲平问道："好些天没见你过来，怎不去找人呢?"

"不能出去呢。"暹春发愁道。

"不出去怎能找你哥哥呢?"

暹春不吭声。

"你这样在救世堂待着也不是常事，毕竟不是家呀。"

"我本没有家。"暹春忧伤道。

萧仲平犹豫了一下说："如果我愿意帮你找哥哥，你会跟我走吗？"

暹春望着一脸期待的萧仲平，说："我不知道，这得问牧师。"

"那我去找牧师说吧。"萧仲平便走了。

不一会，萧仲平过来了，说牧师没有答应。暹春望着他悻悻地离去，心里也有些失落。

后来暹春跟许琴说起此事，许阿姨只得含混道，萧仲平是个青年男人，牧师哪能放心呀。

日子每天重复着，暹春依然去循道小学读书，放学后就待在牧师楼里，写字，读《圣经》，也帮着洗衣、洗碗、扫地，做些力所能及的事。只是那个心愿未了，总想着出去。有时许琴去买东西，她也想跟着，趁此去找一下哥哥。许琴不明就里，以为她是想出去玩，又问了她在小学校里的情况，得知她上课时常心不在焉。想暹春出去了一趟，心就野了，总这么关着也不是事，便告诉了牧师。牧师也踌躇着，一时想不出好的办法。

那天许琴在医院里遇到急诊，没顾得上来小学校接暹春。暹春等了一会，看同学都走得差不多了，门房见太阳已偏了西，只得放她出来。又嘱咐不要乱跑，牧师夫人交代过的。

暹春独自往回走，经过普爱医院时，瞥见萧仲平背着个人从里面出来，正往黄包车上放。她便上前招呼，仲平见到暹春，也很高兴，原来萧老爷痔疮发作，带他过来打针。暹春见车上的萧老爷打量着她，便礼貌地叫了声爹爹。萧老爷哦哦地应着，含混说这姑娘像在哪见过。

萧仲平说："她原是吕家药铺的姑娘，现在救世堂里。"

"吕家药铺……"萧老爷若有所思，黄包车已经开动了。

"再见！"萧仲平朝暹春挥了下手。

暹春望着黄包车离去，不觉几分惆怅，待了一会，才挪动步子。

此后，暹春便想再碰见那父子俩，却一直没出现。

又是个礼拜天，暹春去圣堂听牧师讲道，不想碰上了桂嫂。

桂嫂说："你怎不来呢，我们都蛮想你呢。"

暹春还是那句话："牧师不让我随便出来。"

桂嫂叹了口气："哎，待在救世堂总不是长事，不如出来吧。"

暹春说："没地方去呢。"

桂嫂说："我们那可以去呀。"

暹春没作声，心里却起了波澜。桂嫂看在眼里，便拉了拉她的手说："想想吧，过几天我会再来的。"

暹春倒是想了，她也不愿意离开救世堂，只是想找到哥哥，但不能出去，总有些难过。

过了一个星期，暹春正在房间里做作业，忽然听到有人叫她，出来一看，是管事的嬷嬷，朝她招手道："暹春，快去圣堂，牧师叫你呢。"

暹春出了牧师楼，看见牧师在对面圣堂的楼台上，旁边站着桂嫂。

走到跟前，牧师便告诉暹春，桂嫂想要领养她，问她愿不愿意去。暹春一时无法回答，她在救生堂住习惯了，已把这里当成了家，还不曾想到要离开。

牧师也不舍得暹春走，见桂嫂似乎有话要说，他只得走开。

桂嫂便劝暹春："我上次跟你也说了，救世堂虽好，总不是长久之处，牧师夫妻的生活并不宽裕，你每日在这里的吃喝用度，都是牧师从生活费里挤出的，你多吃一口，他们就少吃一口。"

暹春一时愣着，她没有在意自己给牧师夫妇带来的负担，牧师夫妇也不会提及，想到每日吃饭时不管不顾，不觉有些羞愧。

桂嫂抚了抚她的肩膀说："我家虽不富裕，吃穿倒还不愁，你要不嫌弃，就到我家去住吧?"

暹春还没缓过神，木然地问："为何要领养我?"

桂嫂说："我听了你的遭遇，就想帮帮你。在我家你可以随便，想去哪就去哪。"

"白吃白住总不行吧?"暹春还是不相信。

桂嫂说："你既然这么问，我也是个爽快人，去了可帮我做点家务，好让你安心，免得过意不去。"

暹春听这么一说，倒有几分心动，桂嫂那人流多，哥哥说不定会出现的。但又舍不得牧师和许阿姨，她举目无亲，是牧师把她从绝境中救了出来，牧师给了她启蒙，让她明白上帝是爱人的，牧师就像是父亲一样。可是，救世堂终归不是保育院，生活开支也靠信徒们的资助，有时供应不上时，吃饭就成了问题。

牧师在另一间房里。他救助了一个又一个难民，等熟悉了，又经历一次次的离别，心里也难割舍，尤其是暹春这孩子，让人怜爱，感情自不一样。

暹春简单收拾了行李，就去跟牧师告别。牧师又叮嘱她不要独自出门，要多读书，又把一本《圣经》送给她，说："孩子，你要好好的，主会一直关怀你的!"

暹春走到楼下，回头一望，万福林牧师还站在二楼，朝她微笑着挥手，这一幕成了定格。从此，那双蓝眼睛一直在跟着她，时常浮现在眼前，尤其是孤单无助的时候，就仿佛上帝在凝视着她，温暖便流遍了全身。

阳光照耀着热闹的街市，各色各样的店铺标牌闪着光亮，夺人眼球，流动的人群被牵引着，走进这家，又走进那家，暹春也跟着左顾右盼，生怕漏掉了什么，走到萧永康的店铺门口，看到楼上窗口的萧仲平在向她招手，不觉问桂嫂："他也知道我要来？"桂嫂诡秘一笑："肯定哪。"

　　拐入巷子，与大街上的噪声渐渐远了，桂嫂的菜馆门前站着个短褂男人，在抽烟。见两人过来，男人的一双小眼睛便打量起暹春，问桂嫂："这姑娘是哪来的？"

　　桂嫂说了暹春的来历。

　　他听完，用手指朝桂嫂点了下："你得担责任呀。"说完便往江边走。

　　桂嫂对着那背影说："咪毛，你在码头熟人多，去打听一下吕家那孩子吧。"

　　咪毛答应了一声。

　　两人走进去，桂嫂把暹春的行李放在一边，要伙计给她端来饭菜，自顾进厨房里忙着。

　　一会暹春吃完了饭，桂嫂走出来，扯下围裙对暹春说："我现带你去一个地方。"

　　暹春问："去哪？"

　　桂嫂说："萧家楼。"

　　"为何去那？"

　　"仲平少爷的家人想见见你。"

　　"我不认识他们，为何要见？"

　　桂嫂笑道："稀罕你啊。"

　　暹春愣了一下，似乎明白过来，问："原来是他要你来接我的？"

"也不全是。"

"他为何自己不来？"

桂嫂说："他一个年轻男人，牧师不会答应放你走的。"

暹春倏地一阵不舒服，桂嫂并非真心领养她，而是代萧仲平而来。扭头说："我不去，就在这待着。"

桂嫂一时急道："你愿意在我这小店待着？只是我怕侍候不好姑娘呢。"

暹春气道："是您向牧师提出领养我的，还发过誓要好好待我。"

桂嫂的脸也红了，只得说了实话："我也是受人之托，不答应又不好。"

暹春本对萧仲平还有几分好感，听这一说，不觉产生了抵触，便说："我凭什么到他家去？难道想让我做他家的丫头？"

桂嫂含混道："那倒不至于，不过是看看。"

"我不去，我就留在这，要不就回救世堂。"

桂嫂一见暹春要走，忙说："行，行，我是怕家里狭小，姑娘受委屈呢。"

暹春说："没关系。我暂时就住在这，会帮你做事，不白吃白喝。等找到我哥就走。"

桂嫂叹了口气，便领她上楼。

楼上只有两间房，大的一间桂嫂夫妻住，小的一间有四张席子的大小，本是储藏室，堆放着家具什物及一些干货。桂嫂把那些东西清理到一边，有的移到过道里，勉强放进一张小床和一个小柜子，铺上被褥，又在靠窗的地方摆上小桌子和椅子，笑着说："暂时将就了。"

暹春说："蛮好的。"

桂嫂要她把衣服放在小柜子里，就下楼去了。暹春收拾完东西，听见嘈杂的市声，不觉趴在窗口看外面的风景。

背街的房屋逼仄地对峙着，一些竹竿横插在巷道中央，挂满了晾晒的衣物，人影在下面晃动着，食物的香味在周遭弥浮，一些鸟落到黑色的瓦脊上，叽叽喳喳地叫着，有的腾的一下飞走了。它要去哪里，会飞到哥哥住的地方吗？暹春呆呆地想着，眼里全是飞鸟的影子。

第四章　汉树

潘家楼不是那片房屋的翘楚，却一样高墙深阔，别有洞天。

进门也有一方庭院，石榴树的一截枝子已伸到了楼台上，还有桂树和梅树，一些花草盆景参差其间，绿中见红，从二楼的窗台可望见高低错落的房屋一排排地沿展开去，似乎连上了长江。

长江是秋娘告诉他的，还说这里是汉阳，屋外的那条街叫洗马长街。

回想当时的情景，还心有余悸，他被那货郎拍了一下，便迷迷糊糊跟着穿街走巷，不知不觉到了汉江边，后来被人蒙了头，扔到了小船上，想动却浑身无力，想喊又叫不出声，只听到摇桨激起哗哗的水声，起伏的波涛摇晃着小船，他昏昏沉沉，像坠入了梦境。

划船的人把他送到汉阳乡下，那户人家是地主，生了八个女伢，望子无果，就找了人贩子。他到了地主家里，总想着逃跑，地主就让家人看着他。但他整天胡吃海喝的，地主渐渐有些吃不消了。他可是个小气鬼，平时节衣缩食，家里人都勉强吃饱，这下来了个饭桶，不把家给吃空了？但地主还是想要儿子，又不想让他白吃，就把他当劳力使，让他多干活来弥补亏空。可他娇生惯养，也不会做农活，要他耕田，他掌握不住犁耙，牛也不听他使唤，慢得像乌龟爬。要他插秧，他插得歪歪斜斜，地主气得直骂，他倒怨没吃饱，没劲做事。地主让他放牛，他躺着睡觉，牛跑了也不知道。

地主一气之下，就把他关起来，饭也不给他吃，饿得他哇哇叫。

那个深夜，他终于攀上了屋梁，从烟囱里钻了出来，却不料被地主的一条狗咬伤了，他拖着鲜血淋漓的腿，一瘸一拐地挪移，后来体力不支，倒在乡间小道上，所幸被秋娘看到了。

秋娘自儿子去年溺水而亡，一直心怀悲伤，郁郁寡欢，就去乡下老屋住了几日，现返回洗马长街的路上，忽遇受伤的孩子，着实可怜，问了下男伢的名字，得知叫汉树，家在汉口集稼嘴的吕家药铺，是被拐骗来的，不觉动了恻隐之心。

秋娘是潘有声的二房，正房是朱杏子，小她两岁。秋娘恨当家的，当初她跟了潘有生，给他生了个儿子，本想着对方会以此扶她做正房太太，可人家一直在外忙着挣钱，没工夫考虑这事。那时老太婆还活着，观念旧，觉得她是丫头身份，不够体面，也就延宕下来。哪知老潘在汉口逗留时，与朱杏子认识了，就带了回来，秋娘才傻了眼。

只是朱杏子久不怀孕，潘有生本有一个儿子，也就不着急，还把朱杏子捧在手心上，像着了魔似的，生怕委屈了她。

秋娘是潘家管事的，朱杏子不喜欢管家务，有时间就绣绣花，打打麻将。秋娘对小自己两岁的太太心里别扭，表面还得恭敬，这是礼数。好在朱杏子比较随和，除了偶尔耍点小性子外，处在一起还算融洽。

正是午后，家里人已吃过了，秋娘把汉树领到后厨房，让厨娘随便弄点东西来吃。厨娘看菜不够了，就用鸡蛋炒了些花饭，给秋娘盛一碗，又给汉树盛一碗。

秋娘刚扒两口，汉树囫囵一下就吃光了，厨娘把锅里剩的全铲到他碗里，又三下两下吃完了。

"还有什么吃的，再拿些来吧。"秋娘说。

厨娘找了找，将剩下的馒头拿了两个，他才勉强对付过去。

秋娘把这事当笑话讲给朱杏子听，朱杏子看那汉树，长得蛮憨实，见人也不会招呼，就不太喜欢，说八成是那家人受不了他的食量，才让跑出来的。

秋娘遣人去汉口找寻汉树的父母，集稼嘴码头熟人不少，得知吕氏夫妇失火被焚的惨事，她听了难受不已，也不敢告诉汉树，怕伢受不了刺激。

朱杏子虽觉得汉树可怜，却一时含糊着，不说留，也不说走，先住下来，为他疗伤吧。也因家里人少，带点活气进来。

洗马长街背靠龟山，濒临长江，长不过几百米，没有汉正街那般热闹繁华，但往来船舶不断，湘乡人已在此扎下了根，有了自己的会馆，涌现了万家商铺、黄家盐业、天心槽坊这些响当当的名字，给古朴的老街增添了商业气息。背街的房屋也依山而建，青砖黑瓦，错落有致，缭绕的烟火气化在山水之间，自有一份恬淡和闲适。

汉树在潘家楼疗治腿伤，他的被拐经历也成了周围人的话题，时常有邻居过来串门，有的还给他送来膏药，这其中要数天心槽坊的童三少爷来得最勤。

童三少爷的堂客难产去世不久，心情忧伤，得知了汉树的身世，同病相怜，便过来看望。秋娘本对童三少爷有所避讳，但人家痛失妻儿，心伤未了，还来抚慰另一个苦孩子，也着实难得，不觉多了几分关心。

童三少爷是个外冷内热的人，表面上对秋娘的嘘寒问暖没有反应，内心却泛起了波澜，来看汉树的次数也多了，跟他说些洗马长街周边的故事，转移汉树的注意力，有时还带书来，边读边讲。

洗马长街

"相传大禹治水到此，遇一水怪作乱，数载不克，后得灵龟降伏水怪，治水成功，灵龟化为一山，故此得名龟山。"童三少爷上过私塾，念起典故也有几分先生的味道。

"龟山虽小，但它前临长江，北带汉水，西背月湖，南濒莲花湖，威武盘踞，和武昌蛇山夹江对峙，形势十分险峻。为兵家必争之地。三国时东吴于此设要塞，与曹兵几番血战，太平军三下武昌，龟山一带摆开战场；辛亥起义后的阳夏战役，义军也是首控龟山……"

汉树虽听得一知半解，也起了兴致，便问龟山上有什么好玩的。

"好玩的地方可多了，"童三少爷放下书，掰起手指如数家珍，"龟山顶上有月树亭、龙祥寺，山南有太平兴国寺、桂月亭、状元石，山北有关王庙、藏马洞、磨刀石，山的西面又有桃花洞、罗汉寺，还有三国鲁肃衣冠冢，顺山脊行百余步就踏进了望江亭，是观赏长江的最佳处……"

"等我好了就去看看。"汉树说。

"可现在去不了呢，山上架起了高射炮，是军事重地。"

日子不知不觉过去了半月，汉树的腿伤基本痊愈，可以走动了，他便想着回汉口的家，一提起此事，秋娘就找借口搪塞过去。

那天，童三少爷带他来观览洗马长街旁的禹功矶，这里怪石嶙峋，直劈江水，与对岸的黄鹄矶头锁江对峙，形成长江中游的天然门户。峭壁上还铭刻着禹功矶三个篆体大字，童三少爷说："当年元世祖忽必烈为纪念大禹治水的功绩，令鄂州道台、汉阳府尹在此修建禹王庙，每年拨专款举行规模宏大的祭祀活动，此处三字，就是正名……"

禹功矶上是晴川阁的遗址，童三少爷说起当年晴川阁峙于大江之滨，游人如织，盛极一时，许多文人墨客都曾登临此阁，并赋诗撰文，是名副其实的"三楚胜境，千古钜观"。

削壁临江断，危楼傍水悬。窗飞衡岳雨，门过洞庭烟。

童三少爷吟诵着，面对汉树这个听众，他也有了倾诉的快感。汉树听得似懂非懂，时而会问："为何这里叫洗马长街?"

"三国时关羽屯兵汉阳，常来此处江边，牵着他心爱的赤兔马溜达，还亲自为马洗刷风尘，当年江边的洗马处，也被后人所纪念，但洗马长街因此得名，还是明朝崇祯年间的事……"

江风习习吹拂，芦苇飘荡，也像在诉说那些往事。两人在江边待了好久，才往回走去。

街边有小贩在路边摆起了摊子，有敲糖、面人，还有各式各样的小玩意，诱惑着人，小伢们缠着大人，点着要买。汉树看到那些孩子，又想起自己被蒙骗的情景，一时痛苦袭上心来。

刚走到潘家楼，隐约听到凄厉的警报。

"汉口拉警报了，敌机又来了，快跑呀!"有人在叫。

果然，天空出现了一群黄蜂，嗡嗡正朝这边飞来，人们惊慌地奔往龟山防空洞里躲藏。

轰，轰，轰，汉水对岸的爆炸声与龟山上的高射炮声响彻一片。

"汉树，汉树，往哪去呀……"秋娘急得直喊。

汉树好像没听见，直往汉水码头的方向跑。

他一口气跑到了汉水边，却见不到渡江的木划子，他望着隔岸浓浓的烟雾，急得直哭。

"我要回汉口去。"他对随后赶来的秋娘说。

秋娘只有好言劝说："现在面临战乱，人都往僻远地方跑，谁还敢去汉口啊?"

汉树哪里听得进去？他一直想念父母，想念暹春，延宕至今，不知父母怎么着急呢。现汉口时遭轰炸，他必须回去跟父母在一起。秋娘无奈之下，只有如实告之。汉树顿时如雷轰顶，他不相信父母不在了，哭着非要过江去。秋娘只得好人做到底，翌日让伙计带着汉树，乘木划子往汉口而来。

汉水不过百米宽，水流平缓，汉树才知离家并不远，眨眼就划到对岸。

又见到集稼嘴码头半月形的飞檐，岸边泊满了运货的帆船，如蚁的搬运在台阶上上下下，往来的商客川流不息，仿佛昨日的轰炸不曾发生过。

木划子见缝插针挤进码头，汉树一上岸，便往台阶上跑去，他跑过牌坊，上了青石板的街面，飞也似的往家奔去，还没到近前，他的眼前却空了，昔日的吕家药店不见了，已是一片废墟。

哭声惊动了周围的邻居，有认识他的，跟着抹眼泪："汉树，你怎么才回来，你老子娘到处找你呀！"

"我的爹妈呢？"

失火的情景太惨，都不忍让他伤心，只说他父母的尸骨埋葬在姑嫂树。

汉树后来去了姑嫂树，在父母的坟前长跪不起。

"爸爸，姆妈，我回来晚了，是我害了你们，我真的该死啊……"他号啕大哭，为自己闯下大祸痛悔不已。

他在坟前哭了好久，眼前又浮现一个身影，暹春呢，她在哪？她不会跟父母一起去了吧？他又在坟堆里寻找，没有发现什么标记，想暹春一定还活着。

又过来送葬的队伍，有的是病死的，有的是被日机炸死的，哀声凄婉，孩子随着大人，恐惧压过了悲伤，叫人心疼。汉树可怜别人，反倒让自己坚强起来。不是他一人孤单，还有比他更苦命的人，他仿佛一下子长大了。

太阳已经偏西，他慢慢往回走，不知道要去哪，他已没有了家，他走得又累又饿，已不知来时的路，幸亏遇上好心人，给了他一块米粑，才勉强翻过了铁路，走到了市区。

他在汉正街上寻找遐春，走进一家家铺子里询问，见过他妹妹遐春没有。人家都忙，顾不上他的事，大多摇摇头。有时也帮店主扫个地，洗下碗，换点吃食。

他没有再回吕家药铺，那是块伤心地，去了只会勾起痛苦。以他小小的年纪，活下来都不易，更不可能重建铺子。他也没想过明天会怎样，只想找到遐春。可一天天地过去，没有看到遐春的影子。他整天流浪，成了个小叫花子，又破又脏，经常挨饿，渐渐瘦了下来，他的胃也饿小了，不像以前那么贪吃，但店主们依然嫌他晦气，进门就把他往外赶。

那日他饿得受不了，不知不觉来到了汉水边上，他有些绝望，这么孤零零的，不如见爹娘去吧。

"汉树……"

似乎听到有人在叫，他愣了一下，已被过来人抱住了。

又是秋娘。

秋娘过江来办事，顺便打听汉树的下落，终于在江边找到孤单绝望的男孩。

"一直担心你呢，怎瘦成这样？"秋娘心疼道。

"我找妹妹，可一直没找到。"汉树止不住地哭了。

"走，跟我回洗马长街！"秋娘不由分说拉起他。

第五章　沈家

桂嫂菜馆所处的大生巷离新安街不远，紧邻药帮巷，她的丈夫平先生现在鸿兴织布厂兼着差事，人很实在，是管账的一把好手，亚东公能请到他也因休宁同乡的缘故。

平先生比桂嫂大五岁，有点老相，两人没有孩子，桂嫂人做事爽利，为人随和，平先生寡言少语，又有些古板，两人看上去不像夫妻，倒也未见争吵，一直平平和和的。在汉口本地人看来不可思议，实则徽州人的性格使然，大都温和平静，不喜争斗，有劲吵嘴，不如多干点事呢。

暹春在菜馆里渐渐习惯了，桂嫂没让她接触那些食客，一般就在楼上待着，实在忙不过来时，才喊她去后厨拣拣菜，洗洗碗。桂嫂不只是发善心，而是怕引来麻烦。暹春没来菜馆就已出了名，好多人知道她的身世，一些人都爱来菜馆探究，看小姑娘长得好看，有的就起了心思，桂嫂见的人多，哪会察觉不到呢。

暹春白天也不待在楼上，桂嫂把她领到附近小学堂里读书。这是万福林牧师嘱咐的。学费自有人掏腰包。

其实也不叫学堂，就是个私塾，里面有十几个孩子，都是附近商铺的子弟，没时间照管，倒像个托儿所。先生写得一手好字，幽居于此，认得几位经商的朋友，把孩子放在这里习字，慢慢又陆续来了几个，都是朋友介绍的，也都是男伢。暹春一来，个子把男伢们都比下去了，又像循道小学一样，延续着白雪公主与小矮人的故事，其实她跟男伢差不多大，倒像是大姐姐。

先生要他们念读《三字经》《弟子规》，然后一笔一画教他们写毛笔字，暹春读书习字倒还用功，但有时也走神，主要是没把桂嫂的菜馆当长久之处，与此相关的一切内容都只是暂时的，她的心思是要找到汉树哥。

汉口时遭空袭，局势日渐紧张，菜馆的食客也少了些，来了便谈论时局，风传武汉外围屯兵几十万，准备打一场武汉保卫战。桂嫂听了不免忧愁，如果汉口打起仗来，她的菜馆还能开下去吗？

暹春上学也时有中断，临时停课时，她就在楼上的小桌边温习功课，先生上课爱提问，答不上可要挨训，弄不好还要吃戒尺。

小方桌对着窗户，上面摆放着茶壶水杯，还有一盆正开的茉莉花，桂嫂爱干净，屋里收拾得窗明几净，空气里透着缕缕花香，让躁动的心慢慢平复。

看书累了，她就倚在窗口，看巷子里走过零零星星的行人，对面屋瓦上还停留着两只麻雀，时而叫两声，一会又安静了。

楼下的鹦鹉又叫了，听见桂嫂在招呼："哦，萧太太，稀客，稀客……"

暹春又坐下温习功课。

一阵楼梯响，桂嫂上来了，随后跟着衣着讲究的汪少芬。

"暹春，这是萧太太，过来看看你。"

暹春见对方打量着自己，不由自主地转过身说："桂姨，你们聊吧，我下楼去了。"

"不用不用，我坐一会就走，你就坐着吧。"汪少芬说。

暹春迟疑了一下，坐回原处。

汪少芬的眼睛一直盯着她，忽地问道："你是吕家的孩子?"

"是的。"

"吕掌柜是你什么人?"

暹春看到那双滴溜溜的三角眼,倏地一阵不舒服,淡淡地答道:"是我爸爸。"

"你是哪年生的?"

"兔年。"

"真是兔年……"汪少芬瞪直了眼睛,忙问,"你的生日是哪天?"

"立春那天生的。"她本能地抵触对方,不会说实话。

"哦,怪不得叫暹春。"汪少芬松了口气。

暹春埋头做起功课,她对汪少芬有些反感,对方来了就问这问那,都是她不愿触及的伤痛。

汪少芬却在翻江倒海,暹春的眉眼和神态,简直就是萧景暄的翻版,她已确认无疑,当年那个婴儿就是眼前的暹春,错不了。是那下人发了善心,没把婴儿抛进汉水中,却放在了吕家门口。她说不清是怨恨还是伤悲,只是发堵,她也不能告诉桂嫂实情。今天来,是准备和老头子一起离开汉口。萧老爷中风之后,虽行动不便,但脑子还是清楚的,河南那边的药材迟迟运不到,他就断定这场战争不是一天两天,如果汉口被日本人占领了,他就是亡国奴,保不定几十年辛苦赚来的家财都会被掠夺。他忧心之时,汪少芬便趁机撺掇他去四川避难。萧老爷还想等着景暄回来,可局势日渐紧张,汉口时遭空袭,一些店铺也相继关门,也催促他早做决定。无奈之下,萧老爷便吩咐手下减少店铺的支出,把库存货物赶紧处理,即便少赚些也要打扫干净,再把钱都汇往四川那边的银行,一些能运的家财也陆续拖走,贵重细软悉数清理,就准备近日带家人西迁。此时汪少芬已断定暹春就是那个扔掉的婴儿,是大少爷萧景暄的孩子。老头子的病就是因景暄而起,景暄不知去向,老头子的心病便去除不了，如果知道景暄的亲骨肉还在，老头子肯定会高兴不已，还会带到身边不放手的。可私心到底占据了上风，她不能让这丫头与仲平分财产。虽然都是儿子，但老头子对两兄弟明显是不一样的，这也是她当初铤而走险的原因。走了第一步，就有第二步，她不能让老头子知道，可又不能让这姑娘消失，只能想别的计策。

她表面对暹春夸奖了一番，又与桂嫂扯了几句闲话，便下楼去了。

一晃到了夏天，武汉不时受到敌机的袭扰，但抗战的情绪亦如气温一样日渐高涨，汉正街上也出现不少标语，一些学生抬着捐款箱走街串巷，呼吁大家捐钱捐物，支援前线将士。药王庙里也设有捐款台，大喇叭里播放着捐款商户的名字，人们抗战的情绪被激发，都踊跃前往，捐款台前人头攒动，掌声不断。萧仲平负责登记汇总，清单造册，将捐赠的现金和物品上缴军政部门等诸多事宜，比以前更忙了。节骨眼上，他自然不能随父母西迁，汪少芬也不好硬强求，只得缓一缓，但人未动身，一些家财却不能等，能运的就先运走。

暹春寄人篱下，像一叶浮萍，不知自己会漂向何处。汪少芬来过的那个夜里，她做了个梦，一个女人牵着她在街上走，隐约是母亲，走到一户人家门前，女人指着门对暹春说，这就是我们家。暹春走进去，里面的人在指手画脚骂她们，有位长胡子的男人突然冲过来，要抓暹春，女人叫了声，快跑……她就吓醒了。

自那个梦后，她对母亲有了想念，她会在哪里呢？她好想母亲能出现在她身旁，就像梦里的样子，牵着她回家，回自己的家。此后，暹春又多了一份心事，不仅要寻找汉树哥，还要找到母亲，他们一定在哪里等着她。战乱时期，每天朝不保夕，人心都不安定，她这个愿望就更迫切了。但桂嫂又不让她独自上街，因与牧师有过约定。

"我们在帮你打听，不用着急。"桂嫂安慰她。

暹春就每天期盼着。

夏天的黄昏，暹春洗完澡，将洗好的衣服穿到竹竿上，再挑出窗户外晒着，天边有大块胭脂色的云，被残阳映照得分外绚丽，暹春望着云朵，看着它慢慢移动，散开，又聚拢，变出不同形状，忽而，云里现出一个人脸，在望着她笑。

妈妈……她痴痴叫出了声。

云朵又散开了，落日渐渐西沉，留下一片灰黄的天际。

楼下的菜馆客人稀少，桂嫂闲着无事，走出门外，仰脸看暹春还在窗前呆望着，不觉叹了口气。

过了几天，暹春从学堂回到菜馆，放下书包，换了家常衣服，才下楼端饭吃。

忽地门帘一响，有人急匆匆闪了进来。

"仲平叔叔！"暹春惊喜地叫道。

萧仲平笑着对她说："我正要找你呢。"

"有什么事吗？"

萧仲平看食客没几个，就把她拉到一边，小声说："终于打听到了，药王庙有位师傅的堂客在沈家帮过佣……"

"这跟我有什么关系？"暹春不解道。

"沈家姑娘生过伢，生下就送了人，是他婆娘抱出去的，还说婴儿有个纸片放在包被里……"

"给谁了？"

"沈家让她交给一个婆婆，那婆婆后来给了谁就不知道了，只是那纸片的内容大致记得。"

"写的什么?"

"正月二十三,卯时生。"

暹春顿时惊呆了。

还会这么巧吗?她无疑就是沈家姑娘的私生女,她的生命来得不寻常,也难怪从出生就遭受这么多磨难。没有任何记忆的沈家,是空白的,没有感动,只是好奇,到底是怎样一些人呢?

暹春的心起了波澜,她想弄清未知的谜,也因那个梦的作用。

"能不能让我见见她?"

"当然可以,我联系好就告诉你。"

过了两天,暹春放学回来,刚拐进巷子,便看见桂嫂在门口望着,没等她走近,桂嫂迎上前来,小声告诉她:"暹春,有人来看你了。"

是一位五十几岁的微胖妇人,站在天井里,见暹春进门便打量起来:"眉眼像小姐,果真是的……"

"你是……"暹春不敢确认。

桂嫂说:"她是刘妈,原在沈家帮佣,知道你的身世……"

"我是那家的?"她问刘妈。

"是啊,你是沈家的孩子。"刘妈笑着回答。

暹春确认这个事实,存在心里的疑问又脱口而出:"是沈家把我扔了吧?"

"不是的。"刘妈连忙否认。

"不是他们是谁?"

刘妈把她的手一牵,走到门外,小声说:"这事得慢慢讲,现在,我想带你去趟沈家,见见他们。"

"他们不要我了,还去干吗?"

"这么多年过去了，他们也该忘记了，毕竟是亲骨肉啊……"

暹春一时有些惶惑，还不敢面对陌生的沈家，但那个梦又牵引着她。

旁边的桂嫂见她还愣着，便催促："喜事啊，得回去看看，那可是你的亲人啊。"

"去吧。"刘妈又过来拉她。

"在哪?"暹春蒙蒙的。

"不远，不远，跟我走就行。"

暹春被她拉着出了巷子，妇人随手叫了辆黄包车，要她坐上去，自己跟在一边。

街上人流熙攘，黄包车穿行其间，左拐右绕，有人向妇人打招呼，刘妈这是去哪，谁家的姑娘啊？刘妈只是笑答："老家的亲戚。"

一会出了正街，上了中山路，往六渡桥方向走了一段，黄包车便拐进了背街，在积庆里份口停下了。热汗涔涔的刘妈喘了两口气，才扶着暹春下了车。

刘妈带她进了里份，走了十几米远，在一石库门前站住，敲了两下门环，门吱呀开了，里面的老妈子一看来人，便说："哎呀，刘嫂，多长时间没来啦。"

刘妈说："是啊，念着老东家，自然要来。"

老妈子一看后面的暹春："这是……"

刘妈笑道："来见太太的。"

老妈子一听，便叫："难道是那位……"

刘妈连忙把食指放在嘴唇上，小声说："我也是大着胆子领过来的，给老太太一个惊喜。"

老妈子连说："好好好。"

还没进门，就听到里面一个沙哑的声音："是谁来了？"

刘妈赶紧答应："太太，我是老刘。"便牵着暹春的手进了门。

藤椅上坐着位清瘦老妇人，头发花白，衣着素净，她正织着一件毛衣，抬眼对刘妈说："好长时间没来了，今天可是稀客。"

刘妈说："有段时间没见到太太了。"

沈太太道："是啊，老爷一走，家里失了顶梁柱，儿子又是个败家子，搬到这里来，可是越来越没人上门了。"

刘妈忙说："我当家的在药王庙当差，整天不在家，老太婆又有病，一天到晚就在家守着，难得出来，太太别见怪。"

沈太太说："我不怪啊，当初也是我先辞了你，你也知道我的难处。"再打量刘妈身旁的暹春，迟疑地问："这姑娘是……"

"您看看像谁？"刘妈问。

沈太太定定地看暹春，一下变了脸色，忙问："她是哪来的？"

刘妈说："太太，容我慢慢道给您听……"

在踏进石库门那一刻，暹春的心就怦怦直跳，也有些恍惚，再见到沈太太，她的模样，她的说话声，似乎在哪见过，没有陌生感，像动物闻到熟悉的气息，找到属于它的巢穴。沈太太的眼睛也没离开过她，这让她激动，也有几分害怕。

沈太太听了个大概，忙问暹春："你是集稼嘴那来的？"

"她先在吕家药铺，后来去了救世堂……"

不等刘妈说完，沈太太鼻子一酸道："我曾遣人问过萧家，对方说孩子没活出来……"

刘妈说："吕家的儿子比她大一岁，不可能这么近，八成是萧家做的好事，把毛毛扔在那了……"

太太不言语，低头织着毛衣，可针错了几行，她想拆掉，索性放下了。半晌，她摇头道："刘妈啊，谢谢你费心，可姑娘早离开了家，要见的人不在呀。"

刘妈见沈太太一脸悲色，有点不知所措，喝了两口水，才说："我把她送来给您老见见，您是她的家家，还有她舅舅舅妈，都是亲人啊。"

沈太太低头挽着毛线，手指已在发抖。

刘妈把暹春拉了一下："快叫家家。"

暹春迟疑了一下，上前叫了声："家家。"

沈太太怔了一下，放下毛线，一把拉过暹春，哽咽道："苦命的伢，长这么大了，可你的姆妈不在啊……"

两人抱在一起哭，刘妈见时候不早了，便推说："我还有事就先走了，太太有什么吩咐，只管告知就行。"

沈太太处在悲喜之中，也顾不得其他，只是点头答应要她常来，又继续对暹春嘘寒问暖。一会老妈子端着菜饭进了堂屋。沈太太才想起晚饭时候了，便要暹春一起吃饭。

因沈家少爷近几天没在家吃饭，老妈子就伺候沈太太一人，一般是三样菜，她和沈太太吃两餐足够。今天来了外孙姑娘，老妈子就多做了一道菜，三菜一汤，红烧鱼、汽水肉、炒白菜和香菇鸡蛋汤。拿了两个金边细瓷小碗盛好饭，递给祖孙俩，自己在一边伺候着，等太太吃完，她才能吃，这是规矩。

老妈子站在饭锅前，准备给两人添饭，她煮了小半锅，想三个人吃绰绰有余，沈太太吃得少，一碗就够了。可是，她傻眼了，暹春一碗吃完了，又要第二碗，第三碗，眼见锅要见底，桌上风卷残云，她只有瞪着太太，太太也惊得放下了筷子，眼见那孩子呼呼地吃，像吃不够似的。

暹春发现两双眼睛一直在瞪着她，才抹了下嘴唇，不好意思地笑了笑。

这时，一对衣着讲究的男女进了门。

"少爷少奶奶回来了！"老妈子叫道。

"哎，坐了半天的车，饿坏了，快拿饭来。"沈少爷一下瘫到椅子上。

沈太太一见情形，便使眼色要老妈子快去做。老妈子忙说："饭菜没了，能下点汤圆吗？"

"怎么没多做饭啊？"少奶奶责怪道。

少爷一看坐着的暹春，便问："这又是哪家的孩子？"

沈太太忙说："这是你的外甥女啊。"又要暹春喊舅舅舅妈。

少爷打量着暹春，小眼睛眯成一条线，怪笑了一声："姆妈，您今天是怎么啦，我俩几天没回来，您就寂寞成这样了，到处觅宝啊。"

沈太太说："这是你姐的伢。"

"我的妈，你真糊涂了吧，我姐姐哪来这么大的孩子？这不能瞎说啊。"

沈太太说："说来话长，你们就认了吧，她是我家的伢，没看到她跟你姐有多像吗？"

少爷盯着暹春看，突然咆哮起来："那个祸害，害得老头子死了，又来害我们。这没来由的丫头，你是想留下她不成，让我们都没脸面见人？"

老妈子做了一上午的事，早就饿了，但暹春多吃了她的饭，她就只能挨饿，饿是让人最受不了的事，少爷心烦，也是饿引起的，现在她也烦，正好也发一下气，便挑拨道："我弄了大半锅饭呢，预备着少爷少奶奶回来吃的，哪知这姑娘一来，把饭都吃光了。"

"她还这能吃？"少奶奶惊叫道，"这要有座金山也要被她吃光呢。"

"是谁把她叫来的？我们自己都吃不饱呢，还找个白吃的饭桶!"少爷发狠道。

遥春气得直抖，她大致明白了，这些人跟她虽有着血缘关系，但亲情微弱，抵挡不了私心的残酷。他们并不欢迎她，她的出生是一个隐匿的秘密，这个秘密是长在皮里的毒疮，不能触动，打开就会溃烂，殃及其他。所以，她的到来，让他们感到惊慌和难堪，全都因她的出身秘不可宣，比那些野孩子都不如。

沈太太处于两难。她的丈夫去世后，家境一落千丈，而这其中的原因，便有姑娘沈珠那件荒唐事给她父亲的伤害，老头子那么爱沈珠，怎么承受这份打击？沈太太也是痛恨交加，但人落到这步田地，只能叹命。遥春的到来实在是个意外，她恨姑娘，但眼见亭亭玉立的遥春，她的那种欢喜也是没来由的，这是天伦之乐，她有了这么大的外孙女，亲情的欢愉暂时忘却了那些怨怼和恐惧，她甚至有让遥春留下的想法。但看到遥春刚才的吃相，她也吓着了，现儿子一咋呼，把她也震醒了。

那一幕又在眼前浮现，沈珠哭着跪在她面前，要留下她的孩子。她流着泪摇头："伢啊，我不能让你一错再错，你不知道这世道的凶险，带着孩子，不仅害了你自己，也害了她啊。"后来她背着沈珠把毛毛送到萧家，虽恨在心头，还是忍不住往包被里夹了张出生卡片，若萧家也不肯收留，只能听天由命了。

没想到沈珠丢掉孩子后会绝望，一去不回。她受不了这种分离，尤其是丈夫去世之后，门庭冷落，家里人少，更觉凄凉。人说姑娘是娘的贴心小棉袄，可姑娘不省心，是个祸害。恨归恨，碰到什么节点，她还是想念，曾经丢掉的外孙女，也是她的亲骨肉啊。现在遥春从天而降，且长得跟沈珠很像，让她确认就是自家的孩子，惊喜之下，多少消减了对沈珠的歉疚。她正犹豫着让遥春留下来，但面对儿子的咆哮，媳妇的不满，她本是传统的妇道人家，又好面子，怎么抵得了周围人的刨根问底？尤其是战争时期，她一家计划着离开汉口，可沈珠杳无音信，又怎么能让她安心离去？

没等沈太太缓过神，却听见暹春说话了："你们可能认错了，我不是这家里的，我是救世堂万福林牧师捡来的孩子。我要走了。"她朝沈太太鞠了个躬，便往外跑去。

屋里的三个人一时呆了，等沈太太撵出门，哪还有人影。

救世堂里，万福林牧师正在做祷告。

"主啊，你那十字架的光辉，重生了我，医治了我，又深深感动了我，使我甘愿学习你的牺牲，使我甘愿替人付代价，甘愿饶恕，包容，祝福，期待，等候……"

桂嫂默默立在人群里，她因暹春认识牧师，感受牧师的仁爱，对他传扬的基督也产生了兴趣。

"儿女是耶和华所赐的产业。所怀的胎是他所给的赏赐。"这是《圣经》上说的。可她没有孩子，几年了，吃了不少药，但还是没有怀孕。女人不怀孕就如同母鸡不下蛋，被人看不起。听了牧师讲《圣经》，仿佛一束光照进幽闭的心房，豁然开朗。她要信基督，要爱人，基督会赐福与她，她对暹春的关爱也由此而来。虽然接回暹春是萧仲平的意思，但应承下来，总是一份责任。萧仲平给点钱就算了，她却要时时监护，要不牧师会怪罪于她。有时她心里烦闷，就来一趟救世堂，听牧师布道，心里就舒服多了。现在暹春去了沈家，她也像完成了一桩大事，还得告诉一下牧师，让他也高兴。

如她所想，牧师得知暹春去了亲戚家，点头笑道："她家境况优裕，吃喝就不用愁了。"

牧师对暹春吃饭可谓记忆深刻，桂嫂想牧师当初收留暹春，肯定费了不少精力。回来的路上，又遇到空袭，混乱之中跑到附近防空洞躲避，不想萧仲平也在里面，一时说起暹春，萧仲平便叹息："她这一去，怕是难得见了。"

桂嫂说："不是你让刘妈送去的吗？"

萧仲平说："她想回自己的家，能阻挡吗？再说，在你那，花费也不小。"

"你给过钱。"桂嫂说。

"我让你接她来，自然不能让你破费啊。"

"那有什么，帮人也是积阴德的事。"

萧仲平说："现在世道这么乱，真让人担心，过两天，还是让刘妈再去一趟，看暹春过得怎样，不行还是接回来吧。"

"人家是亲人，肯让你接回来？"

桂嫂以为是萧仲平喜欢暹春，却不知仲平从母亲的口吻中得知，暹春跟自家有关系，虽母亲没有明说，但他从暹春的相貌和神态上，总能找到哥哥景暄的影子，不出意料的话，暹春就是他的亲侄女，这也是他瞒着母亲，把暹春接到桂嫂那的原因。他好随意看护，又可避免外人的闲言碎语。

一时警报结束，桂嫂回到菜馆，又开始忙碌，进进出出的食客，有的见暹春不在，不免询问一番，末了又长吁短叹。

过了一天，桂嫂还是有些不放心，就准备去刘妈那问问情况。忙到下午，客人一一离去，店堂才清静下来。桂嫂摘下围裙，准备上楼换了衣服出门。

鹦鹉又在叫，她正要迎客，却走进一个灰头土脸的孩子，桂嫂以为是叫花子，正要赶呢，忽听孩子叫了声："桂姨，我回来了！"

桂嫂顿时惊呆了："你这是怎么了？"

暹春也不作声，直到梳洗完毕，才告诉桂嫂，她在江边被炸的木船上度过了一夜。

日子又恢复原来的样子。只是表面的平静之处，也有看不见的波澜在荡开。

桂嫂以为卸下一份担子，现在暹春又回来了，这份担子又得挑上。这一来一去，心里的波动在所难免，何况抗战期间，看到食客渐少，人往西迁，她也惶然，便准备回徽州老家去避难。但暹春怎么办，一路车马劳顿，小姑娘经受得了吗，有什么闪失，她可承担不起呢。

桂嫂心事重重，眼见萧家也在搬迁，就怕仲平一走，暹春的事没有着落，自然要找他说说。仲平听了就笑道："你放心，我不会走的，家业这么大，哪搬迁得完，总得要人照看。"

桂嫂听他这么说，心里才渐渐安定下来。

第六章　潘家

从洗马长街往东几百米，便是长江与汉水交汇的南岸嘴，与汉口的集稼嘴一样，皆称接驾嘴，曾是明嘉靖皇帝赴京继位的接驾之地。沿河房屋次第，帆影如云，商铺、酒肆、茶馆比比皆是，与汉口沿岸相映成趣。

潘家在码头边有幢二层楼房，楼下是个杂货铺，来往商贾上岸停歇，免不了进店浏览一番，花花绿绿的商品摆放在柜架上，让人眼花缭乱。伙计把商品放在磅秤上称了重，定好价钱，卖家付了款，便有搬运工扛着往码头上装船，就近又方便，占得这地利，又行事规矩，讲信用，自然生意兴隆，顾客盈门。

楼上是茶馆，茶客们在此品茶，饱览江汉朝宗之壮景。街上食物的香味飘进茶楼，茶客让跑堂去买些小吃，嚼着张家的麻花、胡家的米泡糕，时有卖唱的小姑娘牵着拉琴的盲人上楼来，随着悠扬婉转的二胡声，小姑娘唱起了流传的歌谣——

> 名山钟秀自天开，岿然盘礴天之隈。
>
> 汉水西来出其下，江流东合涛声回。
>
> 江汉滔滔南国纪，万里朝宗自兹始。

汉树在清静的潘家楼里不太习惯，秋娘就让他来茶楼帮忙，他不算聪明伶俐，倒也踏实肯干。潘掌柜让他帮忙倒茶递烟，站柜台，不忙的时候，他也听几句唱词。时光不紧不慢，像江水一样悠闲地流过。

潘掌柜是潘有声的堂伯父，原在私塾里教书，后来被侄子有声请来帮忙。潘有声是靠打码头起来的，有胆有识，却没文化，生意做大了，遇到一些场面上文饰礼仪，就让伯父出面陪同。有声自然是信任伯父，一些大事就找伯父商议，也没跟朱杏子和秋娘说。堂伯父是读书人，本有几分清高，又因有声的信任，也难免摆出长辈的架势自行其是，没把潘家的两位女人放在眼里，由此生出些龃龉。

汉树是个简单的孩子，不太在意掌柜与太太们之间的隔阂，只是默默做事，随叫随到。他这份憨劲倒是成全了自己，不那么讨人喜欢，但也不遭人讨厌。有时潘老板的货船到了，总是先来茶楼坐会。潘有声个头不高，眼睛黑亮，很精干的样子，有次问起汉树的身世后，摸了摸汉树的头，半晌无语，或许是想起他那天亡的儿子。

敦厚朴实的汉树也得到潘掌柜的信任，渐渐把一些贴心的事交给他做。汉树不敢偷懒，忙到店铺打烊了，才回到潘家楼里。

他住在楼下一间小房里，有时回来晚了，厨娘把一些饭菜用口锅装着，也不用担心剩饭剩菜，他自会打扫干净，顺便把锅碗瓢盆都洗了，才回到房里休息。厨娘也高兴，时常留些好吃的给他。

那天下大雨，客人来得少，过了六点，潘掌柜看汉树又像饿了，就说："你回去吧，我守一下，老板可能今天回来。"

汉树问："要搬货吗？"

潘掌柜说："今天也搬不了，下这大的雨，只能放在舱里。"

汉树撑着油纸伞往潘家楼去，风太大，他生怕伞被掀翻了，用另一只手紧紧拽着，但鞋子和裤脚还是湿透了，临到门口，看到楼上的窗口倚着太太朱杏子，白皙的脸在阴晦的雨天尤显得分明，她的眼神带着几分忧郁，似乎在想着心事。汉树平时早出晚归，很少与太太见面，知道她爱打牌，与长街的几位太太轮流坐庄，今天到李家，明天去张家，一坐就是一天。今天在家倒是少有的事。

"太太——"汉树向她招呼。

"回来了，老板的船到了没?"

"还没，掌柜说在那等他。"

他到厨房看了看，桌上摆着装菜的盖碗，纹丝没动，想是太太们等着潘老板回来用餐。便进了自己的小房，把打湿的裤子和鞋子脱下晾在一边，又找出干净的换上。

小桌上有一本《东风》画报，封面是美艳明星王丹凤的照片，里面除了明星生活的图片，还介绍其他新奇的事物，图文并茂，光怪陆离。那次杨先生来店里，随手把这画报给了潘掌柜，两人说了一些话，汉树也不太懂。后来画报就在柜台里放着，那天看汉树在翻看，潘掌柜就说，喜欢就拿回家去吧，不要在柜台里看。

杨先生几次坐船来，然后坐船去，也不告之他的来处，只是要货，他穿着灰布长衫，礼帽压得低低的，几乎看不到眼睛，只露着半截清瘦的轮廓。人很和气，要的货多是些笔墨纸张之类，也拿些药品。潘掌柜对杨先生特别热情，总是把货提前备好，杨先生来了也不耽搁，直接装船运走。潘掌柜私下嘱咐汉树，老杨是他的朋友，来拿货的事，别告诉他人。

风声裹挟着雨滴，在窗户上肆意宣泄，玻璃被震得呼呼直响，在黑夜里制造着恐怖。

汉树拿起那本画报又翻看起来，也为了转移视线，不想那些可怕的事情。何况累了一天，看看画报只觉得养眼解乏，都是他枯燥生活中没有的，就像个万花筒，给了他一种神往，但他对外面的世界还有些疑惑，被拐骗的阴影犹在，他不敢轻易冒险。

突然听到急促拍门的声音，他赶紧出来，秋娘已在门口，一个被淋成落汤鸡的人闯了进来，沙哑着声音哭道："太太……不好了，江上风大浪急，遇到旋涡，船翻了……"

那一夜的风雨一直没有停歇，淅淅沥沥的雨被呼啸的江风裹挟着，重重叩击着门窗，加重了屋里的清冷和伤悲。汉树只期盼着快点天亮，他感觉这幢楼摇摇欲坠，似乎要被风雨摧毁了。

悲伤在四周弥漫，也勾起他压在心底的伤痛，想起去世的双亲，已成废墟的吕家铺子，不禁号啕大哭。

不知什么时候，感觉一只轻柔的手在抚着他的头："好孩子，好孩子……"细软的声音已有些嘶哑。

他止住哭，抬起头，是朱杏子红着眼睛立在床前。

"太太，我打扰您睡觉了……"汉树一时失措。

"哪睡得着，"朱杏子忧伤道，"秋娘去了江边，一直没有回来。"

汉树不知道说什么好，他没有与朱杏子近距离接触，只觉得太太有些冷淡，不容易让人亲近。此番举动，可能是悲伤过重吧。

他一时愣着，朱杏子倒是坐下了。

"想父母了？"

"嗯。"

"汉口集稼嘴，以前也去过……"朱杏子略有所思。

"吕记药铺，您去过吗？"

朱杏子摇头说："没去过，听说过。"

那个风雨之夜，两个孤单无助的人，就这么拉近了距离。朱杏子虽然没有敞开心扉，但汉树能感觉到太太的恐惧。对朱杏子，或因汉树的痛哭，让她的悲苦有所减轻，仿佛找到了一个寄托，有了倾诉的对象，她对汉树一下亲近不少，还要认他做义子。

朱杏子做事全凭着感觉来，没那么多考虑。但她这番随心所欲却伤害了秋娘，就觉得太太实在霸道又自私，完全不在意别人的感受。毕竟是她把汉树带进家门的。当初你不想留人家，现在又要认儿子，即便要认，也是我秋娘先认呀。

秋娘到底有些心计，明里不作声，暗里把家产的来龙去脉都摸了个透，与潘掌柜之间的利益纠纷也渐渐浮出了水面，两人时有龃龉，秋娘觉得潘掌柜私吞了潘家茶楼不少银子，潘掌柜仗着是本家，又识文断字，也不把下人出身的如夫人秋娘当回事。对于来路不明又好逸恶劳的朱杏子，潘掌柜更看不起。而朱杏子与秋娘的关系也好不到哪里，秋娘先进潘家门，还生过孩子，朱杏子是后进门的，成为太太本就让秋娘不服气，现当家的不在了，财权方面朱杏子没有算计，都被秋娘握在手中，现朱杏子要什么东西，都得找秋娘，她本是正经太太，这般颠倒，没有上下之分，叫谁也受不了。

朱杏子不会吵闹，她知道潘有声不在，没人给她撑腰，闹也白闹，而且处境会更加艰难。她只能忍耐着，装着什么都不知道，不去捅破那层窗户纸。

只是没钱出去打牌了，苦闷的时候，就去江边走走，看看那些来往的船只，江上的霞影，飞翔的江鸥，想着有声，想着过往那些事。

她其实并不爱有声，她爱的那个人早离她而去，但有声救了她，不是有声把她从绝望中拉回来，她可能早就死了。

因为寂寞和无聊，她会去附近的莲花湖转转，或是江边漫步，有时也带上汉树，问问他的家事，从汉树简短的回忆中，大约了解他还有一个妹妹，叫遲春，是他父亲捡来的孩子。

朱杏子不想触及那些往事，一直隐姓埋名，又不能忘却，尤其是那个出生就被抱走的孩子，还有她的爱人，不知他是否还在人世。把汉树带在身边，就让她与往事更近一点，她斩断不了前缘。

夜色降临，理发店、照相馆、茶楼、酒肆都亮起了洋油灯，聚集着人流，小贩挑着货担沿街叫卖。

"水饺——"

"莲子米汤——"

香味慢慢地沁入心脾。

汉树随太太在夜市上徜徉着，感受着暂时的安宁。

谁想，敌机会在夜里袭来，轰炸了汉口，连带一水之隔的汉阳也遭劫难，南岸嘴一带火光四起，不少店铺和民居瞬间土崩瓦解，潘家的茶楼也未能幸免。潘家刚刚倒了顶梁柱，现又遭此横祸，可谓雪上加霜。

汉树站在废墟里，听着秋娘凄惨的哭声，心里一阵阵难受，他想到自己的家也化为乌有，对潘家的遭遇就如同自己的不幸，但此时的他只觉无助和忧伤，却不知如何改变。

第七章　空袭

　　坏消息不断传来，日军已到达武汉近郊，空袭变得频繁，炸毁房屋无数，江滩混乱不堪，往来汉口的货船寥寥无几，汉正街的店铺大都接济不上了，有的把尾货清理完毕也关了门，融进了西迁的人流，留下无处可逃的，只能勉强守着，等待着命运。

　　桂嫂的菜馆虽然还开着，但进店的客人少之又少，几个伙计没事做，有的便请假离开，桂嫂看形势不对，也都放了马，只是暹春，迟迟不见仲平的回应。

　　暹春自上次去过一趟沈家，心绪也有所变化，她是个敏感的孩子，哪会感觉不到旁人的议论，尤其是桂嫂，整天心神不定的，她就知道这里也待不长了。

　　那天放学后，她没有直接回饭馆，而是去了救世堂。

　　嬷嬷在拱门口坐着，见她来了，一把将她搂在怀里。

　　"好孩子，你多久没来了，牧师昨天还提起你呢。"

　　暹春动情道："嬷嬷，我也常想念你们啊。"

　　信徒们正在圣堂里吟唱着赞美诗，清越的声音飘出了户外。

　　　　在天父家中有许多房间

　　　　温暖甜蜜充满光和爱

　　　　但在门外边还有多少人

只有无奈伤痛和孤单

……

遑春轻轻走到前面，见万福林牧师在领唱，她也跟着唱起来。

让小小灯火四处燃起
带夜行的人回家
让千万盏灯遍照全地
带迷途的人回家

……

遑春想起牧师领她来救世堂的情景，不觉心酸。她来到这个世界就经历生死的磨难，不是好心人救她，她或许已不在人世。她没有亲人，尤其在沈家遭受一番刺激，越是感念救世堂给她的温暖。

她又往牧师楼走去，从楼梯上看到一墙之隔的普爱医院，西式钟楼上的十字架依旧熠熠闪亮，看病的人来来往往，白衣护士在忙出忙进。

许琴正在给一个小女孩捉虱子，她穿着一件素净袍子，衬着皮肤愈显白皙。

"遑春来了。"她高兴地招呼。

小女孩是个流浪儿，面黄肌瘦，胆怯木讷，许阿姨刚给她洗了澡，换上一件干净衣服。遑春见是自己曾穿过的，罩在女孩身上，略显宽大，就像看到当初的自己。

一会牧师过来了，见了遑春便问："你还在菜馆吧?"

遑春点了点头说："也不知以后会怎样。"

牧师知道灾难临近，但面对遑春，他还是不想让孩子发愁，便拍了下她的头说："主会保佑你的，不用怕。"

暹春望着牧师柔和的蓝眼睛，顿觉一暖。

牧师又问起暹春的学习情况，得知她独自去上学，便担心道："汉正街上人多杂乱，你一个孩子出外不安全，我得跟监护人再说清楚，不行还是回来吧？"

暹春说："我想尽快找到哥哥，住在那里也方便打听他的下落。"

一旁的许阿姨说："上月医院里抢救一落水者，有个女人带着十来岁的男孩子过来，好像叫那孩子汉树……"

"真的？"暹春惊叫起来。

牧师道："会不会就是你要找的汉树，可他有母亲啊。"

许琴说："那人没救过来，后来就运回汉阳去了，其他不得而知。"

"汉阳……"暹春的眼前闪现着一线光亮。

"我们再去打听，你等等看，不要着急。"牧师安慰她。

许阿姨要留暹春吃饭，但她谢绝了，知道救世堂里都有配给，牧师总在为供应发愁。她吃了，或许那小姑娘的饭食就少了。

暹春回到饭馆后，直觉那男孩就是她要找的汉树哥，哪会那么巧呢？名字一样，年龄也相仿。可汉阳那么大，何从找起？她把救世堂听到的消息告诉了桂嫂。桂嫂不大相信，人家有父母呢，或是牧师夫人听错了名字，或是暹春寻兄心切，一点蛛丝马迹都当真了。虽这么想，她还是答应跟萧仲平说说，他认识的人多，去汉阳打听一下。

暹春已等不得。从记事起，就是哥哥照顾她，吕太太有时打骂她，总是哥哥护着，汉树是她在世间最初的温暖，虽不是她的亲哥哥，却是她在这世上唯一的亲人。她不知父母，也领教了生母娘家的冷淡，现寄人篱下，依然像浮萍一样，越发期盼着与汉树团聚。可萧仲平迟迟没来，他忙得很，除了自家的店铺，还有覃怀会馆的事务。暹春焦灼难耐，想萧仲平再不来，她就自己去汉阳寻找。

这天，给桂嫂打听消息的咪毛来到菜馆。

"问了汉阳的朋友，洗马长街的潘老板两月前落到江里淹死了，他家收养了一个十一岁的男伢。"他说。

暹春马上问："是叫汉树吧？"

"是的。"

"一定是他。"

"可汉阳遭到轰炸，潘家的茶楼被毁，俩女人整天悲伤，男伢也不见了。"咪毛叹息道。

暹春听得一呆，刚刚燃起一线希望，就像火苗噗地熄灭了。

"又去哪了呢？"

"他在那待不下去，不会回来吧？"桂嫂思忖着，一拍手说，"对啊，有可能他来到汉口了，也在找你！"

暹春听了，又转忧为喜道："他可能会去集稼嘴找我，我现在就去那。"便起身往外走。

桂嫂拉住她说："集稼嘴就那么大，吕家的房子又不在了，他找不到不会离开？"

暹春说："可能就在街上找吧，我现在就去碰他。"

桂嫂看她急不可待地下楼，便拉住说："现在时候也不早了，还是等萧仲平来了再去吧，我也跟萧仲平说，让他去找找，总比你大海捞针要强啊。"

暹春说："我现在就去找仲平叔，让他带我去！"

"萧仲平出去了，不在家呢。"

"他不在，我自己找去。"暹春自顾出门。

初秋的下午，太阳散漫地洒在几分冷清的街面上，青石板泛着金色的光亮，也照着那些被炸的房屋，更显凄惨和突兀。

暹春走在人群里，她的身高还不到大人的肩膀，脚步却溜得快，桂嫂裹过脚，赶不上她的步子，急得直喊，暹春也不停下，叫桂嫂回去，别跟着了。可桂嫂担着责任，不说牧师那交不了差，就是萧仲平也会怪罪的。桂嫂只得踮着小脚使劲追，急得一头汗，幸好路上遇一熟人，她忙拜托人家："麻烦跟我店里的伙夫说下，要他先准备晚上的菜，我去去就回。"熟人应了，她才松了口气，又急着去追暹春。

两人一前一后，你追我赶，气喘吁吁，等到了集稼嘴的街口，暹春站在那个南货行的铺子门前，停住了。

"找不到了。"她忧伤道。

"这是吕记药铺的地方吗?"

"是的，被别人占去了。"

桂嫂四下张望，周围店铺有的被炸，有的关了门，行人寥寥无几。见斜对面杂货铺还开着，便走进去问，有没有个十来岁的男伢来过这里?

柜上的人说："来过。"

暹春顿时眼睛发亮："他真的来过?"

"他在这待了会，又不见了。"

"他去哪了?"桂嫂问。

"不晓得。"

"可能又去汉阳了，"暹春便往江边走，桂嫂只得跟着。

太阳渐渐地西斜，天际飘着绯色的晚霞，映着江水一片金色的波光，像仙子落下的羽衣，江边停泊的帆船沐浴在夕阳里，三三两两的木划子在江面上往返，一桨一桨地划开，又合那波光便变成仙

汉口江边望汉阳对岸

子灵动的眼，迷幻醉人。岸边有几个小摊贩在兜售水果和蔬菜，一些人在等待着船靠岸。暹春站在江边，望见汉水另一边的南岸嘴，沿岸的房屋，影影绰绰的人，有孩子在沙滩上放风筝……她好想汉树哥能够出现。

又一只木划子靠岸了，下来几个肩担背扛的人，又有人上去，准备过江。桂嫂问那划船的人，见过十来岁的男伢没有？船夫说，每天过江的太多，哪记得清啊。

这当口，又响起警报声，岸边的人四处逃窜。桂嫂拉着暹春好不容易挤进附近防空洞里，就传来飞机的嗡嗡声，接着又是此起彼伏的爆炸。

防空洞窄小闷热，彼此紧紧贴着，十分难受。

"这种日子几时是个头啊。"有人在抱怨。

暹春缩在黑暗里，听着外面的爆炸声，想着汉树哥的安危，要找到他的决心更迫切了。

第八章　小楼

接后的日子，空袭也变得频繁，萧仲平久等不来，暹春焦灼难耐，那日下学后，她没有回饭馆，而是去了药王庙，这是最初遇见萧仲平的地方。

几个月不见，药王庙已看不到当初那般火热的场面，里面冷冷清清，进出的人步履匆匆，多半是完成未了之事，只是园中的花木依旧茂盛，不知大难临头，仿佛还处在太平盛世。

暹春在那里寻了一圈，不见萧仲平，只得快快往回走。不料在路上遇到几个小男伢，一路嬉皮笑脸地缠着她，暹春慌不择路地往前走，有个坏蛋竟拦着她的去路。

"别跑呀，跟我们一起玩玩吧？"

"私伢……"几个围着她坏笑。

忽然传来一声呵斥："小鬼们邪完了！"

男伢们一见人来，顿作鸟兽散。

来者正是萧仲平，暹春一时又惊又喜，叫道："仲平叔，我正要找你呢。"

仲平说："我也到处找你呢。"

暹春忙问："是不是找到我哥了？"

"没有。现在汉口整天轰炸，江面不安全，过江的少多了。"

"就不找了吗？"

"你放心，我叫人去打听了。"

萧仲平忙得焦头烂额，父母已去了四川，他打算后一步离开，除了处理一些事务，还有个因素就是暹春。他知道母亲来看过暹春，不想那姑娘跟萧家真有什么干系。他就没有告诉父母有关暹春的身世，也是为保护暹春。只是暹春个子长得比同龄人高，像个少女了，他的堂客又爱猜疑，也不便把暹春带回家来，只好让桂嫂把暹春接到菜馆，私下接济。但暹春一天天长大，越变越美，觊觎她的人越来越多，看到有男伢跟着，他的担心也不幸言中了。

萧仲平一路思虑着，不觉带着暹春走进了幽深的花翎巷。

"这是去哪?"暹春问。

他没作声，走到一幢爬有藤蔓的小楼前停住了，敲了下门。

"小少爷来了，"陈太开门招呼一声，再看后来跟进的暹春，不觉一愣，"她是谁?"

萧仲平随口说："她是亲戚的孩子，要在这住些时候。"

陈太望着暹春的背影，一直看着她上楼。

楼上左边有个房门，对着右边的过道，过道一边又并排几间房，萧仲平打开左边的房门，里面又是一套房，堂房摆放着各样精致家具，窗台边有一张大写字桌，桌上放着砚台、笔架和镇纸之类。

一会楼梯响，陈太端着茶壶和点心进来，给他俩各斟了一杯茶。

萧仲平叫陈太做些吃的，准备三个人的饭量。

陈太答应着下去了。

萧仲平叫暹春坐下，将盘子里的汪玉霞小糕点递给她。

"这是谁的住处?"暹春问。

"我哥。"

"他在哪?"

"他离开家已有几年了。"

"去哪?"

"不知道。"

遑春环视着那些陈设,正面墙上挂着一幅杏花图,白色的杏花树下,立着一个风姿绰约的女人,淡淡的雾霭环绕其间,飘逸迷蒙,如梦如幻。

"这是谁画的?"

"我哥。"

"他是画家?"

"他是武汉大学毕业的,画画是他的爱好。"

遑春端详着画面,她感受着美,也感受着爱的气息,因这幅杏花图,好像这屋子都亮堂了起来。

萧仲平一边说:"这是已故太太居住过的一幢房子,也是她的陪嫁,后来就成了我大哥常居之处。"

"这房子就一直空着?"

萧仲平点了下头:"不知大哥几时回来,父亲让陈太一直在这守着,除了打扫房屋,不许动屋里的任何物件。"

遑春望着窗外错落的房屋,有的已成残垣断壁,一只麻雀落在被炸秃的屋顶上啾啾地鸣叫着,遑春觉得那鸟像是另一个自己。

萧仲平还在犹豫着,带遑春来也是冒着风险,父亲不让人随便进这幢房子,他只来过几次,这里对他是个谜,他不知道太太为何离去,大哥因何事出走,但知道父亲很爱大哥,不让房子乱动也是出于这份感情。

一会陈太又送来几样茶点,萧仲平喝着茶,脑子在想,目前的形势危急,说不准马上就得离开,所以得把遑春先安置好,让家里那婆娘也有个适应的过程,便对遑春说:"你暂时就住这里吧?"

遑春问："就我一人吗?"

"陈太在楼下，她是个孤老婆子，在这里守了几十年，平时可以照顾你的生活。"

遑春倒是满心欢喜，她没觉得危险临近，虽然遭遇过轰炸，但她还是不会发愁，她的天性是快乐的。

太阳渐渐西斜，陈太端来饭菜，仲平说要喝酒，陈太迟疑了一下，拿出半瓶汾酒："这还是那次老爷来喝剩的。"

仲平说："上次陪父亲过来，他想多待一会，就在这屋里吃了饭，喝了些酒，您也在场。"

陈太给他倒上酒说："那天老爷想起一些往事，有些心酸……"

她把酒具放在八仙桌上，摆放停当，要两人慢用，便下去了。

萧仲平让遑春随意，端起酒杯自酌："只管吃，不够让陈太去准备。"

遑春也不讲客气，端起饭碗呼呼地吃着。

可真能吃啊。萧仲平忍不住笑起来。遑春穿着花格子褂子，刚刚发育的胸脯时隐时现，透着诱人的气息。萧仲平喝得微醺，脑子闪过一个念头，如果她不是大哥的姑娘，该有多好。

天渐渐地黯淡，两人被四周的暮色笼罩，处在暗影中的脸有几分虚幻，像在梦境里。

桌上的饭菜已空了大半，遑春吃完了，一边坐着，陪着萧仲平。萧仲平也不敢多喝，两杯下肚，头就晕了，他怕乱性，对不起遑春。

"仲平叔，学堂停课了。"遑春知道上学是萧仲平的资助。

"唔。"

萧仲平当初让遑春上学，不过是打发一下时光，她在菜馆里待着，叫她做事不行，不叫她做事也不行，一打两就，上学是最好的选择。现在学堂停课，倒是没那些男伢缠着她了。

萧仲平红着眼睛瞅着对方，遥春脸上一阵火烧，胸口激烈地跳动着，她不知道见了萧仲平为何会如此，她喜欢与他在一起，也不知道害怕，只是被这个长她十来岁的叔叔吸引着，不知道那是青春的萌动，她还没到怀春的年龄，但身体提早萌发了，异性对她都会产生诱惑，尤其是在孤独的时候。

"你能每天陪我吗?"遥春脱口而出道，"要不别人就会来缠着我的。"

遥春此时还不明白陪的含义，她以为就是一起说话，走路，吃饭，她以为男女之间不过如此，没人告诉过她那些隐秘复杂的内容，她是个孤儿，是萧仲平搭救了她，她信任萧仲平，渐渐有了依恋，萧仲平就是她的保护神，让别人对她不敢妄动。

萧仲平此时就像一堆火绒，一点火星子便会腾起大火，哪受得了遥春这般直白的表露。他望着那个白嫩的小脸，忍不住说："你过来……"

遥春看到萧仲平双目如火，她本能地一缩："仲平叔……你怎么了?"

遥春的眼睛清澈无邪，纯净里有一种不容侵犯的威仪，把他一下点醒了，他也不知，一个女孩怎会有这种气势。

"我……有些头晕。"

外面响起敲门声。

"小少爷，吃完了没，我收拾碗筷了。"陈太在叫。

他起身整了整衣衫，答道："吃完了，你收拾吧。"

陈太进来，看他一脸酒色，似乎感觉到什么，便说："小东家，天晚了，也该回去了吧，免得少奶奶问起。"

萧仲平皱了下眉头说："马上就走。"

他站起身要出门，又对暹春说："你在这安心住下吧，一日三餐不用愁，保管你吃饱吃好。"便下楼去了。

桂嫂一直在忙，菜馆虽客人不多，但杂事不少，也为撤离做着准备。忙到晚上，平先生忽然叫道："暹春到现在还没回来，去哪了？"

桂嫂说："不知道啊。"

她四下里看，没见到人影，站在门口喊了几声，也没回应，心里怦怦直跳，一些不祥的预感兜上心来，不会被拐骗了吧。一想到此，顿时惊出一身冷汗。首先，她无法向万福林牧师交代，是她从救生堂把暹春接回来的，当时牧师说汉正街热闹繁杂，孩子在外，一定要注意安全。她在牧师面前只管点头，承诺会好好待暹春。她自以为对暹春是不错的，不说无微不至，也尽量照顾周到，让她有家的感觉。她没有孩子，就把暹春当她的孩子。可百密总有一疏，最近她也发现菜馆门前时有男伢出没，当时想问暹春，可一忙又忘了。

桂嫂在门口站了一会，不见暹春回来，便急得往外走。

夜里的巷道，少有行人，偶尔有挑担子卖吃食的小贩经过，窗户里透出微弱的光亮，昏黄的光影加重了清冷空寂。

走出幽暗的巷子，正街上依然有店铺开着，只是行人寥寥。往常这时候，汉正街夜生活的幕布才刚刚拉开，明明暗暗的光影闪烁，四处是流动的人流，石板路上的男男女女都是夜猫子，他们出于戏院、影院、茶楼，还有赌场，四处寻乐子。

萧永康的店门还没关，有个平脸女人在门口站着，桂嫂一看是萧仲平的堂客陈汉香，便打招呼："少奶奶望风景啊。"

陈汉香回头，不冷不热道："我哪有闲心看风景，那个穷忙的到现在还没回，也不知死到哪去了。"

桂嫂顿时一惊，萧仲平也没回，怎这么巧？一时愣着，陈汉香狐疑地问："这是去哪呢？"

桂嫂忙答道："我去前面谦祥益扯几尺布。"

陈汉香看她慌里慌张的样子，越发起疑，问道："为吗要晚上去买布呢？"

"忙忘了。"

桂嫂自顾往前走，感觉背后那双眼睛一直在跟着，本是焦急的她，无形又添了些烦闷，自己向来清清白白，不落人闲话，不过萧仲平常来菜馆，两人谈得来，关系近点。只是暹春这事，是依了萧仲平的意愿接回来的，无形中跟萧仲平有了牵扯，说不清，道不明。

桂嫂低着头寻思着，刚走到谦祥益门口，忽然肩膀被人拍了一下，再一看，正是一脸酡红的萧仲平。

"你去哪喝酒了？"桂嫂见他在别处喝酒，有点不舒服。

萧仲平微饧着眼，笑嘻嘻地问："你这是去哪呀？"

"暹春没回来，你看见了没？"桂嫂急得问。

萧仲平看了下四周，凑近小声说："我正要告诉你呢，碰到一帮男伢撩她，我也不放心，你那里人来人往，她也嫌吵……"

桂嫂怔了怔，一下明白过来："她现在哪里？"

"我让她住我大哥屋里，那里清静。"

桂嫂瞧了下他的醉眼，忽地感觉到什么，忍不住说："她可是个孩子呢，你可别动心思……"

萧仲平笑道："怎么会呢？你想哪去了。"

"那是，这汉正街谁不知道你是正经人，人善心慈。"桂嫂故意抬他。

"嗯，那你就放心吧。"

"我也少担点责，要不在万福林牧师那不好交代。"桂嫂点了下筋。

萧仲平愣了一下，说："那好，我回去了。"

桂嫂应着，自去谦祥益买布，想着暹春不辞而别，不免一阵难过，在一起相处长了，是块石头也焐热了啊。

暹春一人待在那老屋里，倒不觉得害怕。旧家具散发着丝丝缕缕的陈年气息，她慵懒地靠在太师椅上，只觉得舒坦。

陈太把桌上的残局收拾干净了，便打来热水，让她洗漱。又找出几件换洗衣服，说是夫人以前穿过的，都是丝绸质地，做工精良，放在樟木箱子里，倒还不显旧。暹春问夫人是谁。陈太说："就是大少爷的姆妈呀。"

衣服透着樟脑的香味，贴身又舒服。暹春在穿衣镜前端详着自己，陈太在一边端详着她，禁不住说："怎么觉得你像这家的孩子呢？"

"您说什么？"

"你的模样好像夫人年轻的时候。"

陈太问了暹春的年龄，叹口气说："少爷离开家也有十年了。"

夜里，暹春躺在雕花木床上，身上盖着柔软的丝绵被子，让她感到安闲和舒适，不知不觉就进入了梦乡。

早上是被陈太叫醒的，天已大亮，太阳光透过窗棂，给家具抹上一层柔和的光泽，愈显精致和厚重。陈太给热水瓶上了开水，她洗漱完毕，早餐也送上来了，一盘生煎包子，一碗热干面，外加一碗糊米酒，说小少爷叮嘱过了，要多买些，不知够不够。暹春又要了两个面窝。陈太答应一声，下楼去了。对面街上有卖面窝的，她晃着小脚，用竹签叉了两个炸得金黄的面窝赶回来，上楼一看，桌上的早点已被一扫而光，只剩下空空的碗碟。暹春一见她拿来面窝，又三下两下吃完了。陈太一旁惊得目瞪口呆，看她长得一副秀气模样，吃起东西怎这么吓人呢？陈太心里不免嘀咕，这姑娘像是饿牢里放出来的，她一个人抵两个人的食量。这无形给她增加了负担，要多做两个人的饭菜，增加了不少事。陈太是先夫人的贴身丫头，做了一辈子的老姑娘，现留在这老宅子里守着，也是让她享享清福。谁想清净了几年，又来了个大蝗虫似的丫头要人侍候，多费不少精力不说，还担着责任呢。只是看暹春的模样有几分像夫人，她又觉得疑惑，或许这姑娘真有什么来头，下次小少爷来问问也好。

暹春吃了早餐，便在屋里活动起来，走到书桌前，摸摸那些笔纸砚台，闻着淡淡的墨香，好生喜欢，桂嫂家里可没有这么大的书桌，只有一个小方桌供她写字，她在那小小的储物间只觉得逼仄，但寄人篱下，由不得自己。现在有这么大的房子供她居住，真是天降的福分，这令她舒心，又几分不安，她依然是寄人篱下，就怕某一天被迫离开。

屋里静悄悄的，她在木地板上跳了跳，发出咚咚的声响。她记着萧仲平嘱咐的话，不要出门，不能让人发现你在这里，要不就只能去桂嫂那了。暹春不想再去嘈杂的菜馆，就只好待在屋里。陈太按时送上饭菜，倒是不愁什么。屋里陈设精致，宽敞明亮，她从一间屋转到另一间屋，看到五屉柜上摆着一帧照片，一模样端庄的妇人抱着两岁大的男孩，妇人的脸似曾相识，再看男孩子，陡地一惊，简直是她儿时的翻版。吕氏夫妇曾带她和汉树哥拍过一张全家福，那时她三岁，她清楚记得照片中的自己。可惜已不复存在。想着陈太说的话，她对这屋里的一切不觉有了好奇心。

书架里有些书，她不太懂，看到有本《芥子园画谱》，不由取下来，里面画的花鸟虫鱼，活灵活现，她翻看着，想萧大少爷可能是从这本书开始习画的吧，不由得走到桌前，铺开宣纸，拿起毛笔，对着画谱描摹起来。

秋天的叶子一片片变黄，一片片落下，暹春穿起夹衣，也是陈太找出的旧衣裳，稍稍改过，熨帖舒服。与陈太待长了，渐渐有了感情，陈太把她当作大少爷的化身，照顾有加。暹春没有亲人，陈太对她好，便有家的温暖，她一口一个陈太地叫着，陈太更觉欣慰。两个孤苦伶仃的人，相依为命，相互取暖。

这天桂嫂拎了个食篮过来看她。篮里装着暹春喜欢吃的臭鳜鱼和红糖发糕，桂嫂看到屋里精致的家具，墙上悬挂的古画，桌案上的文房四宝，不禁啧啧欣羡道：“在汉正街住这么长时间，竟不知小巷里还有这么清静的地方呢。萧仲平也藏得住啊。”

暹春吃着发糕说：“这是他大哥以前住的地方。”

桂嫂睁大眼睛，一下凑近她：“好像听人说过，他哥哥出走，是因为一个姑娘。”

“他与那姑娘在一起吗?”

“不知道呀。”

暹春听此一说，联想到自己的身世，那不知去向的生母，会不会是那姑娘呢? 仲平叔不会无缘无故让她住这里，陈太也不会无缘无故说那些话，她一时发着呆。

空袭还在持续，爆炸声响起时，躲藏在桌子底下的暹春就止不住发抖，那时便想，仲平叔要在身边就好了。但萧仲平迟迟没来，她只好用画画打发时间，抵挡着恐惧。《芥子园画谱》比那些干巴巴的《三字经》有趣多了。她不喜欢陈旧古板的东西，见了背书就头痛，她在画纸上描摹那些小动物，那些花草，觉得好玩，渐渐迷上了。

那天，萧仲平拎着个铁笼子，一脸疲惫地来到老宅，陈太正在楼下堂屋择菜，一见笼子里装的白兔，便叫："哟，小少爷，拎这过来干吗？"

"药王庙的人都走了，没人喂养它。"

"小少爷是要带暹春姑娘离开吗？"

"在等船票呢，都在抢，慌着逃离。"

"我是不走的，就在这守到死。"陈太说。

萧仲平没作声，拎着白兔往楼上走。

上楼一看，屋里没人，茶几、座椅上堆满了画纸，书案上笔墨未干，宣纸上画着江水，隔岸的两个小人在对望呼叫。

一时暹春从里间出来，看到笼子里的白兔，惊喜地叫起来。

"还认识它吧？"萧仲平笑道。

暹春问："这是……药王庙遇到的那只？"

"是啊。"

"又长大了些呢。"暹春忙打开笼子，把白兔抱了出来。白兔一着地，便一颠一颠在屋里乱窜，暹春跟着后面撵，又上演当初在后花园的一幕。

"哈，终于抓到你了。"暹春从桌子底下捉住了白兔，"幸亏有这长耳朵。"

萧仲平看得好笑，不觉问："你是属兔的吧？"

"是啊。"暹春道。

萧仲平笑道："有同伴了。"

"嗯，谢谢你。"

萧仲平看到暹春那些画，有的是描摹，有的是随心画的，记忆中的救世堂，那些进出的人，画上的万福林牧师，不是在布道，也不是在诵经，而是在吃饭，他把盘子里唯一的苹果给了小女孩。萧仲平是读过几天书的，因环境熏陶，他对字画也略懂一二，看暹春画的那些花花草草，小鸡小鸭，虽说笔画稚拙，但画面灵动有趣，呆萌可爱。他一张一张地欣赏，忍不住叫好。

暹春不好意思道："画谱里有些东西没见过，只是依葫芦画瓢。"

萧仲平翻看着《芥子园画谱》，说："等你掌握了一些技法，就画些熟悉的吧。"

"画什么？"

"满眼皆可画，桌子、椅子、花瓶、扇子、茶杯、窗户、屋瓦……都是你眼里真实存在的，你看着它们，可不可画出来？"

暹春环顾着，一副懵懂的样子。

"就画这只杯子吧。你试试。"

暹春坐下来，对着那茶杯描画起来，杯子出现在她的画纸上，她竟然还画了只小猫，盯着那杯子，似乎在想，这是能吃的，还是能玩的？萧仲平惊喜不已，他似乎发现了暹春的天赋，不会死搬硬套，她有想象力，会让画面更加生动。暹春看着自己的作品，也有几分自得，她不知道，最初的实物临摹，对她以后有多么重要。

萧仲平看到她专注的样子，犹豫了一下说："日本人就要打进汉口了，我们得马上离开。"

"去哪？"

"重庆。"

"可我还不能走呀，没找到汉树哥呢。"暹春只想着更要紧的事。

"不走怎么办，等着当亡国奴？"仲平叹口气说。

暹春不知道亡国奴意味着什么，但肯定是不好的东西，便说：

"到重庆就可以不当了吗?"

"重庆有川江天堑，难以攻克的。"

"那好，只要跟着你就行。"

仲平心里虚虚的，拖到现在才决定带暹春离开，也是迫不得已，到现在还没跟堂客说呢。但此时，他也顾不得多想，唯愿船票能拿到，再不走，可能就晚了。

第九章　沦陷

　　暹春没等到萧仲平来接她，日军已攻进汉口。

　　恐怖是慢慢渗透进来的，寂静中透着肃杀，巷道里没有人声，飞过的鸟鸣愈觉凄厉。萧仲平一直没来，或许他已经走了，短暂的失落之后，她倒安下了心。

　　随后听到铁蹄踏过的声音，零星的枪声，呵斥声，叫骂声，她不敢张望，怕不长眼的子弹射进来，陈太把门关得紧紧的，生怕某一刻被撞开。

　　物资成了大问题，卖菜的小贩都不见了，已经吃不到新鲜蔬菜，只有腌菜泡菜将就，米和油此前准备了一些，倒还能对付一阵子。

　　暹春画画更勤了，画完了屋里的陈设，又画窗外的树、小鸟、云朵、房屋，她的画也渐渐有模有样。画完了眼前的景物，她又继续画记忆中的那些景物，桂嫂的小菜馆，药王庙，后花园里奔跑的小白兔……她画起来忘记了吃饭，以此抵挡饥饿。她也吃少了，先是饿，等饿过了就习惯了，少吃点，只要不饿死就行，能在这幢小楼待着就行。她渐渐瘦了下来，下巴有了尖尖，胃也饿小了，跟正常人一样，但身体还在长，只是个子过于苗条了。

　　那日，暹春画累了，就歇下来，活动一下筋骨，喝了两口水，听到窗户外面有鸟叫，不由得轻轻地走过去，倚到窗口往外看，有两只小麻雀在对面的屋瓦上嬉戏，她想逗一下，也跟着啾啾地叫，小麻雀惊了一下，忽地飞走了。

暹春还沉浸在她的世界里，目光在四周游移，散散漫漫的，就像那些飘浮的云朵，天空下层层叠叠的屋瓦像波浪一样起伏，蛇行的小巷逶逶迤迤，一直通向正街，她的目光触到远远一个小点，不觉停住了，那是普爱医院西式钟楼的十字架，斜前方的位置，是救世堂的飞檐，她心头一热，思念便抵挡不住，她想起在那里的快乐时光，牧师还好吧？

隐约听见冷清的街面划过刺耳的鸣笛，日本兵已进入了汉正街，所幸那噪声在巷子里已经稀薄了，却不知，噩梦才刚刚开始。

天气越来越冷，淅沥的雨声让周遭更显清寂。暹春望着屋檐落下的雨滴，孤单也如冷雨浸入身体，萧仲平也走了，生活没了依靠，得自己解决一切问题。

陈太每天在小巷附近寻觅，看到邻居丢弃的菜叶子便捡回来，勉强给兔子充饥，但总有断炊的时候，树叶子都掉光了，土里的草也枯黄了，再也找不到给兔子充饥的食物。

"怎么办？小兔子不能饿死啊。"暹春瞧着瘦恹恹的兔子，就像看到她自己的异形，便要出门去。陈太拦住了她，街上站着端着刺刀的日本兵，姑娘家出去更有危险。

"我出去找找看，老婆子应该没人注意。"陈太不忍暹春的忧愁，要去稍远的江边。

此时日军已将时间拨快一小时，与东京时间相同，称为"新钟"，还把每天下午5时至次日凌晨7时定为宵禁时间，其间家家得关门闭户，不得大声喧哗，不得上街走动，如在路上遇到巡逻的宪兵队，不论是谁，一律格杀勿论。陈太不认识字，不知街头巷尾的布告上写着什么，只顾往江边走，那里有水的滋润，岸边会有一些芦苇菖蒲，或许还会有野菜，能救小兔子的命。

陈太走了一会，遏春便开始忐忑不安，虽闭门不出，但恐怖的气氛已渗透进来，不知陈太会遇上什么危险，只巴望她早点回来。她守在小兔子身边，想着当时药王庙里的热闹情景，时隔几个月，一切都变了。可仲平叔说了要带她走的，怎连个音信也没有呢？又感觉对方可能遇到了阻碍，不会置她于不顾的。

萧仲平确实还在汉口。当时船票只拿到一张，他让妻子先离开，准备再想办法带遏春一起走，却已来不及了。

他是跟堂客闹别扭耽误的，陈汉香要他一起回乡下，萧仲平只想去四川与父母团聚，陈汉香又不愿单独前行，他心里烦闷，就干脆住进药王庙里，筹措车辆，准备将一些要紧的物资带上，走陆路西行，不料车辆悉数被政府和军队征用，连人力车都不见了踪影，他四处搜寻不得，日本兵已踏进了汉口。

为尽快建立殖民统治秩序，严密控制武汉社会，日军在对难民进行遣散时，还在汉口划分了军事区、安全区、难民区和日华区。汉正街从硚口以下、大夹街以上，左至汉水边，右至中山路地带，被划成难民区，日本人把汉口的不少房子强行占了，就将那些无家可归的人赶到难民区里，又在难民区里逐家清理，凡有空置的房屋，一律征用，差些的房子就被难民挤住，一时人满为患，嘈杂不堪。

所幸萧仲平先行一步，将药王庙改为小学堂，暂时避免了侵占，他自己也躲回家中，以防维持会前来纠缠，不想还是被划进铁丝网围成的难民区里。陈汉香便抱怨回不了乡下，在这困守。他被嘀得心烦意乱，免不了暗自懊悔。

那刻萧仲平走到窗前，望了一眼楼下，便见端着刺刀的日本宪兵正押送着一队难民过来，然后被一一赶进那些无人居住的房屋里，实在住不下，就挤进路边搭起的临时帐篷里。

忽然，他注意到人群里有一位踉踉跄跄的老妇人，定了定神，竟是陈太，他大吃一惊，赶快往楼下奔去。

陈太是去江边挖野菜时被日本宪兵抓到的，要出示良民证，她拿不出，便当作了难民。萧仲平忙上前跟宪兵解释，却被对方横蛮地推到一边。

陈太脸上留着一道乌紫的印迹，似乎被打蒙了，只是木木向仲平示意："小少爷快回去吧，我一个老太婆不怕什么，快走，快走！"

萧仲平眼见陈太被拉走了，便懊悔自己忙乱疏忽，没有及时去照顾那一老一少，想到暹春独自一人在家，又赶紧往花翎巷走去。

到了小楼门口，重重敲了好几下，门才打开。

暹春见到他，又惊又喜："仲平叔，你没走啊？"

萧仲平也不回答，进来关上门，说了陈太被抓走的事。暹春便急得直叫："陈太一向爱干净，把她弄到那乱糟糟的地方，可怎么活呀？"

仲平忙说："你也别急，我过来就是告诉你一声，我自会想办法把她送回来。"

暹春忙说："那你赶快去吧。"

"好，我这就去。"他走进厨房看了看，锅里还剩点稀饭，桌上有半碗腌菜，米缸已经见底，看到小兔子病恹恹伏在笼子里，便抱歉道，"前几天一直忙乱，宵禁时又不便来，委屈你们了。"

暹春说："没什么，一下还死不了。"

他回头看了一眼暹春消瘦的脸："饿得难受吧？"

暹春说："习惯了。"

"等会我就去弄些吃的来。"

暹春说："我不用急，你先去把陈太找回来吧。"

萧仲平答应一声，要她把门关好，说日本人见了好房子就要征用，已有几家的房子被占了。

暹春一听便发愁："怪不得正街那边闹哄哄的，还听到哭声。这小楼要征用怎么办？"

萧仲平安慰道："这小楼式样陈旧，不太显眼，在小巷里也隐蔽些，应该不会。"

从小楼出来，萧仲平的心里仿佛被铅砣压着。当时他若态度强硬，让陈太回来还是有可能的，却又担心小楼被人盯上，引起麻烦。可现在暹春的生活成了问题，她还是十岁的孩子，既然是他安置在那里，就得照顾。救陈太不单是为老人，也是为暹春。现在难民区里人满为患，杂乱不堪，吃饭喝水也不能保证，一般人都够呛，莫说上了年纪的人。陈太不识字，不知街上贴着告示，出门要带良民证，没有就当黑人收容。暹春大门不出二门不迈，恐怕也不知道要办良民证。也怪他疏忽，一直没有顾及。

他十分为难，因为得去找那些不该找的人，只有那些人去找日本人，才有可能把陈太弄回来，但又是他要回避的。日军进驻汉正街，就找了些人出来成立治安维持会，把他也叫去了，但他借故躲藏起来，就是不想惹上麻烦。只怪自己优柔寡断，患得患失，没有及时撤退，落入今天的困境，造成不小的麻烦。

他不知不觉走到药王庙，维持会暂时设在里面，这是他走进无数次的地方，现在却难以迈进一步，仿佛看到一口井，他要进去了，就会不断地坠下去，深不可测。

他在那门前踟蹰着，忽见店里的伙计急匆匆地赶过来："少爷快回去，少奶奶从梯子上摔下来了！"

他忙问："怎么搞的？"

"也不知到暗楼找什么物件，就掉下来了。"

他只得跟着伙计往回跑。

遐春孤单地等着陈太。萧仲平叫人送来一袋米，还有一些红薯和鸡蛋，要她饿了先煮鸡蛋吃，他再想办法。

她以前在吕家学做家务，也看过陈太做事，就试着做饭，好不容易生着火，饭却做夹生了，她也舍不得扔，又加水重煮，拌着鸡蛋和腌菜吃，也蛮香。

陈太不容易出来。日本人不好通融，何况是个老人，价值不大，维持会的人便不愿多费口舌，就搪塞萧仲平，萧仲平不敢面对遐春，躲着不来，有时就叫个下人给遐春送点吃的。

小兔子已吃不进东西，遐春抱着它，一直看着它渐渐气息微弱，闭上眼睛，忍不住放声大哭。

忽然传来猛烈的敲门声，她刚打开，一下冲进几个人。

"哎，你们是谁啊？"她想拦住那些上楼的人，却被一把甩开．一位警察打量了她一下说："这丫头是哪来的，只知道常年是个婆婆守在这……"

另一个说："没登记的黑户黑口，直接当难民收容。"

警察便指着遐春说："拿着你的随身用品，马上离开这里。"

遐春上楼去清理自己的衣物，听到几个人在嘻嘻哈哈地说笑。

"街上那位置确实狭小了些，又吵。"

"不是那婆婆闹着要回来，还真忘记了这个闹中取静的好地方。"

"谁让萧仲平不识抬举，要不这小楼也不好动啊。"

……

遐春把小兔子埋在树下，就被警察带往难民收容所。遐春好长时间不出门，眼见正街大多关门闭户，冷清寥落，不似当初那热闹的景象，偶尔还有穿泥巴黄的日本兵傲慢地走过，那些临时摆摊的小贩见有警察过来，便慌忙收拾，躲进巷子里。

正走着，忽见萧仲平带着两个人急匆匆地赶过来，见警察带着暹春，便骂道："王八蛋，谁让你们占我的房子，还把人赶到难民收容所，邪完了！"

那警察也认识萧仲平，见他来势汹汹，顿时几分气短，堆起笑脸道："萧少爷，我是接上面的吩咐奉命行事，这不能怪我啊。"

萧仲平也不听，拉起暹春说："走，跟我回去！"

警察一把拦住："萧少爷，你不能带她回去！"

萧仲平一下甩开对方，骂道："你别拦我的道，拦着小心把你一起办了，老子现在就找维持会算账去！"

对方不知他什么来头，愣了一下，又上前道："萧少爷，这又何必呢，我带她去是公事，你要带她回去可以，拿出个路条给我看看。"

萧仲平吼道："老子没路条，要路条直接去宪兵队，就说萧仲平要回被侵占的房子，看日本人怎么说！"

萧仲平一直在商会里管事，在汉正街有一定名望，日本人让他进维持会便有此考虑，虽然他回避不去，还没有动他的意思。但维持会里总有他的对头，自然想借此给他点颜色看。

警察见萧仲平一径往花翎巷而去，知道要坏事，赶紧抄道回维持会报信。

暹春忧伤地走在冷清的街头。

萧仲平不仅没讨回房子，还被维持会派去的人打伤，关进了警察所，让她目睹了世道的残酷。

木栅子四周布满了铁丝网，日本宪兵把持在门口，有人进出，便向宪兵出示良民证，还得脱帽行礼，有不表示恭敬的，便要挨打，不让通行。

难民区里拥挤不堪，一些人没地方住，就在空地上搭起草篷子过渡，乞讨者萎缩在屋檐墙根下，在初冬的寒风中瑟瑟发抖。

暹春一路询问，终于找到汉水边那个废弃的仓库，里面用铁皮、芦秆和泥巴隔起一间间小房，供无房的难民居住，每家不管男女老少只有一间。过道狭小逼仄，杂乱不堪，充斥着难闻的气味，在顶头厨房的旁边，有个杂物间，里面堆着一些麻袋杂物，麻布袋边放着半碗稀饭，一个病恹恹的婆婆歪在麻袋上呻吟。

"陈太……"

暹春奔到跟前，几天工夫，陈太已苍老得失了形，不是仔细辨认，几乎都认不出了。

陈太见是暹春，顿时哭道："暹春姑娘，我以为见不到你了……"

暹春流泪道："我来晚了，本想救您出来，自己却被赶到这里来了。"

陈太听说小楼被维持会霸占，心痛道："都怪我，说住在花翎巷的小楼里，他们不信，便把你也害了。"

暹春说："不怪您，是仲平少爷不听他们才这样。"

"总归是保不住的，不是他们霸占，汪姨太也会卖掉的。"陈太伤心道。

"汪姨太？"

"小少爷的娘啊……她是不想留下萧老爷的念想，不是老爷不允，早就卖了……"陈太吃力地说着，摇了摇头，望着暹春说，"苦命的伢，你现在也没地方住了，这怎么得了？"

暹春说："我就跟您在一起。"

"不行啊，这里又乱又脏，哪能跟我这孤老婆子待在一起？"陈太挣扎着要起来，"他们没给你安排住的地方？"

"没有，我只问了您在哪里？"

"你扶我起来，我要去找他们，给你个住处，这里不能待。"

陈太硬撑着站起来，暹春挽着她颤颤巍巍地往外走，可没走两步，陈太便上气不接下气地喘起来。

"陈太，您怎病成这样？"

"我本有气喘病……这几日一折腾，又加重了……"

"我去找大夫给您开些药来。"

"没有用的……大夫也不来难民区。"

"不行，我得去找他们。"

暹春把陈太扶回原处，打听到前面巷子有家小药店。这里的住户告诉她，陈太前几日就睡在人家屋檐下，是好心人把她送到这仓库里来的，给她饭也不吃。

暹春走了好远，才问到那药店，很小的门面，里面两个柜子，稀稀拉拉摆了几盒治跌打损伤的膏药，还有万金油之类。有个老头守着柜台，昏昏欲睡，经不住暹春叫唤，他睁开惺忪的眼说："你这丫头一来就叫，买什么药知道吗？"

暹春说："我不知道，要请您去看看病人。"

老头说："我只卖药，不是大夫，不出诊的。"

暹春忙问："哪里有大夫啊？"

"这里没有，出了难民区，前面救世堂旁不是有个普爱医院吗？"

听到救世堂三字，暹春眼前一亮，她怎忘了？

她快步往硚口方向走去，那里有个出口，离救世堂不远，这是药店老头告诉她的。

寒风吹过街道，地上满是碎屑、残叶和垃圾，阴沟里冒着臭气，小吃店前满是人，有的就站在脏水泥泞的地方大口嚼着面窝。走到利济路口的栅栏处，看到出口守着日本兵，暹春摸了摸口袋，出来时警察发给她一张通行证，幸亏在身上，到跟前说明缘由，终于被放行，她像出了笼的小鸟，不觉飞跑起来，直往那熟悉的地方奔去。

救世堂四处是人，门前贴着救济难民办事处，普爱医院的医护人员穿行其间，给一些人量体温，做检查，教徒们端着冒着热气的馒头，发给一个个面黄肌瘦的难民。

圣堂里也聚集了不少人，万福林牧师正在念诵《圣经》，为难民们祈祷。暹春不顾一切奔到前面，向牧师招手致意。

牧师看见了她，走到跟前轻声说："小姑娘，我正担心你呢。你倒来了。"

暹春急道："牧师，我现在难民区，要救陈太，她快不行了……"

牧师一听，便小声道："我们出去说。"

来到走廊里，牧师便问："你怎到难民区去了？谁是陈太？"

暹春就把她去小楼的大致经过说了一遍。

牧师便叹息："你现在又无家可归了。"

暹春急道："牧师，快去救陈太吧！"

牧师答应着，很快找来两个医护人员，带着担架往难民区而去。

陈太终于被送进普爱医院，她原有气喘病，又受了寒发烧，引发肺炎，情况危急。此时的普爱医院已被日军管制，本就缺医少药，碰到肺炎重症也爱莫能助，何况年老的病人。

陈太挨过了两天，已经不行了，弥留之际，她望着暹春的脸，气若游丝地说："暹春姑娘……你可能是……大少爷的骨肉啊……"

陈太缓缓说出那个秘密，大少爷还在上大学时，在戏院里认识了一位姑娘，两人一见钟情，私订终身。汪姨太得知后告知萧老爷，萧老爷一怒之下，要给景暄另择佳偶，速办婚事，以致大少爷负气出走，十年不归，如今不知是死是活。

"那姑娘是哪家的？"暹春紧张地问。

"具体我不知道，有次大少爷带她来小楼，要我叫沈小姐……"

暹春顿时惊呆了，如果真是积庆里的沈家，自己身世的秘密就揭开了，大少爷就是自己的亲生父亲。

陈太第二天就断了气。在救世堂的帮助下，陈太的遗体被运到姑嫂树埋葬了。

暹春又回到救世堂里，她做了救助站的义工，每天穿行在难民中间，分发食物，递送药品，打扫卫生，有时与教徒们一起念诵赞美诗，为难民祈福。忙碌冲淡了失去陈太的悲伤，也让她重新拥有了另一种充实的生活。而在牧师眼里，暹春确实长大了。

第十章　襄河

汉阳的街头一样被日军的铁蹄践踏，炸毁的房屋在深秋的雨水中哭泣，对于风雨飘摇的潘家，又经受着一番摧残。

吕汉树成为潘家两个孤寡女人的慰藉和指望，但他心里的伤痛，却无法化解。

潘有声还在抢救时，他陪着秋娘来过救世堂，祈祷能救活潘先生，但家里的顶梁柱还是倒了。那段悲伤的日子，因潘家的变故，他也无所适从，两个太太都把他当作亲生儿子，希望他跟自己贴心，但女人们为家产闹得不和，他夹在其中，左不是，右不是，难免被误伤和猜疑。两个太太开始对他有所保留，不像以前那么贴心了，汉树心情郁闷，就到潘掌柜店铺里待着，早出晚归，尽量不跟两个太太碰面。

潘家的茶楼被炸没了，所幸楼下的杂货铺没遭受重创，还在支撑着营业，勉强带来一些收益。潘家店铺离汉水码头不远，是船家上岸的必经之路，有时生意来了，潘掌柜与买家谈好价钱，列了清单，汉树就和伙计忙着备货、称重、点数，然后叫扁担直接挑到船上运走。

老茶客爱来铺子里闲聊，总也绕不开那些传说。

"洗马长街在明朝崇祯时就有了名……"

有人接着滔滔不绝："当时政局动荡，群雄四起，崇祯皇帝听说江城有龟蛇环卫，形成龙脉，就担心朱家王朝因这龟蛇之势而江山难保，于是动意切断这里的龙脉，由此辟建了这条长街，将龟山之首与身分离，武昌蛇山也被拦腰筑路，形成龟断颈，蛇断腰……"

汉树一边在店里帮忙，一边听着故事，心中的忧伤也随之烟消云散了。

有时没生意，汉树坐着无聊，就敲打算盘，潘掌柜在一旁抽着烟斗，望着袅袅升腾的烟雾，忽而嘀咕一声："杨先生好长时间没来了。"

汉树也想念杨先生。杨先生总是穿一件灰布长衫，面容带着风霜，举止彬彬有礼，有些像教书先生，倒不像一般的商人。杨先生总要拿几箱的货物，有的东西店里没有，潘掌柜便去别家调货。杨先生每次取完货就走，也不上岸歇一歇。听潘掌柜说，杨先生也是汉口人，后来离开了汉口，就没再回去过。他不觉纳闷，杨先生为何要离开汉口去襄河呢？

汉树儿时被拐骗到汉阳乡下，已觉得挺远，没想到还有更远的襄河。听潘掌柜说，出了汉阳，顺着汉水的上游走，那里有广阔的湖泊，也有山丘和森林，钟灵毓秀，物华天宝。他不禁对襄河产生了好奇。也期盼着杨先生能再次出现。

那天下着雨，四周氤氲着湿漉漉的潮气，却有货船到了，一箱一箱地搬进来，汉树帮着点数，潘掌柜核对着清单，算盘打得噼啪响。

这时进来一个人，他把油布伞收拢，走到掌柜面前，小声说："您是潘掌柜吧？"

"您是？"潘掌柜停下手问。

他从长衫里掏出一封信："我是老杨的朋友，他托我带给您的。"

潘掌柜打开一看，不觉皱起眉头，略思忖了一下，对来人说：
"你放心吧，我按清单备好货物就发送过去。"

对方作揖道谢，说还有事，不敢耽搁，便离开了。

汉树从后面点完数出来，见潘掌柜沉着脸，似有心思。

"先生，货都清了一遍。"

"没有短少的吧？"

"没有，就是装板蓝根的麻袋压破了，有点受潮，我摊开了
放着。"

"嗯，就这样办。"潘掌柜点头道。

两人忙完了手上的事，一时歇下来，潘掌柜点了根烟，吸了几
口，不觉发愁道："伙计刚走两天，现在又有事，找谁好呢？"

"什么事啊？"汉树问。

"有批货要送走。"

"送哪？"

"襄河。"

"就是杨先生待的地方吧？"

潘掌柜点点头说："那边一时没人过来，看我们能否尽快送过
去。现找不到人，只有我过去了。"

"好啊，我也去。"

"你不去，就守着店里，秋娘时常过来，也有照应。"

"我想去呢。要不我去送货，还是您守店吧？"

"你还小呢，这事做不了，我也不放心啊。"

"我不小了，您教我的都记得。"

"还要结货款呢，你做不了。"潘掌柜直摇头。

"我能做，你把钱数写好，到时他们付款给我，数点对了不就
行了？"

"你个小伢，弄掉了怎么办？"

"我绑在身上，不会被人家抢去的。"

潘掌柜看他期待的样子，还是摇了摇头。

他与杨先生虽是买卖关系，但来的次数多了，彼此熟络，就像朋友一样。他知道杨先生的来处，也从不过问，但内心里，他钦佩杨先生这样的人，也渐渐得到对方的信任。货肯定得送过去，他是想自己去的，只是沿途认识的船家不少，有些显眼，容易引起怀疑。秋娘如果过问，借此把店收回去，自己再回店铺就不太可能了。要汉树去倒是不引人注意，只是孩子太小，万一有个闪失，后悔莫及啊。

他左右为难，一时难以定夺。

"我想去杨先生待的地方看看，您就答应我吧，我会办好的，您就放心好了。"汉树几乎在乞求了。

他又看了看汉树，相处时间长了，与这孩子也有了感情，尤其知道他的身世后，更多了点疼爱。这伢不算特别机灵，但也不笨，粗中有细，经过一些事，倒是比一般孩子要懂事些。现形势动荡，他考虑自己的出路时，不免为汉树的今后着想，孩子是跟什么人学什么人，如果自己以后不在店里了，汉树跟着两个没见识的女人，能有多大出息？不如让他出去闯一闯，让汉树接触杨先生那样的人，总可以见见世面。他这么想着，终于定下心来。

"好吧，我让船老板照应一下。"

"谢谢先生！"

"你押货去，不要耽搁，他们付了货款，就马上返回。"

"晓得。"

朱杏子得知汉树去了襄河，便有些担心，免不了埋怨潘掌柜，这么小让他独自出门，路上遇到日军，出了事可怎么办？潘掌柜只得安慰太太，找了有经验的船老大，会一路护佑，不会有事的。

一晃好几天过去，却不见汉树回来，潘掌柜也有些坐不住了，他打听襄河方向过来的船只，有顾客说，在打仗呢，可能船被征用了吧。潘掌柜心里一沉，那孩子要一时半刻回不来，可怎么向二位太太交代？

秋娘也每天担心，了解一番情况后，他对潘掌柜怀着私心擅自做主简直怒不可遏了。这是一个导火线，平时想要说潘掌柜还找不到合适的借口，现出了这么大的事，岂能就此罢休？毕竟潘家的财权大部分掌握在她的手中，潘掌柜虽是本家，资格老，到底不是潘有声的至亲，隔一层，说话的分量便小了许多。但潘掌柜还是沉得住气，任秋娘旁敲侧击，明火执仗，他都不予回应，想船只都没回来，就不是个例，过不了多久总会回来的，他要等到那一天。

朱杏子没有参与他们的纷争，只盼着汉树回来。此前还有那孩子说说话，现他一走，越发地寂寞，憋不住时，就来到汉水边，望那些过往的船只。一天，又一天，不见船来，她就在那里坐等，多年了，她不敢面对河对岸的汉口，怕有人认出她来，就一直待在家里，汉口虽近在咫尺，对她却是天涯。

她沿着河岸茫然地走着，不觉来到湘乡码头，一声长笛从远处传来，是艘轮船刚刚起航，拖着长烟向长江下游开去，她望着渐行渐远的轮船，心里揪扯了一下，那个人也是坐船走的，他抵抗不了家庭的重压，也带不走怀有身孕的她，就只身离开了，他说要去上海，在那安顿好了就来接她，却一去不复返，杳无音信。此时，她孤苦伶仃，陡然又勾起思念，他可能早把她忘了吧，想到这些，心里又隐隐作痛。

码头边停泊着一些帆船，多是湖南过来的商贩，她来多了，人家已认识了她，知道她在找那个男孩。

"我们要走了。"是个面孔黝黑的男人，她知道对方叫阿强。

"去湖南吧?"她问。

"是啊，想不想出去看看?"阿强几分诡秘地笑着，她触到对方射过来的目光，倏地一颤，脸不觉红了。

朱杏子转过身去，知道阿强是个没老婆的鳏夫，她跟他出去意味着什么。她默默往回走，感觉背后有双眼睛一直跟着她，似乎控制不住，还喊了一声："明早出发哪。"

她回到家里，又像处在冰窖里。几个用人对她早没了往日的恭敬，有的连理都不理。她想喝杯水，还得自己去烧，饭菜自然也将就，这明的是赶她走啊。她有气也发不出，谁让自己傻，当初没留条后路呢?

她闷闷地想着，潘有声让她过了几年安逸的日子，她一度沉湎在牌桌上，只为打发无聊的时光，如今没了靠山，她就是无根的浮萍，现在潘家已无立足之地，汉树那孩子本是一份寄托，现又不见踪影，她对潘家已无眷念，离开是迟早的事。

阿强的笑脸又在眼前晃着，那种健壮的男人分明是有吸引力的，何况在她心里，男人没有好坏之分，只有强弱之别。她可不是一般的女子，向来敢作敢为，何况身处困境，有一个吸引她的男人便是诱惑，也是救命的稻草。

第十一章　老杨

　　救世堂门前聚集着不少难民，暹春拎着提篮在发放馒头，一时篮子空了，正要进门去，听到有人在叫她，再一看，竟是多日不见的萧仲平。

　　"怎么出来的?"暹春惊喜地问。

　　仲平笑道："活人还能让尿憋死? 想出来就能出来。"

　　他把暹春拉到一边，说小楼又让他收回来了，要暹春跟他一起回去。

　　暹春说："陈太不在了，把我一人留在小楼有什么意思?"

　　萧仲平说："不是你一人，我也在那办公呢。"

　　"怎么叫办公?"

　　"我现在负责商会了。"他小声说。

　　"你被他们打了，还关了进去，怎么又跟他们和好了?"

　　"不是和好，是识时务，你不懂。"

　　暹春愣愣地望着他，像不认识似的。

　　"走，跟我回去吧，不在这受苦了。"萧仲平要拉她。

　　暹春躲闪着说："我就不去了。"

　　"为什么?"

　　"人多怕吵。"

　　"这里一样人多啊。"萧仲平说。

"但这里要人帮忙啊。"她指着那些难民说。

"你个小姑娘能帮什么忙?"

"我就愿意在这里,我原本也是这里的。"

萧仲平愣了一下,又劝道:"还是回去吧?"

暹春摇了下头。

萧仲平怏怏往回走,一时想起什么,回转身说:"我得到信,汉树还在洗马长街。"

"真的?我马上去找他。"暹春惊喜道。

"你现被救世堂收留,要去汉阳,也要有证明的。"

"什么证明?"

"你还小,不能办良民证,得有托保证明。"

"能办吗?"

萧仲平点了下头说:"我试试吧。"

暹春等着萧仲平的回信。她把此事跟牧师说了,牧师忧虑道:"你去了汉阳,还能再回来吗?"

"不知道呢。"

她还不明白牧师的意思,以为只是汉水的阻隔,其实牧师是担心一个小姑娘没人看护,会时时遭遇危险,她这朵未开的花,不能提前凋谢了。又听说萧仲平现在维持会,牧师对他更有了反感。以前他就觉得此人心性浮荡,不想把暹春交给他,还格外叮嘱桂嫂。现在暹春虽然离开对方,要去汉阳,但保不定又处在他的掌控之下。再说暹春去了汉阳,与吕汉树久别重逢,俩孩子都刚过十岁,若做出什么出格的事,可是把暹春毁了。

但牧师的担忧阻挡不了暹春的决心,她不觉得自己是个孩子,经历了一些磨难,她比一般孩子要懂事,何况在救世堂终不能长住，现知道汉树哥的下落，哪能不去找他？

牧师只得让她走，特地安排了一个汉阳的信徒照应，如果有什么事，及时给他报信。

暹春在教徒的护送下乘上了木划子，向汉水的对岸划去。木划子悠然地荡着，眼见对岸的南望嘴越来越近，她的心也激动得怦怦直跳，就是这条河阻隔了他们，让她与哥哥分别这么久。当初她以为汉阳很远，没想到木划子到汉阳岸边，也就一眨眼的工夫。

小船靠了河岸，她沿着石阶往上走，但见巷陌纵横，青石板路逶逶迤迤，错错落落的店铺，沿街铺排，开张的倒不多，巷子里也大都关门闭户，在初冬的日光下，显出几分凄清。那教徒住在莲花湖，每次去救世堂要经过洗马长街，对街巷较为熟悉，不用特别费力，就找到龟山脚下的潘家楼。

只有秋娘守着那幢房子，她一看到暹春，便吃了一惊，小小的瓜子脸，那神态，多像一个人啊，得知是汉树的妹妹寻来了，她又喜又悲，喜的是小姑娘一来，让她觉得整幢楼都亮堂了，悲的是汉树出去了，一直没有信，兄妹俩不得团聚。她不愿让暹春失望，只说汉树出去送货，过几天就会回来的。

暹春有些失落，却也满怀希望，总算找到地方，与哥哥见面也不远了。秋娘得知暹春的遭遇，也不禁心酸，孤寂之中的她，有这么可爱的姑娘与她做伴，她自然求之不得。她让暹春在太太朱杏子的房里住着，觉得小姑娘跟朱杏子很相像，如果朱杏子回来看到这一切，也不会反对的。

暹春从朱杏子房间的窗口，越过层层叠叠的屋瓦，就可望见悠悠的长江，比花翎巷小楼的视野还要开阔。她闲着没事，便爱去逛洗马长街，这里虽没有汉正街繁杂热闹，但也包罗万象，自有一番风情，附近除了禹王庙，还有川主宫、敦本堂、天主教堂、太平天国寺、灵官殿、社稷坛等众多的庙宇会馆，以及香瑞巷、湘乡巷等临江古巷。日军侵占后，街市明显萧条了，普通百姓只能在此守着，度日如年。好在去江边比较方便，不似汉口那边有日军把守。

江畔芦花片片，风吹过，一层一层如雪飘荡，似在吟唱"晴川历历汉阳树，芳草萋萋鹦鹉洲"。可惜禹功矶上已不见晴川阁，在其遗址的北面，还有一座高大精美的川主宫，即是曾经的四川会馆，里面虽已破损凋敝，依然残存着可供表演的戏台，造型精致的观戏花楼，与当年的药王庙一样豪阔。

暹春四处看着，回到家里还意犹未尽，不觉拿起笔纸画起来。

秋娘见她画那些古迹，在一旁啧啧赞叹："好啊，几时把洗马长街都画下来吧。"

暹春听了，也起了兴致，便去买来长卷的宣纸，起笔画起长街的一幢幢房屋和店铺，还添上活动的人，画面渐渐生动起来。

冬去春来，不觉又到了夏天。

那天，家里突然来了两个人，一大一小，秋娘一见来人，便惊得大喊："暹春，快来呀！"

暹春闻声下楼，走到跟前，打量了一下那男孩，惊喜叫出一声："你是汉树哥……"

汉树激动地说："暹春，我是汉树……"

暹春上前一把搂住汉树的脖子，哭道："哥，你跑到哪去了，我找你好久啊……"

汉树端详着眼前的妹妹，小脸尖尖的，再不似以前胖乎乎的样子，像个大姑娘了，汉树本能想拥抱她，但当着人面，他反倒不好意思，只是傻笑着。

穿着竹布长衫的男人在一旁笑眯眯地看着他俩，目光柔和，暹春不觉一暖，她小声问汉树："他是谁呀?"

"他是杨先生。"

"杨先生……"

"暹春，早听说你了。"老杨笑着招呼。

秋娘本为汉树不辞而别心生怨怼，但见孩子出去半年多，不仅长高了，也壮实了，她心里的一块石头落了地，但话到嘴边，还是要说：

"汉树，你出去送一趟货，也不说一声，结果一走就是半年，也没有音信带回，太不把我们当回事了。"

"娘娘，我是准备送了货马上回来的，"汉树诉说着遭遇，半路上遇到鬼子的巡逻艇，以通共嫌疑将一船的货没收，船老大和他也被羁押，是杨先生派人把他们救出，后来到了襄河，又遇到鬼子扫荡，他只得随杨先生四处迁徙……

秋娘听着汉树的讲述，不时唏嘘叹息。

"幸亏杨先生带着你啊。"

她不知老杨的身份，以为只是生意人，老杨风吹日晒，虽有几分老相，但稳健儒雅，让她顿生好感，觉得老杨不会是一般的人，何况汉树跟着他，确实不一样了。

秋娘招呼他们住下，两人却不能久留，汉树要随老杨一起去采购药品。

老杨来之前已有过几种考虑，第一种方案是找潘掌柜，由他筹集货物，熟门熟路，方便又安全。但汉树一走又迟迟不回，潘掌柜受不了两位女人的埋怨，又因日军入侵，生意清淡，他便索性离开，回乡下侍候生病的老母亲，店铺也不得已关门歇业。

老杨只得考虑下一个方案，去汉口另找一个供货商。他对汉口很熟，认识的人不少，但一直没有去汉口，也是避免被人认出，引起麻烦。然而事情紧急，他只得铤而走险。

吃饭的时候，暹春看到汉树哥与老杨有说有笑，有时话里冒出一些新词，她听得不太懂，又感到新鲜，与哥哥分别两年，觉得他成熟不少，说话也像个大人，她对哥哥越发有了依恋。而对杨先生，她有种莫名的亲近感。杨先生也喜欢暹春，最初以为暹春是汉树的亲妹妹，等暹春说出自己的身世，她是吕掌柜捡到的孩子，后来去了救世堂，杨先生不觉放下了筷子。

"那户人家心真狠啊，舍得扔下这么好的孩子！"秋娘叹息道。

这一下，无疑触动了暹春心里的伤痛，仿佛积压过久的岩浆直往外冒，她又说起在积庆里沈家的冷遇。

杨先生的眼睛已有些发红，他怔怔地看着暹春，手不自觉地伸向她，感觉到秋娘异样的目光，转而拍了下暹春的肩膀，似在极力压抑着，声音已微微颤抖："姑娘，不要悲伤，亲人都会找到的，你不会孤单的……"

"谢谢杨先生！"暹春眼含热泪地望着他。

杨先生却不敢与她对视。他站起身来，跟秋娘道了谢，便走出门去。

汉树也跟着出来，对秋娘说："我们走了。"

"小心哪。"秋娘背后叮嘱道。

汉树随着杨先生径直往江边走去，一路上，杨先生没说一句话，眉头一直皱着，似乎在想着什么事。到上了木划子，杨先生才拍了拍他的肩膀，轻声说："要去汉口了，你准备好了吗?"

汉树说："准备好了，您放心吧。"

小木船划开波浪，往对岸划去。

杨先生望着缓缓逼近的集稼嘴码头，一时心潮起伏，离家十余年，他再没有回去过，每次出来办事，就只到汉阳，哪怕经过汉口码头，也没上过岸。他是尽量避开，不去触碰往事，一触碰便是痛。随着时间的推移，他已渐渐地淡忘了，却不料遄春又触动了他，让他激动又惶恐，十年里，他经历过腥风血雨，在敌人的枪口面前都不曾害怕，但面对那个小姑娘却害怕了，他怕一连串的往事又被翻起，自己抵御不了情感的纠扯，他更怕那个秘密被揭穿。却没想到，孩子还活着，会勾起所有的记忆，如果遄春真是他的女儿，不会恨他吧？

第十二章　咪毛

集稼嘴码头的景象大不如前，曾经帆布高挂，桅樯林立，如今只有零星几条帆船泊于岸边，木划子也少了许多，一侧的长江上，游弋着插着太阳旗的巡逻艇，几只江鸥在寥廓的江面盘旋，声声凄厉，吕汉树听得一阵难受，那啼声似在呼唤什么，仿佛父母的化身。

木划子停靠在岸边，两人沿着台阶往上走，见码头牌楼处拦起一道岗哨，日本宪兵把持着进出口，检查着过往行人的证件。

老杨掏出准备好的良民证，证件上标明他俩是父子，吕汉树的名字是杨小明。两人身上没有携带，很快通过了关卡，随后走进了久违的汉正街。

汉树没有在集稼嘴逗留，他得听从老杨的安排，不能耽误了正事。初夏多雨，一会又下了，两人撑着油布伞，正好遮挡一下视线。老杨穿着长衫，蓄着胡子，戴上眼镜，经过风吹日晒的脸满是沧桑，跟十年前的模样判若两人，不仔细辨认，实在难以看出是谁。

他们沿着湿漉漉的石板路走了一段，就在大生巷的徽州菜馆门口停下了。此时桂嫂已回徽州去了，走之前把菜馆交给了咪毛照管。

咪毛本名毛汉强，从小瘦弱多病，五岁时患痨病的父亲去世，母亲受不了生活的重压，又害了疯病，不久溺水而亡。已故萧太太看他可怜，便接到家里收养，平时就跟儿子景暄为伴，两人一起上学，形影不离。因眼睛小，大家便叫他咪毛，一直叫到现在，已忘记了他的本名。咪毛先在萧永康药铺里做学徒，熟识中药，深得萧老板赏识。后来又做跑街，因为人豪爽仗义，结交了不少江湖上的朋友。他时常来桂嫂的菜馆吃饭喝酒，彼此熟了，也成为朋友。桂嫂认准咪毛靠得住，便把菜馆交给他。也幸亏有咪毛内外疏通，徽州菜馆才没被维持会收走。现咪毛招了人又把馆子开了起来，虽算不上正宗的徽州菜，但菜品新鲜多样，价格公道，加之开张的餐馆有限，徽州菜馆便陆陆续续引来客人，渐渐又有了人气。

老杨与汉树一进店里，就有伙计迎上招呼："恭请贵客光临！"

老杨问："请问掌柜在吧？"

里面的咪毛听见了，赶忙出来，一见杨先生，便呆住了。

老杨微微笑着："咪毛，不认识了？"

咪毛上前一把将他抱住，哽咽道："哥，你可变多了啊！"

老杨的眼眶也红了，禁不住说："我也想你啊。"

咪毛见店里有食客，忙拉起老杨的手说："走，上楼去。"

维持会的人已撤走了，只有萧仲平留在那里，小楼又恢复了平静。

萧仲平时常来此办公，药王庙的办事处倒去得少了，他答应到商会任职，自觉是权宜之计，人一旦失势，就是虎落平阳被犬欺。这是前番折腾后痛苦的领悟。

小楼里很安静，除了窗外几声鸟鸣，几乎听不到嘈音，这让他能够专注地做些事情。此时，他正在看桌子上的一份物资供应申报表。现在汉口实行物资统制，凡经营商户购买和转销物资都要报请审批，具体内容也有详细规定。汉正街辖区各商户的物资申请每月交由商会核准，重要物资又需商会统一上报，再呈请汉口市府物资审核科批准。萧仲平事务繁杂，就安排了咪毛兼办此事。

他看了两页，发现登记造册的商户中，多了一个吕记铺子，便停住了，不是被炸毁了吗，还是有人借用此店名另行开张？一般新增商户的来龙去脉都得有说明，但咪毛只字未提，他自然得问个明白，商会里也有人盯着他，不能有错，一错便是把柄，几方都会拿他是问。唤人去徽州菜馆找咪毛，半天不得回信，不免有些烦躁。

终于听到楼梯的响动。他忍不住喊道："什么事这么忙啊，磨到现在才来？"

不见对方回答，他不觉起身，还没走到门口，咪毛已领着老杨和汉树进来了。

萧仲平一看来人，便愣住了。

"仲平，不认识我了？"老杨脱下帽子说。

萧仲平定了定神，仔细打量了一下，小声地问："你是大哥？"

"是我。"老杨笑道。

"真是大哥呀，"萧仲平看着老杨饱经风霜的脸，鼻子一酸，呜咽道，"你终于回来了，爸爸一直盼着你呢！"

"爸爸现在怎样？"

"太太走后，爸爸思你心切，也中了风……"

老杨一下白了脸，跌坐在椅子上，低垂着头。

"爸爸一直想你，能走动时，就时常来这里看看，还嘱咐要保持原来的样子……"

汉树见老杨难受，不由得给他倒了杯水。仲平这才注意到他，便问："这伢是……？"

咪毛说："他是孤儿，被大少爷收养了。"

萧仲平一听，便问起他的名字和年龄。

"我叫吕汉树，十二岁了。"汉树答道。

仲平瞪大了眼睛："你就是吕家药店丢失的孩子?"

"是的。"

仲平急切地问："你妹妹一直在找你呢，你去哪了?"

杨先生一下抬起头来，跟汉树使了个眼色。

"好啊，今天是双喜临门，终于找到你们了。"萧仲平高兴地叫道，又要咪毛给他们端上茶点。

"咪毛，这报告里的吕家铺子，是否是吕汉树家的那个?"他到底没忘正事。

"是的。"

"那地方被别人占了吧，现在又物归原主了?"

咪毛正要答应，杨先生朝他摆了下手："你带汉树去里屋休息吧，我来告诉他。"

老杨拿起杯子喝了几口茶。

萧仲平看到他手背有道伤痕，不禁问道："哥，你从哪来?"

"襄河。"

"不是去了上海吗?"

"上海待了一阵，又去了其他地方，现就在江上来回做生意。"

"倒货?"

"是的。"

老杨环视了一下屋内，不觉问："陈太呢?"

"走了，不在了。"便把陈太被赶的事说了一遍。

老杨悲伤不已，半晌才说："陈太是我姆妈从娘家带过来的，是我的亲人……"

"我知道，陈太一直盼着你回来。"

老杨紧咬着嘴唇，想说什么，究竟没作声。他走到窗前，目光触到书桌上那些画作，不觉翻看起来。

一张，又一张，老屋里的物件，汉正街的风景……都是曾经温暖的印记，他似乎看到童年的自己。

"这是谁画的?"

"暹春呀，她在这里住过一阵……"萧仲平走上前说。

老杨心头一颤，手指禁不住哆嗦起来。

仲平忍不住问："暹春是……?"

老杨手上的画纸一下掉落到地上，仲平帮忙捡起，他已走到窗前，避开对方的目光。

女儿，真是他的女儿，从看到暹春的第一眼就感到可亲，现在终于能证实是他的孩子。若不是吕氏夫妇收养，她可能已不在人世了，她可真是命大啊。却没想到，吕汉树又来到他的身边，这因缘巧合，难道也是上天的安排?

老杨激动不已。但面对仲平，他还是尽量掩饰，虽是同父异母的兄弟，彼此并不亲近，分开十年，感情疏淡，现在仲平又屈从日本人的淫威，在伪商会里任职，若他一不小心说漏了嘴，可能会坏大事。

"汉树的妹妹来过，好啊。"

"她不是吕汉树的亲妹妹，她是沈家扔掉的，会不会是……"

老杨忙打断道："别瞎想了，谈正事吧。"

萧仲平一时愣着，那个意气用事的大哥完全变了，难道他真把以前的事忘得一干二净了?

老杨坐下喝了口茶，已恢复了镇定，便说起了正题："我这次回来，是准备把以前的吕家药铺重建开张。"

萧仲平有些不舒服，大哥来只字未提自己的过去，也没问萧家的情况，却关心着一个不相干的吕家，是何意思？

"是汉树的想法，他没了家，得帮他实现这个心愿。"老杨又说。

"你帮他重建铺子？"

"他是我的义子，理所当然。"

"哥哥筹到资金了？"

"筹到一部分，还需要一些。"老杨看着仲平，似乎在等他开口。

萧仲平明白过来，原是来找他要钱的。作为萧家长子，他要用钱，做弟弟的本无话可说，但是给人家尽义务，就有些接受不了。这老大在外闯了些年，钱恐怕没赚几个，倒是越来越呆了。便说："哥哥的事，我本应出力，只是萧家大部分财产都在父母亲手里，现在他们去了重庆，这里虽有个店还开着，但现在市面这般萧条，只是勉强维持，还不知能不能保本……"

老杨见他推托，便说："吕家铺子不大，建房的资金基本上够了，只是进货的款项有点为难，就想请你帮个忙，是赊是借，筹措一下如何？"

萧仲平面对老杨的目光，虽然温和，却透着不容抗拒的威慑力，那是萧老爷的遗传，可惜他没有。

"哥，你离家这么多年，今天又遇到难事，当兄弟的哪能说不，就是再难也要帮哥一下嘛。"

"有你这话我就放心了。"

"可是……那伢还小，不能管理铺子啊。"

"我让咪毛帮忙打理一下。咪毛是我的发小，为人仗义，脑子也灵活，在萧永康做过，懂业务，又在码头积有不少人脉。"

"汉树就留在铺子里？"

"也不一定，有时得带他出去走走，要教他学些东西。"

"这里有小学堂呢。"

"学堂里净教日本话，以后不成个小日本了？"

萧仲平尴尬一笑。

"你回来住吧？"他试探道。

老杨说："不用，吕家那边有住处，省得来回跑，你也不方便。"

"那有什么，哥哥回来理应住这里呀，再说本就是你的房子。"

老杨还是摇头："我不想让人家知道我回来。再说我已不姓萧，姓杨。"

"为何这样？"

"我不想重复过去。其他的你就不用问了。"

"好吧。"萧仲平松了口气。

"吕家铺子重建不会太长时间，货物还得先订着。"老杨拿出个清单。

仲平看着，皱了下眉头。

"有问题吗？"

"这里面药品和食盐订量较大，吕记药店原是卖中药的。"

"可以兼营吧。"

"汉口特务部对物资管制很严格，尤其进药品和食盐，若发现有疑点，多半以抗日分子论处。"

"日本药品应该不是问题吧？"

"难哪，每家的供货量基本定了，不会有太大出处，若有，特务部便要过问。"

"你在商会，总还有其他渠道吧？"

"这都担着风险的。"

……

两人在商议时，汉树躺在暹春睡过的那张床上，不觉进入了梦乡。

他又回到熟悉的地方，一排排中药屉子，药香宜人，父母在店里忙碌着，他和暹春在店堂里玩耍，不知几时，父母不见了，暹春在柜台里哭，他问父母去了哪，暹春说他们都去找你呢，你又跑到哪去了？

忽而听见老杨在叫唤小明，他一下醒了，脸上挂满了泪痕。

第十三章　复归

转眼到了秋天，吕家铺子已重新开张，一些街坊邻居过来祝贺，看到店面大致还原了老样子，感叹吕家铺子复活了，汉树这伢有出息，他老子娘在九泉之下可以瞑目了。

汉树守在柜台里，也坠入了往事，看到进进出出的咪毛，一时恍惚，好像父亲在忙碌着。

咪毛扭头看汉树眼里含着泪水，便过去拍了拍他的头："儿子伢不兴哭的，有本事把店铺做大，为你老子娘争口气。"

汉树接过他递来的手帕，擦干眼泪说："咪毛叔，我会的。"

咪毛点头道："嗯，这才是男伢说的话。"

平先生在里屋打完账，走了出来。

平先生与桂嫂回徽州待了一阵，听说汉口在号召复归复业，就先回来探探情况。平先生曾是萧家的账房先生，后来汪少芬找理由换自己的人，平先生便去了鸿兴织布厂的亚东公手下做事。后来亚东公一家去重庆避难，鸿兴厂也停业了，遇到咪毛在忙吕家铺子，正缺账务，便被拉来帮忙，这对平先生是小事一桩，闲暇时间还教汉树打打算盘。

汉树曾在潘家店铺里待过一阵，对柜台上的进出货并不陌生，平先生发觉这孩子并不笨，只是对账务兴趣不大，好在老实听话，叫他练十遍不敢有九遍，这般踏实，倒也慢慢在长进。

"汉树，怎又不练了？"平先生催促道。

汉树又埋头敲起算盘珠子。平先生看了一下汉树，转头对修理磅秤的咪毛说："上月的销售勉强填补成本，但这个月进价又涨了，加上税，难保回本啊。"

咪毛说："不指望赚钱，不亏太多就行。老大是这么说的。"

他说的老大自然是杨先生。这些筹款都是老杨弄来的，从哪个渠道来，他没问，想人家曾是大少爷，总有办法。

平先生摇了下头："大少爷这是何苦，好端端的家业拱手让人，自己风里来雨里去的。"

咪毛说："家家有本难念的经，他不走怎办？"

平先生叹息了一声。

汉树听到二人的话，如坠雾中。他知道店铺是杨先生花钱建的，但不知杨先生会是大少爷。他跟着老杨住简陋的农舍，吃着粗糙的干粮，老杨有时还帮忙扛货，在船上摇桨，遇到日本兵时，他从容应对，哪像个养尊处优的少爷啊。又听说杨先生上过大学，可他为什么不留在大城市，宁愿去襄河，与那里的人同甘共苦呢？汉树一时没理解，有次问杨先生，对方沉默了一下，反问他："你看到中国人见到日本兵总要脱帽，鞠躬，还时不时被打，被残杀吧？"

"是。"

"你是什么感觉？"

"难受。"

"为何难受？"

"因为……我也是中国人，受不了日本鬼子的欺压。"

"是的，就像自己的家被外人霸占，被人欺负一样。"

"所以要跟鬼子干。"

"对的。"

老杨就这样一次次点拨，让他逐渐明白抗日救国的道理，尤其是在襄河，看到那些美丽的乡村被日寇蹂躏，老杨与战友用游击战术打击日军，让他敬佩又刺激。但老杨认为汉树年龄太小，准备把他送回洗马长街。但汉树不肯再寄人篱下，说自己的家本在汉口，父母双亡，硬要跟着老杨一起抗日。老杨才知他是吕家铺子的孩子，自家的街坊，便将他当作义子带在身边。现吕家铺子恢复重建，成为襄河抗日根据地的物资供应站。汉树虽然还不是抗日游击队的战士，但他跟着老杨，逐渐明白不少革命的道理，早不是当初那个懵懂被人骗的傻孩子了。

时钟当当敲响了十一下，汉树走出店外望了望，回头问咪毛："杨先生出去半天，怎还没回来呢?"

"与萧少爷订盐去了，你急什么?"

"他还要带我回襄河呢。"汉树生怕老杨丢下他。

"襄河来回一趟不容易，也要备足货物才能走啊。"

汉树便不作声了。襄河抗日根据地急需药品和食盐，但汉口市面卡得很紧，进货都需要特批。上次老杨通过萧仲平疏通，好不容易弄到一些，到码头便少不了一番检查，船行途中又遭遇过水上警察巡逻船的盘查，好在老杨事先将食盐化在衣服中，才侥幸逃过险境。

杨先生走进萧永康时，店里的伙计还没认出他来。十年过去，物是人非，他变了，不再是萧景暄，何况他来的次数很少，与店里的人不太熟悉。回想当年，作为嫡长子，萧老爷和夫人宠爱有加，周围人都对他笑脸相迎，他的生活一直无忧无虑，直到父亲娶了汪少芬，一切发生了变化。

那时景暄已上大学，每到礼拜天回家，总看到汪姨太跟父亲在一起，萧太太却独守一处。看到母亲阴郁的脸，景暄便知道父母之间出现了裂痕。景暄对父亲有了怨怼，更看不惯汪少芬，彼此的冲突在所难免，曾经温馨和睦的家因那个女人的到来，再也回不去了。后来母亲抑郁成疾，不久离世。景暄与沈小姐的婚姻也被汪少芬偷梁换柱，他愤而离开，这一去竟十年不归。最初他在上海报社里做事，因牵挂沈小姐，一次次写信给她，却石沉大海，他知道伤了沈小姐的心，却不知每封信都被沈家人截留了，两人断了联系，他也渐渐断了念想，后来他接触到地下党组织，看了不少进步书籍和马列主义理论，逐渐从小我中走出来，开始关心整个民族和国家的命运，由此走上革命的道路。

现在，历经岁月磨砺的老杨站在萧永康的店堂里，神态虽然淡定，眼前不免恍惚，似有隔世之感。

柜上的伙计见老杨左顾右盼，不由得问："客官，您要点什么？"

他回过神问："萧老板在吧？"

"在里屋。"便向内头喊，"少爷，有人找。"

萧仲平探出身，一看是他，便说："我正要去找你呢。"便拉他一起上楼。

楼上曾是萧家生活之所，为了生意方便，萧仲平夫妻还在此居住，因萧老爷和汪少芬去了四川，萧家楼空着，为防偷盗，萧仲平和堂客便两边住，现堂客在萧家楼守着，萧永康楼上就萧仲平三天两头住着，日常起居和卧房兼顾，一般的顾客就在楼下商谈，只有关系亲近者才请到楼上坐。

老杨走在楼梯上，摸着泛着光亮的扶手，儿时滑楼梯的情景又历历在目，那时咪毛就跟在他身边，形影不离。楼下父亲在柜上忙碌，楼上母亲在悠闲地绣花，时光就在玩耍中不知不觉地滑走了。后来搬进了萧家楼，他过来的时候就少了，来了就是找做了学徒的咪毛玩耍。

上了楼，看到布置已变了样，有些陌生感，萧仲平把他请到起居室，一边泡茶一边说："大哥，这屋里还是老样子吧?"

老杨坐到太师椅上，抚摸着扶手说："除了这椅子，别的都不认识。"

萧仲平笑了笑："实在太旧，只有换了。"

老杨接过他递的茶杯，喝了两口。

萧仲平坐到另一边的太师椅上，说："大哥，看了咪毛列的订货药品，跟上次大致一样。"

老杨问："有什么问题吗?"

萧仲平说："上次订的一批药品，用吕家铺子和萧永康两家定额上报商会，已在市府的物资审核科备了案，这次再走明路，就得上报货物的去处。现食盐已被日军控制，市面仅供民用，严禁私自运送，岗哨都要检查的。"

老杨说："你想办法筹货，运送方面我们自己来解决。"

萧仲平说："黑市上有一些，但要价惊人。"

老杨说："总还有些渠道吧?"

萧仲平顿了顿，问道："大哥，你做这生意有风险，究竟为何呢?"

老杨说："我一直做有风险的事。"

萧仲平说："你不说我大致也知道，襄河那边是新四军待的地方。"

老杨没作声。

"哥，"萧仲平凑近身问，"你是共产党吧?"

老杨朝他笑了一下，说："看我像吗?"

萧仲平触到那深邃的目光，似有一种说不出的力量，给他一种震慑……可真是变了。他暗暗叹息，忍不住说："你不告诉我也行，但是给共产党办事，一旦抓住是要掉脑袋的。"

"这事我答应过别人，必须得做，"老杨目光坚定，但语气依旧平缓，"你要感到为难，我再想办法。"

萧仲平从他果决的样子，又看到老太爷身上的那股霸气，不容违抗，他连忙说："大哥交代的事，我哪能不办，只是担心你的安全呀。"

"你放心，不是我一人在做。"

萧仲平怔了怔，说："那好吧，我再去找两家老板，让他们转一下货过来。"

"有把握吗？"

"他们也做黑市生意，但跟我还是手下留情，到时给点辛苦费就行了……"

两人正说着，便听到楼梯响，一看是伙计上楼来。

"老板，孟掌柜来了，在楼下等您。"

萧仲平答应道："嗯，我一会就下去。"

等伙计走后，老杨便问："孟掌柜也做黑市吗？"

萧仲平说："暂时没有。"

老杨便起身说："那就先按你说的做吧，但要以安全保险为好。"

萧仲平点头答应。

第十四章　行动

杨先生帮汉树重建了吕家铺子，暹春是后来才知道的，她也想回去，但杨先生没同意，只要她留在秋娘身边，有秋娘照顾，他才放心。

杨先生每次从襄河来汉阳，总会抽空来洗马长街看望她。那一次，杨先生见她在一张大纸上画着洗马长街的风物，一个个生动有趣，自然传神。杨先生不禁欣喜道："你是想学张择端呀。"

见暹春不解，杨先生便说："张择端是北宋的一位画家，他画了一幅《清明上河图》，呈现都城汴京以及汴河两岸的自然风光和繁荣景象，画里有各色各样的人物和景致，流传千年。"

暹春仰了下脖子，说："我没见过《清明上河图》，但会画心目中的洗马长街和汉正街。"

杨先生说好。便在一边指点，怎么布局，怎么添加景物，又忍不住教她画起来。

暹春惊讶杨先生也会画画，瞧着他画的人物，笔画似曾相识，她倏地想起什么。

"杨先生，我曾住汉正街的萧家小楼里，那屋里有一张画，跟您画的一样呢。"

杨先生笑道："也许我们遇到同一个模特吧？"

暹春一听，不由得拉起杨先生："您跟我来。"

她拉着杨先生进了自己的房间，指着柜上那帧朱杏子的照片，说："您画里的人蛮像这太太呢。"

　　杨先生一看，顿时呆住了，"她是……潘家太太？现在哪儿？"

　　"我没见过她，秋娘说她走了。"

　　"去了哪里？"

　　"据说跟一个放排的人走了，不知道现在哪里。"

　　杨先生走到窗前，神情忧伤地眺望远处的江面，一会转过身，对暹春说："你就守在这里，等着她回来。"

　　暹春懵懂地问："为何要等她？"

　　杨先生凝视着朱杏子的照片，说："她既然像你喜欢的画中人，为她等待不好吗？"

　　"她真是画中的那位？"

　　杨先生说："你守在这里，等她回来不就确定了？"

　　杨先生极力克制着，他想告诉暹春，我就是你爸爸，照片上的人是你妈妈，可看着一脸纯真的暹春，他又不忍将那不堪的往事一一道出，让孩子心生郁怨。他和沈珠都是封建礼教的受害者，被迫选择了逃避，只是暹春这个爱情的结晶，让她饱受辛酸，他不能再给她的心灵增加负担，让她单纯自在地成长吧，这是父亲唯一能做的，保护好女儿，不让她再受到一点痛苦和伤害。

　　他思虑再三，还是决定跟秋娘有所交代，暹春是他失散多年的孩子，托付她好好照顾。秋娘没想到潘家还会有这样的缘分，先是汉树，再是暹春和杨先生，偌大的潘家楼就剩下她一个寡妇，孤苦伶仃，幸有暹春做伴，汉树和杨先生常来常往，把她当亲人一样，她自然把暹春当作亲生女儿对待。

　　不久，汉江边的潘记杂货铺又开张了，秋娘一直管着家，对理财自有一套，现在经营铺子，又是新的尝试，以前由潘掌柜管着，她不便插手，现在一切都得亲力亲为，进货，出货，要对付日军的封锁管制，还要应对商会、码头、青红帮等各方势力的盘剥，十分辛苦，好在她事事谨慎，照顾周全，慢慢打开场子，生意虽不及战前，维持温饱倒不是问题。

遥春每天会去附近的一家私塾上课，这是杨先生交代的，要她不光画画，还要学习文化。

私塾处在香瑞巷的尽头，庭院里种满绿植，佳卉芬芳，屋内挂着字画，摆满书籍，古色古香。遥春又是唯一的女学生，虽跟男伢们玩不到一起，但喜欢这里雅致的环境，对博学的先生也毕恭毕敬。

学堂里随处可见清初名士毛会建的墨宝。毛会建在康熙时曾任仪曹郎、礼部郎中、乐昌令，晚年定居汉阳晴川。他工诗善文，尤精榜书，喜书大字，其书法苍劲，类颜鲁公，被誉为"书法逼晋魏，六书篆皆精绝"的金石书法家。

先生教孩子读书识字，晴川名人毛会建也是绕不开的内容。

"毛会建晚年酷爱晴川山水，曾出资在晴川阁周边补植树木……"

先生一边讲着，一边教伢们念诵毛会建的《晴川补树》诗。

大别暗山足，轮风激颓波。

白日惊雷雨，半夜鸣蛟鼍。

独有晴川树，清光晴较多。

沧桑一朝改，历历觉如何。

我移天上种，来种山之坡。

殷勤杂榆柳，与柏相婆娑。

近云飘玉叶，远雾飞纤罗。

高阁腾空起，时时仙家过。

树底闻猿鸣，树杪听笙歌。

……

　　先生似乎把毛会建当作一把钥匙，开启龟山周边历史的讲述。

　　"相传大禹治水功成，刻石衡山，后称这块石刻为禹碑。唐宋时期就有关于禹碑的传说，唐代文豪韩愈还为此碑赋诗，但许多人遍访衡山而不见此碑，直到宋嘉定年间，这块碑被何致发现，将此碑刻录于长沙岳麓山，但碑文奇特难识，有的说它是蝌蚪文，有的说是乌虫篆，有的则断为篆书。历代都有人想辨识著名的大禹碑，后来，毛会建历经千辛万苦在衡山岣嵝峰找到原碑，并临摹后刻录在大别山……"

　　有一次，先生特地带孩子们去龟山寻访。经过香瑞庵时，见庵舍损毁严重，尼姑早已不见。先生感叹道："这是明朝万历三十一年的遗迹啊。"他又指了指门上的庵额问弟子："这字认识吧？"

　　有孩子答："毛会建的字。"

　　先生摸了摸孩子的头："算是没白学。"

　　一行人在山坡旁找到毛会建的坟墓，见那墓碑上写着：

　　清顺治十七年，毛会建重镌岣嵝禹碑于禹稷行宫前，补种晴川崔颢树，年七十余卒。

　　暹春似懂非懂，回来问秋娘："先生为何对毛会建特别上心？"

　　秋娘说："先生就是毛氏后人呢。"

　　暹春恍然，对先生也多一分敬重。

　　日子简单地重复着，像长江的水流无声无息，身处汉阳的暹春得到暂时的安宁，却不知无常总是如影随形。

杨先生和汉树好长时间没过来了。秋娘发现了不对劲，她对杨先生除了敬重，还有一种说不清道不明的情愫，潘有声死后，她没想过再嫁，但见到举止不凡的杨先生，那种喜欢是自然而然的，尤其是杨先生跟她说了那些往事，把暹春付托给她时，彼此的距离无形拉近了许多，他们之间有了联系，维系的纽带便是暹春和汉树。

"在汉口一定忙忘了吧，"秋娘有了牵挂，日子便显得漫长，她期盼杨先生能来造访，可越是记挂，杨先生越是没有出现。

秋娘的忧愁藏不住，在暹春面前也时有流露，尤其到了晚上，静静地望着那轮孤月，思念便如江水涌动，漫过了周身。

"秋娘，吕家铺子也不远，我们过去看看吧?"暹春说出这句，仿佛一颗石头击穿沉闷的湖面。

"好啊。"秋娘也迫不及待了。

两人便乘着木划子过江而来。

暹春离开汉口不过一年多，眼见码头边的吊脚楼稀稀拉拉，船舶也少了许多，以前繁忙的景象不见了，有岗哨堵在码头进出口，日本兵的枪口插着刺刀，一边立着狼狗，闻到不对的气味就会咆哮。路人一个个胆战心惊地接受盘查。

两人到了跟前，暹春抓紧秋娘的手，侧着脸，不敢看那凶恶的狼狗。宪兵拿过她的良民证看了下，再打量包着头的暹春，目光便定住了。

"太君，行行好，我们是来找亲戚的。"秋娘赶忙拉过暹春。

宪兵才扔回派司给俩人放行。

秋娘拉着暹春走出来，便进入了汉正街，暹春忍不住小跑起来，很快就看到了熟悉的二层小楼，门上挂着吕记铺子的牌匾，里面也是原样，一面墙摆着格子抽屉的草药柜，另一边木柜上放着大大小小的瓶瓶罐罐，里面装着各种药品，还有药酒。

咪毛在柜台里忙着，见有小姑娘跑进来叫汉树哥，不觉惊道："是暹春吧，你在洗马长街，怎么过来了？"

暹春忙问道："咪毛叔叔，我哥和杨先生呢？"

"不凑巧，他们办事去了呢。"

暹春说："那我们就等等吧。"

咪毛便请她们上楼坐，又倒茶。

楼上隔成了两间房，与原来大致一样，家具也是从各处找来的老物件，阳光照进来，氤氲着旧时的光影，小阳台是暹春和汉树时常活动的空间，尤其是下雨的时候，不能出去玩耍，就与哥哥坐在小板凳上，听着屋檐落下的雨滴，玩手帕叠的老鼠，玩累了，就趴在木栏杆上看街上的伞影。

"出去多长时间了，怎还不回呢？"

秋娘的叹息打断了暹春的回忆，她望着冷清的街道，不觉忧郁起来，天空也似灰暗了些。

约莫一个时辰，终于看到汉树从码头那边过来了，暹春眼尖，忙朝他招手。汉树见是暹春，顿时一紧，便小跑起来。

秋娘见他进门，忙问："汉树，杨先生呢？"

汉树也不回答，反问道："秋娘，我们正要去汉阳呢，你们怎么来了？"

秋娘说："看你们多日不来，我们便过来看看。"

汉树和咪毛进里屋说了几句，咪毛便忙着关店门，汉树对她俩说："你们先跟咪毛叔一起去码头，他找好船，若顺利，我们一起过去更好。"

秋娘和暹春便随咪毛出了门。

汉树后来才知道，杨先生带他来汉口，并非只是采货，还有更重要的事情。

他原以为重建吕家铺子是杨先生个人所为，费用也是杨先生出的。有一次平先生从银行回来，跟杨先生说上海的汇票到账了。汉树问平先生是什么汇票，平先生说周转金。汉树不懂周转金，就问杨先生。杨先生才说出吕家铺子是朋友帮忙筹建的。汉树知道杨先生曾在上海待过，想是找那边朋友借的。只是铺子开业几个月，铺子里的资金除了日常经营，便是采购运往襄河的物品，却一直没给朋友还钱，但上海的汇票又陆续到过两次。

那天杨先生带汉树去六渡桥的雅光照相馆，将一些现金交到柜台，又到阁楼见到两个正在油印刊物的同志，他才知道照相馆也是汉口地下党的一个联络站。

"他们在人家眼皮底下工作，很危险，给他们帮助是必须的。"

杨先生不会告诉汉树太多的事，但汉树从他紧皱的眉头多少感知环境的险恶，直到前日，杨先生担心的事终于发生了。

汉口宪兵队抓到一位地下党联络员，为防意外，汉口联络站的同志相继转移。却收到内线密报，被抓者恐已叛变，其他同志都可能是宪兵队抓捕的对象。

今天一早，杨先生和汉树便出门了。

他们走进中山马路边的舞台巷，那巷子不长也不短，两边多为板壁屋，只有靠近东边的巷口有几幢石库门的房子，走近第二个门，敲了两下，里面响起一个警觉的声音："哪位?"

"我是老杨，过来看病人。"

木门吱呀一下打开了，一伙计打扮的人把他们引进门，说："杨先生，他们正等着呢。"

汉树跟着杨先生经过天井，走进狭长的过道，便上了楼梯。原来这幢楼是鸿兴织布厂曾亚东老板的一处宅子，他们还在重庆未归，就交由平先生照管。老杨将两位同志临时转移到此处，只说是朋友，在这里暂时歇息一下。平先生爽快地答应了。现事情紧急，必须尽早将两位同志转移去襄河根据地。但药品未凑齐，襄河过去的船还要等两天，就得另找船只护送两位同志先行离开。

上了楼梯口，平先生已迎了出来，说："他们急着要走呢。"

老杨说："你把板车准备好，我马上带他们离开。"

平先生说："准备好了，货也装上了，就在后门。"

老杨走进里屋，两同志便站了起来："杨先生，我们今天得把油印机运走。"

老杨说："你们少安毋躁，我来就是解决这件事。"

老杨要二人换上短裤，扮成伙计的模样，又把油印机混在装布料的木箱下面，让他们推着板车，从后门出来。

走出舞台巷，杨先生便停住了，拍拍汉树的肩膀说："你带着他们去江边，我随后就到，遇事不要紧张，按我说的话去做。"

汉树点头说："晓得。"

老杨一直看着板车上了马路，才慢慢踱过去。

暹春与秋娘跟随着咪毛抄近路前往江边，找到一条木划子，约莫等了半个时辰，才见汉树带着两个人拖着板车过来。

咪毛要他们赶紧上船，见其中一位从板车里拿出小木箱，得知是油印机，便说："这个不能带走，到时查出来，我们一个都跑不脱。"

那同志着急道："哪能不带走，这是朋友从上海送来的，我们随时要用的工具啊。"

咪毛说："你们俩穿着短裤，又是生面孔，再带着个箱子容易被发现。"

秋娘见此，便说："要不我和暹春拿着木箱先走吧，也不易起怀疑。"

暹春一听就摇头，"秋娘别说，刚才我们被那宪兵盯了半天，带着箱子他不越是要盘问?"

汉树说："要不就放在铺子里，有机会再带走吧?"

咪毛摇头道："铺子里人来人往，进货出货，保不定谁是便衣，不安全。"

暹春想了一下，便说："咪毛叔叔带他们先走吧，木箱我来保管，有地方可以万无一失。"

汉树问哪里，暹春说："你想我是从哪出来的?"

汉树明白过来："倒是可以，但你不回汉阳了?"

"缓两天过去吧。"

汉树跟咪毛一说，咪毛也点头："只能这样了，那我们就先走吧，过一会怕是没船过江了。"

那同志犹豫了一下，把木箱交给暹春，说："你一定保管好呢。"

暹春说："放心吧。"

秋娘掏出几元钱给她，叮嘱道："叫个车去。"

暹春点点头。

正好有辆黄包车过来，她拿着木箱坐了上去。

"去救世堂。"

第十五章　许琴

　　杨先生从舞台巷出来后，便过中山马路往满春街而来，此为往汉正街药王庙方向的必经之路，街口的满春茶馆，总聚焦不少人气，茶客们来此喝茶，聊天，听曲，楼上还有雅间，整洁舒适，也相对安静，是一些商务人士洽谈的理想之地。

　　杨先生没有跟汉树他们一起走，是有更重要的任务，准备配合汉口地下党组织，一起处理叛徒。此前他与行动组说好接头的地方。无论是否完成任务，都要在下午3点之前在江边会合。因此项行动很快会惊动日本宪兵队，他必须赶在抓捕之前顺利过江，以防意外。

　　按事先的方案，地下党同志约叛徒在满春茶馆二楼会面，因叛徒不认识老杨，便由老杨出面处理较为合适。

　　正值下午，茶馆里的人很多，进出的人川流不息，老杨的目光一一扫过，此前他已从照片里认清叛徒的相貌，见接头的同志已上去了，他就在楼下等着。

　　叛徒却迟迟没有出现，茶馆内外也有些形迹可疑的人，老杨判断可能混有便衣特务。临时决定不等叛徒上楼，就在茶馆外解决，以掩护同志转移。

　　老杨借买烟的工夫，就在隔壁的杂货铺等着，看接头时间已过十分钟，再不解决，恐有暴露的可能。正准备撤离，一辆吉普车驶了过来，在茶馆门口停下了，从车里下来三个人，一起往茶馆里走去，一看果然有他要找的叛徒。

说时迟，那时快，老杨掏出手枪，对准中间的叛徒迅速扣动了扳机。

啪，啪，目标应声倒下了。

"有刺客！"

茶馆里顿时大乱，杨先生迅速上了预备在路口的黄包车，特务已出来追赶，老杨的车眨眼拐入了小巷，转了两个弯，他便下了车，与拉车的同志分散而行。

特务们蜂拥而至，在街头巷尾大肆搜查。

老杨躲避着特务的追赶，抄近路赶到了江边，幸好咪毛还在江边等着，汉树几位已上了木划子，看到杨先生过来，便催着他赶快上船。就在这时，老杨看到行动组的同志也往江边赶来，他正要招手，却见特务和警察追过来了，老杨见此，朝咪毛使了个眼色，要他带着人赶快离开，便朝警察走了过去。

秋娘眼见杨先生被警察带走，急得要上岸，咪毛催促船夫："赶紧划走！"

"咪毛叔快去救杨先生啊！"汉树喊道。

"知道！"

咪毛快步追了上去。

他记着老杨的交代，让汉树先行去潘家楼，与几位同志会合后，一起去襄河。吕家铺子已经不安全了，或许会失去这个联络站。他嘱咐咪毛先躲避一段时间，不要去吕家铺子。也是咪毛否决把油印机放在铺子的原因。

出了码头，就见老杨被推上了一辆警车，他追赶上去，警车已开走了，他的眼前顿时一黑。

嘎，嘎，江面上传来江鸥凄清的叫声。

他一直望着木划子驶向了汉阳岸边，才拖着铅一样的步子往汉正街走去。

救世堂里很安静，没有唱诗班的歌声，礼拜堂里空无一人，见不到万福林牧师与信众做弥撒的情景。

"遑春，你怎么来了？"嬷嬷从花坛里走出来。

"嬷嬷，你们都还好吧？"遑春招呼道。

嬷嬷忧伤地说："去见牧师吧，他们要走了呢。"

遑春心里一沉，忙问："为何要走？"

嬷嬷摇了下头。

遑春赶忙往牧师楼奔去。

牧师正在清理东西，许琴一脸忧愁，听见脚步声，回头一看亭亭玉立的遑春立在门口，一时愣住了。

遑春奔到牧师面前，急着问："你们真要离开这里？"

牧师点头说："我是英国人，不是日本的同盟国，被排斥的。"

许琴说："普爱医院已被日军接管，我们的行动都要受限制，不能进难民区拯救饥民，也不能给信众传播主的福音。"

遑春一下扑到许琴怀里："我不想让你们走！你们走了，我怎么办？"

牧师一听，不由得问道："你是来投奔我们的？发生了什么事？"

"没什么，"遑春掩饰着慌乱，"我是想念你们，过来看看……"

牧师看她欲言又止，给许琴示意了一下："我让嬷嬷给她弄点吃的。"便出去了。

许阿姨拉遑春坐下，捋了下她额前的乱发，问："遇到什么事了？"

暹春也不回答，反问道："你要跟牧师回英国吗?"

"不，我们要去印度。"

"你能不走吗?"

"我要照顾他呀。"

暹春听得一呆，止不住哭了起来。

许阿姨搂着她说："他是牧师，传播福音是他的职责啊。"

正说着，突然听到外面一阵喧嚣。

许琴奔到窗口，见楼下来了几个日本宪兵和警察，正叫嚷着开门。

"我们明天走，为何现在就来了?"

暹春一下紧张起来："他们会不会是来抓我的?"

许琴惊道："他们怎么会抓你?"

暹春急忙拎起木箱，说："我得走了。"

"不能走!"

许琴一下夺过木箱，感觉到重量，打开一看，一时怔住了。

"许阿姨，这是汉树哥交给我的，一定得保管好。"暹春乞求地望着她。

许琴关上木箱，不假思索道："你就在这里不要出去，我去把它藏在阁楼上。"便拎起木箱往外走。

她很快上了三楼，那里有个杂物间，侧面有个木梯子，直上阁楼，上面堆着几个木箱和一些印刷品，她听见脚步声越来越近，心里怦怦乱跳，她没有时间去想该不该做，掩护暹春是本能。她匆匆上了梯子，把木箱里的油印机取出来，放在一堆油印报刊的最里层，又赶紧往木箱里装一些书和衣物，正要下来，外面的警察已闯进来了。

警察看到阁楼上的她，便嚷道："搜!"

日本宪兵也进来了。

"你们进来干什么？"许琴喊道。

警察喊道："搜查共党分子！"

许琴说："我们这里没有。"

一个警察把暹春拉到这里，对许琴说："吕家铺子有共党嫌疑分子，这小姑娘就是吕家铺子过来的，她来找你做什么？"

许琴说："她是我们救助过的孩子，来我们这里很正常啊。"

"还是巧呢，"警察也懒得再问，对许琴喝道，"你给我下来！"

许阿姨拎着木箱下来了。

"你拿箱子干什么？"

许琴说："准备明天带走的东西。"

警察夺过木箱，打开翻了翻，又合上了。

日本宪兵盯着许琴，手指着阁楼，朝警察做了个手势。两名警察便顺着梯子爬上去了，然后一个一个地翻动起来。

许琴朝暹春点了下头，要她别紧张。

阁楼上轰轰直响，被掀得乱七八糟。

萧仲平也赶来了，一看暹春果然在此，不觉一惊。

"找到了一个！"一个警察从里面翻出了油印机。

暹春急得要喊，许琴扯了她一下，对警察说："是我们打印福音书用的。"

"不用多说，带走！"

警察将暹春和许琴往外推，许琴忙护住暹春："与孩子有什么相干，东西是我的，要找就找我！"

萧仲平对警察说："小姑娘就不用去吧。"

警察止住了手，拉着许琴出了门。

万福林牧师奔上楼来，拦住他们说："你们怎么跑到牧师楼抓人，我太太犯了什么罪?"

警察瞪眼道:"她窝藏共党分子的工具，是嫌疑分子，带走!"

"不能走!"牧师护住许琴，"我是英国人，她是我妻子，是受英国大使馆保护的!"

警察一把推开牧师:"保护个屁! 她是中国人，共党嫌疑分子，你再纠缠，连你也一起带走!"

许琴朝牧师看了一眼，便被押下楼去。暹春哭喊着要追出去，被萧仲平扯住了。

萧仲平对焦急不安的牧师说:"我了解一下情况，尽力保您太太出来，您不用担心!"

"好的，谢谢你。"

"不客气，您在汉正街做了那么多好事，这是应该的。"

萧仲平走后，万福林牧师一直焦急等待着。许琴朝他深情回眸的一瞬，让他忍不住掉泪。四年前，他的脚不慎崴了，医院派许琴过来给他做护理，才想起她本是唱诗班的一员，对那张清秀的脸早有印象。许琴一直对牧师的大爱心存敬佩，有此缘分相逢，自然走到一起。一晃数载，两人相敬如宾，感情日厚，如今汉口被日军侵占，牧师决定去遥远的印度继续传播福音，却为带不带许琴离开犹豫不定，怕她适应不了异国的生活。现她被抓去，便让他打定主意，一定要把妻子带走。

暹春见牧师待在房间里，不吃也不喝，她越发地难受，便向牧师道歉，给他们添了麻烦，害了许阿姨。牧师安慰她不要自责，许琴就是这种性格，做了她认为对的事。

等到晚上，还不见许琴回来，却等来了萧仲平。他告诉牧师，许琴现关押在宪兵队，已审问过了，一直说油印机是自己的东西，印福音的工具。但日本人不相信，他还在想办法疏通。

牧师忧心如焚，他知道去了宪兵队，大多有去无回。他无法救妻子，英国大使馆也保护不了他的中国太太，只能寄希望于萧仲平，设法救许琴出来。

却不知，萧仲平连夜来救世堂，是告诉暹春，吕家铺子已被查封，汉树他们不知去向。警察很有可能还会来找她，必须马上离开。

暹春还不肯走，要等着许阿姨回来。萧仲平一再劝说，晓之利害，牧师也劝她赶紧走。暹春不知汉树哥和杨先生的下落，又怕给牧师再添麻烦，只得答应了。

夜色朦胧中，她告别了牧师，随萧仲平沿曲折的小巷走到小河，早有木划子等候在僻静的岸边，她上了船，便摸黑往汉阳划去。

第十六章　牺牲

　　夜色之中，灯火阑珊的洗马长街静寂而幽暗，暹春深一脚浅一脚地走着，因有船夫护佑，倒不觉得害怕，这是萧仲平吩咐的，要把她一直送到家。

　　潘家楼里的一扇窗口透着昏黄的光影，秋娘盯着煤油灯的火苗发着呆，暹春走进去时，她竟没有察觉。

　　"娘娘！"

　　"哟，你回来了，"秋娘连忙起身，"还没吃饭吧?"

　　暹春应了一声，问："我哥他们走了?"

　　"嗯，天一黑他们就往襄河去了。"

　　"杨先生也一起走了吧?"

　　"没有，"秋娘忧伤地说，"他一直没有过来。"

　　"杨先生怎么了?"

　　"他被日本宪兵带走了啊。"

　　暹春一下惊呆了："杨先生被抓，许阿姨也被警察带走了……"便把当时的经过说了一遍。

　　"怎么得了，老天爷保佑他们能早点出来！"秋娘对着窗外的天空作揖。

　　"我得去救他们。"暹春着急道。

　　"你去有什么用?"

"要仲平叔和咪毛叔一起去救人。"

"他们自会去救的，"秋娘拉着她坐下，"你爸爸已出了事，不能让你再遭难了。"

"我爸爸……"

"就是杨先生啊，他是你的亲生父亲……"

暹春愣了一下，杨先生真是父亲，她一时悲喜交加，其实在她心里，已把和蔼可亲的杨先生当作了父亲，尤其是那次看到潘家太太的照片，杨先生对她说的那些话，柔和的目光里充满了怜爱，让暹春隐隐感觉到什么，原来冥冥之中早有安排。可等到这个结果，父亲却身处危险之中。

"想他们在那受苦就难受，我去把许阿姨给换回来。"她又要走。

"你以为换得回来，你要去了，只会再加你一个。"秋娘劝阻道。

暹春急得直哭。

"你爸爸把你托付给我，你就得听我一句，去了只会增加麻烦。没办法，只能等。"

秋娘站起来，拍了拍她的肩膀："一起去吃饭吧，都饿了。"

那个夜晚没有星光，月亮躲藏在云层里，远处时而传来轮船的汽笛声，沉闷而悠长。

黑暗中，暹春的眼睛一直睁着，她想着身陷囹圄的父亲和许阿姨，忧心忡忡，一直难以入眠。

萧仲平几天不在店铺里。

送走暹春后，萧仲平刚松了口气，便碰上四处寻他的咪毛，得知大哥被宪兵队带走，他便着了慌，宪兵队是个阎王殿，进去了恐怕出不来，大哥又是那种硬性子，不被枪杀也会被折磨死。他跟大哥虽是异母兄弟，聚少离多，但同姓一个萧字，岂能见死不救？且大哥重开吕家铺子时便找他订货，如果有什么问题，他总脱不了干系。这番利害一想，又加之咪毛在一旁催促，要与他一起去救大哥，他便夸下海口，定要把他兄弟救出来。

但是不等他去汉口宪兵队，就从警察分驻所打听到坏消息，大哥打死了叛变的共党分子，本人可能就是共产党。

在萧仲平的心里，共产党这三字虽被传得神乎其神，对他却是遥远的，他的家人朋友多是生意人，不可能跟共产党联系上。印象中的大哥是个文质彬彬的白面书生，十年之后突然回来，不仅容貌变了，有了陌生感，行事也不同寻常。几次找他订药品，全运往襄河抗日根据地，他虽感到奇怪，但大哥只字不提，何况没少给他一分钱，也就没深究。做生意是萧家人的本能，就以为大哥一直在冒险赚大钱，如今变化这么大，或是那次恋情所伤的缘故，也难怪连姓名都改了。他是想把旧的一切遗忘，还是不想跟萧家再有什么瓜葛？现在看来，对自己也未尝不是一件好事，也免得让人知道老杨是他的兄弟，少些麻烦。

萧仲平这番想着，忍不住问咪毛："他是共产党吧?"

咪毛说："他是你大哥，管他是不是共产党。"

萧仲平还想说什么，咪毛便急得催促："大少爷是为救别人关进去的，折磨得昏死过去，再不救出来就晚了。"

萧仲平说："被他打死的那个人对宪兵队很重要，即便他不是共产党，宪兵队也不会轻饶。"

咪毛说："再难也不能见死不救啊，老太爷要知道，不定急死了。"

萧仲平说："当然要救，得想法子呀，汉口宪兵队是好进的地方?"

咪毛急道："去找能帮上忙的人，我也找找朋友，需要钱的话我来付。"

"说哪里话，要你出钱？"萧仲平哼了一声，"你也别乱跑，不定警察会来找你。"

"晓得。"

夜幕笼罩下的街道，少有行人，家家关门闭户，静寂中有几分诡异，再见不到往常那种热闹喧嚣的烟火气，却有特务像幽灵一样出没，寻找他们认为可疑的抗日分子。

黑暗中，咪毛瘦瘦的身影在踽踽独行，时而敏捷似脱兔，在围墙跳上跳下。从萧仲平家出来，他又去找了两个过命的弟兄，若等不到襄河那边的人过来，他们就准备单独行动。他不敢回家，穿过小巷往长江边走去，那里有条破帆船，是他露宿的地方。

眼见帆船静静地卧在岸边，他疲惫的脚步不觉加快了。却在这时，有两个黑影包抄过来，一下按倒了他。

咪毛随即被蒙上了眼睛，顿时一片漆黑。

彼时，又有一条襄河过来的木船悄悄抵达了汉口，停靠在僻静的岸边。

汉口宪兵队处在大孚银行旧址大楼里，每天进出的警车呼啸不停，令人毛骨悚然，知道那是一座阴森森的活地狱。

咪毛被警车押到宪兵队后，伤痕累累的老杨被再次提到了审讯室。

"是共产党吧？"

"同党是谁？"

老杨依然默不作声。

毒打开始了，伤口又涌出鲜血。

这时，房门开了，咪毛被押了进来。

特高课长抓起老杨的头发，问一边的咪毛："他是共产党吧？"

咪毛摇头道："他是我的东家。"

老杨几乎被打晕过去了，听到熟悉的声音，他勉强睁开眼睛，一看咪毛站在面前，不由得一惊，顿时清醒过来。

"吕家铺子是不是襄河新四军的联络站？"

咪毛不吭声。

特高课长示意叫人将他绑在电椅上。

"说不说？"

咪毛依然沉默。

特高课长做了个手势，电椅顿时呼呼直响，咪毛全身抖动起来。

"我说……"

是老杨的声音。

"放开他，"老杨吃力地说，"他只是我雇的店员，与他没关系，一切由我负责……"

"东家……"咪毛悲哀地望着老杨。

"放他走吧！"老杨催促道。

咪毛被带了出去。

老杨确定他放出去了，才坦白自己是共产党，襄河抗日根据地的特派员。特高课长要他交出其他同党，老杨只承认自己是单独行动，其他的一概不知。

特高课长还在威逼利诱："你不交出同党，只有死路一条，你就不为你的家人着想？"

老杨轻轻地说："没有了国，哪还有家？"

特高课长还不罢休："你交出同党，我们会保证你和你家人的安全。"

老杨闭上眼，他想起自己入党的那一天，对着党旗宣誓：要为共产主义奋斗终生，永不叛党。那是他心里发出的声音。他从读到

《共产党宣言》时就有了信念，经过革命熔炉中的陶冶和锤炼，这种信仰也更加坚定。

"说呀！"特高课长在咆哮。

老杨还是沉默以对。

新一轮的折磨又开始了。

许琴的情形稍有乐观，她一直承认油印机是用来印刷福音书的。此前救世堂确实有台油印机，战前被另一家教堂借用，一直没有归还。牧师得知妻子遭受毒打便前来抗议，萧仲平又托人从中斡旋，日本人找不出其他理由，只得放了她。

许琴出来后，萧仲平便一门心思去救他的哥哥。但从宪兵队翻译的口中得知，释放老杨的可能微乎其微，因他承认自己是共产党，却不肯交出同党，任特高课软硬兼施，威逼利诱，就是不吐出一个字。

萧仲平焦灼难安之时，特高课已没了耐性，准备两天后将几个顽固分子押赴刑场枪决。

那天早晨，老杨被带出了牢房，他拖着伤痛的身躯慢慢挪了出来，那座灰色大楼的空地上，停着一辆警车，老杨朝青白的天空望了一眼，便被拉进了车内。里面坐着两排荷枪实弹的宪兵，将他与另一个难友夹在中间。

警车很快驶出了中山路，过了双洞门，便往铁路外开去，一路稀稀拉拉的棚户，再远处是一片荒郊，夹杂着一个又一个湖淌子，路面也变得狭窄，凹凸不平，颠得车内一上一下，经过这一段，前面便是姑嫂树行刑的地点。

这时，迎面出现了两辆堆满蔬菜的牛车，拦住了去路。

驾驶座上的两个鬼子叫嚷着要牛车靠边，赶车的人似乎听懂了，两辆车一左一右靠边站着，等警车开到跟前，两个赶车的忽地飞鸟一般跃到车门上，驾驶室的两人还未反应过来，一左一右的牛鞭子便勒住了对方的脖子，勒得鬼子直翻白眼，不等叫喊，匕首已刺进了喉咙。两人迅速将两个鬼子拉出来，随后坐进了驾驶室。

车后面的鬼子发现不对劲，敲了几下车门，车便开动了。

牛车菜垛里又钻出两个人，迅速跃到左右的车门上。

车子开得很快，然后在一个空地上停下了，左右车门的人迅速跳下车，躲进一边的树丛里。

车内的鬼子打开车门，一个一个跳下来，然后押着老杨与难友下了车，一共十二个鬼子，站成一排，却发现驾驶室里的指挥官没来。

这当口，树丛里的枪声响了，两个鬼子应声倒下，其他鬼子转向树丛里开枪，这边驾驶室的枪声也响了，又有两个鬼子中弹。

一时枪声大作。

"老杨，快上车……"驾驶室的同志边打边撤。

难友搀扶着老杨奔向警车，难友动作稍快，上车后，回头拉老杨，这时有颗子弹飞来，正中老杨胸口，他身子一歪，倒下了。

"老杨……"

树丛里的同志边打边撤，往开动的车子奔来。

鬼子在后面追赶。

汉树还等在汉口江边的货船里，这里不是码头，停靠的时间有限，他一直盯着岸上的行人，望眼欲穿。他与汉口联络站两个同志一到襄河根据地后，便把杨先生被捕的事向上级说了，组织决定立即派两位精干的同志与汉口抗日组织一起营救老杨，由于保释的机会近乎于零，他们便决定在行刑途中行动。经过周密的策划，也难保万无一失，即便如此，也要尽最大努力营救老杨。

江边终于出现了匆匆赶来的身影，汉树紧张的心终于松弛下来，等几位快到近前，却不见杨先生，来人飞快地跨上船，朝船老大叫道："快开船!"

"我们不等杨先生吗?"汉树急着问。

他们好像没听见，又对船夫说道："开船，鬼子追来了!"

船划开两条水线，朝汉水的上游开去。

"杨先生怎么了?"

没有人说话。几位都沉浸在悲哀之中，汉树明白过来，止不住呜呜地哭起来。

岸边又传来枪声。

回去的路艰辛而漫长，他们走了一段水路，又不得已上岸停了几天，以躲避敌人的追捕。汉树跟着几位叔叔一路奔波，风餐露宿，充满了惊险和刺激。几位战友知道汉树是老杨的小尾巴，一直跟着，现在老杨不在了，汉树仿佛成了孤儿，对他也格外爱护。

逃出来的那位难友姓许，与老杨关在一个牢房里，是汉口地下党另一个联络站的成员，彼此之间并不认识，在经历磨难中，相互也被对方的顽强激励着，一直咬着牙坚持。出于组织纪律，彼此都没透露自己的底细，直到被押送刑场时才知是同志。

因老许与杨先生度过最后的艰难时光，汉树对他无形有了亲近感，听许叔叔讲述与老杨在一起的经历，令他悲愤不已，失去父母之后，他有幸遇上杨先生，渐渐从伤痛中走出来，杨先生是他的义父，也是他的启蒙老师，成长的引导者，想到杨先生重建吕家铺子的情景，泪水又涌出了眼眶。

汉树不知道，他这次回襄河根据地，便是六年，他没回过汉口，也没见过遥春，他还不知杨先生就是遥春的父亲，他在那个艰苦又充满温暖的地方一点点锤炼着，渐渐脱去了满身的稚气，成长为一名抗日战士。

第十七章　秋娘

　　秋娘终于打听到杨先生已经牺牲，她不敢告诉暹春，一人走到江边，偷偷地哭，杨先生清俊的脸浮现在眼前，不敢想象他已经不在了，她一遍遍回想与杨先生短暂相处的每个瞬间，那是她生命中最值得怀念的时光，却没有想到，自己已爱上了这个男人。因为爱，她不知不觉向他靠拢，改变自己的一些习气，她渐渐对物事不那么计较了，心胸也开阔起来。但杨先生的死，她除了伤悲，心里的震撼也是巨大的，她不可想象对方能忍受酷刑，从容赴死，那是何等坚强的一个人啊，由此她对杨先生的爱恋，也升华为崇敬之情，这份怀念是深长的，她对暹春也更加疼爱，两人相伴相依，形同母女。

　　日寇铁蹄之下，民生凋敝，洗马长街已没有往日的繁忙景象，学堂也停了课，暹春从潘家楼望出去，江面稀稀拉拉的帆船，街上三三两两的行人，时而走过几个日本兵，一直没有父亲的消息，她不免忧伤，每次问起，秋娘只得找借口搪塞过去。

　　日子难挨，暹春就四处走走。那天经过湘乡巷，不由得走进曾经的湘乡会馆，门前八对石狮雄武而立，显示着当年的盛景，大殿里衰败不堪，只有佛像和赵公元帅像还挂在堂内。暹春想象其曾经的辉煌，不会比近在咫尺的川主宫逊色，回家便画了起来。日子在画里一天天溜走，从春到夏，从秋到冬，单调与困苦就像落在地上的雪，慢慢融化，笔依然在纸上游走，她画了洗马长街，又画起汉正街，那些老街的风物在纸上渐渐丰富。

遑春的个子又长高了，像个大姑娘，越发俏丽可人，走在洗马长街上，那些男伢们的眼睛都直直的，有的还偷偷跟着。

秋娘不敢再让她随便出门，但两个女子的家，难免被旁人觊觎，秋娘虽三十多岁，风姿尚存，时常在晚上，窗外总有响动，有人甚至敲门。

秋娘知道，多半是天心槽坊的童三少爷，前年他婆娘死了后，家里要给他续弦，却一直不答应，偏偏喜欢长他三岁的秋娘，平时有事没事就到店铺里搭讪。秋娘当时心仪杨先生，对几分斜视的童三少爷自然不在意，况且童家老太也不会让儿子娶个寡妇。现在杨先生不在了，秋娘对童三少爷依然没有感觉，对他爱答不理的。越是这样，童三少爷越是整天围着她转，在街坊邻居间成了笑话，自然也传到童家老太的耳朵里。

童家早年从江夏花山来到洗马长街，制作汾酒已有几十年，酒坊规模较大，酿制的汾酒用铁桶装着，从水路运输到外地，酒窖的藏酒也多达万坛。

童家老爷过世后，家里便由老太太说了算，几个儿子都听命于她，婚姻大事都是她一手敲定的，娶的也全是大户人家的姑娘。现在老三的婆娘不在了，她就张罗着给他再找个媳妇，不说是大家闺秀，起码也是平常人家的正经姑娘。哪能找个寡妇，还大一茬子？但老三就是不听话，着了魔似的迷着那秋娘，简直气死她了。

童家老太要家里人看着老三，不让他出门，又着人给秋娘捎信，说家里已给三少爷定亲了，要她别跟三少爷来往。秋娘听得直笑，我没怪你家三少爷半夜扰民，倒还说起我来了，好像我跟你儿子真有什么瓜葛。寡妇门前是非多，白日里诬赖好人，坏我名誉呀。

秋娘是个直爽人，平时最见不得眉来眼去、偷鸡摸狗的事，现在自己无端被人嚼舌根子，惹上麻烦，岂能容忍？等童家人出了门，她端起一盆污水就泼了出去，扯开嗓门骂道："老娘在这住了十多年，向来行得正，站得稳，那些晚上扒在门缝学猫叫的，有胆子白天来会会老娘，老娘倒是看看，你是人还是鬼……"

这一骂，自然让童家人听见了，传到童老太的耳朵里，难免几分不自在，再一寻思，这秋娘也是认得的，一副麻利样，倒也不风骚，在街坊邻里口碑不错，或许是自家儿子犯贱，错怪了人家。

这边三少爷被关了两天，不吃不喝的，吵着要娶秋娘，谁也不要。童家老太到底疼儿子，不免有几分心动。又有家人在一旁规劝，大点也好，会疼人，三少爷那没醒事的样子，还得秋娘这样的人管着才行。何况人家也是有根基的，虽说男人死了，还有房产铺子，真要娶了人家，倒也没吃亏。童家老太想明白了，就着人去说亲。说亲的却不敢应承，若没那一插曲，倒还有几分把握，现在去说，不定一口就回绝了？

三少爷听说老娘有点想通了，可媒婆不愿去说亲，他心一横，直接跑到潘家楼前，当着街坊邻居的面，向秋娘表白："我家对不住你，我也不是人，夜晚在外装猫叫，吵你瞌睡了，只因喜欢你，你又爱答不理的，把人都想疯了……"惹得周围人一阵哄笑。

秋娘羞得不好意思，转身要走，三少爷一把将她拉住："我虽不才，人也丑，但品行不算坏，我发誓，只要你答应跟我过，我会对你百依百顺……"他一下跪倒，"你答应我吧，好人，你不答应，我就不起来……"

这一下，引得周围人跟着起哄："秋娘，应了，应了……"

秋娘憋得脸通红，死劲甩开他的手，嗔怪道："你回去吧，别在这丢人现眼的。"扭身进了家门。

众人有的叹气，有的笑三少爷，还有的劝道："凭你这一跪就答应了，太小看人家秋娘了，起来吧。"

三少爷也不是傻子，听秋娘那句，虽有几分埋怨，似乎也未恼怒，怕是对他也有几分动心，只是抹不开面子。不觉起身往外走去，旁的人说说笑笑散去了。

这一过场暹春没看到，她一直在屋里画画，秋娘也没向她透一点口风，只是有点走神，时不时地发呆，有时暹春叫她几声都没听见。

两天后，说亲的媒婆拎着大包小包的礼品往潘家楼而来，过了两个时辰，媒婆又欢欢喜喜去童家报信。

"我说得唾沫星子直流，好歹让秋娘答应了，"她接过用人递来的茶，喝了几口，又说，"只是她不想嫁过来，要三少爷去潘家楼住，这也好啊，反正都在一条街上，那么大的屋也不能空着啊。以后有了一男半女，还不是姓童……"

童家老太也不完全依了秋娘，婚礼还得在童家操办，婚后一月夫妻俩才能回潘家楼居住，她儿子不算是入赘。

媒婆又回来劝秋娘，知道她性格要强，不肯忍受婆婆的霸道和童家上下的轻慢，但一个月的坎总得过去。何况人家操办，光打家具布置婚房就是劳心费力的事，她一妇道人家，哪里应付得过来？媒婆凭着三寸不烂之舌，不仅说动了秋娘，也说动了骄傲自负的童家老太。

秋娘肯答应，只因现状不堪，需要一个男人支撑门户，而三少爷虽说不能帮她多少，却因几分单纯，让她感觉可靠，不似童家其他人那么势利自私。

秋娘准备婚事的时候，多少疏忽了另一个人的感受。暹春知道这幢楼要加入一个男人时，又感觉到了孤单，此前与秋娘在一起，是相依为命，现在秋娘身边多了一个人，又将是她的丈夫，这无形把她从秋娘身边挤开了，她成了一个局外人。且这个男人对她是陌生的，如果住在一起，她会感到不自在，她又有了寄人篱下的感觉。忧伤的时候，她想起了救世堂，可是万福林牧师已不在那里，想起许阿姨被抓的情形，她便胆战心惊。她又想起吕家铺子，那里是她和汉树的家，此时，她还不知杨先生已牺牲了，她留在潘家楼，就想着汉树和杨先生不定哪天会回来的，她要等着他们，但长时间不来，她开始有了不好的预感。她不是一个胆大的人，但为了她的至爱，她也会忘记恐惧。

暹春想回汉口看看。但眼下忙乱不堪，秋娘要顾店铺的事，还要装饰新房，置办家当，童家运来了几个箱笼，里面放着绫罗绸缎和玉器摆件。一些街坊邻居也来帮忙，有的粉墙头，有的搬家什，有的缝被子，有的剪窗花，暹春就帮忙做饭。

婚礼前的夜晚，一切都布置定当，秋娘却有些心神不定，她找出潘先生的照片凝神看着，又惆怅地望着远处的江面。

暹春走了进来。

"汉树哥和我父亲好长时间没来了，不会出什么事吧?"

秋娘心里一沉，却难以启口。

"我想去汉口，去找他们。"

秋娘难过道："你不用去了，杨先生……他已被日本人杀害了。"

"什么?"

"这是半年前的事，我不敢告诉你。"

"我不相信，"暹春呆呆地望着她，忽而哀声道，"还没叫过他一声爸爸，就这样永别了吗……"

秋娘听得揪心，一把搂住她，止不住流泪。

好半天，暹春才止住了哭声，对秋娘说："我还是要去汉口，我哥说不定在那里。"

秋娘摇头道："你不能走，杨先生嘱咐我照顾你，我得让他放心。"

"可是……"

秋娘拉起暹春，来到朱杏子的房间，指着朱杏子的照片说："她是这里的太太，也是你的亲生母亲。"

暹春怔怔地看着照片，想起父亲当时说的话，要她在这里等朱杏子，现在才知道缘由。

"看你多像她。"秋娘说。

暹春瞧着朱杏子妩媚的笑容，没一点亲切感，反而生出恨意："她生下我就扔下了，却不管我颠沛流离，寄人篱下……"

秋娘说："你不是寄人篱下，这里也是你的家呀。"

暹春呆了呆，又摇了摇头。

秋娘难过道："是我对你不好吗？"

"娘娘对我好，但以后不一样了。"

"我会一样对你好的，把你当亲闺女。"

"但我不想再住下去了。"

"你真要离开我？"

"我想去汉口住一段时间。"

"现在还不知那里什么情况，你随便去了，怎能让我放心？"

"不要紧的，那里还有仲平叔叔呢。"

"你这样一走，我可对不起太太呀。"

"与她无关，她肯丢下我远走，本就没把我放在心上。"

秋娘后来想明白，暹春是不习惯多一个男人的生活，劝她也没用，只得叹了口气。

秋娘结婚的那天，童家摆了十几桌酒席，请了不少街坊邻居，洗马长街一时空了巷，人都跑到童家凑热闹去了。另一边的潘家楼却分外地安静，屋里就剩下暹春孤零零一个人。

入夜，她躺在床上，回想与秋娘相伴一年多的日子，难免伤感。她没有享受过父母之爱，幼小留在吕家，吕氏夫妻忙着生意，让她吃饱穿暖就算了事。后来在救世堂，牧师夫妇给她不少温暖，却也不是家。在桂嫂的菜馆暂住，只为找到汉树哥，后来住小楼，与陈太也少有交心。唯有在潘家楼，她觉得像回到了家，寒冷的冬天，她穿上秋娘做的新棉袄，到了夏天，家里会备着成堆的西瓜，秋娘不忙的时候，会带她去江边，去莲花湖，或去邻居家串门，两人还时常聊天，她想画画，秋娘就买来笔墨纸砚，她感受着爱和温暖，也享受难得的自在。在这里，她找到了哥哥，也见到亲生父亲杨先生。但短暂的欢愉之后，又有无边的悲苦，父亲已不在了，他再也看不到她画画，也听不到她的呼唤。还有朱杏子，得知对方是亲生母亲，她没有丝毫的激动，反而有了抵触，她一直以为母亲远在天涯，却没想到，她就在汉阳，近在咫尺，让她眼巴巴期盼那么久，想到这里，她就无法忍受。

早上起床后，她吃了秋娘托人送来的烧梅和米酒，就开始收拾行李，整幢楼只有她走动的脚步声，她找出一个皮箱，把画的洗马长街和汉正街两幅长卷收好，和衣服一起放在里面，然后带上秋娘给她的零花钱，就拎着皮箱出了门。

是个晴天，地上残留着昨日炸鞭的碎屑，眼见童家的门前还堆着一些人，三三两两地出进，笑声阵阵。潘家楼这边倒显得清静，居家的多关着门，一些店铺才开张，明晃晃的阳光投射到青石板街面上，渐渐升腾出热度，延续着经年的烟火气，如果不是江边的要道站有持枪的日本兵，视野里的一切恍惚和从前一样。

不觉走到了汉水码头，临近岗哨，看到配刺刀的日本兵和警察，她不免紧张起来，拿出安居证递过去，日本兵的一双狼眼盯着她，幸亏旁边的老警察解围，将派司往她手里一塞，叫道："走吧，走吧，后面的刷拉点。"

她快步下了台阶，正好有过河的木划子，小船离开岸边，洗马长街层层叠叠的房子和背后的龟山渐渐朦胧，再回头时，汉口已近在咫尺。

上岸后又经过岗哨，好在日本兵没注意她，出了码头便往吕家铺子奔去。

不过百米远的距离，眨眼就冲到跟前，一看排门紧闭着，上面贴着封条，她也不管不顾，呼地一下把门推开了。

店里被翻得乱七八糟，柜上的物品散落一地，账务先生的桌上摆着布满灰尘的算盘，账本已不见踪影。

她走到楼上，杨先生和汉树休息的地方也被人翻动过，被褥乱成一团，放衣物的木箱敞开着，暹春拿起父亲的衣物，上面还残有他的气息，暹春慢慢整理着，回想与父亲在一起的情景，泪水止不住簌簌直下。

楼梯上响起急促的脚步声。

"暹春——"

萧仲平进门来，上气不接下气地说："人家告诉我一个姑娘进来了，想着是你，便赶紧过来了。"

"仲平叔，"暹春忧伤地问，"杨先生是我的亲生父亲，他也是你哥哥吧?"

萧仲平点了点头。

"你为何不去救他?"

"我在救啊,可还是⋯⋯"萧仲平一时说不下去。

"他还是被杀了⋯⋯"暹春呜呜地哭起来。

萧仲平垂着头站着。

半晌,暹春抹了下泪,开始整理床铺。

萧仲平问:"你这是做什么?"

"我要住在这里。"

"这里查封了呢。"

"我不管,这里是我的家。"

"傻丫头,别蛮了。"

"我就住这里,怎么了?"

"住不了,说不定警察就会来找你。"

暹春怔了怔。

"还是跟我走吧。"

"去哪里?"

"去了就知道了。"

暹春犹豫了一下,跟着他出了门。

街上行人稀少,有的店铺还关着门,不比往日的光景,药王庙门口挂着商会的牌子,少有人进出,萧仲平说取件东西,要她等一下。

暹春站在那里,看着萧仲平匆匆的背影进入大门,想起第一次来药王庙时热闹的场面,当时仲平叔那么年轻,神采飞扬,转眼三年,他的模样忧郁而憔悴,仿佛老了十岁。暹春自小孤单,对于亲情还不那么深切,萧仲平对她好,最初也不是出于亲情,而是喜欢,现在知道他是自己的叔叔,让暹春感到庆幸,想当初毫不设防地跟着他走,或许也是亲缘的吸引吧。

萧仲平一会出来了，带着她走进了熟悉的花翎巷，她的心跳不觉加快了，果然，萧仲平又把她带到爬有藤蔓的小楼前。

"你真收回来了？"她问。

"当然，我现就在这办公。"他笑道。

楼下陈太住的地方成了门房，有个四十多岁的男人把守着。

上了楼，萧仲平指着左边的房门说："这是我大哥以前的房间，也是你住过的地方。"他又指了指右边的第一间房，"我在这里办公，有时也去药王庙，你现在回来了，为不打扰你，我尽量在药王庙那里办公，这边就留给你住，门口有个看守就行了。"

"我不要看守，你撤了吧。"暹春说。

"你一人住一幢楼，得有人守着我才放心。"

"不用。你撤了吧。"

"你是嫌人家是个男的？"

暹春不吭声，萧仲平点了下头说："那好，我找个老妈子过来，就像当初陈太那样。"

暹春这才眉头舒展。

她又回到原来的生活。坐在窗口的写字台前，又望见层层叠叠的屋瓦，还有落到电线杆上的小麻雀。墙上依然挂着那幅杏花图，她细细品味，就仿佛听父亲诉说那段浪漫的爱情。里面卧室的雕花木床原封不动地摆放着，檀木箱子里有他父亲的衣物，也有她曾经穿过的衣服，其实是老夫人的衣服，当时陈太说她长得像夫人。现在才明白，她是这家里的人，血缘让他们分隔多久也会相逢，她与父亲即是如此，可惜她没叫过他一声爸爸。仲平叔或许因大哥的惨死，不忍改变屋子的原样，一直等着她回来吧。暹春好一阵心酸。

住了几日，暹春的心情却没有好转，反而变得沉重。她转了一大圈再回到这里，已不是当初只想着画画的小姑娘了，屋里都是父亲的遗物，睹物思人，时不时会勾起回忆，一件件触及着她的伤痛，短短两年，她经历了太多，已回不到从前。现整天待在小楼里，天地狭小，像被关在笼子里的小鸟，也徒生烦恼和忧伤。

那天，萧仲平来小楼取东西，见到暹春便问："老妈子做的饭菜还合胃口吧？"

"还好。"暹春答道。

"屋里需要添点什么用品吗？"

"不需要。"

"那好，有什么需要只管告诉我。"萧仲平似乎有事催着，便往楼下走。

"等等。"暹春叫住了他。

"有事吗？"他回过头问。

暹春迟疑了一下，还是脱口而出："我想去萧永康做事。"

萧仲平一下瞪大了眼睛："你说什么？"

"我要学做生意。"

"姑娘伢做什么生意？"萧仲平笑了笑。

暹春说："吕家铺子重新开业，就用得上了。"

萧仲平不屑道："吕家铺子用不着你操心，那是汉树的事。"

"汉树哥不在，我得为他做点事情。"

萧仲平一听便有些恼火："你还是忘不了汉树那小子？"

"他是我哥哥，我当然要等着他。"暹春说。

"我还是你的亲叔叔呢，你就不听我的话？"

"你要我做什么？"

"继续画画，以后考美专，这也是你爸爸希望的。"

暹春激动起来："我爸爸被日本鬼子杀害了，大仇未报，还能安心画画?"

　　萧仲平怔了怔:"你个小姑娘能报什么仇?"

　　暹春睁圆眼睛说:"汉树哥去抗日,我也要抗日。"

　　"你去跟日本人拼命? 你还没上前,人家一个刺刀就把你捅死了。"

　　"我不会去硬拼,我要学本事,有了本事才能去报仇。"

　　萧仲平沉默了一下,说:"你真想出来做事?"

　　暹春肯定地点了下头。

　　萧仲平叹了口气,说:"知道你惦记着吕家铺子,就依你吧。"

第十八章　轰炸

　　汉正街大部分划进了难民区，萧永康未能幸免，环境制约，生意自然大不如前。萧家铺子在萧老爷掌管时正是鼎盛时期，后来萧老爷子受刺激后发病中风，身体大不如前，汪少芬趁机接管了日常事务，却不懂业务，店铺只能勉强维持着。汪少芬与萧老爷子去四川后，店铺就交给儿子仲平照管。萧仲平现兼了商会副会长一职，事情多，店铺一时照应不过来，堂客陈汉香就把事情揽了过去，趁着一些店员逃乱未归，逐个把娘家人填充了进来。

　　只有平先生不是她安插的人，也动不了。平先生是萧老爷信得过的人，后来汪少芬借故让人家离开，很快就被鸿兴织布厂聘用，亚东公一家去重庆后未归，平先生就被咪毛请了过去。现吕家铺子被封，萧仲平便让平先生回萧永康管账。陈汉香也知道平先生是萧永康的老人，做事细致周全，为人沉稳实在，确实也挑不出毛病，只好将就。萧仲平虽不整天守着铺子，但账目由平先生掌管，也就在他的掌控之下，陈汉香即便把店铺掀个底朝天，有平先生在，就翻不起大的波澜。

　　萧仲平把暹春带到铺子里，碰巧陈汉香没来，她表弟在店堂里站着，看见萧仲平领着个漂亮姑娘进来，忙问："姐夫，这是谁呀？"

　　萧仲平也不回答，只问道："平先生来了没？"

　　"来了，在里屋呢。"他一直盯着暹春，萧仲平也懒得告诉他。

平先生正在核对账目，听到外面的声音，便直起身子，见萧仲平挑帘进来，正要说什么，一看后面跟着逦春，便惊喜道："哟，逦春，稀客，稀客。"

不等逦春回答，萧仲平便说："人家要来拜你为师呀。"

平先生一脸困惑，问："你们这是唱的哪一出呀？"

萧仲平笑道："逦春以前住桂嫂菜馆，你应该很了解她吧。"

平先生说："逦春是个懂事的孩子，没话说。怎么了？"

萧仲平说："她想学管理铺子的门道，你管过吕家铺子的账目，自然是最适合的老师。"

平先生连忙摆手："我就会拨弄一下算盘，有什么好学的？"

逦春说："平先生别推辞了，吕家铺子以后开张，我什么都不懂，您就教教我吧。"

平先生摇了摇头说："小姑娘，开店有多辛苦，这事不是你做的。"

"我能做的。"逦春不服气道。

萧仲平跟平先生使眼色："你先教他打打算盘，练练字吧。"

平先生说："光打算盘哪行，我们这是药铺，要识药理，读药性赋，背诵汤头口诀，不是一朝一夕的事。"

逦春说："我都学。"

萧仲平说："药理一是看，二是记，有空你就跟柜台的师傅识药，看多了就熟了。"

逦春只点头，拿着算盘要平先生教她。

"要记住口诀，"平先生拨着珠子说，"一上一，二上二，三下五除二，四下五除一……"

萧仲平拿着账本翻看起来，一时皱起了眉头："这三万货款怎还悬着，上个月人家不是还了吗？"

"正要跟你说呢，"平先生指了指前面，小声说，"前日老板娘叫借给他表哥周转一下。"

"就是三镇市场做皮包生意的那位？我上次看了他铺子里的包，做得不像样，假皮子不少。"

"说是两天就还……"

"今天也应该还来了吧，那是个撮白党，这钱恐怕填窟窿去了……"萧仲平烦道，见暹春抬头望他，便站起身，对平先生说，"我要去商会有事，暹春就留在这里，拜托了。"

平先生答应道："少爷客气了。"

萧仲平又对暹春说："在这听平先生的话，好好学，可不许乱跑呢。"

暹春说："我出去看看别的铺子也不行吗?"

"不行，这里人多眼杂，时有日本兵转悠，小姑娘出门不安全。"

暹春低头不吭声。

"我有时间带你出去看看，自己不要随便出门。"他叮嘱道。

"晓得。"暹春答应道。

他正要出门，外面忽然响起陈汉香的尖嗓门："汉生，油皮送钱来没?"

"没呢。"

"这敲死的，又谎我一回……"

汉生急得朝里屋指，陈汉香赶忙收了口。

萧仲平挑起门帘瞪她一下，冷眼道："谁让你随便借钱出去的?"

陈汉香见周围瞧着她，赶忙往里屋来，跟萧仲平说："我是不想借他的，在这缠了半天，说两天就还……"一看里面坐着暹春，便瞪着眼问，"这伢不是桂嫂那住过吗，怎又跑来了?"

"来跟平先生学习的。"

"学吗事呀？"

"这你管不着。"

"怎么管不着，你随随便便就把旁人领到店里来。"

"她不是旁人，是我大哥的姑娘。"

"你大哥？就是走了的那位？"

"是的。"

"他不是没结婚吗，怎有姑娘？"

"你不用多问。"萧仲平吼了一声。

陈汉香瞪着他，要在平时她就会犯泼了，当着旁人这么对她，可怎么做人？但今天被仲平抓到把柄，心里发虚，想说也吐不出声。

萧仲平正眼也不瞧她，只顾说道："暹春在这里，平时多照顾点，要有个婶娘的样子。"

陈汉香瞥了一眼暹春，没吭声。

"还有，是你把钱借出去的，你得负责要回来。"

陈汉香扭了下头，一摔门帘出去了。

萧仲平忍住气，见暹春一时愣着，便安慰道："你别在意，她就会耍小性子，人还不坏，你只管学习就是了。"

平先生笑道："有你叔叔在，怕什么？"

暹春没吱声，她从陈汉香进来的一刻就看出对方的粗鄙，为仲平叔娶这样的女人感到惋惜。对方肯定会排斥她，她只能敬而远之，少惹麻烦。也暗暗给自己鼓劲，早点学到东西，就可离开这里。等到汉树哥回来就好了。

暹春思念汉树的时候，汉树正在襄河体验另一种生活。

营救杨先生的那次行动，让汉树与两位经验老到的狙击手相识，后来才知一位是排长，一位是班长，汉树也被他们带到连队，成为一名新四军小战士。

宽广纵横的湖泊和田野，让襄河一带成为久负盛名的鱼米之乡，这里的人们得天独厚，不仅淳朴豪爽，体魄强健，也骁勇善战，有着抗日根据地的自然条件和群众基础。汉树在这里的每一天都过得充实和惊险，他跟着班长练射击，学游泳，浪里白条，风餐露宿，每一个改变都意味着脱胎换骨。

此时，日伪军正沿水陆两路而来，向襄河抗日根据地进行合围扫荡，但新四军也有法子对付敌人，他们坚壁清野，不让敌人危害老百姓，又利用对方不熟悉地形，同他们捉迷藏。

那天，鬼子开着汽划子又进入湖区，每到一处，就架起歪把子机枪和小钢炮进行扫射，惊起水鸟们扑扑乱飞。

汉树随班长掩蔽在沼泽中，第一次参加战斗，让他紧张又兴奋。得到鬼子要来扫荡的消息，连里就做出部署，挑选几个枪法准、水性好的战士，三五人为一组，由班长带领，悄悄埋伏在芦苇荡里，准备骚扰阻击敌人。汉树是候补新兵，不在入选名单里，但他缠着班长不放，几次战斗都没参加，这次一定得带上他。

班长大他六岁，却是经历多次战斗的老兵，他懊悔那次去汉口没能救回老杨，对老杨的义子汉树便多了一分关爱，就当小弟弟一样带着。现在汉树在他言传身教下学会了一些战斗技能，进步不小，但要作战时，班长还是把汉树当作保护的对象，排除在外。

汉树见缠着班长没用，就偷偷尾随，快到芦苇荡时，班长才发现尾巴又跟上了，只得带在身边，叮嘱他一切行动听指挥，汉树连连答应。

那时鬼子扫射一阵，没见人影，枪炮声便稀落了些，却听排长一声喊打，顿时芦苇荡里四处开火，打得鬼子慌不择路，无奈港汊密布，芦苇丛生，汽划子在湖里胡乱冲撞，却进不到深处，鬼子空放一些钢炮，只得气急败坏地返回老巢。

汉树头一次射出仇恨的子弹，还没打过瘾，战斗就这么快结束了。班长说敌人还会来的，有你的仗打。

几天后，一队鬼子果然又出动了，这次他们没敢走水路，沿着湖堤开过来。

两面临水的堤岸，湖光潋滟，杨柳依依，茅草葳蕤，如此风景如画的地方，却摆开了战场。战士们悄悄埋伏在堤岸边的苇草里，掩蔽好射击掩体，等着鬼子们靠近。

眼见扛着膏药旗的鬼子摇摇摆摆地进入有效射程，只听嘣嘣几下，一下子撂倒了两个鬼子，吓得鬼子们再不敢前进了，便疯狂往苇丛里射击，战士们都隐蔽得很好，等到鬼子打了一阵枪炮回撤时，排长一声令下，土炮、手榴弹、炸药齐发，鬼子们死的死，伤的伤，只好拖着尸体狼狈而返。

"就这么跑了?"汉树觉得打得不过瘾，他还没亲手消灭一个敌人呢。

不料还未返回到驻地，他们又得到紧急任务。

原来盘踞在朱河的日伪军突然出动，向新四军设在陆口附近的军用修械所逼近，由于修械所没有正规部队保护，情况十分危急。幸好汉树所在的连队正在洪湖西北侧一带活动，闻讯后，他们火速行动，一口气跑了二十多里，在相距陆口只有几里路的地方，与一百多伪军和一小队日本鬼子遭遇，随即展开枪战。

连长发现敌人还不知我军虚实，查看了一下地势，便带领一排，乘其不备，猛虎下山一般向敌人冲杀过去，二排也迅速跟上，汉树勇敢地往前冲，眼见跟鬼子遭遇上，四周又响起喊杀声，原来是基干民兵们拿着梭镖、大刀，排山倒海地包围过来，跟在伪军后面的日本鬼子见势不妙，掉头回窜，伪军只恨爹娘少给了两条腿，逃得更快。鬼子们逃到汴河，便四处点火，将房屋化为灰烬，借此泄愤，却不敢轻易爬出乌龟壳骚扰老百姓了。

汉树参加了几场战斗，跟战友们一样冲锋陷阵，胆识和能力都得到增强，班长看在眼里，但觉得这小子还得需一点历练。

这一天，班长突然把汉树叫到跟前。

"有任务。"

汉树一听，马上说："带我去吧。"

班长迟疑了一下："有危险呢。"

"我不怕，我听你的，你要我怎么做，就怎么做。"

班长看了下长到自己肩膀高的汉树，拍了拍他的肩膀："跟我走。"

几个战士便扛着一挺机枪、一个掷弹筒，火速出发了。

赶到河汊口，他们见到带着五担现洋的两名押运员，原来是要护送二人去老新口，向新四军分区司令部上缴税款。

通往老新口的陆路都被日伪军据点封锁，目标又大，根本无法通过，唯一可行的通道是走洪湖水路，但水路也有风险，白日里，日本鬼子开出汽划子在湖中游弋，到晚上，又有土匪船只出没拦劫，要完成此项任务，比较稳妥的办法只有在武装护卫下夜航。

下午六点左右，汉树与战友们分别登上三条渔船，挑夫和押运员上了中间较大一条，两船相距不过百米左右，除机枪架在船头，人员全伏入船篷之内。

不多时进入湖心，天大黑了，除了几颗稀疏的星星眨眨眼，一片晦暗。

洪湖素来无风三尺浪，夜风吹来，一时波涛汹涌，船身上下颠簸，浪花飞溅高达数尺，哇的一声，汉树没撑住，吐了起来，战友也接二连三地呕吐，仍紧握着桡片，尽力划水，幸而船夫老练沉着，平稳地保持着船行，终于赶在黎明之前抵达陆口，脱离了危险水区。

接后的两天，他们又恢复白天航行，相对轻松，却丝毫不敢大意。

蓝天白云，水光潋滟，接天的莲叶似层层碧浪，掩去了岸边破败的农舍，几位置身于连绵绿影之中，仿佛又回到没有战争的日子，不觉你一言我一句地畅谈起来。

"日本鬼子也疲惫了。"

"他们快要完蛋了，胜利不远了。"

"但愿我们都看到那一天。"

"一定会的。"班长也忍不住说。

他们一路憧憬着，不知不觉抵达老新口，顺利完成了任务。

汉树经历多了，也被战友们接纳，在班里再没人叫他小尾巴了。

那天，班长突然把汉树叫到一边，小声说："连里来通知，要派你去抗大青训班学习。"

"好啊，在哪?"汉树高兴道。

"自然有人带你去。"班长拍了拍他的肩膀。

汉树后来得知，对他学习的安排，也是老杨生前向上级提出的。

吕家铺子重新开张有半年了，萧仲平还不放暹春过去，就让她在萧永康店里待着。

"先把这里一切学会了，再干别的不迟。"他对暹春说。

暹春的算盘已拨得飞快，对店里的账务，也比较熟悉了。她还学中药，识药理，读《黄帝内经》《本草纲目》，越学越觉得中医博大精深。平先生看到她的进步，也暗自高兴，知道萧仲平不让暹春走，还是觉得她稚嫩了点。虽然聪明好学，但少不更事，人情世故淡漠，怎么能管理铺子，独当一面？

遥春向来我行我素，除了萧仲平和平先生，她跟店里的伙计一般不多说话，有时礼貌地打打招呼而已，对陈汉香也不会刻意地讨好，巴结对方。

这无形跟周围人拉开了距离，几个伙计对她的美貌垂涎三尺，无奈遥春矜持自重，让人靠近不得，有时还让平先生放话，她是有主的人呢，汉树就是她要嫁的人。几位听得丧气，只叹痴心妄想了。

只有陈汉香心怀不满，这些伙计多是她收进来的，不是亲戚便是心腹，遥春轻慢他们，就觉得那丫头的眼睛长头顶上去了。我家这些模样齐整的男伢，还赶不上吕家那小子，她就不信。但遥春对她很客气，一口一个娘娘地叫，又有萧仲平和平先生护着，她也不好明着欺负人家。

陈汉香没事就在店里晃悠，店里各人忙各人的，抓药的抓药，打包的打包，收款的收款，都井井有条，互不打扰，这是沿袭下来的传统和规矩。陈汉香一般不会进柜台，因她对中药不熟，帮不上忙，进去掺和反而会出差错，不是好玩的事。只有店员忙得不可开交时，她去帮忙递个药，收下款。她也不去账房，那是平先生和遥春待的地方，她跟平先生说不上话，跟遥春也聊不起来，有时在柜台后的小库房坐一下，需要上柜的药，就让店员提前预备着，她高兴就帮忙料理一下。

陈汉香虽没做具体工作，但杂七杂八的事也不少，总要应付和处理，尤其遇到扯皮拉筋之类，有时一天耗在里面，也蛮累人的。但还不止这些，作为老板娘，她在店里一直没有威信.虽然换了些人，但药店不同别的铺子，店员要懂行，药的产地、性能、效用、配方，不说精通，起码大致掌握，才不会出差错。不懂的话，不仅顾客笑话你，同事也会瞧不起。陈汉香就处在这样的尴尬境地，她换上的人不懂业务，放在柜台遇到顾客告状扯皮，只得又换回来。经历了几件事，她就不敢随便胡来，自己不懂，跟下面的人发号施令也没得底气，只能悠着点，等寻到机会再收拾几个。

陈汉香心里憋着气，对谁都没有好脸色，人家看她一副苦瓜相，也不想搭理她，有事都找萧仲平，或是平先生。她在店里成了活摆设，有气没法出，寻来寻去，便把矛头对准了遑春。

鬼丫头怎就那么大的本事，让仲平一直为她奔忙，还甘愿让出小楼，由她独享？如今不仅平先生和掌柜都心甘情愿教她业务，店员也一个个着了魔似的被她吸引，听她摆布，真把她当正儿八经的萧家小姐了。让陈汉香搞不懂的是，也未见遑春跟谁套近乎，笼络谁，巴结谁，总那么散散淡淡的，反而大家那么在意她，一天没见着，便互相打听，简直奇了。

陈汉香总算明白，遑春的到来，直接威胁着她在店里的地位，她这个老板娘显得可有可无，但遑春是不可或缺的。

再看到遑春，心里便腾起一股火，小妖精，不就是长得漂亮吗？想抢夺老娘的地盘，你还嫩点。她心里骂着，苦瓜脸就更难看了。

遑春正从账房出来，往柜台去，还未走到跟前，柜台上正在包药的店员瞧见了，忙停下手中的活，笑脸相迎道："遑春姑娘，要昨日流水账吧，我都打好了，准备着呢。"

遑春接过他递上的清单，点点头说："让你受累了。"

店员忙说："不累的，有什么尽管吩咐。"

一旁的陈汉香看到这一幕，心里直冒酸水，这小子，上次我腰痛，要他包点药，半天不动，问起来，只说一时忙忘了。现对这小妖精倒是殷勤备至。她心里的那股怨气吱吱往外冒，有点控制不住了。

"哎，柜上这么忙，也不看看时候，有这么添乱的?"

一时鸦雀无声，都知道她是针对暹春的，外面的顾客也等着看热闹，想暹春跟老板娘大吵一架。

陈汉香见里面没动静，越发来了精神，又嚷道："让顾客等着，为她一人服务，几时弄得这么没规矩?"

那店员听见在说自己，正要回嘴，却见平先生走出来，朝陈汉香笑道："怪我，怪我，是我急着要做账，让暹春出来拿清单的。"

陈汉香不好驳平先生的面子，但口气还硬着："知道您会出来护着。"

那店员见此，便主动道歉："老板娘，是我不对，您罚我得了。"

陈汉香哼了一声说："你倒是会看人打发。"

店员听出话音，脸便红了，一时难堪着，却见暹春出来了，走到陈汉香面前说："娘娘，是我不观事，要怪就怪我一人吧。"

陈汉香没想到暹春不仅不气，还主动认错，倒弄得无言以对了。

"好了，好了，老板娘也没怪你，以后注意就行了。"平先生忙着做和事佬。

店堂又恢复平静，各自忙碌。

日子单调地重复着，每一个平常都暗藏着凶险，时有日本飞机从城市上空呼啸而过，去攻打外围的中美盟军。总有嗅觉灵的，似乎感觉到日军的颓势，知道结束战争的日子不远了，汉正街复业的店铺也逐渐多了起来。

冬日的下午，暹春在跟平先生整理账本，两人一边忙着，一边聊着。

"你学得这么快，以后可以独立做账了。"平先生拿着她做的报表，欣慰不已。

暹春说："过了您这一关，仲平叔就可以放我走了。"

平先生说："也别慌着走呀，学无止境。"

"怎么您也想留我在这？"

平先生迟疑了一下，小声说："亚东公来信即日回汉，又要我管织布厂的账呢。"

"仲平叔要是不放您走呢？"

"我也为难呀，没得分身法。"平先生苦恼道。

暹春笑道："谁让您这么能干的。"

……

正说着，突然听到几声轰响。

"快躲呀，美国飞机扔炸弹啦！"有人惊慌地叫着。

街上出现了骚动，人们仓皇跑出来，果然成排的飞机蝗虫一般飞过来了，接二连三的爆炸此起彼伏。

陈汉香叫店员上排门，暹春把她一拉："娘娘，来不及了，快走吧。"

"平先生，平先生，快走呀！"暹春又往里屋喊着。

"好，好，就来！"平先生答应着，打开柜子，把里面的账本拿出来，准备带走。

轰，轰，爆炸声在四周响起。

暹春回头看平先生抱着几个账本出了店门，她刚往前跑了几步，忽然听到背后一声巨响，顿时被震得扑倒在地。

等她爬起来，才发现不远的地方炸出一个大坑，周围的房子倒塌了一大片，有的在起火冒烟，地上、电线杆上，满是炸飞的血肉和碎屑……

"平先生——"她悲怆地呼喊着。

第十九章　因缘

转眼又是一年，抗战终于结束了。汉树坐在回汉口的木船上，再见不到插着膏药旗的巡逻艇，一路平静畅通，但见河岸那些破败的房屋，荒芜的土地，满目疮痍，心情又不免沉重。

此时的汉树，脸庞清俊，目光锐利，举手投足也有几分杨先生当年的样子。他所在的部队经重新整编，已开往大别山根据地。汉树便被上级派往汉口，完成一项采购任务。他深感责任重大，回想临行前上级的叮嘱，巩固联络点，必要时与汉口地下党联系并寻求协助等，一一牢记在心。

汉口又在眼前，零星的吊脚楼，停泊的帆船，兀立的码头，六年前离开的情景恍如昨日，他不忍回想那个痛苦的经历，却有一个人始终挂在心头，无法忘却，他暗暗叫着暹春，想她已长成大姑娘了吧。

船抵达岸边，他沿着台阶一步步往上走，熟悉的牌楼还在，岗哨已撤除了，出入码头的人川流不息，走进汉正街，耳边便奏起了交响乐，有的在重建家园，有的在整修门面，石板路上来来往往，一片繁忙的景象。

走到自家铺子门前，眼见熠熠闪光的吕记招牌，汉树的心里便涌起一股暖流，多亏咪毛叔四下奔忙，将毁坏的铺面修缮一新。现在吕记又成为中原城工部的一个联络点，咪毛也是组织外围的城工人员。吕家铺子已不再属于他，而属于一个革命大家庭。

在柜台张罗的咪毛瞥见了他，便叫道："好小子，几年不见，长这么高了。"

汉树笑道："咪毛叔叔还是老样子哪。"

"老了哟。"

咪毛把他往楼上引，一边说："你看楼梯都是新做的，当时楼上被炸塌了，忙了一个月，才重新修好。"

"咪毛叔叔受累了。"

"仲平少爷也帮忙筹钱，要不哪这么快重新开业。"

"仲平少爷就是暹春的小叔叔吧？"

"是啊，但他现在被关起来了……"

"为什么？"

"日本人在时，他做过副会长。"

汉树沉默了一下，便问起暹春。

"她现忙得很哟，一会就要过来的。"

汉树的心怦地一跳，不觉脸红了，幸亏咪毛没注意到。

他提着藤箱走进房间，还是原样布置，摆着写字桌椅、洗脸架、小橱柜，小木床上铺着干净的被褥，这又是她做的吧？他激动地想着。

嘈杂的市声一阵阵灌进耳膜，他整理完箱里的物品，不觉走到小阳台上，石板路像条巨龙逶迤伸展，街上人来人往，载客的黄包车，运货的板车，穿梭其中，他的目光在人流中寻找着，希望觅见一个姑娘的身影。

商铺复业的鞭炮声此起彼伏，空气中洋溢着热辣辣的火药味，与躁动的人声搅和着，呈现着久违的热闹景象。

桂嫂刚从徽州回来，原来住的房子被炸毁，平先生也在那次轰炸中丧生，桂嫂不想勾起伤痛，欲寻新址重开菜馆，幸好在洪益巷租到一处房子，将其进行了改装，她操持了一个多月，总算大致完工。

此时桂嫂正在窗户边擦玻璃，窗户虽朝着南面，一样有西晒，天一热恐怕就待不住。正想着一件事，忽见暹春拎着一个布包走进来。

"桂姨，窗帘买来了。"

她眉开眼笑道："想着曹操，曹操就到。"

"知道你等着呢，哪能不急?"暹春打开布包，摊开窗帘，"已把边锁好，可以直接挂上了。"

桂嫂见那深蓝底子上印着小小的橘色花朵，素雅又不失暖意，便欢喜道："好看，交给你办事没错的。"

"您喜欢就好。"

桂嫂从衣兜里掏出几张票子，要塞给暹春："也不知多少，你收着。"

暹春连忙躲闪："不用，是我送你的。"

"哪能叫你花钱?"

"开张大吉，我的一点心意。"

暹春硬不要，桂嫂只得作罢。一时取来梯子，把窗帘挂上了。

"真好看，屋里就不显单调了。"暹春欣赏道。

桂嫂笑着说："就像眼睛上有了眉毛，添了生机。"

暹春喝了口水，说还有事，便要出门："桂姨还需要什么只管告诉我，顺路就办了。"

"没什么，大头都朝下了，"桂嫂走近她提醒道，"你在吕家铺子管着账，又在萧永康做出纳，现萧老爷不在了，汪夫人管着家，你得防着点……"

"她现在急着赎仲平叔出来呢，还顾不上我。"暹春说。

"仲平的事可大可小，就看汪夫人的本事了。"

暹春点点头，便告辞了。

十月初的汉口，天气依然燥热，石板路被晒得白里发亮，在建的房屋与开张的店铺相互掺杂，各自忙碌，复苏的气息在大街小巷里流窜，仿佛在与人赛跑，看谁赢得过时间。

暹春已习惯了汉正街的繁忙和喧嚣，生活也在一点点改变着她，再不是那个活在自己世界里的小姑娘了。几年里，她勤学苦练，账务方面大有长进，十六岁就做起萧永康店里的出纳，待人接物也成熟不少。美国飞机轰炸时，她护着吓得发抖的陈汉香和几个伙计往救世堂里跑，侥幸躲过了那场灾难。平先生不幸遇难后，她临时接起了会计之事，每天小心谨慎，平稳应对，渐渐地熟练起来。如今汪少芬一回来，就以资历尚浅为由，把她从会计上换下，不是怕旁人说闲话，恨不得出纳都不给她做。虽说陈汉香私下为暹春抱屈，却不敢哼一声。

暹春知道汪少芬不待见她，恨不得她马上走，她也不想在此待久。吕家铺子开张不久，业务刚刚起步，等以后进出货大了，她就准备辞了萧永康的出纳，一心去管吕家铺子。但咪毛建议她继续留在萧永康里，有个退路。她是萧家的大小姐，汪少芬总得顾及一下，不敢贸然赶她走。且吕家铺子作为地下党的联络站，也有暴露的可能，咪毛是不想她有任何风险，她是老杨亲生女儿的事还在保密中，对外也是临时代管铺子的账务。

走到萧永康，她就发现空气不对，掌柜和伙计在柜台里摆放新货，装作没看见她，陈汉香本是老板娘，啥事都管，现有婆婆管着，说话就不算数了，整天就在店堂里晃着，业务上的事汪少芬就喊掌柜，她成了活摆设。

此时，她正灰头土脸地站着店堂一侧，眼睛木然地望着店外，暹春进门喊了一声娘娘，她才缓过神来，小声说："老太太刚走，为几笔报账的收据，说这个嚼那个，看你不在，又把气撒在我头上。"

暹春说："我出去收账款了，你没告诉她吗？"

"说了，她是在外办事不顺，找人撒气呢，"陈汉香撇了下嘴，又问，"账款收回来没？"

"今天运气好，幸亏老板人在，开了支票。"

"那好。"

暹春进了里屋，把钱庄的入账收据交给会计，一会又出来收了柜上的款子，兑了两笔货款支出，忙到快中午，匆匆吃了几口伙房送来的饭菜，便出了门。

一般是午后，她要抽时间去吕家铺子，那里账务不多，中午忙活一个时辰就够了，两边不耽误。

正午的阳光热腾腾的，人流少了些，店铺门口一些吆喝的伙计也进去吃饭了，那些修建的工地也停歇了，但是暹春往街上一过，就有无数只脑壳探出来，目光齐刷刷地聚焦一处，跟中午的石板路一样灼热。有的已掌握了规律，知道她多半这个时候出来，就在那候着，老远看到一个婀娜多姿的身影出现，由远而近，一直跟到那倩影出了视线。

暹春知道有人注视着她，把遮阳的油纸伞略略放低了些，依然目不斜视，不紧不慢地走着，转眼吕家铺子就到了，她的心不觉忐忑起来，昨天咪毛叔说襄河那边会有人来，这次会不会是汉树呢？

"暹春——"

她把油纸伞抬了抬，见小阳台上有个身影，定睛一看，果然是汉树哥，她喜出望外，不由加快了脚步。

汉树已从楼上飞跑下来，等到那个窈窕的身影飘然而入，他反而迟疑了，慢慢走向暹春。

"哥……你总算平安回来了。"暹春望着长身玉立的汉树，一时悲喜交集。

"暹春……见到你，我也放心了。"汉树情不自禁道。

"我还好，哥哥可瘦多了……"

汉树说："看起来瘦，身板结实着呢。"

暹春见他伸出手臂，又有几分当年的憨实样子，不觉笑了。

"吃饭了！"刘爱华拎着一个食篮进门来。

暹春进屋支起小方桌，摆上饭菜，给他们添饭，又说自己吃过了，先去做账。

她走到一边的长桌前坐下，拿出那些单据，算盘拨得噼啪作响。汉树一边吃着饭，目光频频瞥向她，一时竟忘了夹菜。咪毛看着直笑，把一只鸡腿夹到他碗里："快吃呀，暹春又跑不了。"汉树不好意思地端起碗来扒饭。

午后的太阳渐渐移到街对面去了，过道的穿堂风送来一阵阵清凉，暹春在水池边洗碗，汉树在一边帮忙递东西，他眼里的暹春似曾相识，又觉得陌生而新鲜，以前那细细的丫雀辫变成蓬松的麻花辫，侧影的轮廓精致秀美，看她手脚麻利，不一会就把手头的账务做完了，又把吃完的碗筷收拾定当。这六年，她都经历了什么，以前那么单纯稚嫩的小姑娘变得这么能干，令他惊喜，又有些心疼。

"暹春，没想到你做了会计。"

"还不是逼出来的。"暹春笑了笑说，"这几年哥也经历不少吧？"

"嗯，经历了不少有意思的事，有空讲给你听。"

"好啊，我就想听。"

暹春洗完了碗，见汉树又要出门，便对他说："哥，有什么需要只管跟我说，我想帮你做点什么。"

汉树笑着说："不是我一个人忙，你放心吧。"

暹春答应着，一直看着他出门。

那个午后，汪少芬也刚回到家，她连喊热死了，忙脱下浸出汗渍的丝绸旗袍，换上乔其纱睡衣和麻质拖鞋，喝了一杯用人递上的酸梅汤，舒坦了些，才下楼去吃饭。

她总是一个人吃，偶尔也会感到凄清，特别是晚上，独自面对寂静的楼房，便有些害怕，怕老头子的魂来找她。当初她担心大少爷突然回来，硬要老头子跟她一起去四川避难。可到了那蜀地，居住环境相对简陋，生活朝不保夕，萧老爷本有病恙，心情忧郁，身体就每况愈下，到后来，时遭敌机空袭，经常连药都接济不上。汪少芬也不着急，整天吆五喝六地打麻将，老头子跟前就留一个十六岁的小丫头照护。那丫头闻不得老头子身上陈腐的臭味，还得天天洗刷那些带屎尿的裤子，自然心烦，老头子不想吃饭，她就摆着，怕老头子尿在床上，竟连水也不给他多喝，渐渐地，拖到奄奄一息。那天，汪少芬一直在外面玩乐，到深夜回来，看到堂屋地上躺着一个人，才知道老头子走了。她也不通知亲友，连仲平也没告之，就速速办了丧事，把萧老爷就地埋了。等到战争结束，她把用人一一打发走，就匆匆回到汉口。

却没想到，仲平被关了起来。她心急火燎，唯有动用一切资源，全力以赴去救儿子，倒一时忘记了暹春。

但疙瘩存在心里总不舒服。当初见到暹春，她便心里一跳，跟萧景暗简直一个模子刻出来的。她一着慌，那个压在心底的秘密又被翻出，搅得人寝食不安。此时，她如果知道大少爷已不在人世，对暹春可能多一分怜悯，少一分防范。可一想到暹春住着那幢小楼就气不过，当初她想霸占，无奈萧老爷非让空着，要等大少爷回来。现在萧家由她说了算，怎能让那丫头独享，且还管着萧永康的账？虽说那姑娘聪明能干，也讨人喜欢，她本可以当孙女看待，但人家是大少爷的亲骨肉，萧景暄恨着她呢。暹春若知道自己的命运是她一手造成的，还会叫她太①吗？一想到此，她心里就发毛。虽说让暹春做着出纳，她还是不放心，不想暹春在眼前晃着。好在那丫头的心思不在萧永康，跟店员们也不远不近的，每天忙完事情就走了，跟那萧景暄一样清高。后来得知暹春在吕家铺子里管账，倒是让她松了口气。

她现在就等着仲平回来，仲平不过是做了商会副会长，多半是敷衍日本人，好让萧永康的生意维持正常，也没跟日本人有过什么勾当。但总归不是理由，现在那些接收官员个个如狼似虎，芝麻大的事会说成西瓜，就等着你掏腰包敬供呢。汪少芬知道要拿钱买命，舍财免灾，但那些家伙都吊大了胃口，层层盘剥，她得一关一关去过，有时也心酸，没人帮衬，只有靠自己，终于明白光有钱不行，还得有势，没得势，就得被宰割，出血本。家里那些金条、古玩、字画已拿了不少，还不够，连自己细软都送出一些，她咬了咬牙，老娘就跟你们这群吸血鬼拼上了，有钱能使鬼推磨，老娘就不信一次次放血救不出儿子。

吃完饭，汪少芬也顾不得休息一会，又要用人翻箱倒柜找东西，老爷子那些皮袄、皮鞋，还有那些丝质衣服都是上好的面料，成色也新，有的还没穿过，拿出去当了总能救个急。但典当东西不可亲自去，寒碜她不说，也丢萧永康的脸。何况是故人的衣物，典当行一般不收，要收也是极低的价，当废品卖了。可身边的用人不

---

① 太：武汉方言，音 tie，祖母。

是胆小羞怯，就是粗鄙愚笨，一问就会露馅。想来想去，不觉想到暹春头上，那丫头做事还算周全，模样也不似贫寒之家出来的，别人不会生疑。

她便让人去唤暹春过来，用人出去了一会回来禀道，大小姐不在店里呢。

汪少芬一听就烦了："又去吕家铺子了吧，在店里就是待不住，你去把她叫回来。"

用人答应一声出去了。

暹春回到萧永康又忙了一阵，便带着伙计拖着一车衣物用品出了巷子，他们不便去汉正街的当铺，怕被人认出，只好去稍远的六渡桥。

暹春看到老太爷的衣物，不觉有些心酸，那是她祖父的东西，想起在普爱医院门口碰见祖父的情景，祖父朝她微笑了一下，那是他们唯一的相见，可惜彼此还不认识。

祖父就这么走了，汪少芬只字不提他去世的经过，连他的灵柩也不运回，就埋在那偏远的蜀地。祖父生前创立了一番家业，也是响当当的人物，不是娶了那个女人，哪会落到如此凄凉的地步？现在竟连遗物都处理掉了，可见那女人的心肠有多狠。暹春一路想着，对汪少芬不由生起恨意。如果她知道当初被丢弃就是汪少芬所为，她父亲的离家也与汪少芬有关，萧家的悲剧就是汪少芬一手造成的，她还能饶过那个女人？

新市场对面就有家典当铺，出出进进的人不少，暹春要伙计将车停下，把衣物一一搬进去。那掌柜自然是识货的，问了东西的来路，暹春只得说家里急等用钱，暂时典压在此，等有钱周转了再赎回。掌柜的见她恳切，才答应收货。

暹春料理完出来，见街上的女人大都穿着无袖旗袍，靓丽又时尚，自己还是几年前的老式样子，便不由自主往江汉路走去。

不一会，就看到九华绸缎庄的招牌，一些衣着华贵的男女在出出进进，暹春走进装饰考究的店堂，一时目不暇接，木柜里码放着一匹匹布料，顾客看准了哪种，店员就取出来，放在柜台上摊开，用长尺比量好，再剪出个小口，刷的一下撕开，把剪开的布用黄纸包好，系上细麻绳。一边还有下江裁缝为顾客量好尺寸，现做衣服，一些时尚精美的成衣挂在柜上或橱窗里，也吸引了更多的顾客。

暹春左顾右盼，瞥见一位穿着长衫，白皮肤大眼睛的男人在跟顾客说话，正是亚东公的大公子曾振五。

"振五叔！"她上前招呼道。

"暹春来了。"振五满面笑容走过来。

"生意好啊。"

"多是老顾客带新顾客过来。"振五笑着说，得知她要做件旗袍，便带她看料子。

一时又有人来找曾掌柜，暹春便由他去忙，自己挑选了一款格子花布，让裁缝师傅量了尺寸。振五说过十天，就可来取衣服了。

太阳西斜时，汉正街上的人流也不见少，晒了一天的石板路还留着余温，商客们提着大包小包的东西匆匆往江边去，有的还在慢悠悠地闲逛，巷子里炊烟袅袅，小贩推着小车在卖卤菜，有的兜售菜疏和水果，担子装着成把的荷花和莲蓬，暹春闻到清香，不由走上前去。

忽而听见有人喊她，转头一看，却是汉树。

"哥，真巧啊，"暹春欣喜道。

"我办完事刚回来。"汉树笑道。

"我也正要去吕家铺子找你呢，那一起去吃饭吧?"

"好啊。"

汉树顺手买了几枝荷花给暹春，暹春嗅着芬芳的花蕊，一样粉妆玉琢，相映成趣。

两人走了没多远，就到了大夹街附近的升基巷，眼见老大兴园酒楼、景阳酒楼、张汉记牛肉馆、黄天顺酒楼、芙蓉川菜馆等店铺鳞次栉比，食客川流不息，香味经久不散，也难怪传有"玩在新市场，吃在升基巷"的口头禅。

老大兴园酒楼也是重新开张，门前花团锦簇，鞭炮的碎屑撒了一地，暹春与汉树刚走到跟前，就被伙计吆喝着进了店，里面八仙桌满满十来张，他们选了靠窗的桌子坐下，点了店里的招牌菜红烧鮰鱼，还有自酿的桂花米酒，窗前正好看到西沉的夕阳，绯红的云一会变为灰黄，又暗淡为灰紫。

夜幕降下了，橘黄色的灯影中，来来去去的人影影绰绰，眼前的人也变得迷幻，似在梦中。

汉树看着暹春，倏然想起了杨先生，他回忆起那些过往，觉得与这父女之间的缘分实在很神奇。暹春被抛弃，幸被他父母收养，他后来丢失，辗转又成为杨先生的义子，他们是异姓兄妹，也是这世上最亲的人。杨先生牺牲后，他俩都失去了共同的父亲，本该彼此相依，然而世事变幻，天各一方，但思念并没因时空的阻隔而中断，在相聚的时刻，那份情感反而更为强烈，就像陈酿的桂花酒，慢慢地发酵。

暹春见他痴痴地看着自己，有点不好意思，不由问道："哥，襄河的生活很艰苦吧?"

汉树缓过神，笑了笑说："那里食物没这样丰富，大都粗茶淡饭，有时四处打游击，就带着干粮吃。"

"怪不得，你以前是白白胖胖的圆脸，现在成黑黑瘦瘦的长脸了。"

汉树笑道："也比以前精神了吧?"

暹春羞涩一笑，转而问道："你现在懂得不少东西，是怎么学到的?"

"还是经历呀，"汉树神秘一笑，"先有杨先生教我，后来又去抗大青训班学习了一段时间。"

"抗大青训班在哪?"

"在潜江。"

汉树不觉说起学校的生活。

"那里没有教室，各人就搬一块砖头坐在树荫下，大树旁放着一块门板当黑板，这就是我们学校的全部家当。我们吃的白菜萝卜也不放油，但大米饭可以管饱。天气热时，蚊虫很多，我们从地里找来一些杂草和糠壳放在屋中央烧起来，烟味很浓，也驱赶不走它们，就只有钻进用夹被撑起的乌龟帐里，好在瞌睡多，帐内闷气也睡得着，等到天亮起来，门板和夹被还留着被蚊子咬的血印子……"

暹春感叹道："真不容易。"

"虽然艰苦，也有不少有趣的事。"汉树笑道。

"快讲讲吧。"

"有一次，我和同学准备返回驻地，发现一些老百姓慌慌张张地乱跑，说鬼子来了。我们便去打探消息，就在山脚下潜伏起来。过了一会，果然看见一个身材高大的日本军官过来了，等了片刻，没见到鬼子的人马出现，看来是一个单独行动的鬼子。我便对同学说，去俘虏他。同学说好。我们轻轻摸到鬼子身边，见那军官毫无防备，我俩就像两只小老虎一样跃出，将他击倒在地，死死地擒住他了……"

"哥真勇敢!"暹春禁不住赞叹。

两人边吃边聊,桌上的美味佳肴不知不觉所剩无几。周围饭桌渐渐坐满了人,闹哄哄的,两人便结了账款,走了出来。

"想去江边看看吗?"汉树问。

"好啊,我也好长时间没去了。"暹春说。

俩人便沿着弯弯曲曲的巷道往江边走。

初秋的夜晚,轻风拂面,凉爽宜人,路灯光照着一高一低的两个身影,在他们的前方拉长,像是照见此时的幸福。汉树一路说着那些襄河故事,发出的每一个音符似在跳跃,他自己也意识到了,那是抑制不住的激动和快乐。

还没到巷子口,老远就闻到一缕甜香,是小贩在卖糖炒栗子,汉树给暹春买了一纸袋栗子,然后坐在江边的石头上,吹着江风,你一口我一口地吃着,就像儿时一样,甘甜的滋味一直抵达心底。

江边停泊着三三两两的帆船,点点渔火照在墨玉般的水面上,一道道细碎的波光闪闪烁烁,岸边一些吊脚楼里透着昏黄的灯光,点点如豆,照不到江面,却听得见水流击打木柱的声音。

深蓝的夜空静谧而寥廓,丝丝缕缕的白云在夜空中飘浮,像披着云裳的仙女,星星透出来,似幕布上点缀的宝石。对岸汉阳的灯火也愈加朦胧,暹春想起洗马长街,不由说:"秋娘生了儿子,还没去看看呢。"

汉树说:"童三少爷不错,会对她好的。"

暹春听了,不由扭头问他:"那你呢?"

月光下,暹春秀美的脸上泛着莹莹的珠光,轮廓愈显玲珑,清风阵阵,将她额前的刘海吹乱,汉树不觉伸手捋了捋,笑道:"谁敢欺负大小姐呀。"

暹春娇嗔一笑，他不禁把她搂在怀里。

江风在轻轻吹拂着，水声轻柔，秋虫低鸣，还有沉浸在幸福中的一对人儿，暹春望着远方的灯光，喃喃地说："住了这么多年，今天才发现江边的风景这么好。"

汉树没说话，相聚的日子总是短暂的，两天后他就得离开汉口，他不知道下次见到暹春是什么时候，想到又将别离，不免一阵苦涩。

第二十章　亲情

汉树离开汉口时，暹春没来得及送他，却不知一别又是一年。

汉树偶尔来信，写的都是挂念。暹春没有给他回信，知道写了也不可能收到，他们驻扎的地方邮路难行，又总在变动。思念难挨时，她就画画，与汉树在灯火迷离的小巷里行走，在繁星密布下的江边相偎，那是她最甜蜜的记忆，她要永远留存。

日子单调又充实，因为有爱，她也不觉劳累，何况所做的一切都是她愿意付出的，她对未来充满了希望，但总有躲不掉的烦恼和忧愁。

那天，暹春照例忙到天黑才走进家门。

毛姨已做好了饭菜。她是咪毛的堂姐，从乡下出来谋生，挑着担子卖针线，风里来，雨里去，辛苦又赚不到几个钱，暹春就把她留在家里，帮忙做做家务。咪毛倒是赞同，暹春一人住幢楼，也需要有人陪伴，照顾生活。

两人吃着饭，说着闲话，一时毛姨聊起，下午有人来看房子。

"我没让他进门，说主人不在家。他说改天再来。"

暹春不觉放下了筷子。

"他是哪里的？"

"问了，没说。"

"他是想租房还是买房子？"

"都没说。就想进来看看。"

"谁让他来看的?"

"也没说。"

暹春冰雪聪明,马上意识到谁在算计这幢房子。陈太曾告诉她,汪少芬想把小楼收了去,后被老爷拦下了,要等大少爷回来。现萧老爷不在了,萧家没一个人负责,就由着汪少芬胡来了。她把老太爷的东西都当完了,又不想再变卖其他的东西,就打起小楼的主意。仲平还关着呢,要救他出来,这是最好的理由。

暹春知道这事才刚刚开头,她等着汪少芬出招。

果然,第二天下午,汪少芬把她叫到了萧家楼。

"暹春,快坐下,"汪少芬脸上露出难得的笑容,她把茶几上的蜜橘递到暹春手上,又要用人端上莲子羹。

暹春把橘子放到茶几上,等着汪少芬说话。

汪少芬看暹春冷冷的眼神,一下想到了萧景暄,果真是那小子的种呢,可惜现在落在我手里,得由我说了算。她心里想着,也没工夫绕弯子了,开门见山道:"暹春,今天把你叫来,是要告诉你一下,得从小楼搬出来了。"

"为什么?"

汪少芬冷冷一笑说:"你一个姑娘家,独自住那么一幢楼,不仅浪费,也不安全,早该搬出来了。"

暹春见汪少芬直截了当要赶她走,怒气顿生,便回敬道:"小楼是祖母留给我父亲的房产,我是他唯一的女儿,房子自然由我继承,谁也没有权利让我搬出去。"

汪少芬见暹春如此强硬,不觉几分心虚,又转换笑脸说:"你祖母的房产也是萧家的房产,你叔叔也是萧家的继承人,以前他对你怎样? 现他关在牢里,你就忍心让他被活活折磨死?"

见暹春不作声，她又说："现在那些贪得无厌的家伙，抓到一个就找到一次敛财的机会，不管有罪无罪，都往死里整。现家里除了萧永康的门面房，就是居住的两处房屋，但萧家楼是不能卖的，卖了会被人笑话，店铺当然也不能卖，卖了生计就没了来源，也只有你住的小楼可以周转一下。"

暹春问："还差多少钱?"

汪少芬说："这是个无底洞啊，那些饿狼们胃口都大得很，稍不称心，就把人报送上去，现在只要定了汉奸，有一个杀一个。"

暹春不再说话。她明白了汪少芬一箭双雕的手段。对方早就眼馋她的小楼，只是没找到机会下手。现在她要不肯，人家就会说她自私，为了自己的房子，不顾亲叔叔的死活。

汪少芬以为暹春被说动了，又假惺惺道："你搬出来后，就到我这里来住吧，你娘娘他们住萧永康楼上，平时家里就我一人，你来住，有的是房间。"

暹春心里冷笑，陈汉香是汪少芬的娘家亲戚，她都不让住家里，还容得下不相干的人? 要她去住自然是个圈套，到时找借口要她走也是顺便的事。

暹春站了起来，冷冷说了声："不必了。房子的事我还要想想。"便转身往外走去。

"这可由不得你呢。"

汪少芬见不得她那副清高的样子，狠狠甩出一句。不是仲平的事牵扯了精力，哪能容得这丫头在眼皮子底下晃来晃去? 这下更坚定了卖掉小楼的决心。死丫头，我看你还能舒服几天!

暹春从萧家楼直接回到家里，手指还在微微发抖，想画画排解一下，还是放下了。她抚摸着书桌上的文房四宝，那上面留着父亲的痕迹，也有她的痕迹。她瞧着木地板发白的纹理，就像小楼的脉络，让她触摸到时间的质地，她踩在上面，仿佛听见祖母和父亲的足音，怎么能就此失去？

她呆呆地环顾四周，眼前浮现着一幕幕情景，蓦然明白过来，这一切本该不会发生，如果不是那个女人，祖母怎会过早离世？父母怎会被迫分开，导致父亲的出走？现在这个女人又要将她赶走，她能让那女人得逞吗？这不仅让她无家可归，也斩断了她与至亲的联系啊。

楼下传来桂嫂的叫声，她送来刚做的臭鳜鱼，得知遑春回来了，桂嫂便上楼来。

"怎不高兴呀？"

遑春看了一下桂嫂，撒气道："要赶我走呢。"

"为什么？"

"老板娘要卖这幢楼。"

"是汪夫人吗？"

"还能有谁？"

"这楼是你爸爸的，本该是你所有啊。"

"没有凭证呀，"遑春愁苦道。

桂嫂坐到一边的靠椅上，望着遑春，叹口气说："可惜你爸爸走了，要不也轮不着那女人耍威风。"

遑春鼻子一酸，止不住掉下泪来。

桂嫂看着也难过，不由说："这事仲平应该知道啊，你明明是这家的大小姐，大家也都这么叫，这房子本就是你的。"

"他们都知道，汪太也明白，但她有个好借口，为了救仲平叔要卖这房子。"

"她送出去那么多，连萧老爷的手表都当了，还不够？"

"谁知道，只有由她说了。"

"我听仲平好像说过，这幢楼是萧太太的陪嫁。"

"陈太也说过，夫人的东西都没动，老爷不许旁人进来。"

桂嫂听了，不觉说："你赶快找找看，说不定这房契还在呢。有房契在手，她就卖不了。"

"她说要卖，肯定已在她手里。"

桂嫂叹了口气。

送走桂嫂后，遑春不觉走向右边那个久闭的房间。

房里布满灰尘，陈年的气息从角落里散发出来，以前总是陈太打扫，陈太不在了，就没人再进来过。她推开两扇窗户，让阳光透进来，便拿起鸡毛掸子掸灰，扫地，五屉柜上有帧祖母的小照，那眉眼似曾相识，父亲也有一双这样的眼睛，柔和而深情。她呆呆地看着，恍惚祖母就在跟前，在化妆柜前梳妆，在藤椅边绣花，看书，眺望远处的汉江，天边飞过的雁阵……她一边打扫，一边怀想，直到太阳西落，天色渐渐黯淡。

她坐了会，才打开灯，几个暗红色的牛皮樟木箱泛着光亮，想起那晚陈太给她找衣服的情景，不觉走过去打开箱子，樟木的香味顿时扑入鼻孔。

樟木箱内罩着一层花色织锦，内盖上贴有太和丰皮箱庄的商标，显示着华贵的品质。里面的衣服规整地摆放着，宽松的家常褂子，质地精良的绸缎袄子，柔软的毛皮大衣，花色素雅的丝质旗袍……她拿起一件，忍不住试穿起来，做工考究的衣服衬着青春俏丽的脸，愈显端庄和高贵。她端详镜子里的自己，竟有几分恍惚，似乎看到了年轻的祖母。她跟祖母是相像的，不论脸庞还是眉眼，难怪陈太见了她有几分惊异。

这一刻，她明白了血脉相连，她是这家的孩子，是这幢房子的合法继承人，可这一事实却无法证明，能证明这事的人都不在了，祖母、父亲、陈太、就连关在牢里的萧仲平也不能，他会违背汪少芬的意愿吗？何况汪少芬口口声声说是为她儿子。唯有她那生死未卜的母亲朱杏子，可以证明她的来历。可朱杏子与父亲非婚，生她也是瞒着众人，后来抛下她离开。不是遇上善良的吕掌柜，她可能早就死了。

她不觉悲哀，汪少芬这般欺负她，无非因她是个私生子，又苦于没有家族的承认，她依旧是一个野孩子，赶她走也顺顺当当。况且，汪少芬不会给她时间，昨日已有人来看房了，说不定这几天就会卖楼，还能去哪呢？

她呆呆地站了一会，便找出一个皮箱，准备清理这些衣服，祖母的衣服若带不走，恐怕也要被变卖了，她伤心不已，刚触摸到亲缘的脉络，仿佛又有一道门横空而降，把她与这一切隔断，她又成了无家可归的孤儿，一无所有。

她在樟木箱里挑选着，准备带走几件祖母的衣物留作念想，她一件件地试着，满意就重新叠好，放在一边。

箱子的底部垫着一层白羊毛皮，因为翻动，一角被掀开，有一截油皮纸露出一角，她揭开羊皮，竟是个信封。

暹春的心怦怦直跳，抖着手抽出信纸，里面果然是祖母的字迹。

暄儿：

你现在回家的时候越来越少了，每次与我说不了几句，就匆匆离开。我知道你气我无能，任由你父亲将那女人娶进家门，致家中无宁日，岂知为母的苦心，委曲求全，也是想让你父亲能够醒悟，以保全萧家的名誉。

那女人进萧家时就怀了身孕，却毫无羞耻，将我的仁慈宽厚视为软弱可欺，在家里以夫人自居，与我平起平坐。可恨你父变了心，由着那女人颐指气使，操控一切。你看不惯，跟那女人作对，与你父亲冷战，却无济于事，可见萧家的劫数到了，你我无力挽回，只能叹命。

我本身体羸弱，又添愁苦，现重病在身，恐时日不多，唯求你父亲，除你之外，不准任何人踏进这幢楼。我要保存好这幢楼的房契，这是我父母留给我的财产，我要完整地交给你……

暹春看到这里，已泪眼迷蒙，她抖着手指打开夹在信里的那张房契，不禁放声大哭。

她哭了一阵，才想起要紧的事，有房契在手固然是好，还得有人证明她是萧景暄的女儿。父亲不在了，能做证人的只有母亲。她在洗马长街得知生母就是朱杏子，可除了朱杏子的照片，她对母亲一无所知。沈家人会不会知道母亲的下落？但想到当时的冷遇，她是再不想登那个门了。

她只有去洗马长街一趟，找秋娘打听朱杏子的音信。

洗马长街的阳光明晃晃地耀眼，层层叠叠的房屋绵延到龟山脚下，沿着巷道往里走，还没到潘家楼前，就有人在喊："秋娘，秋娘，你看谁来了？"

两岁的儿子先跑出来，秋娘跟在后面撵，跑到跟前，见暹春手上拎着大包小包的东西，便责怪道："来看我就好，还带这么多东西干吗？"

暹春笑道："给小弟弟的玩具。"

秋娘一手拉过又蹦又跳的儿子，说："快叫大姐姐！"

儿子盯着暹春，硬是不张嘴。

"这坏子货，跟他爹一样闷心坨子。"

"小伢都认生呢。"暹春看那孩子，活脱脱是秋娘的翻版。

屋里变化不大，随处可见孩子的物品，木马、摇床、小拖车、积木，暹春买了个飞机，孩子见了，喜得蹦跳起来。

秋娘央人去槽坊喊童三少爷回来，要老妈子去买菜，又从橱柜里拿出烘糕、喜饼、糖果，塞给暹春吃。

"娘娘，杂事太多，一时没工夫过来看你……"

秋娘说："你管着两个铺子的账，一般的人哪拿得下来，也亏你忙的。"

暹春在秋娘怀孕时来过一次，那时童家老太不放心，非让她们住在童家，秋娘跟童家老太不热乎，暹春也感觉不自在。

"搬回来有段时间了吧?"暹春问。

"生完孩子一个月就回来了。"

秋娘是高龄生产，当时失血过多，好不容易捡回一条命，却没了奶水。童老太心疼孙子没奶吃，便嚼开了，有奶就是娘，没奶还是娘吗?便叫人买喜头鱼给秋娘发奶。等她有了奶水，气血两亏的身子越发弱不可支，童老太也不给她补营养，平常就是粗茶淡饭，偶尔吃点红糖鸡蛋，还被童老太盯着。童三少爷买了只母鸡煨汤，给她添了一碗，她受不得荤油，一时放着没吃，童老太就叫人端走了。等月子过完，她还是一脸苍白，走路都打晃。

"幸亏早点回来了。那童老太见人冷冰冰的，用人也鬼鬼祟祟，跟你说话还支个耳朵听……"暹春想起在童家的情景，还心有余悸。

"她眼里只有钱，防人跟防贼似的。"

"童叔叔对你还好吧?"

"他对我还好，就是怕他妈，家里的一切都被婆婆掌控着，我们搬回来的添置，都是我拿私房钱买的，找他是没有的。"

"铺子还开着吗?"

"当然，要不一家人吃什么，婆家又没贴的。"

秋娘聊着家常，眼睛一直瞅着玩耍的儿子，细小的皱纹里透着慈爱，那些过往相比此时的幸福，都是转逝的浮云。

用人买来了鱼肉，屋里升腾起白白的烟气，食物的香气弥漫着整个空间。

暹春走上楼来，朱杏子的房间一直锁着，是她曾住过的房间，秋娘打开锁，里面还是原样。

"知道你们总会回来的，就一样没动。"秋娘说。

"她有信来吗?"暹春问的自然是朱杏子。

"没有，听放木排的人说去了安化。"

暹春瞧着墙上的照片，欲言又止。

"你好像有心事，是遇到事情了?"秋娘关切地问。

暹春说了缘由，秋娘便叹息:"要是杨先生活着就好了。"

暹春听得又心酸。

秋娘安慰道:"你妈不在身边，还有我呢，我帮你去找她。"

"往哪找，信都没有。"

"我找放竹排的人打听，总会有信的。"

"那等到何年何月呀?"

秋娘想了想，不觉拍了下暹春的肩膀:"不是还有萧家二少爷吗，他也可以作证，你是他哥哥的女儿呀。"

"他现关在牢里呢。"

"牢里也可以去探视呀，这事交给你咪毛叔办，不就行了?"

暹春一想，咪毛叔认识那么多人，又跟萧仲平关系亲近，去探视应该是没问题的。

楼下传来童三少爷的声音："谁来了，弄这么多好吃的。"

秋娘把暹春一揽："好了，好了，吃饭去。"

暹春待到傍晚才离开。秋娘一再地挽留，要她多住几日。后来童三少爷扛着儿子一直送她到江边，其乐融融的一家三口，令人羡慕，暹春也暗暗庆幸秋娘有了好的归宿。

内战打得正酣时，萧仲平被放了回来，汪少芬心里的石头终于落下了，但萧家这次出血不少，几乎蚀了老本。花翎巷的小楼倒没有卖出，关于暹春身份的证词是萧仲平在牢里写下的，他承认暹春是他哥哥的孩子。汪少芬没想到小小的暹春会有这手段，竟让仲平不顾自己的利益成全她，却不知是咪毛去牢里劝说，才促成了这件事。

萧仲平回来后，又管起萧永康的日常事务。他现住在萧家老宅里，堂客最近有喜，萧永康楼上住着太吵人，楼梯又窄，汪少芬怕摔着媳妇，就让两人搬了回来，她一人住在大宅里也太清净，或许是年纪大了，汪少芬觉出了孤独，让仲平夫妻过来陪陪也好，以后有了孙子就更热闹了。

暹春还在萧永康做着出纳，汪少芬要赶她走，也要顾及周围的舆论，店里人现都知道暹春是大少爷的姑娘，汪少芬虽有怨气，无奈儿子处处护着暹春，她也动弹不得，只好暂且听之任之，等寻着机会再说。

汪少芬不想看到暹春，暹春也不想在萧永康久待。吕家铺子的业务日渐增长，她除了账务工作，还要帮忙筹集货物，时常要忙到晚上。汉树嘱咐她协助咪毛叔，把铺子做好。暹春就一心扑在店里，吕家铺子是汉树的家，也是她的家，吕家铺子兴旺，也是告慰吕氏夫妇的在天之灵。

又到月终盘账的时候，萧仲平一早来到店里，便听到噼里啪啦的算盘声，知道又是暹春提前来了。

"暹春，早呀。"

"仲平叔早。"

"上个月毛利出来了吧？"

"出来了。"暹春把收支账本递给他。

萧仲平接过一看，不觉蹙起眉头，毛利少得可怜，有的地方还出现亏损。药材不断上涨，店里又不敢随便涨价，这样下去几乎没钱赚呀。还有更担心的，就怕这仗一直打下去，面临断货，萧永康的生意难以为继。现在一家人都靠这店里的收入养活，还有那些店员的生计，真要关门，可怎么办？

"仲平叔。"

他抬起眼睛，感觉暹春有话要说。

"吕家铺子那边事太多，两边管账顾及不了，我想辞掉店里的事……"

萧仲平正为生意伤神，一听暹春要走，不由发气道："这是自家的店，现在正面临困难，你不做说得过去吗？"

"仲平叔，实在忙不过来。"暹春抱歉道。

萧仲平一时想不通，但也知道暹春心里有怨气，母亲前段时间伤了暹春。当时咪毛去牢里劝他，你大哥为了保护同志牺牲了生命，是个英雄。你明知暹春是他唯一的孩子，如果不站出来澄清这个事实，如何告慰你哥哥的在天之灵？何况暹春是你的亲侄女，她现在要被赶出家门，你作为亲叔叔，就不能站出来保护她？好在他良心没有泯灭，克服了自私，做出了正确的选择。如若不然，暹春又面临无家可归的境地，这个结可能一时半会解不开，他心里只有愧疚，觉得对不起暹春。其实，他从内心里喜欢暹春，也一直在护佑着她，他是暹春的亲人，暹春要过得不好，他怎会安心?

"你不要走，每天就在我眼皮底下，我才放心!"他说。

"仲平叔，我也没走远，就在汉正街呀。"暹春笑道。

萧仲平不想她离开，还有更深的原因，暹春是一只青春的鸟，给古板沉闷的店铺带来清新的气息，有暹春在，店里也显得有生气，店员们都喜欢她，她若一走，估计大伙都会怅然若失，包括他自己。但暹春小小的年纪就担任这么繁重的工作，实在也为难了她，长此以往，身体也会吃不消的。

"要不，你把那边的事辞掉吧，只做这边的出纳会很轻松的。"萧仲平还想挽留。

"不能哪，吕家也是我的家，那铺子也凝聚我父亲的心血，再说汉树哥也不能答应的。"

萧仲平知道暹春的性格，决定的事不会轻易更改，再说什么也没用，便转身出去了。

第二十一章　离汉

晨光中，一列火车穿过薄雾慢慢驶进大智门车站，白色的烟气里，陆续走出一个个乘客，汉树拎着一只小皮箱，也出现在人流中，他从那座法式古典主义的站楼里出来，沿着车站路走了百米远，就拐进了黄兴路。

街上略显冷清，行人寥寥，他谨慎地环顾着四周，然后走进了一家修表店。

汉树拿出一块断了指针的怀表交给伙计，伙计看了一下，二话没说把他带进里间，一位中年男人正坐着修表。

"师傅，这是他的表。"伙计把表交给修表人，便出去了。

那师傅看了一下手表，问："这是你父亲的表吗?"

汉树说："不是，这是我叔叔的一块表。"

"坏了多长时间。"

"三年了。"

师傅便站了起来，伸出手握住汉树："小吕同志，我们又见面了!"

汉树激动地说："老许同志，一晃三年了，我们又要一起作战了!"

老许笑着说："我们有一个共同的目标，总会相逢的。"

"是啊。"

原来老许就是当年与杨先生一起出逃的那位难友。

汉树坐下后，从内衣口袋里掏出一个信封递给他，说："这是组织上要我交给您的。"

老许打开信看起来，然后对他说："信里要我们协助你采购一批紧急物资。我们会联系一些渠道，配合你完成任务。"

"谢谢许站长的支持！"

"应该的。"老许顿了顿，又说，"信里还要我们组织一批进步青年，把他们送到解放区的中原大学学习。"

"好机会呀，"汉树高兴地说，想了一下，又问，"许站长，我有个妹妹，现在吕家铺子里管着账务，聪明又能干，能不能介绍她去学习？"

老许问："你妹妹上过什么学？这是读大学呢，她跟得上吗？"

"她一直在学习文化，还会画画，做账也不错。她是杨先生的亲生女儿。"

老许一听杨先生，不觉触动，便说："他是烈士的女儿，应当优先考虑，就看她有没靠拢党组织的愿望和要求。"

"她在吕家铺子做了不少工作，组织方面的事还没有对她说过。"

"你可以告诉她，如果她愿意去解放区学习知识，懂得更多革命的道理，我们欢迎。"

"好的，只是她手上的事要找可靠的人接手。"

"这个我们想办法，你们也可以物色合适的人。"

"好的。"

随后老许又交代了几句，汉树便告辞出来，匆匆往汉正街走去。

路程实在不短，沿中山大道一直往六渡桥的方向走，经过黎黄陂路、天津路、江汉路，沿途是汉口最繁华的街景。内战的硝烟正浓，货币持续贬值，物价上涨，街面也较往日冷清不少，再不见抗战前车水马龙的热闹场面。

一辆载着美国兵的吉普车在马路边停下了，汉树看不得那些傲慢的脸，把目光转向商店的橱窗，那些陈列的商品，琳琅满目，眼花缭乱，广告上的美人不觉换成了另一张脸，在笑盈盈地看着他，心里一动，便走了进去。

他不知道遑春穿什么尺码的衣服和鞋子，转了半天，选了一条开司米白围巾，冬天就要到了，遑春如果能去北方学习，带上正好。他把身上所有的钱都掏了出来，凑够了数，拿着围巾走出来，四周的街景也似明亮了些。

他兴致勃勃走到吕家铺子，咪毛一见便觉诧异："不是下礼拜过来吗，怎么提前了？"

汉树就把提前采购的事告诉了他，又说了要遑春去学习的想法。

"遑春去不了，她这么忙，两边的账务都要做。"咪毛摇头道。

"找人接替一下吧，学习的机会太难得了。"汉树坚持道。

"一时哪里找合适的人呀，再说账务又不是说上手就上手的。"

汉树听着不悦，便说："她一天到晚就只是忙，哪里都去不了，不是太可惜了？"

咪毛听了便抱屈："我也不想这样啊，当初也是你要她接手的，现在又说这种话！"

"那就想办法吧，"汉树缓和了一下口气，又说，"组织上也答应派人过来接替她的工作。学习了革命理论，就能提高思想觉悟，以后工作也不会盲目啊。"

咪毛还想说什么，见汉树态度坚决，他也不好再坚持。汉树现是他的上级，况且对外也是汉树当老板，他只是掌柜。

"好吧，"咪毛答应着，"一会我去问问，有没合适的人。"

"咪毛叔，辛苦了。"

"跟我客气什么。"

那天暹春特别忙，到了下午还去了一趟钱庄，回来收拾一下就准备去吕家铺子，却听到店员在叫："太太来了。"

暹春正在铁皮柜旁整理单据，不及转身，汪少芬已经挑开门帘走了进来。

汪少芬坐到靠背椅上，见暹春没有反应，不由气道："人来了也不招呼一声，端着大小姐的架子啊。"

暹春转过身叫了声太太。

"你应该叫我太，而不是太太，我可是你祖母。"

暹春没吭声。

汪少芬瞧着那窈窕的背影，一时五味杂陈，不觉问道："听说你要离开萧永康?"

"是。"

"好啊，总算不用做劫数了。"

暹春仍旧没回头。

"你还在恨我吧?"汪少芬忍不住问。

暹春迟疑了一下，说："您是太太，我恨您干吗?"

汪少芬马上纠正："说不叫太太呢，看样子跟我蛮生分呢。"

暹春转过身子，没吭声。

"房子也让你继续住着，一幢楼呀，我这当太的还有什么对不住你的?"

暹春把铁皮柜门啪地一关，震得汪少芬一抖，她愣愣地看着暹春在收拾桌子。

"你要走了?"

"是，我现在要去吕家铺子。"暹春答道。

"你叔叔还在找人接替你的，慌什么？"

"我知道，那边有事要忙。"

"忙完了过来吃饭吧，今天我叫伙夫做了些菜。"

"不用了，我到那一忙又不知几点。"

"再忙也要吃饭呀，都是自家人，你叔叔娘娘也想你来。"

"我看时间吧。"暹春拎起布包，挑开门帘往外走。

"大小姐出去啦？"店员招呼道。

"嗯，你们忙。"暹春笑着点了下头。

她走到街上，感到少有的轻松，今天又跟仲平叔提出辞职，她知道仲平叔会不舒服，萧家人本来不多，这一走，店里的人都会感到失落，连汪少芬也不是滋味。相处这么长时间，所有的恩怨已显得苍白，无形还生出些许遗憾。

其实暹春也有一刻的难受，她毕竟是萧家的孩子，又在店里与大家相处这么长时间，没有感情是不可能的，尤其是仲平叔，对她一直很好，把她当自己的孩子，她能继续住在小楼，也是仲平叔的坚持。要说离开，唯有对仲平叔怀有歉疚。在这个世界上，除了汉树哥，最亲的就是仲平叔了。只是没有想到，汪少芬会有如此反应，对方并非真的把她看成家人，而是一个态度，暹春要把她当成祖母，敬她，也怕她。

但终究是要离开的，因为她从未想过久待，而是要留在吕家铺子，那里才是她的家，有汉树哥，有她曾经的记忆。

走近吕家铺子，老远看到汉树在二楼的窗户朝她招手，不觉加快了步子。

一进店里，咪毛叔便说："总算来了，汉树急着要去接你呢。"

听到汉树在楼上叫："暹春，快上来。"

暹春一上楼，汉树便把那条白围巾拿出来，戴在她的脖子上，雪白的围巾衬着如花的容颜愈显娇美，他忍不住说："真好！出门戴上就暖和了。"

见暹春愣着，他便说："你一直没出过远门，这次有个难得的机会，派你去中原大学学习。"

暹春惊喜道："好啊，中原大学在什么地方?"

"在河南，中原解放区，你可以去感受那里的革命氛围，那是一个崭新的世界。"

暹春惴惴不安道："我什么都不懂，就上大学，可以吗?"

"可以的。你不是想知道杨先生为何走上革命道路吗？这次你去了，就会明白的。"

暹春激动不已，她长期待在汉正街，顶多就是去一下洗马长街，不知道外面的世界有多大。汉树哥回来后，给她新奇的感受，他懂得那么多，完全变了一个人。暹春有时跟汉树说话，就觉得自己很无知，除了账务上的事，别的都不太懂，虽然也有过磨难，却总有人关爱她，呵护她，让她远离了那些灾祸。现在吕家铺子里做事，知道汉树哥做着革命工作，但他为何会参加革命，如何懂得那些道理，她不知道，也没想过做这些事的真正意义，一直在懵懂地过着。现在，她确实需要一种成长，需要思想的引领，让自己觉悟和成熟。

两天后，地下党组织就派人过来，接替了暹春的工作，随后将一份《武汉时报》交给暹春，要她按当天刊登的寻人启事，去报社接头。

暹春去了报社，一位姓王的记者接待了她。

"暹春，你好!"

"王记者，你好!"

"我给你介绍一下，你要去的地方是许昌，到那有同志负责接待，然后将你们转送中原局。"

"好的。"

王记者又向她介绍解放区沿途的社会情况，进行保密教育，交代应付敌人盘查的办法。

"经组织安排，与你此次同行的还有两位青年，他们扮一对情侣，你就作为他俩的妹妹，你的名字叫陈玉莹，这是你的通行证……"

暹春接过，一一牢记在心。

那天，汉树要去接货，没来得及送暹春。她拎着一个小皮箱，自己去了大智门火车站。

暹春走到火车站附近的邮局，便有人将一封信递给她。她走出来，打开信，里面是一张火车票。她在报童手里买了一张《武汉时报》，便往那法式站楼里走去。

建于清末的大智门车站，是京汉铁路南端的终点站，也是当时亚洲首屈一指的现代化车站，走进高旷宽敞的候车室，犹如置身异域的宫殿，前后墙面的半圆拱窗映着天光，让整个大厅通透明亮，两排高雅华贵的方形廊柱，分隔了空间，也显得疏密有致，楼宇上还饰有西洋风格的壁柱拱券，造型各异的壁浮窗雕，配以高高垂挂的精美大吊灯，将法式古典风格浸透到每个角落。

售票窗口旁站着一对青年男女，女的个子高挑，与男青年几乎平齐，见两人也拿着《武汉时报》，暹春不由得走了过去。

那一对男女见她手里的报纸，便问了一句。

"小姐，你是坐几点的车?"

"9点半的。"

"是去驻马店吧?"

"是。"

女青年笑起来，小声招呼："是玉莹妹妹吧?"

"是的。"

"我叫陈瑾格，他叫刘锦。"

"哥哥姐姐好!"

"我们正等着你呢，"陈瑾格握了握她的手，"我们可是一家子。"

暹春笑着点头。

刘锦过来要接她的皮箱："来，哥哥帮你拎。"

暹春客气道："不用，马上要进站了。"还是被刘锦接了过去。

开始检票了，他们随着人流往前走，看到检票员旁站着个警察，暹春想起当初被日本兵刁难的情景，心怦怦直跳，刘锦见她几分紧张，小声说："你走在我们中间，我在你后面，放心好了。"

到检票员跟前，陈瑾格检过了，回头朝暹春看了一眼："妹妹，快跟上。"暹春点点头，掏出准备好的通行证和车票，递给检票员。

那警察拿起通行证看了看，问："你也是去驻马店?"

"是的。"

"去干什么?"

"走亲戚。"

警察又看了下后面刘锦的通行证，问："你们是一起的?"

刘锦答道："是的，她是我妹妹。"

警察盯着他俩看了看，后面的人催着快点。警察才做了个放行的手势。

暹春呼出一口气，跟着陈瑾格和刘锦在站台里穿行，到处是人，出行的旅客，送行的亲友，一列长龙似的火车静卧着，她第一次见到这庞然大物，听说过它的威猛，嘶吼起来很吓人，今天，它要载着他们去另一个陌生的地方，这令她紧张又兴奋。

走进车厢，很快找到座位，三人正好面对面在一起。刘锦帮她俩把箱子放在行李架上，陈瑾格说："我想坐靠窗的位置。"

暹春说："我也想靠窗。"

刘锦说："好，你们俩都靠窗坐，我就在一边守着。"他便坐到暹春的旁边。

这时有人在敲玻璃窗，暹春一看外面，竟是汉树。

暹春忙打开车窗，惊喜地问："你不是押货回去吗？"

"咪毛叔让婶娘守店，代我去接货，我赶过来送你。"汉树把一提水果和点心递了进来。

暹春看他额头有汗，忙掏出手帕替他擦拭。陈瑾格见了便笑。暹春意识到了，便把手帕递给汉树："你自己擦吧。"

汉树看到暹春身旁坐着刘锦，便问："你们是同行吗？"

暹春说："嗯，是姐姐和姐夫。"

陈瑾格一下红了脸："妹妹可真坏。"

汉树也笑了。

开车铃响了。

汉树拉了拉暹春的手说："到了给我写信。"

"晓得。"

"一路平安！"

只听一声嘶吼，火车哐当哐当地启动了，接着越开越快，汉口渐渐被抛在了后面。

窗外是一片开阔的天地，暹春目不暇接，这是她没有见过的风景，那些田里的庄稼，荒芜的原野，放牛的孩子，徒步的路人……都令她新奇，自己生活的天地太小了，确实要出来看一看，接触外面的世界，认识新的事物。她从未认真考虑过未来，望着那条长龙一直往前方伸展着，那一刻她蓦然有了明晰的认识，她的未来不再只有汉正街，还有更广阔的世界。

一路同行，暹春见陈瑾格和刘锦谈吐不俗，得知两人是西北师范学院的学生，刘锦是中文系，陈瑾格是历史系，他们在学校里读到不少革命理论，便向往解放区，但一时进不去，后来辗转来到武汉，才与组织联系上。听了暹春自我介绍，管着两个店铺的账务，两人也惊讶不已。

陈瑾格见暹春拿着课本在读，不时点拨一二，讲起那些知识典故，让暹春听得如痴如醉，求知欲更强了。

但她思想上的改变才刚刚开始。

第二十二章　大学

火车行至驻马店就不动了。

"前面不通了，都下车！"车务在喊话。

"不到郑州了？"有人嘟囔着往外走。

三人拎起行李，跟着众人一起下车。走到出站口，有个穿长衫的男人挥着一份报纸向他们走来。

对方看到他们手里的《武汉时报》，小声问："你们是来走亲戚的吧？"

刘锦答道："不，我们是来见母亲的。"

对方便笑道："你们好！我是中原局城工部的郑难，负责接送你们到许昌。"

"好啊，谢谢郑同志！"

郑难带他们经过了检查站，一起往许昌方向前行。

正是夏季，似火的骄阳倾洒下来，他们背着行李，走不多远便汗流浃背，口干舌燥，郑难却催着他们走快点，尽快离开封锁区，以躲避国民党军和特务的追查。

暹春走得头昏眼花，脚上也打起了泡，一走一跛，刘锦和陈瑾格也好不了多少，走一会便在树荫下站会，直喊热。郑难见他们一个个细皮嫩肉的，便说："我看过你们的介绍信，陈瑾格的家在河南郑州，父亲是大学教授。刘锦也出自山西的官宦之家。吕暹春是资本家的后代……你们家庭环境优裕,为何要吃这番苦,去解放区呢?"

暹春没考虑太多,就说:"我的生活太单调,想学更多的知识,看不一样的世界,懂得更多的道理。"

刘锦沉默了一下说:"我曾无忧无虑地生活,可日本鬼子用刀捅死了我的叔叔,我很受刺激,一直忘不了那惨景……后来在大学里接触到马列主义,懂得救国救民的道理,知道共产党是为大多数人谋利益,让我看到了希望……"

问到陈瑾格,她随口说:"国民党统治黑暗,我们向往光明哪。"

暹春得知她的家就在河南,不禁问:"瑾格姐,你父母支持你吗?"

陈瑾格摇了下头说:"什么是革命,首先要革自己的命。"

郑难笑了一下,说:"革命不是说说而已,每时每刻都要克服旧的习气,才能脱胎换骨哪。"

几位明白那话里的意思,又顶着烈日,继续前行。但速度依然缓慢,郑难走在前头,不时要停下来等他们,看到路上来来往往的行人,他十分着急,生怕出什么意外,便决定改在夜间行走,避免炎热,也好躲避敌人。

四人拎着行李,摸黑走在荒郊野外,月光照着朦胧的树影,除了偶尔闻到草丛的虫鸣,一片静寂无声,黑夜里的路也显得漫长,难耐的时候,彼此便说说笑话。

陈瑾格与刘锦都来自西北师范学院,两人说起学校的趣事,便滔滔不绝。暹春觉得新奇,便问:"瑾格姐,你是郑州人,为何不就近读书,去西北上大学呢?"

"可别小看了我们学校呢,"陈瑾格一脸自豪道,"西北师范学院发端于京师大学堂师范馆,就是北平师范大学的前身。抗战爆发后，北平师范大学与同时西迁的国立北平大学、北洋工学院共同组成西北联合大学，后来北平师范大学整体改组为西北联大下设的师范学院，改称国立西北师范学院，后迁往兰州……"

"好厉害！"暹春啧啧赞叹道，"怪不得刘锦哥从山西去那读书呢。"

刘锦说："我们学校底蕴深厚，学风很正，老校长黎锦熙先生曾题写校训：知术欲圆，行旨须直。上句是说掌握知识要广博，又能融会贯通而灵动善变。下句是说做人的宗旨必须端直方正，品行合于道德，一生有所持守。"

陈瑾格补充道："我们学习专科知识，也涉猎广泛，读到不少革命进步理论，寻求光明之路，也是我俩走到一起的缘故。"

郑难听了一会，忍不住又泼起凉水："中原大学可比不上你们学校，就怕你们去了有所失落呢。"

……

一路走着，聊着，黑夜渐渐离去，终于经过了封锁区，眼见蓝天白云下逶迤的伏牛山脉，忙碌的农人，嬉戏的孩童，行进的部队，一切都是新鲜的，充满了朝气，暹春也忘记了疼痛，随着陈瑾格一起唱歌："解放区的天是明亮的天……"

到达许昌中原局驻地，郑难也算是完成了任务，他招待三位吃了一顿饭，又表扬他们："以为你们受不了累，没想到你们都坚持下来了。"

陈瑾格说："我们也怕被小看哪。"

郑难笑了一下，又给他们加油："前面还有一段路呢，希望你们一鼓作气，顺利到达宝丰县。"

陈瑾格叹了口气说："以为到了，没想到还要走。"

刘锦不由得问："学校为何设在宝丰呢？"

郑难便介绍起情况："开封刚解放时，河南大学的一部分教师和学生跟随大军来到了宝丰，随后中原局决定就地创办一所革命大学。现在校舍暂时设在大白庄、肖旗营、韩店等村庄，教员也主要来自河南大学的一些教授和晋察冀南下的干部……"

郑难送他们走出好远，临别时说："理想主义不能当饭吃。学校虽比不上你们过去的大学，但中原大学一样能学到不少东西。"

暹春感觉此人有些特别，不觉道出她心中的疑问："你为何叫郑难呢？"

"抗战时改的名，那时我还在上学。"郑难道。

"在哪上学？"

"燕京大学。"

几位顿时瞪大了眼睛。

陈瑾格感叹不已道："郑老师，这段路程你给我们好好上了一课。"

郑难笑道："不敢当，我只会直话直说。"

刘锦握住他的手说："你是我的榜样。"

郑难拍了拍他的肩膀，说："我也有过你们同样的经历，成长也不是一蹴而就的，只要坚定信仰，经受磨炼，才能成为真正的革命者。"

道别后，他们又继续赶路，路上回味郑难说过的话，不知不觉又走了几十里地，终于到达了宝丰城北的大白庄。

走进白墙围起的关帝庙，便是中原大学校部所在地，他们进去报了到，又领到不少东西，学习用的本子和笔，油印的《新民主主义论》《论联合政府》《目前形势和我们的任务》等手册，还有碗筷、脸盆、毛巾、洗漱用品、被褥等生活用品，学习时间是四个月，开设了哲学、政治经济学、社会发展史、社会科学概论、中国革命的基本问题、群众工作等课程。暹春三人被分到一大队，安排住在一户农民家里。

陈瑾格和暹春来到那农家小屋，里面已住着四位女生，都睡在一个铺着麦草的炕上。刚安顿好，两人便迫不及待换上灰色军装，看着镜子里英姿勃勃的自己，暹春一时有些恍惚，简直像做梦似的。

暹春兴奋了一阵，到了夜晚，四处黑灯瞎火，屋里只点着一盏油灯，昏暗无比，去趟又臭又脏的茅坑还得举根火柴棍，生怕掉进去。洗漱也没有热水，草草用凉水擦洗一下，各自上了土炕，灯便吹灭了。外面寂静无声，暹春却睡不着，想跟陈瑾格说会话，有人便嚷："睡觉啊，还要不要人休息啊。"

她一直睁着眼睛，望着月光一点点移到土炕上。

去上课了。

在大麦场的树荫下，两腿上架一块木板，就成了课桌，遇到下雨刮风，不是钻进马棚里，就是去了破庙……她在体验着汉树在抗大青训班的经历。

渐渐怨气多了起来，到晚上睡觉时，几个女生还在炕上议论着：

"什么都没有，怎么办大学？"

"原来答应送我们到北方大学上学的，怎么说话不算话？"

……

暹春一时睡不着，陈瑾格不知几时出去了，她不由披衣起床，摸黑走出来，发现刘锦和陈瑾格站在院子外的田埂旁，不知说着什么。月光披洒下来，照着陈瑾格白皙的脸，微微扭动的身子显得几分单薄，一旁的刘锦皱着眉，一直在听她说话，时而也插上两句。

暹春在院子里站了会，想那两人夜谈，或许也在宣泄情绪，彼此出自一所名校，现实与理想的反差会感同身受，何去何从，可能也在思考之中。她不由想到郑难的话，难道人家早看出他们的一腔热情不能持久？

躁动不安的情绪在继续发酵，终于引起了上级的重视，这天校部突然接到通知，中原局首长要来学校作报告，回答学生们所提出的问题。

杨树林旁的麦场中央，摆放着一张从农民家里借来的木条桌和一个长凳，四周坐满了穿灰布军装的学生和教职员。

金黄色草垛在散发余香，树林里响着一阵阵蝉鸣，大家翘首等待着，一会儿，村口传来了汽车马达声，有辆吉普车出现在大家视线里，转眼间，便停在了麦场旁。

一位微胖的中年人下了车，上穿白衬衣，下着军裤，脚穿布鞋，胳膊上搭着一件军装，手里还拿着一把大蒲扇，笑容可掬地向人们走来。

"是陈毅司令员！"有人惊讶地喊道，麦场上顿时响起一片掌声，许多人站了起来，他们并不认识陈毅，但陈毅的大名早已如雷贯耳，刘锦拍了一下陈瑾格，陈瑾格又拉了下暹春，几位奔上前，后面的人也围上来，陈毅同他们一一握手，有人还抢着请陈毅签名留念。

骚动的会场终于安静下来。

陈毅站在条桌前，操着洪亮的四川口音作自我介绍："我，陈毅是也。各位在蒋管区的报纸上经常看到的陈匪就是指的我。今天，我与大家有幸见面，有目共睹，各位仔细看看，我究竟匪不匪呀？"

顿时笑声一片。

陈毅的话锋一转，接着说道："蒋介石今天说这个是匪，明天说那个是匪，我看他才是真正的匪。是背叛孙中山先生的匪！是背叛国民革命的匪！是屠杀人民的匪！所以，不打倒蒋介石集团，革命就不能成功，人民就不能获得解放，这就是我们要革命的道理。"

哗——会场响起热烈的掌声，这时有人站起来高呼口号，大家也跟着呼喊，会场的气氛一时达到了高潮。

口号声平息下来，陈毅便开始了他的报告。他首先回顾了中国近百年来深受帝国主义、封建主义压迫的历史，以及人民群众为求得民族独立和民主自由所作的斗争，谈到了刚过去的抗日战争和现在的人民解放战争，鼓励大家积极参加这场伟大的革命运动。

"在打倒蒋介石、建设新中国的事业中有所贡献，这是无上的光荣。"

接着，陈毅便谈到大家最关心的学习和工作问题。

"这是大白庄，连个大学牌子都没有。大者，大学也；白者，简陋也，怎么算个大学呢？但在我看来，山不在高，有仙则名。我们办的是一所革命大学。"

此言一出，一下击中了学员们失落的心结，让大家明确解放区教育与蒋管区教育的本质区别，指出了革命的教育方针和方法。陈瑾格听得茅塞顿开，忍不住鼓起掌来。

对于工作问题，陈毅解释说："解放区不是人浮于事，而是事多人少，人人可得适当工作，任何天才不会埋没，都有充分发展的可能。"

接下来，陈毅又指出："我听说你们中间有一部分人想到北方大学学习，上大学是好事嘛，应当支持。但是，毛主席指示我们：要把战争引向蒋管区。近来，中原大片土地已经解放，革命形势发展很快，不久的将来还要打到江南去，解放全中国。新解放区需要大量的干部，如今，华北、华东的干部源源南下，而不是北上。所以，上大学不一定要去北方，在中原也可以办大学嘛！依我看，有河南大学的教授们，有你们开封大、中学校的几百名青年学生，还有各地来的进步青年，我们一定能办成一所人民需要的大学校来！……"

报告结束了，陈毅用毛巾擦擦脸上的汗水，端起茶碗喝了两口，一边摇着蒲扇，一边回答同学们的各种提问，陈毅谦和幽默地一一作答，会场上不时响起热烈的掌声和笑声，原本躁动不安的心在笑声中得到了释放与舒缓。

不知不觉三个半小时过去了，大家没有感到丝毫的冗长和枯燥，在动之以情、晓之以理的教诲中自觉地接受了许多新思想和新观念。

那个傍晚，暹春随刘锦和陈瑾格一起在杨树林散步，残阳晚照中，麦垛、树木、田野都抹着一道金色，远处炊烟袅袅，一片悠远安详的田园风光。

刘锦和陈瑾格还在畅快地谈论着。

"有陈大将军这样文韬武略的将帅，难怪共产党会以弱胜强，连连打胜仗。"

"从小学到大学，遇过多少老师，上过多少课，记不清，却没有一次像今天这样激情澎湃，醍醐灌顶……"

暹春听着他们的谈论，也为能聆听陈毅将军的讲话而激动，为自己走出迷茫而欣喜，身处这片火热的土地，与这么优秀的同伴在一起，是她的幸运。她一时说不出什么道理，但这一天的情景，她会终生难忘。

一个月后，学校搬到宝丰县城东街的文庙里。新址的第一课，校长向学员们指出了办学宗旨："我们不会拘泥于一般学校的形式，也不硬性规定院系课程与学习期限，在学以致用的原则下，活泼地创造着各种新方法，务使学生经过短期训练，即能走上工作岗位，担负起赋予的革命任务……"

四个月的日程安排得很紧，每天上午听大课，中原局的一些领导也时常前来给学员作政治报告，学用结合，让学员掌握革命的基本理论，又对当前的形势和党的方针政策及时了解与把握。

暹春自穿上军装，就开始了崭新的一切，她似一张白纸，一点点接受陌生而新鲜的内容，不论是学习还是生活，都经历了一场蜕变，最初支撑她前行的动力，是父亲，也是汉树哥，她想知道他们的改变源自何处，却不知自己也经历着改变。由于学习基础薄弱，她听课时常一知半解，倒也不泄气，一点点弄明白。每天傍晚，与陈瑾格和刘锦一起散步，是他们最愉快的时光，一路上，暹春爱提出问题，通常是陈瑾格大段地讲解，末了刘锦画龙点睛地来一两句，让暹春茅塞顿开，她的认知从懵懂渐渐变得清晰，因为专注于学习，对简陋环境的不适感也慢慢淡化了。

那天进行分组讨论，同学们纷纷畅所欲言，暹春也鼓足勇气说："以前我只有一个小天地，通过学习，我认识了更多的人，懂得不少道理，有了更开阔的世界。我慢慢明白当年父亲为何从大少爷变为一位革命者，一名共产党员。因为共产党人胸怀天下，是为大多数人谋幸福，信仰使他们为革命，为建立新中国抛头颅，洒热血……"

同学们听了热烈鼓掌，暹春受到鼓舞，学习的劲头更大了，每一天都过得充实而愉快。

那天，暹春收到学校发的二百元津贴费，她对钱币有职业敏感，拿起一张十元钞，见上面印着中州风景，中州农民银行发行字样，票面精致，纸质也不错。

"跟法币可有一比。"

"这二百元折合银圆一元，我们享受的可是干部待遇呢。"陈瑾格在一旁说。

一会午饭时间到了，两人还没坐到食堂，就闻到香气，再一看，大锅里煮着热气腾腾的茴香肉饺子。

两人各盛了一碗。暹春吃得津津有味，几下吃完了，又去添了些。

陈瑾格笑道："看不出你这么能吃，都长胖了。"

"我以前更能吃呢，后来经常挨饿，就吃少了，"暹春摸了下脸颊说，"卸了那些担子，又吃得好，自然心宽体胖。"

刘锦端着饺子过来，看陈瑾格碗里的饺子还剩几个，便问："怎不吃了？"

陈瑾格说："等你来再吃。"

刘锦便把碗里的饺子夹给她："那就多吃点。"

陈瑾格连忙躲闪："不要，吃不了。"

刘锦非要给她两个："你就想得多，所以吃不了，你学一下人家暹春，能吃能睡……"

暹春抿嘴直笑，对陈瑾格说："锦哥是心疼你呢，快吃吧。"

两人都不好意思起来。

不久，一大队组织起文艺宣传队，刘锦和陈瑾格在西北师范学院就是文艺骨干，这次两人分别任队长和副队长，他们把暹春也拉了进来。

那日演出话剧《伤逝》，陈瑾格扮演子君，刘锦扮演涓生，暹春担任队务，负责节目的次序和服装道具的准备，忙碌的间隙，她也不忘欣赏演出。

陈瑾格和刘锦演得十分投入，彼此流露的绵绵爱意，也感染了在场观众。

"爱情必须时时更新，生长，创造。"

……

暹春听得怦然心动，她想起千里之外的汉树，思念便如潮水。

第二十三章　同志

深秋时节，汉正街一片凋敝。

金圆券发行后，各家银行和钱庄门前都贴着告示，禁止私人持有黄金、白银和外汇。凡持有者必须收兑成金圆券，违者没收。汉正街的商户们不得不将部分资产兑成金圆券。结果金圆券持续贬值，物价却无法改变，导致商家们大多亏本做生意，面临难以为继的局面。

艰难时刻，汉树又被中原城工部派回汉口，为解放武汉做准备。此时，他刚满二十三岁，已是一名共产党员，城工部骨干成员。吕家铺子作为中原城工部的一个秘密联络点，目前只有咪毛一个成员，事物繁杂，也面临选拔合适的对象加入其中。

咪毛成为城工人员之前，也对其作过多次考查。咪毛从小生长在萧家，与萧景暄是从小玩到大的朋友，亲如兄弟。萧景暄出走十年，咪毛一段时间在码头厮混，与青红帮的头目拜把子。萧景暄成为杨先生后，又与咪毛取得了联系，他也渐渐疏远了那些人，避免不少灾祸。后来杨先生惨死，咪毛深受刺激，也决意走上抗日道路。

那天，汉树向咪毛交底，咪毛连连点头，向汉树吐露了心声："大少爷在时我就跟着你们干，现在就想成为你们的人。"

汉树郑重地说："成为城工人员后，必须接受党的领导，执行城工工作的各项任务，严守秘密。"

"我明白。"咪毛点头道。

此时吕家铺子也在亏本经营，本来铺子的利润是用于党组织的活动经费，现不仅拿不出钱交给上级，还得赔钱填窟窿。汉树和咪毛为此着急，也在寻求解决的办法。

那天临到打烊，久不露面的萧仲平忽然来到吕家铺子。

"会长大驾光临，令小店蓬荜生辉呀。"咪毛笑着招呼。

"别说笑了，"萧仲平环顾冷清的店堂，苦笑了一下，"跟萧永康一样，门可罗雀。"

咪毛说："会长总有办法的。"

萧仲平摇头道："一家人不说两家话，我能有什么办法？"

咪毛知道他也在着急，物价一天天涨得心惊肉跳，是谁都稳不住的。他索性关了店门，在炉子上炒了两个菜，开了一瓶酒，两人就在过道摆起小饭桌，借酒浇愁。

"现在拿金圆券都进不到货，可怎么办？"咪毛忍不住抱怨。

萧仲平涨红着脸道："上面还强行冻结物价，结果只能是有价无市。"

咪毛跟他碰了下杯说："柜上就剩下一点存货，再要进货又得亏。"

萧仲平说："我现在不敢多卖，存着点，等待机会再出售。"

咪毛说："不是你一个，现在汉正街多半如此，都没生意呢。"

一时无言，又喝起了闷酒。

昏黄的光线里，萧仲平直了直身子，吐了一句："办法还是有的。"

"什么办法？"咪毛迷瞪着眼问。

"你难道不知道，"萧仲平凑近小声说，"这里看不到，江边有市场。"

"我每天守着店，很少过去。"

"都在深夜，货物不上岸，直接运走。"

咪毛在码头熟人多，自然知道里面的勾当，但做了城工人员，心里装着更大的事，做什么都得考虑是否利于组织，有什么事还得跟汉树汇报。

萧仲平没在意咪毛的变化，他眼里的咪毛还是那个对他言听计从的跑街，他来找咪毛，就是自己不好出面，想让咪毛当中间人，做点黑市生意。

等萧仲平道出了想法，咪毛不说做，也不说不做，只是嘿嘿一笑，便不言语。萧仲平以为他是为了佣金，便伸出三个指头："这个数给你，可以吧?"

咪毛还是笑了笑，说："我已好长时间没接触码头的事，他们都很谨慎，毕竟冒着风险，重新得到认可，得有时间。"

萧仲平说："吕家铺子虽不是你自己的店，但不赚钱就要亏本，面临倒闭，这不是你想不想做，而是逼着你做。"

见咪毛不吱声，他又说："孟记药铺前段时间要垮了，这几日孟掌柜又神气活现的，还不是黑市生意做得欢。"

"他常做那生意?"

"还不是逼的，"萧仲平跟他碰了下杯，"做吧，有钱一起赚。"

"好吧，我打听一下。"

"联系好了就告诉我。"

正说着，汉树提着一个皮箱从外面进来。

"回来了，吃饭了没?"咪毛招呼道。

"吃过了。"他答道，见萧仲平一脸酡红，招呼了一声仲平叔，便往楼上走。

萧仲平见汉树神色匆忙，便问咪毛："你这小老板整天神神秘秘的，在忙些什么？"

咪毛说："近来生意不好，忙着出外联系货源呢。"

萧仲平哼了一声说："咪毛你也学会蒙我了？我只是不想挑明，我哥是做什么的？那时一直带着他，说是义子。"

咪毛笑道："他是大少爷的义子，那你得认他这个侄儿呢。"

萧仲平哼了一声："我来了他也不多说一句，这像当侄子的吗？"

咪毛说："各人有个性，人家不是那种能说会道的嘛。"

他俩闲聊着，楼上的汉树也在思忖，萧仲平这时候来找咪毛，会有什么事。几年的摸爬滚打，他逐渐变得成熟，对任何一种情况，都保持着一种警觉性，多问几个为什么，也是当初杨先生教他的。

他的皮箱里装着一台带短波的收音机和一副耳机，也不便与萧仲平多说，以免引起麻烦。

入夜，感觉萧仲平已经走了，他才打开收音机，通过短波收听解放区电台的广播，此时正在播放毛泽东主席的重要文章《目前形势和我们的任务》，他全神贯注地听着。

美国帝国主义及其在各国的走狗代替德国和日本帝国主义及其走狗的地位，组成反动阵营，反对苏联，反对欧洲各人民民主国家，反对各资本主义国家的工人运动，反对各殖民地半殖民地的民族运动，反对中国人民的解放。在这种时候，以蒋介石为首的中国反动派，和日本帝国主义的走狗汪精卫一模一样，充当美国帝国主义的走狗，将中国出卖给美国，发动战争，反对中国人民，阻止中国人民解放事业的前进。在这种时候，如果我们表示软弱，表示退让，不敢坚决地起来用革命战争反对反革命战争，中国就将变成黑暗世界，我们民族的前途就将被断送。

他飞快地做着记录。对他而言，将语言转为文字不是一件轻松的事，一些不会写的字，他就做好记号，然后再查字典。他记录好后，再交给别的同志进行刻印，再去散发。

夜色深沉，万籁俱寂，他终于记录完毕，整理好文件，他松了松筋骨，走到窗前深吸了一口气，此时一弯上弦月挂在空中，繁星满天，他不觉想起与暹春一起去江边的情景。她去中原大学已两个多月了，还能适应吧。他想象暹春穿上灰布军装，一定很神气，不觉笑了。

一个月后，为顺应战时形势的需要，中原大学的一批学员提前毕业，暹春又回到汉口。

此时金圆券江河日下，一泻千里，她从中山大道经过时，见中国银行大楼排着长长的队伍，人们肩挑背扛，拖着成捆金圆券来抢兑外币。

汉正街一片萧条的景象，不少店铺关了门，有的店门虽开着，却不敢收金圆券，让顾客望而却步。

吕家铺子却是例外，三三两两进出着顾客，柜台里摞着成捆的金圆券，咪毛忙个不停，听到暹春的叫唤，小眼睛一下放出光来："哎呀，总算把你盼回来了！"

"咪毛叔辛苦了！"

"没法呀，只有我们还在收金圆券，顾客见什么买什么，你看店里都快搬空了。"

暹春也顾不得休息，与接替她做事的会计办理交接。

临到太阳西斜，汉树才赶了回来。看到暹春在忙，喜形于色道："大学生毕业了？"

暹春羞涩一笑："哥哥别笑话我了，我是滥竽充数。"

汉树说："进了大学门就是大学生，有什么不好意思的?"

咪毛说："汉树也有几天没回来了，今天难得相聚，我们去桂嫂的酒馆，为暹春接风洗尘吧。"

汉树说好。又对暹春说："你跟我上楼去，有件东西要交给你。"

汉树牵着她走进房间，晚霞照在玻璃窗上，映着暹春白里透红的脸愈显姣美，汉树凝视着她，一时忘记了说什么。

"哥，你说话呀。"

汉树缓过神说："以为你会吃不习惯北方的伙食，没想到还长胖了。"

暹春娇嗔道："好吃呀。"

汉树笑道："我倒忘了你是能吃的。"

他从床下抽出一个皮箱来，对她说："你们返回前中原局的同志已有所交代吧?"

暹春点头道："为迎接武汉解放，我们要做好一切准备工作。"

"是的，"汉树点点头，郑重地对她说，"经过以前的考查和这段时间的学习，组织上决定发展你为城工人员。"

暹春欣喜地睁大了眼睛："真的，我也成为你们的同志了?"

汉树含笑道："是的。"

"现在要我做什么?"

汉树把小皮箱打开，指着那个带短波的收音机和耳机，对她说："现在这个工作得交给你了。"

"怎么做?"

汉树便跟她交代了一番。

一会两人拎着皮箱下楼来，咪毛已关了店门，遂一道往洪益巷走去。

太阳已下去了，灰黄色的云朵也渐渐散去，天际变得苍茫，霭色中，汉树望着暹春轻盈的身姿，忍不住道："比以前更精神了。"

暹春说："在学校每天做操跑步呢。"

汉树说："我在襄河时每天跑步，现在也顾不上了。"

咪毛说："每天早出晚归，吃饭都没个准点，还谈锻炼？"

一会走到洪益巷，老远见桂嫂菜馆的门前已亮起徽字灯笼，伙计一见几位过来，便喊桂嫂。

桂嫂出来一看，便欢喜道："哎呀，暹春回来了。"

暹春笑着招呼："桂姨的生意还好呀？"

桂嫂摇头道："都涨得一塌糊涂，能好什么，勉强过哪。"便把暹春一挽，将几位迎进门。

里面五张桌子，有一桌在吃，三人进来，选了靠里面的桌子坐下，咪毛点了方腊鱼、粉鸡、虎皮毛豆腐及时令小菜，又要了桂嫂自酿的青梅酒。

一会酒菜上桌，汉树给咪毛和暹春斟上酒，自己也倒上一杯，举杯说："来，祝贺暹春学成归来！"

暹春说："谢谢哥哥为我争取这个学习的机会，开了眼界，学到了知识，也懂得了不少道理。"

几位碰杯畅饮，吃了几口菜，汉树又给咪毛敬酒："吕家铺子开张到现在，咪毛叔每天忙里忙外，支撑着门面，功不可没，辛苦了！"

暹春说："我一走，所有的担子都压在咪毛叔身上，可是累坏了，咪毛叔，我敬您！"

咪毛跟两人碰杯道："虽说辛苦，但我现在比任何时候都踏实，感觉有盼头。"

一时桂嫂又端来一碗刚做的杨梅丸子，让他们尝尝鲜，说：

"你们难得过来，也好长时间没见了。"

咪毛说："都太忙了，不是暹春出差回来，一时也聚不到一起。"

桂嫂说："是说呢，上次碰到咪毛才知道暹春去了河南，我还怨他，怎让人家小姑娘独自出门，这么长时间不回来？"

暹春笑道："河南很好，很安定，我不是还长胖了吗？"

桂嫂拍了拍她："哎，回来就放心了。"

汉树又给桂嫂敬酒。桂嫂对他说："你和暹春团聚了，几时让我们喝你俩的喜酒呀？"

汉树被问得不好意思，暹春也羞红了脸，咪毛赶紧解围道："快了，忙过这一阵，就给他俩操办婚事！"

桂嫂拍手道："好，好。"

那边桌上又在叫桂嫂，她只得过去照应。

几位又坐了一会，汉树说还有事，要提前走。咪毛便去付账，桂嫂还在推辞，说她请了。咪毛说："你现在也难，哪能要你破费。"硬把钱塞给了她。

走出来，汉树对二位说："近段时间我可能不常回来，店里的事咪毛叔多担待了。"

咪毛点头道："店里有我和暹春照应，你尽管放心。"

汉树把暹春一直送到小楼门口，才把皮箱递给她，说："我不进去了，交代的事就辛苦你了，一定要注意安全。"

暹春说："放心吧。"

汉树凝视着她，说了句："走了。"

"哥哥保重！"暹春对着他的背影喊。

汉树挥了挥手，消失在暗夜里。

第二十四章　画展

太阳升起的时候，汉口三元里也醒来了，市立二中的操场响起学生们的操练声，街道不时传来汽车的鸣笛，这些车辆多半比较匆忙，赶着办事，遇到人多的地方，便慌着按喇叭。

街边转角有家刘记杂货铺，店面不过三十余平方米，摆满了烟酒副食土产，整日充斥着食物作料混合的气味。铺子处在居民区，离学校又近，生意自然不愁，只是斜对面驻着华中剿总司令部，总要感受汽车往来的噪声，也时有穿军装的进店来买东西，掌柜还得小心翼翼地接待。

店铺二楼有扇窗户对着街面，窗台上摆放着一盆正开的红月季，如火如荼，十分醒目。

汉树睁开眼睛，红色的花朵便映入眼帘，渐渐幻化成一个人的脸，不觉舒展手臂笑了笑。

其实，他刚经历一个非同寻常的夜晚。

昨日汉树回到刘记杂货铺时，店里还未打烊，汉树便帮着扎账，整理货物，他现是店里的掌柜，老板的下手，平时也在柜台待着，照应着生意。

彼时，他一边点数，一边把明天要进的货写下来：

　　3箱汽水

2箱汉汾

2箱长城烟

2箱蛋糕

2箱喜饼

水果糖5斤

瓜子10斤

薄荷糖3斤

……

这时，一个戴鸭舌帽的人匆匆走进来。

"买包烟。"

"什么烟?"

对方指了指长城。

汉树拿出一包递给他，对方掏出一张折叠的十元钞，用手指点了一下，又匆匆离去。

钱里夹着一张纸，他抽出纸，叫伙计照应一下，赶紧上楼，随后找出碘酒在纸上擦拭，纸上便现出一些字迹。

妈病了，请马上叫三叔带弟去乡下。

汉树顿时一惊，对方用了暗语，说明组织内部出了叛徒，要他马上去向上级汇报，及时转移同志。

他赶紧换了身衣服，把窗台的红月季移了进来，然后下楼，直接从后门出来，叫了辆黄包车，抄近路往黄兴路而去。

夜色中的街道，灯火迷幻，人影幢幢，车辆穿梭，汉树的心随着车轮的转动而颤动。党组织安排他来三元里，是为了及时获得情报，而情报的来处，组织没有告之。他没有与对方直接联系，每次都以隐秘的方式间接接头。此次对方直接来店里，或因事情紧急，但他并没看清对方的模样，或许来者并非情报提供者本人。

黄包车拐入黄兴路后，行人相对稀少，此时沿街的店铺大多打烊，灯火迷蒙。他的心怦怦直跳，如果老许此时不在店内，楼上窗台就会不见有红月季，这是他们之间统一的暗号。

距离钟表店五十米远的地方，他下了车，付了车钱，便快步往那走去。

门关着，幸好红月季还在窗台上，他松了口气。

老许正为一位组织成员的失踪而担忧，他预感到危险，就与伙计小王处理一些文件，这时听见敲门声。

"是谁?"小王跑下楼问。

"是我。"

听是汉树的声音，小王忙把他迎了进来。

一上楼，汉树便把那张纸条交给老许："站长，有情况，得马上走。"

老许看完脸色铁青："果然是个软骨头!"他叫小王马上给上级发报，说明情况，又将窗台上的红月季移了进来。

汉树忙着把剩下的文件烧掉。

"叛徒供出我，很有可能还供出其他人，幸好他不知道你的身份。"老许对汉树说。

刚处理完一切，便听见汽车声。汉树看了下窗外，叫道："有警车过来了。"

老许对小王说："把发报机装好，我们走。"

他们从后门出来，隐约听见叫门的声音，便快速拐入了巷子，又抄小路走了一会，便到了天声街，见街口停着一辆吉普，司机在向他们招手。

老许说："这是我们的同志，刚才发报时，组织已启动了第二套方案，通知他在此等候。"

汉树说："那好，你们赶紧走吧。"

老许说："我们离开后，会有人跟你联系的，注意安全。"

"好的，您也保重。"

彼此挥手道别。

看到汽车急驶而去，汉树又披着星光，匆匆往回返。

一晃过了半月，未见汉树回汉正街，暹春白天在店铺里忙碌，夜晚回到家里，不免想念，却不知他在哪里。汉树临走时交给她的事，便成了每晚的重要功课，她一边收听解放区的广播，一边记录那些重要文件，又像重温中原大学的学习生活，让她感到亲切，也觉得光荣，她不再只是吕家铺子里的小会计，她也是一位城工人员，正做着解放武汉的准备工作，她庆幸能参与其中，九泉之下的父亲若知道她的进步，一定会高兴的。

那个礼拜天，多日不见的陈瑾格和刘锦来小楼做客，暹春欢喜不已，拿出糖果点心招待，又叫毛姨去买菜。

陈瑾格和刘锦也是组织发展的城工人员，刘锦现在前导通讯社做记者，陈瑾格在武昌一家纱厂上班，要学会纺纱织布，每天劳动十几个小时，却看不出一点疲惫，依然神采飞扬，谈笑风生。

瑾格跟暹春学着说汉口话，刘锦就在一旁微笑地听着。平时两人不常见面，彼此流露出的亲密，让旁人也感受到了。

"爱情必须时时更新，生长，创造。"暹春念起《伤逝》里的台词。

"暹春，你记得这么清楚。"刘锦笑道。

"当然记得，当时涓生看子君的眼神，简直要生出水来呢。"暹春打趣道。

"暹春，你又坏了。"陈瑾格羞红了脸。

刘锦也不好意思，踱到一边看起那幅杏花图。

"这是你父亲的画作吧?"刘锦问。

"是啊，他为我母亲画的。"暹春说。

刘锦看了一会，走到书桌边，欣赏那些文房四宝，见旁边的冬瓜形瓷缸里卷着一些画作，不觉拿起一张看起来。

"暹春，这是谁画的?"

"本姑娘哪。"

刘锦惊讶地看她一眼，又拿起一张看着。

"这是什么时候画的?"

"十年前就开始了。"

"画了这么多呀。"陈瑾格也看了起来。

两人一张一张地欣赏着，再看到汉正街和洗马长街的长卷，一时惊呆了。

"这画的是《清明上河图》啊!"陈瑾格叫道。

"我也没学过，看到什么就画什么。"暹春说。

"这些画太难得了，"刘锦目不转睛地看着，"我看呀，不如办一个画展，让更多的人看到。"

"对的，办个画展。"陈瑾格赞同道。

暹春没放在心上，她也没见过什么画展，却不知那两人真行动起来，找了些文化界的朋友，开始紧张地筹备，将暹春视作涂鸦的作品一一装裱，放进画框里，挂在墙上，犹如镶了金饰的宝石展示在橱窗，顿显珍贵，光彩夺目。

一个月后，在汉口基督教青年会大楼里，举办了以"长街长"

为主题的风俗画展，展出的全是暹春一个人的画作，《武汉时报》刊载了画展的消息和图片，对暹春也作了特别介绍。随后引来无数的参观者，除了青年人，也有不少老人和孩子。那些画作虽是童稚意趣，却浑然天成，让观者耳目一新，尤其是两幅长卷，洋洋大观，令人震撼，当得知画作出自一位没经过正规学习的小姑娘之手，都连连惊叹她的天赋和勤奋。

暹春对这一切始料未及，回想当初凭着一份天真，她就动手画起来，一发不可收。再看到这些作品被装饰一新挂在墙上，她竟有些恍惚，不敢相信是出自她之手，就像母亲不相信自己生出漂亮的孩子，她一时还不能消受这突如其来的幸福。

参观画展的人越来越多，也引起政府有关部门和文化界的关注，有文化名人称她的作品是"悠远的汉口童谣。"一些官方活动开始邀请她出席，等清纯可人的暹春一露面，得知她还是个能干的会计，又引来一片赞叹声。

来吕家铺子的人一下多了起来，有的是买东西，有的是来一睹暹春的芳容，或求其签名的。

汉树从报纸上看到画展新闻，也高兴不已。那天他特地从三元里赶回吕家铺子，正碰上一位戴眼镜的青年拎着礼盒前来求见，偏巧暹春出去了。咪毛见汉树一时愣着，朝他眨了眨眼睛，便把年轻人引到汉树面前，说："吕暹春一时回不来，你有什么事，就直接找他说吧，吕暹春的事由他做主。"

年轻人看到挺拔俊朗的汉树，顿时一窘，涨红脸说："我是看了吕暹春的画，十分欣赏，特来向她学习的……"

汉树见他腼腆的样子，不觉笑道："很高兴你能欣赏暹春的画作。"

青年忍不住说："实在太好了，把汉正街、洗马长街都画了出来，还有那些风物，一般画家都做不到，她小小年纪竟做成了。"

汉树说："这是她的爱好，谢谢你能喜欢。"

青年迟疑了一下，拿出手中的礼盒说："这是荣宝斋出的文房四宝，想送她作为纪念。"

汉树连忙推辞："这些东西她都有，不用破费了，谢谢你。"

青年有些难堪，一时不知说什么好。

咪毛见此，拿了柜上的两盒参茶走过来，对他说："你老远而来，不能拂了你的一番心意，这样吧，礼物我们代暹春收下，这参茶就当暹春给你的回礼。"

青年说："我不能要。"

咪毛说："必须拿着，暹春也不能白收你的东西呀。"

青年犹豫了一下说："那就谢谢了。"

咪毛看到青年的背影消失不见了，便把礼盒往汉树手上塞："等下见到暹春，就说是你买的。"

汉树摇头道："那怎么行，实话实说。"

咪毛笑道："你蛮大量呢。"

汉树一扭头："这有什么。"

第二十五章　瑾格

暹春开画展的事在汉正街传扬开来，萧永康的人也知道了，萧仲平刚有了儿子，最近又提为汉正街商会副会长，一扫出狱之初的颓势，重整旗鼓，现又得知暹春画画出了名，真是喜事连连。虽然物价飞涨，生意难以为继，但萧仲平还是咬牙拿出黑市赚来的钱，准备要大办一场，将儿子的百日宴订在汉正街的老大兴园酒楼，从抗战开始至今，萧家就没有办过酒席了，仲平也想好好热闹一番，旺旺喜气。

那天晚上，老大兴园酒楼都被萧家给包了，一共到了八桌客人，亲戚六眷，往来商户，济济一堂。

只有汉树因事没有过来，暹春就把陈瑾格、刘锦、咪毛夫妇和桂嫂安排一桌。

桂嫂听说暹春的画被展出，还上了报纸，惊得直咂嘴："哎呀，暹春，只知道你的账做得好，没想到你还有画画的本事呀。"

隔壁一桌的孟掌柜听见了，凑过来说："暹春姑娘，我可是看着你长大的，只知道你能吃，没想到你这么厉害呀。"

暹春笑道："本是画着玩的，多亏瑾格姐和锦哥张罗，没想到动静搞大了。"

陈瑾格说："我也没想到暹春画得那么好，不办画展可惜了。"

刘锦也说："我们被她的纯真和执着打动了，相信大家也会喜欢，结果不出所料……"

一时萧仲平举着酒杯过来，得知陈瑾格和刘锦是画展的操办人，忙向两人敬酒道："作为遥春的亲叔叔，特别感谢二位的光临，也感谢你们对遥春的照顾和扶助！"

"应该的，应该的，"陈瑾格忙站起来说，"我们是她的哥哥姐姐呢。"

萧仲平说："好啊，有你们这些哥哥姐姐，遥春就不再孤单了……"他一时动了情，有些哽咽。

刘锦也向他敬酒："萧叔叔，您放心，我们会好好爱护她的。"

"谢谢，"萧仲平趁着酒劲拍起胸脯，"有什么用得着我的地方，请尽管说，汉正街这一带有头面的，我还是说得上话的。"

"谢谢萧叔叔。"刘锦作揖道。

"不用客气。"

……

萧仲平敬酒的时候，陈汉香就坐在亲戚那桌奶孩子，同桌有年轻男人不时往她胸前瞟，旁的一桌上坐着汪少芬，她正跟萧家的亲戚寒暄着，看到媳妇在大庭广众之下做现世宝，便唤了下用人，小声吩咐了几句。用人走到陈汉香跟前，说太太要抱孙子。媳妇只得把伢递过去。

孩子抱到汪少芬跟前，便是一片恭维之声。

"好呱气①的伢呀。"

"像他的太呢。"

"太这么灵醒②，孙子自然呱气呀。"

汪少芬瞅着孙儿粉嫩的小脸，眼睛眯成了半月形，这是她无数

---

① 呱气：武汉方言，漂亮。
② 灵醒：武汉方言，整洁，好看，出色。

次去栖隐寺烧香求来的孙儿啊，可这话能跟谁说呢？这关系家族的体面，关系她的子嗣绵长，儿子仲平不会想这么远，只有她这个做娘的操心了。

"当太的，给了孙子多少见面礼呀?"

"那还会少他的。"旁边的人附和。

汪少芬一笑说："以后萧家的一切都是这伢的，你说会给他多少?"

桌上的人听了这话，便不是滋味，他们也跟萧家沾亲带故，虽不是萧老太爷的直系，但也受过萧家的关照，汪少芬一掌家，把他们都疏远了，这些人便气不顺。汪少芬还不知道，她的所作所为早已犯了众怒，这些亲戚一直不满她独享萧家的财产，也都知道是她害得大太太抑郁离世，害得大少爷离家出走，后来老太爷被她骗到四川，不明不白而去，连尸骨都埋在异乡，想起来就寒心。萧家就是被这女人搞坏的。他们看不得汪少芬拿萧家的财产据为己有，从她嘴里冒出的话便觉得刺耳。

萧老爷的外甥女忍不住回道："舅妈这话说过了吧，暹春姑娘可是长孙女，萧家的财产有她的一份呢。"

汪少芬就听不得暹春两字，那是她心头的一根骨刺，时不时地隐痛。好不容易让那丫头离开了萧永康，但剪不断理还乱，仲平便是其中的线，他与暹春的关系亲近，彼此间的往来一直没有中断。尤其是现在，暹春开了画展，成了名人，认识人又多，她就更不敢马虎了。见到暹春，她还得装出亲热的样子，问候几句，但彼此隔着一条河，碰到节骨眼上，她想藏都藏不住。此时一听外甥女点她的筋，便忍不住鄙驳："你倒是会讨好人家，这长孙女的事还由不得你说。"

桌上的人一听汪少芬说出这样的话，便有些气不平，那外甥女更是急了："都知道暹春是大哥的姑娘，她的模样跟大哥简直是一个模子刻出来的，这还有假?"

"假不假不好说，人家可是姓吕，不姓萧呢。"汪少芬轻描淡写说出这话，心里一阵舒爽，那根骨刺好像被拔出了，今天真是寻得了机会。

桌上的人听了，一时哑口无言，毕竟暹春的身世坎坷，姓氏又是家族成员最重要的标志。只怪大少爷不在了，要不轮不到汪少芬这么欺负人。

幸亏酒席上太嘈杂，这桌上的话没有被更多的人听见，离得较远的暹春自然也不知晓，此时那桌比这边还热闹，年轻人居多，气氛也活跃些。他们正在玩一个绕口令的游戏，每个人用武汉话说一遍，说错了的，就罚酒一杯。

咪毛是席长，由他开头，溜溜地念出：

出南门，走六步，见着六叔和六舅，叫声六叔和六舅，借我六斗六升好绿豆，过了秋，打了豆，还我六叔六舅六十六斗六升好绿豆。

汉口话里的六和绿是一个音，说不好就打梗，咪毛憋足了气说完，轮到暹春说，她口齿伶俐，自然不在话下。接着是陈瑾格，近来她苦练汉口话，基本上可以应对，但遇到绿字，她还是习惯念北方音，这次她小心谨慎，念到绿字一下又忘了念六的音，结果要罚酒。她已脸颊酡红，不敢再饮，就说唱一首歌，大家都说好。

陈瑾格清了清嗓子，唱起了王人美的《渔光曲》。

云儿飘在海空

236

鱼儿藏在水中
早晨太阳里晒渔网
迎面吹来大海风

潮水升浪花涌
渔船儿漂漂各西东
轻撒网紧拉绳
烟雾里辛苦等鱼踪

鱼儿难捕租税重
捕鱼人儿世世穷
爷爷留下的破渔网
小心再靠它过一冬

不知什么时候，整个酒席安静下来，只听到陈瑾格委婉清丽的歌声在堂宇间回荡，不少人都被感染了，引起了共鸣，日子艰难，还得打肿脸充胖子，但心里的苦终究掩饰不住，遇到一个火引子便燃爆开来。

不知是谁先拍起巴掌，接着响起一片，有人还高喊再来一个。

酒宴的气氛达到了高潮，此起彼伏的歌声，不觉消散了那些怨气和苦闷。

"瑾格姐，"暹春凑近陈瑾格说，"这么多人喜欢唱歌，不如组织一个合唱团吧。"

"这个主意好！"刘锦赞同道。

"让瑾格做团长。"咪毛也附和。

"不行呀，我在武昌，厂里的事也多呢。"瑾格推辞道。

"一周活动一次，礼拜天过来吧，"遄春撺掇道，"我们五音不全，又不会识谱，没你可不行。"

"你在织布厂教女工们唱歌，再来汉口教大家唱吧。"刘锦也劝道。

"好吧。"陈瑾格终于点头。

"一言为定!"遄春与她击掌。

桂嫂说："我好想加入，可是年纪大了，店里事又多。"

遄春说："可以定一下，四十岁以下都可参与，桂姨才三十几，正合适呢。"

咪毛说："我不能够了。"

瑾格道："咪毛叔到时独唱吧?"

咪毛说："不行，会吓跑大家的。"

众人又哈哈一笑。

合唱团还真组织起来了。酒宴上的人参加了十来个，反正生意不好，大家也想活动一下，很快凑集到三十多人，多半是青年，有普爱医院的医护，小学教师，店员，还有小老板，遄春做了团长，陈瑾格和刘锦当教导员。汉树对遄春组织合唱团很赞同，合唱团的经费暂时从吕家铺子的账户中支出。

合唱团每到礼拜天集体活动一次，地点定在药王庙的覃怀小学里，那里有一个小礼堂，大家齐刷刷站在讲台上，一起练歌。

陈瑾格走到舞台中央，对站得笔直的队员说："今天，我们学唱法国的《马赛曲》，大家先听我唱一遍，"

刘锦拉起手风琴，陈瑾格便唱起来。

前进，前进，

祖国的儿郎，

那光荣的时刻已来临。

专制暴政在压迫着我们，

我们祖国鲜血遍地，

你可知道那凶狠的敌兵，

到处在残杀人民！

他们从你的怀抱里，

杀死你的妻子和儿女。

公民们，武装起来！

公民们，投入战斗！

前进，前进，

万众一心，

把敌人消灭净！

一曲喝完，大家便鼓起掌来。

"好，现在大家跟我一起学唱。"她一边打着拍子，一边教唱起来。

合唱团像一个熔炉，歌曲是星星的火苗，渐渐点燃了大家久闭的心门。暹春见时机成熟，就把一些油印的宣传材料拿到合唱团中分发，让大家了解革命形势的发展，团员们仿佛从幽暗的山洞看到了光明的出口，充满了对新中国的向往，来唱歌的热情更大了。

没有不漏风的墙。不久，合唱团便被人盯上了。

那个礼拜天，合唱团如期活动，小礼堂里突然闯进了几名警察。

"谁让你们在这里唱歌的？"一位警察嚷道。

暹春朝陈瑾格使了下眼色，走上前说："我们是经学校同意的。"

"学校让你们唱这些歌？"

"抗战歌曲不能唱吗？"暹春反问道。

警察眼睛直勾勾地盯着她，上前问道："你就是吕家铺子的会计，上过报纸的吕暹春？"

"是的。"

"这是你组织的？"

"大家喜欢唱歌，自由组合。"

"那才巧呢，"警察冷笑一声，"怕是共产党组织的吧？"

暹春回一句："你看谁像共产党？"

警察瞪了她一眼说："我看你像。"

暹春道："那你抓走我好了。"

警察见她一脸凛然，倒是怔了怔，再要说什么，另一位年长的警察按住了他，对暹春说："你年纪轻轻的，莫任性，到时别自讨苦吃。"

几位在礼堂四下巡视了一下，一无所获，便对台上的人说："都小心点，让我们抓到什么，到时别怪不客气！"

陈瑾格见他们走了，才松了口气。刚才暹春与警察周旋时，她把装着文件的手提包藏在帷幕下面，所幸没被警察发现。

练唱完毕，陈瑾格拎起手提包，匆匆忙忙地赶往江边。

已是傍晚，绯红的晚霞变为了灰紫，渐渐地黯淡，江边的趸船堆满了人，都赶着过江去。等到一条轮渡靠岸，便一窝蜂地往上挤。陈瑾格裹挟在人群中，不知被谁推了一下，挤到栏杆边，扑通一下，携带的手提包落入江中。

"哎呀！"她急出一身冷汗。

"莫慌，莫慌！"

幸好老船工就在附近，拿来一根竹篙，帮她捞起了手提包。

陈瑾格连声道谢，暗暗庆幸这一天的两次有惊无险。

第二十六章　团聚

新年将近，各家店铺都面临着难关，年前备货、收兑结账、发放店员红利等迫在眉睫，吕家铺子虽小，人手又少，事情还得面面俱到，也就格外忙。

那天，暹春去了一趟钱庄回来，柜台里的咪毛便跟她示意，小声说："秋娘带着个女人来了，在楼上等你。"

暹春一愣："哪个女人呀？"

咪毛也不说，直催她上楼。

暹春忐忑着往楼上走，秋娘已到楼梯口等着："暹春，你回来了，看我把谁带来了？"

暹春抬眼一看，秋娘身边站着个苗条女人，黯淡的过道也掩不住那眉眼流淌的波光，暹春的心不觉一颤，仿佛击中了什么，是朱杏子，没错，那照片上的模样已嵌进了心里，血流腾的一下往上涌，脚步反而迟缓了。

"暹春，快上来，你姆妈回来了。"

等她上楼来，朱杏子叫着暹春，上前要抱住她，暹春却本能地推开了。

朱杏子呆了呆，便哽咽起来："我的伢……长这么大了……"

暹春一时怔着，还是照片中的那个人吗？脸色发黄，鱼尾纹透着憔悴，怎么一下就老了？她感到陌生，本想说什么，却堵在喉咙口，发不出声。她蓦然想到另一个女人，汉树的母亲，那是她最初认定母亲的女人，也以为就是她的亲生母亲。后来又有给过她温暖的许琴和秋娘……可眼前一脸苦状的朱杏子，跟和颜悦色的秋娘相比，实在反差太大，疏离感又占了上风，这个女人除了给她带来那些磨难，还有什么关系？

她走到汉树的房间里闷坐着。

朱杏子跟进来，挨着她坐下："伢，我知道你在恨我，但我实在没有办法，后来也一直在寻找你……"

"你骗人！"暹春被对方的话激怒了，"你把我扔给萧家，然后出去风流，嫁给潘有声……"

"不是这样的……"朱杏子忍住泪水，缓缓说起那些往事。

当年，刚中学毕业的沈珠与同学去汉口美成戏院看戏，不料同学的哥哥带着大学同学萧景暄也来了。同学想介绍沈珠与哥哥认识，她却与萧景暄一见钟情，然后相恋，两人在花前月下缠绵，有时还去花翎巷小楼里相会，挂在景暄房里的那幅杏花图，就是景暄当时的激情之作。可热恋中的两人，哪会感知世间的险恶？两人相好的事很快被萧家人知道了，汪姨太就在萧老爷面前告状，说沈珠勾引景暄，是个轻薄女子。萧老爷叫回景暄，要他与沈珠分开。但景暄不听，提出非沈小姐不娶。萧老爷盛怒之下，就让汪少芬给景暄张罗婚事，另择佳偶。汪少芬也不声张，暗自选定了自己娘家的表侄女。景暄却蒙在鼓里，以为家里答应了他的婚事。

却不料，沈珠发现自己怀孕了，她不敢跟家里人声张，就每天期盼萧家前来提亲，却不见音信。眼见肚子日渐丰隆，她终于瞒不住了，每天承受着家人的责骂和羞辱。后来沈家也不顾脸面，催着萧家早日完婚。汪少芬表面敷衍着，却故意拖延，直到沈珠快临盆了，萧家才确定婚期将近，女方是谁。景暄得知后五雷轰顶，要带沈珠私奔，无奈她即将生产，走也走不了，景暄只得先行离开。

此时沈家急得像热锅上的蚂蚁，生怕丑事外扬，把沈珠也当成祸害，等到孩子一出生，就让一婆婆抱走了。沈珠因失血过多，在床上躺了多日，问起孩子，家里人便说死了，没人告诉她孩子的下落。她不见孩子，又遭家人嫌弃，整天忧伤不已。

有一天，沈珠被家人羞辱后，实在待不住了，便摇摇晃晃往江边码头走，准备去坐船寻找景暄，可她没有带足钱，买不了船票。幸亏遇上来此办事的潘有声，他见沈珠一脸苍白，也没带行李，想是偷跑出来的，便要送她回家。沈珠诉说自己已没有家，回去只有死路一条。潘有声看她可怜，就把她带到洗马长街，要她养好病再离开。

日子一天天过去，萧景暄依然没有音信，潘有声却对她关爱有加，润物细无声，慢慢抚慰着她那颗受伤的心。终于有一天，她明白萧景暄只是个梦想，是空中楼阁，潘有声对她的好才实实在在，她只有抓住这个救命稻草才能活下去，就决定嫁给他，便改头换面，变成了朱杏子。

听到这里，暹春忍不住说："后来你又跟了另一个男人，是不是也当成了救命稻草？"

朱杏子叹了口气说："老潘走了后，对我打击很大，我就时常去江边发呆，真想跟他一起去了，也就在那时，遇到另一个对我好的男人。"

"你跟人家走了，又回来干什么？"

"他也不在了，几个月前一场山洪把木排冲开了，他落进水里也被冲走了……"朱杏子说不下去，掩面抹着泪水。

秋娘见暹春木在一边，便过来劝道："你姆妈一直没有消息，前日才突然回来。得知你还活着，就在汉正街，便要过来看你。"

遑春摇了下头说："如果不发生那样的事，她可能还不会回来。"

朱杏子见她一脸淡漠，止不住哭道："我是个克星，把你父亲逼走了，跟的两个男人也都死了。"

"我父亲已不在人世了……"遑春难过道。

朱杏子怔了怔，又自责道："这也是我害的，他要不出走，就不会死！"

"这与你无关，"遑春红着眼睛说，"他是为革命而死的，他是个英雄！"

朱杏子呆呆地望着遑春。

"他离家出走后，在上海遇到了同学，后来走上了革命道路。"

朱杏子禁不住问："你见过他？"

遑春说："我只见过他几面，直到他牺牲，我才知道他是亲生父亲。"

"苦命的姑娘。"朱杏子忍不住又要抱她。

遑春躲闪到一边，发气道："我不苦，我好着呢。你才是糊涂任性，落到今天的地步。"

朱杏子被她一刺，又止不住悲哀："我是糊涂，跟一个死一个，我就是个孤寡命……"

秋娘听不下去，忙安慰道："别这么想，那些天灾人祸是谁预料得到的，当初我不跟你一样守着老潘？好在遑春长这么大，你们母女团聚，应该高兴啊。"

朱杏子听了这话，才缓和了些，说："没想到姑娘长这么大了。"

"就没想到我会活着。"遑春嗤道。

"你姆妈也不容易，那些过往就扔下吧。"秋娘拍了拍她的肩膀。

聊了一会，秋娘说有事要出去一趟，朱杏子也想去花翎巷的小楼看看，便随着遑春一道过来。

走进景暄的房间，朱杏子仿佛又回到了当年，一切都是老样子，她站在那幅杏花图前，想起景暄当时画画的情景，又不禁心酸。

遑春曾想过某一天母亲会出现在她的身旁。可见到朱杏子，她却没有那么激动，只有陌生和怜悯，她还不能让心目中的母亲与眼前的女人画等号，得需要时间抹平那些伤痛。但朱杏子终究是自己的亲生母亲，她得接受这个事实。见朱杏子在楼里走来走去，摸摸这，看看那，爱不释手的样子，不觉问道："回到潘家楼，跟秋娘相处还好吧？"

朱杏子犹豫了一下，吞吞吐吐地说，回来才知道秋娘结婚了，潘家楼现是秋娘一家人，她在那里住着，不太习惯。

遑春愣了一下，她早知朱杏子与秋娘关系不太好，多年之后回来，物是人非，肯定会感觉生疏。当初她回到汉正街，也有避免局外人的窘境。知母莫如女，现在朱杏子过来看她，也是有意求她收留，她还能拒绝吗？

她本不是这房子的主人，这里是父亲的家。如果父亲在世，肯定会要她接受母亲，毕竟是她让自己来到这个世界。遑春这么想着，便对朱杏子说："在洗马长街不自在，就来汉正街住吧，我这里蛮宽展的。"

朱杏子听了，高兴地点了点头："我回去收拾一下，过几天就来。"

"嗯，我把房间也整理一下。"

她不觉欢喜起来，心里那个空荡的地方像是注入一泓清泉，被浸润得饱满起来，她才明白，自己一直是渴望与母亲团聚的。

己丑年的春节不同往常，物价压得人喘不过气来，人们似乎还没感到绝望，有钱无钱总得过年。何况小道消息不断，共产党的军队就要打过来了，现政府就要垮台了，换了天地，日子就会好过了。

暹春以往过年没什么操持，她总是一个人，吃喝跟平时一样。现在有母亲朱杏子在身边，就不能太马虎了。她在门上挂了红灯笼，贴了窗花，家里收拾得窗明几净，还跟着毛姨学炸元子和翻散，煨排骨藕汤，又买来京果酥糖，带着母亲去九华绸缎庄做新衣裳，日夜相伴的日子，母女的感情也在加深。

忙到年三十，汉树才回到吕家铺子。大年初一便去小楼给朱杏子拜年。一晃多年，眼前的汉树不仅高大健壮，还沉稳有礼，让朱杏子欢喜不已，她早把汉树当成了儿子，却没想到汉树跟暹春还有如此深的缘分，唯有感叹命运的奇妙。

大年初二又有秋娘一家三口过江来，孩子的嬉闹和大人说笑声，与此起彼伏的鞭炮声互相融合，充满了喜庆祥和的气氛。

大年初三，暹春母女和汉树又被咪毛夫妇请去家里做客。咪毛本住在萧永康旁边的巷子里，管理吕家铺子后，就搬到了药帮一巷，那里相对安静，离吕家铺子也近。

萧仲平一家三口也来拜年，看到暹春母女团聚，萧仲平一时百感交集，说大哥在就好了。朱杏子听了，又不禁心酸。

咪毛忙着劝几位："大过年的，好不容易团聚在一起，得高兴哪。"

刘爱华在厨房做饭菜，暹春便过去帮忙，汉树也跟了过来。

"怎不陪陪仲平叔说话呢？"暹春问。

"他讲赚钱的事，我插不上嘴，有咪毛叔陪着他呢。"汉树说。

暹春抿嘴一笑，知道汉树是想跟她在一起。

两人一起择菜，说说笑笑，那份甜蜜让一旁的刘爱华看在眼里，等咪毛过来，便对他说："汉树和暹春平时各自忙，也难得见面，现在趁今天她姆妈、叔叔都在，不如把两人的婚事定下来吧？"

咪毛说："等会吃饭就商量这事。"

汉树听见了，便把咪毛拉到一边说："部队就要进武汉了，越是这种时候，越要防止白崇禧狗急跳墙。事情很多，一会我还得提前离开，你们也忙，还是等到武汉解放以后再说吧。"

吃饭的时候，婚事还是被提起，朱杏子想早点办，她等着抱孙子呢。萧仲平也赞成，说房子都是现成的，只要稍作装修就行。也不需要那些彩礼排场，都是自家孩子。

汉树和暹春红着脸不说话，彼此也想早点在一起，但他们已参加了革命工作，就不可能只考虑个人的幸福，还有更重要的事情去做。汉树就给咪毛使眼色，咪毛只得说："汉树现在三元里那边给朋友帮忙，时常回不来，局势又动荡，还是等过一阵子再说吧。"

暹春自然明白，她也说："我这几个月也忙，没时间办婚事，还是等下半年再说吧。"

几位见暹春也不同意早办，只得作罢。

第二十七章　筹货

年过完后，汉正街又开始繁忙起来，狭长的石板路上，流动着各种商品，也传递着各种信息，大街小巷里，不时会出现标语和传单，店家们不免骚动和紧张起来，稍有空闲，便凑在一堆谈论时局。

"白崇禧的军队正在各重点关口修筑城防工事呢。"

"还不是想阻挡共产党的军队南进，划江而治……"

这边正议论着，瞧见暹春走过来，便停下了。

"暹春姑娘忙啊!"

暹春微笑着点头。

一双双眼睛随着那活动的风景移动着，直到她走远。

"那花格子穿在她身上多好看，我穿怎就显胖呢?"

"你有人家苗条吗?"男人笑道。

女人朝男人横了一眼："再怎么苗条也是白看的，人家都快结婚了。"

……

暹春似乎感觉到背后的议论，从小到大她就被指指点点，早已习惯了，她沿着长街走了一段，又拐入曲折的巷子，再走到铜人像，视野才变得开阔，十字路口有家新新绸布店，隔壁一家就是前导通讯社。

暹春不是第一次来，门房已认得她，说刘记者在里面。

遒春走到过道的第二间房，迎面一个大书柜挡在门口，像个玄关，靠墙两排摆着办公桌，有的在伏案工作，有的在跟人谈话，有的在打电话，忙得不亦乐乎。

刘锦已瞥见她了，招了招手，从堆着报纸书刊的桌上站起身，搬椅子，又倒水。

"遒春，你画展的热度还在持续呢。"刘锦笑着说。

"又是锦哥帮我宣传吧。"

"你上了报纸，很多人都看到了，市和平促进会认为画展对保卫和平、保护城市很有意义，要对你进行专访呢。"

遒春一听，顿时紧张起来："锦哥，我都是瞎画的，可不会说什么呀。"

刘锦笑道："不用着急，你画汉正街和洗马长街，都是出于爱，对吧?"

遒春点了点头。

"这就是了，你就从爱护老街，爱护我们的家园，爱护我们的城市谈起，要让城市免受战争的摧残和毁坏。"

遒春思忖一下，点了点头。

刘锦说："一会和平促进会的两位干事就要到了，你把思路捋一捋，不用紧张，自由畅快地谈，说自己想说的话。"

"好的。"

两天后，《武汉时报》刊载了汉口市和平促进会对遒春的专访文章，题为《保护我们的家园》，文中还附上遒春描绘的两幅长卷。此前遒春的画展已有热度，这次又被推了一把，市民们饱受战乱之苦，也容易引起共鸣，报纸被争相传阅，随后，一些大街小巷也出现了标语：

我们要和平，不要战争！

保护我们的城市！

保护我们的家园！

反对一切破坏和平的行为！

……

吕家铺子的人流也是一浪接一浪，来买东西的，来看暹春的，也有找她签名留念的，暹春出门在外，有时被人认出，围着她问这问那，时间一长，她也不堪其扰。

"成名人啦，避免不了。"咪毛笑道。

"真想回到以前清静的日子。"暹春苦恼道。

"要不你去洗马长街住段时间吧？"

暹春摇头道："店里正忙，又要为前线部队筹集医疗物资，哪走得开？"

咪毛说："我也担忧呀，怕人一多，引来一些眼线。"

两人正在里屋发愁，忽然有人一掀帘子："护花使者来也！"

"稀客啊，瑾格姐！"

暹春忙起身让座，倒茶。陈瑾格喝了口水，才道出原委，因筹备医疗物资任务紧急，城工部临时调她来吕家铺子，协助他们完成任务。

"你真是及时雨啊，"暹春拍了拍她，便介绍起情况，"因经费和安全问题，店里一直没雇人，出纳一些事就是我与咪毛叔兼着做，生意不好时还没什么，事情一多就忙乱，现又有些额外的干扰……"

陈瑾格说："以后你不用多露面，我替你跑腿，照场子。"

暹春高兴得直拍手。

"我现在是你的徒弟，把该教的都教给我吧。"陈瑾格说。

暹春偏了下头说："姐姐可是师范毕业的，哪敢教你呀。"

"必须的，这可是工作呢。"陈瑾格认真道。

暹春笑着点了点头。

此后，陈瑾格每天来吕家铺子上班。她跟着暹春学算盘，做流水账，盘库存，识药材，不过一周，把店里的业务大致摸清了，一些常用中药的属性也基本了解，她还嫌不够，每天晚上又熬夜看《本草纲目》。

人们对吕家铺子关注的热度还在持续，有陈瑾格挡驾，暹春省去了不少麻烦，她与咪毛便腾出手筹集物资。

"此次医药物资品种多，我们账上走的是大宗交易，供货方又不止一家，得有一个合适的中间商，筹集了统一发货。"暹春说。

"那是肯定，"咪毛点头说，"大批量进出，尤其是医药类，小店容易被暴露，直接让中间商发往河南。"

"找谁好呢?"暹春低头思忖。

"萧永康可不可以试试?"

"找我叔叔? 他不会冒这个险的。"

"他做黑市生意一样有风险，这次是我们找他，他更相信谁? 一些中间环节他会掌握的，应该没问题。"

"火车站方面也要疏通好。"

"他会考虑的。再者我们也会协助。只要火车站这边过了关，那边会安排人接货。"

……

两人商量好了，便去找萧仲平面谈。

萧仲平正在萧永康的楼上呆坐着。咪毛走到他身边，也没反应。

"会长生谁的气呀？"

萧仲平只是摇头，半晌才道出在黑市里卖飞了一笔货。

"个巴妈，一天到晚担惊受怕，赚点辛苦钱，遇上个骗子，把老子的本钱都赔进去了。"他忍不住骂道。

咪毛说："还是收手吧，做那生意没保障，风险大，就守着店算了。"

"守着店能赚什么钱，每天数那成捆的金圆券就烦死了。"

咪毛一时无话。

萧仲平说："共产党的军队就要打过来了，还不知道以后是什么情形呢，不赚点钱怎么生活？"

"想赚钱倒是有。"咪毛说。

"你有渠道？"

咪毛说："河南那边的客商要一批医药物资。"

萧仲平愣了一下，问："河南那边是共产党的地盘呀，你是为他们提供物资？"

咪毛说："不管是谁要，反正是一笔大买卖。"

萧仲平轻轻一笑："这买卖你怎么不做？"

"做呀，但小店实力不够，所以来找萧永康合作。"

"怎么做？"

"四六开，你做大头，我们做小头，货物统一从你这里发出去，中间费用由我店结算。"

"有哪些名目？"

咪毛拿出一份清单。

萧仲平看了看，顿时皱起眉头说："藿香正气丸、龙胆大黄片、化脓生肌膏这些成药倒还勉强，但纱布、救急包、磺胺、盘尼西林等军需物资比较难弄，尤其是盘尼西林，现医院都比较紧张。"

"我知道，"咪毛点了下头，"但还是有渠道。"

"是有人屯货，要价也高呀。"萧仲平道。

"萧永康跟医院有往来，应该有法子弄点吧?"

萧仲平看了咪毛一眼，说："这可是走钢丝，不是好玩的。"

咪毛笑道："您是走货的行家，这点事难得了?"

萧仲平递给咪毛一根烟，自己也点起一根，慢慢地吞云吐雾，吸了大半截，他才开了口："货到了放在哪? 我家的仓库人多眼杂，吕家铺子也不能放，得另找一个安全的地点。"

咪毛想了想说："有一个地方倒是很合适。"

"哪里?"

"救世堂。"

萧仲平思忖了一下，说："从普爱医院出的货可直接放那，但万福林牧师早离开那里了呀。"

"万牧师不在，老嬷嬷还在，"咪毛弹了下烟灰说，"日常管理都由嬷嬷负责。暹春时常去看她，可以去试试。"

两人又商议了一些细节，咪毛才告辞出来。

不是礼拜的时候，救世堂总是安静的，大门也紧闭着。暹春又是下午过来，走到铁门前，门房一看是她，便来开门。

穿过右边的拱形门洞，眼见嬷嬷又在庭院的花圃里忙着，她招呼道："嬷嬷，又种花啦?"

"种棵桂花树。"嬷嬷答应道。

她已六十多岁了，但身板结实，动作麻利，也是长期劳动的结果。她曾是个孤儿，后来被救世堂的牧师收养，就一直留在救世堂，这里是她的家，也是她的归宿。

嬷嬷种好了树，走出花圃，见暹春手上拎着点心和水果，便埋怨道："哎呀，上次你带的那些汪玉霞喜饼还没吃完呢，这次又买这么多。"

暹春笑道："这次是麻烘糕，不一样的。"

嬷嬷把她一揽："来看看我就高兴，不要乱花钱了。"

嬷嬷的房间就在牧师楼下的一间小房里，里面摆着一张小床，一个衣柜，还有桌子、椅子、洗脸架等，简朴而干净。

暹春把东西放在桌上，嬷嬷要给暹春倒水，暹春说不渴，拿起木盆要洗嬷嬷换下的脏衣服，嬷嬷拦着，她哪里肯放。

嬷嬷看着她的背影，忍不住说："你又瘦了，吃得不好吗?"

"还好，就是太忙。"暹春几下洗了衣服，又拿到水池里清洗，然后晒在太阳下，才进来。

"坐会。"嬷嬷叫她坐到身边。

暹春拿起嬷嬷粗糙的手揉搓着。

"老了，"嬷嬷望着暹春青春的脸，"你才是最好的时候。"

她对暹春的喜爱是发自内心的，这孩子懂事，有人情，还有更深一层，是她从暹春身上看到自己当年的影子。

"不要太累了。"她嘱咐道。

暹春嗯了一声。

嬷嬷看了看她，问："你像有心事，遇到什么事了?"

"有十几箱医疗物资要转运，着急呢。"暹春道。

嬷嬷不解道："这有什么着急的呢?"

"供货的不是一家，还有医院，到货了要统一运出去。"

嬷嬷接过暹春递的茶杯，喝了几口，没说话。

暹春迟疑了一下说："店里堆不下，又找不到其他合适的地方，救世堂离医院近，可能还适合。"

嬷嬷愣了一下问："你是想让我给你找地方？"

暹春抿嘴一笑："是啊。"

嬷嬷瞧她调皮的样子，倏地想起什么，一时皱眉道："你这孩子，尽做胆大的事，那次拿来个油印机，害得许琴给抓走了，你这次又想来害我？"

"嬷嬷，上次是日本鬼子干的，"暹春顿时涨红了脸，"不光是许阿姨，我父亲也被日本鬼子抓去，后来被杀害了……"

嬷嬷知道那件惨事，看到暹春眼圈已红了，便抚了抚暹春的肩膀："可怜的孩子……"

半晌，暹春站起身来，要跟嬷嬷道别。

嬷嬷望着她说："孩子，不要怪我，当年那件事的伤痛还在。"

"嬷嬷，没事的，"她拥抱了一下嬷嬷，"您老保重，我再想别的办法。"

嬷嬷望着她出门，忍不住问："你为何要做这件事？"

暹春回过身说，"为救治那些流血的战士啊。"

嬷嬷说："我怕你又被抓去。"

"不会的，"暹春微笑道，"我已不是小孩子了，再说也没犯法。"

嬷嬷迟疑了一下，说："好吧，我想想办法。"

暹春高兴得一下抱住了她："好嬷嬷，我知道您是最仁慈的！"

嬷嬷说："放在储物间里吧，从侧门进来，最好是晚上。"

"好的。"

医疗物资的筹集不太顺利，幸亏咪毛和暹春先有准备，提前订到一些中成药和纱布，又通过萧仲平从医院的渠道进了一些磺胺，但盘尼西林和针剂卡得很紧，勉强凑够一箱。由于时间紧迫，上级指示他们在三日内必须发货。

预定第二天晚上将物资运到火车站，但吕家铺子的几位有些不甘心，尤其是陈瑾格，她是为完成这项任务派过来的，没有完成好，觉得有负上级的信任。

"咪毛叔，黑市上应该有交易吧?"她悄悄问。

"也少，但价格奇高。"

"有货就进点吧，经费不够我来想办法。"她似乎觉得没什么难事。

"不只是价格问题，"咪毛用手比画道，"每家数量少，你在张家买两支，又到李家买两支，再到王家买两支，人家认为你在扫货，别有用途，就根本不卖你。"

"扫货又怎么了?"

"买家害怕被查，卖家也一样。"

"我们分开买不就行了?"

"是啊，瑾姐买张家的，我买李家的，咪毛叔买王家的……"暹春附和道。

"不行的，"咪毛到底见多识广，马上打断道，"这不是普通的药，比大烟还卡得紧，买卖都容易被盯上。"

"他们这是找谁进的呢?"陈瑾格低头思忖，"不可能向供货商要几支吧，总有中间人。"

"中间商隐藏很深，不会轻易暴露。"咪毛说。

"你和仲平叔难道不知道?"暹春问。

"也拿不准。"

时间在悄然无声地移动着，一分一秒地消逝着时光。到中午，暹春正在小厨房忙着做饭，后门突然进来一个人，扭头一看，眼睛顿时放亮了。

"哥……"

汉树望着暹春，情不自禁地说："好想你们啊！"

"你回来了，再不去了？"

"我一会就得走。"

汉树直接上了二楼，随后咪毛也上来了。

汉树顾不得坐下，小声对他说："组织上已通过军队的关系筹得一部分西药，你们就不用再忙，可以如期发货了。"

咪毛说："好吧，只是没完成好任务，有些惭愧。"

"已经很不错了。"汉树拍了拍他的肩膀，才坐下喝水。

咪毛说："前日给你打电话说了此事，这次又是你给办的吧？"

汉树笑道："这就不用再问了，你们把货安全发出就行。"

"好的。"

汉树一时想起什么，又说："我去找那供货商的时候，正巧碰到孟掌柜……"

"原来黑市上的西药是从他那进的，"咪毛也感到诧异，"那我得去找找他。"

"不用了，免得惹麻烦。"

下午的时光，总让人感到无精打采，尤其是没事做的时候。陈瑾格走在街头，看到一些店家在门口嗑瓜子闲聊，有认识的，还会打声招呼。她来汉正街的时间不长，倒是跟不少老板混熟了，她的一身书卷气在充满商业气息的汉正街自然吸人眼球，何况还有那次酒席上的一曲高歌，汉正街人是爱热闹的，也喜欢她随和又爽朗的个性。她在吕家铺子的柜台一站，进门的顾客就多了些，无形增加了人气。

她刚去了一趟钱庄，返回时，没走常路，而是拐进了大夹街，走了十几米，便看见孟记药铺的招牌。

孟掌柜正守在店里，陈瑾格走到门口叫了声。孟掌柜一看是她，便堆起笑容道："陈小姐，哪阵风把你吹来了？"

"办事路过这里。"陈瑾格含笑道。

孟掌柜便招呼："进来坐坐吧？"

"好呀。"

店面比吕家铺子略大一些，柜台都是新做的，油漆闪闪发亮，陈列的药品以膏药居多，也没见什么西药。

"孟掌柜，这柜台蛮气派呀。"

"沦陷时回乡下了，店里也被占用，柜台都给弄垮了，就重新做了新的。"

"怪不得生意好呢。"陈瑾格笑道。

"哪好哟，"孟掌柜叫苦道，"陈小姐得帮我站站柜台，拉点客人进来。"

"可以呀，"陈瑾格诡秘一笑，"不过您得答应我一件事。"

"什么事，你只管说，只要我能办到的。"

"想进贵店参观一下。"

"小店就这么大，不都看到了吗？"孟掌柜笑着说。

"还有呢。"

"还有什么？"

"库房。"

孟掌柜顿时一惊，忙掩饰说："药都在这里呢。"

"不见得吧。"陈瑾格莞尔一笑。

孟掌柜顿时明白过来，陈瑾格贸然来此，或许已知道他的底细，看了下周围没人，便叫伙计守着柜台，然后对她说："陈小姐进来吧。"

"好的。"

走进里间，约二十平方米的样子，摆了一张条桌和几把椅子，也堆了不少药箱。

"你看看，我这杂七杂八的，又是会客室，又是库房。"

"孟老板不会就这点货吧?"

"陈小姐，你来汉正街有段时间了，还不知道货是随叫随到?"

"那看是什么货呀，有些货就得囤着。"

"囤什么呀?"

"比如西药，盘尼西林。"陈瑾格直截了当道。

孟掌柜的脸色顿时变了："你这丫头，可不能乱说呀。"

陈瑾格笑了一下："孟老板就不要在我面前装糊涂了，我知道你有货。"

孟掌柜怔了怔，转换笑脸道："你听谁胡说的? 这可不是闹着玩的事呀。"

陈瑾格又一笑："若要人不知，除非己莫为。没有不透风的墙呀。"

孟掌柜的脸僵了一下："你是什么意思?"

陈瑾格说："您和萧永康、吕记都是同行，彼此时常拉扯，互助生意，才走到今天……"

"那是，我与仲平、咪毛都是老交情，"孟掌柜点头道，马上又问，"是他们派你过来的?"

"是我自己过来的，他们不知道。"

孟掌柜冷笑一声。

"不管您相不相信，您这里有货是事实。"

"你想怎么着?"孟掌柜站起身来。

"把库存的盘尼西林全卖给我，我可以比别人多一成的价收购。"

"你为何要这么多药?"

"治病救人。"

孟掌柜怔了一下，说："怪不得有人说吕家铺子不寻常，果然如此。"

"什么不寻常？你私自囤军需药品就寻常了？"陈瑾格也站起身来。

孟掌柜一听对方果然摸清他的底细，不觉气短了半截，忙说："你坐下吧，好好说。"

"不坐了，你到底给不给货？"

孟掌柜说："我没有药。"

"我可看到您的收货单了，白纸黑字。"

孟掌柜呆呆地望着她，猛然想起那天碰见过汉树，一下明白过来，不由得叹了口气说："不管是不是咪毛叫你来的，我看在过去的交情上，答应你这一回吧。"

"好的，什么时候提货？"

"今晚吧。"

"行。"

陈瑾格走出来时，阳光正好，她的心也像澄明的天空一样舒展，充满了喜悦。当时在楼梯上听到了汉树和咪毛的谈话，也犹豫着要不要找孟掌柜，但要强的个性驱使她铤而走险，凭着一股勇敢和机智，居然镇住了孟掌柜，终于如愿以偿。

第二十八章　转移

四月是最美的，到处莺飞草长，郁郁葱葱，空气里透着樟树的香味。汉正街虽缺少树木，但春风照样吹过每一条小巷，那些窗台的鲜花，石板路上的青苔，都是春天的标记。街上的人们在阵阵春风里忙碌着，闲散着，似一条亘古流淌的河流，水下却有暗流在涌动。

那个礼拜天，覃怀小学里又响起了歌声，是合唱团在例行活动。

一直教唱歌曲的陈瑾格却没有来，这已是第二次缺席了，没有她在，大家只得重温着老歌。

遥春也不好解释，一个月前，陈瑾格就离开了吕家铺子。这是城工部的指示，那次她擅自行动，使整个行动计划增加不少风险。孟掌柜的亲戚在军队里任职，能拿到紧俏的盘尼西林，自然不是一般的门路。幸而咪毛当晚提前发货，没让孟掌柜找到线索，以致计划落空，蒙受损失。

陈瑾格离开后，还是参加了两次合唱团的活动，来了也没什么异样，照例教唱歌曲，只是说话少了，见到遥春，也不提那些事，活动一结束，就匆匆离开了。

遥春心里一直七上八下，活动结束后，她把几份文件记录交给刘锦。

刘锦接过看了下："好的，我拿到通讯社去刻印。"

暹春犹豫了一下，说："过两天想请你和瑾姐来家里聚聚。"

刘锦摇了下头说："我有好些天没见到她了，也不知在哪。"

暹春听得心里一沉，也不好再说什么。

路上，暹春边走边想，孟掌柜的为人她是了解的，不至于那么下作，何况并没有让他遭受什么损失。瑾格向来争强好胜，或许是一时想不开，回老家散心去了吧。

到吕家铺子已近五点，咪毛出去了，刘爱华在守店，暹春知道他约了汉正民众自卫队的副队长。几天前，他们接到城工部指示，为粉碎白崇禧弃城南逃前破坏城市的阴谋，要投入反搬迁，反破坏，保护城市的战斗，具体任务是护厂护店，策动汉正民众自卫队，保护利济路电厂、永宁巷粮仓等重要地点不被敌人破坏。咪毛便着手行动起来。

暹春进里屋处理一些营收账款，正忙碌时，隔壁书柬铺的伙计过来喊："暹春，有个电话打来，是找你的！"

暹春赶忙过去，拿起电话，里面响起一个低低的声音。

"暹春，别出声，我是瑾格。"

"你好，想你呀。"暹春惊喜道。

"没来参加活动，是怕你担心，我现在银行经理家做家庭老师，不方便出来。"

"哦，怪不得。"

"你以后就知道了。"

"明白。"

"不能多说了，再会吧。"

"再会！"

暹春忐忑的心终于落了地。

天色又暗下去了，嘈杂的街道渐渐安静下来。

晚饭后，暹春又打开短波收音机，一边收听，一边记录。朱杏子在另一屋里绣花，隐约听到那屋里有声音，走过来看，但暹春把门闩插上了。

"晚上还在忙什么呀?"她隔着门问。

"姆妈，我还有些事，您早点休息吧。"暹春回道。

朱杏子感到疑惑，她几乎每天如此，房门一关，也不知在做些什么。她叹了口气，又走回去。

暹春忙了两个钟头，终于收听结束，她轻轻嘘了口气，站起身来，推开窗户，深蓝色的天幕闪着点点星光，与万家灯火相互映衬，她眺望远处，想着汉树哥可能还在灯下忙碌吧，她暗暗地祈祷着，一切平安。

当晚，汉树又在杂货铺的楼上工作着，他已收集整理好白崇禧部队在武汉驻防的地点、番号、兵力、碉堡设置等情报，正在向上级发报。

忽然，窗台飞上一只纸飞机，正落到红月季旁。

他知道有事，还是继续发报，直到最后一个字完成，他收好发报机，再拿起那个纸飞机，拆开来，却是一张白纸。他拿出碘酒擦拭，白纸上便现出几个字:

恐已暴露，马上离开，车在T字路口。

他一惊，赶紧起身，将窗口的红月季搬进来，便提着发报箱匆匆下楼。

夜色迷蒙，寂静无声，只有他的身影在月光下踽踽独行，穿过几条小巷，走到T字路口，果然有一辆小车停在那里。

他上了车，司机便开动了车子。

见司机穿着军服，他一时疑惑，对方也不吱声，驶出好远，上了幽静的小道，司机才对他说："小吕同志，我是剿总机要科的老K，你的联系人。"

汉树一听，忙伸出手与他相握："老K同志，我们总算见面了。"

老K说："马上要进行大搜捕，剿总也在内查通共嫌疑，已找机要科的人询问，可能怀疑到我了。"

汉树说："今天有陌生人在铺子门口打晃，我也感觉不对劲，是哪一环节出的问题呢？"

老K想了想说："可能是那次买烟的疏忽。"

汉树一惊："戴鸭舌帽的是什么人？"

"他是剿总里的一位司机，我曾救过他的命，彼此交情不错，也有意发展他为我们的人。上次事情紧急，我一时走不开，就让他递张纸条给你。"

"他被盯上了？"

"已被询问，"老K叹了口气说，"破绽可能是他穿了便服，四处都有眼线，保不定被认出，成为疑点。"

"谢谢您及时通知我。"汉树感激道。

"我们是一起战斗的同志，应该的。"

汉树对他充满钦佩，又感到神秘，他是什么时候为党工作的呢？

老K似乎察觉到汉树的困惑，笑着说："我是老许的同乡，后来经过他的引导，接触到马列主义，认识到到国民党政府的腐败和反动，就决定为共产党工作。"

汉树说："幸亏您那次及时救了老许。"

老K说："这是应该的，我现在也是一名党员哪。"

汉树兴奋道："好啊，我们是同志。"

老K拿出一张派司递给汉树："这是特别通行证，等会过哨卡时用得着。"

"好的。"

车一路向着北方开去。

两天后，气氛一下变得森严，大街小巷张贴了武汉守备司令鲁道源签署的布告，上面一连写有十个杀字，对所谓"匪谍""通匪""窝匪"者，格杀勿论。

暹春一早去给刘锦送文件，走到跟前，前导通讯社却大门紧闭。她怔了怔，问隔壁店铺的伙计。人家说，昨天就没人了，早上警察还搜查过，赶紧走吧。

暹春顿感不祥，往回的路上，她没有直接回吕家铺子，而是绕了一个大弯往家去。

一进家门，她赶紧清理东西，点上火将记录的文件底稿烧了，又拔掉收音机的短波线头，看看没有什么疑点，才准备出门。

这时朱杏子慌慌张张地过来："要你不要出门，这又是去哪?"

"到店里去下。"

"不要去了，"朱杏子一把拉过她，"刚才看你不在家，我就担心，去吕家铺子找你，就看到店里进了好几个警察，说有通匪嫌疑，在搜查……"

暹春忙问："咪毛叔怎么样?"

"他被警察扣着，看见我，使眼色叫我快走。"

"后来怎么样?"

"我回来找你，也不知道。"

暹春一听，便要出门，朱杏子死死把她拉住。

暹春朝她笑了笑说："姆妈，您这拦着我也没用，要真有事，他们会跑到家里来抓我的。"

"那怎么办?"朱杏子着急道。

"不用怕,店里没什么可查的,你不让我过去,反而让人以为我害怕了。"

朱杏子拦在前面:"你怎么说我也不会让你走的。"

暹春只得坐下来:"好好好,我不走。"

这时,外面响起了敲门声。

朱杏子顿时紧张起来,推暹春进屋:"你赶快躲起来。"

却是萧仲平来了,他一进门便直奔楼上,看到暹春,他才松了口气:"警察把吕家铺子查封了,咪毛被带走,很可能他们会来找你,你带上几件换洗衣服,赶紧跟我走。"

"去哪?"

"你别问,赶紧收拾。"

暹春随便收拾了一下,拎了个布包跟萧仲平一起下楼,朱杏子在背后念着阿弥陀佛。

出了门,萧仲平便带她往江边走。

暹春问:"仲平叔,你这是带我去哪?"

萧仲平也不说,走到江边,看见停泊的一只木划子,萧仲平便叫她上去,然后对船夫说:"把她送到洗马长街。"

暹春着急问:"咪毛叔怎么办?"

萧仲平挥了挥手说:"会去救他的,你放心吧。"

洗马长街还是老样子,江边往来的船只不断,店铺也大多开着,三三两两出进着客人,忙碌中自有一分闲散和恬静。

潘家楼却空着,秋娘一家搬到童家老屋去住了。童家老太临终前,感念身有残疾的三儿子心慈仁孝,儿媳秋娘贤淑谦让,要把童家一处老宅留给他们。老太太过世后，几个儿子就把家分了，自立门户，各搞各的。童三少爷要管理自家槽坊，十分辛苦，秋娘为支持丈夫，就跟他一起经营。

遑春一人在潘家楼住着，还是朱杏子住过的那间房，一直没变，触碰每一个物件，都是熟悉的，但感觉已经遥远，恍如隔世，这让她有些伤感。

只是想起父亲时，才有一束光穿过层雾，让记忆苏醒。她是在这里认识父亲，也是在这里得知父亲被害，这里有过温暖和爱，也留下她的伤痛。

相比父亲，她觉得自己就是个逃兵，跟外面的世界隔绝了，咪毛叔现在怎样？还有汉树、刘锦、陈瑾格，他们都好吗？她在偌大的潘家楼里坐立不安，惦念着江对岸的亲人和朋友，还有没完成的任务，心急火燎。秋娘知道她待不住，派来一位嫂子日夜守着她，不让她离开潘家楼一步。

"汉口现在到处是特务警察，抓了不少人，夜里都宵禁了，回去干吗？"秋娘劝她道。

遑春着急道："咪毛叔被抓去了，现在也不知怎样，我得去营救他呀。"

"你怎么救？人家警察正要找你呢，你还去撞枪口？"

"那咪毛叔怎么办？"

"会有人救他的，你仲平叔不是答应了吗？再说他也不是共产党，怕什么？"

秋娘又劝说了半天，遑春才稍稍平静了些。

过了两天，她又闲不住，不时去童家槽坊，帮秋娘收款扎账，处理一些事情。

槽坊里热气腾腾，弥漫着经年不散的酒香，老远都能闻到。有时忙完了，秋娘便倒上两杯桂花酒，与暹春一起品尝。在微醺中，心中的那些忧愁不觉消散了些。

一晃到了四月底，形势也趋于明朗，坊间传扬解放军已渡过长江，武汉解放指日可待，但一江之隔的汉阳依然平静如水。

那天下午，暹春正在槽坊里忙着，忽然门房走进来说，有人来找她。秋娘一听，便让暹春稳着，自己先出去看，一会进来，后面跟着一个人。

暹春一看来人，顿时惊喜道："瑾格姐，你怎么来了？"

"我来汉正街寻你不到，幸亏仲平叔告诉了地址，就找来了。"陈瑾格笑道。

暹春把瑾格一挽道："这里人多，我们去潘家楼，好好聊。"

秋娘便嘱咐她："晚饭不用做了，一会叫人送来。"

陈瑾格朝暹春摇了下头，暹春就回道："秋娘，不用了。"

两人走在街上，暹春不觉问："你怎有时间过来？不做家庭老师了？"

陈瑾格自得地一笑："银行经理已争取过来了，提供了不少金融方面有价值的情报。"

"你真有本事。"暹春赞叹道。

"前期已有同志铺垫过，也不是我一人的功劳。"

"现在又干别的了？"

"临时有新任务。"

"什么任务？"

"解救咪毛叔啊。"

"他现在怎样？"

"警察局查不出他什么，就把他交给警备司令部，要他供出吕汉树的去向，他只说不知道。"

遑春又担心起来："那会不会……"

不等遑春说完，陈瑾格就拍了拍她："我们已通过市和平促进会跟警备司令部交涉，无端羁押市民，要尽快放人。"

"他们听吗?"

"上次和平促进会采访你后就见报了，这来头他们应知道呀。"

"仲平叔也答应救他的。"

陈瑾格点头说："他找了孟掌柜在警备司令部的亲戚，多方疏通，会很快解决的。"

遑春心里稍稍缓口气，又问起刘锦。

陈瑾格笑着说："他现在去了市临时救济委员会，这是李书城、张难先二位耆宿发起成立的，负责安排解放军入城一切事宜，像筹措款项和粮食，联络一些可以临时维持治安的军警，都要及时安排，以稳定紧急时期的市区秩序，忙得很呢。"

遑春说："都在忙，只有我闲着。"

陈瑾格说："解放军快打进汉口了，国民党军队逃跑之时，对武汉进行大规模的破坏是完全有可能的。所以我们要加紧汉正民众自卫总队的策反工作。"

"我跟你一起干吧，"遑春急不可待道，"咪毛叔已做了那位副队长的工作，但铺子出事后就耽搁了。"

陈瑾格说："我们再去争取吧。"

"好的。"

第二十九章　恩怨

立夏一过，太阳光也变得热烈了，这在树木少见的汉正街尤其明显，特别是下午，石板路被晒得亮白，来往的行人大多肩挑背扛，商品的气味混杂着人体的汗味，与嘈杂的市声一起沸腾，越是感到燥热难耐。

暹春流着汗在整理着柜台，咪毛在一边忙着修修补补，钉锤敲得嘣嘣响。望着咪毛叔瘦小的背影，她一时感叹不已。从吕家铺子筹备重建，转眼过去九年，这九年与咪毛叔分不开，经历的困难和危险也只有咪毛叔最清楚，但他从没有叫过一声苦，遇事总顶在前面，是条真汉子。庆幸父亲有这样忠诚的发小和兄弟，咪毛却感念自己与大少爷成为挚友，又被指引走上光明正道。

几天前，暹春与萧仲平去警备司令部把咪毛接了回来。看到咪毛叔瘦多了，暹春一阵难受。她想在桂嫂的菜馆办一桌酒，感谢几位帮他出狱的朋友和街坊，也为咪毛叔压惊。但咪毛没同意，吕家铺子又要开张，事情多，也正需要用钱，他也不想再提及此事，日后有机会再感谢人家吧。

暹春正想着，忽听咪毛叫她一声，往外一指，就见母亲朱杏子撑着遮阳伞气鼓鼓地走过去了。

暹春赶忙追出去："姆妈，您去哪了？"

朱杏子也不理，自顾走了。

暹春呆了呆，与母亲相处这段时间，就感觉朱杏子有些心神不定，她一时忙，也忘了问。

　　下班回到家里，毛姨已摆好了饭菜，说叫了太太，一直没下来。暹春正要上楼，却见朱杏子已从楼梯上下来了。吃饭的时候，暹春几次想问，朱杏子就把话岔开了，说些不着边际的事。吃完了饭，朱杏子便上楼去了。

　　暹春一时闷闷的，收拾碗筷的时候，她问毛姨："姆妈这几日还有什么反常的举动，见过什么人吗？"毛姨想了想说："你去汉阳时，家里来过一对夫妻，说是看姐姐。他们走了之后，太太便有些心思。"

　　暹春愣了一下，想起曾去过的沈家，那对男女一直刻在心里，难道是他们找上门来了？她不觉烦闷，过了这些年，已经快忘记那些人，怎么就摆脱不掉呢？

　　她走上楼去，推开了朱杏子的房门。

　　母亲正在窗户边发呆，看到暹春进来，几分紧张道："你进来有什么事？"

　　暹春直截了当地问："姆妈，沈家人来过了？"

　　朱杏子见暹春紧盯着她，只得说："是来过了。"

　　"他们怎么知道你住在这里？"

　　"我去看过姆妈。"

　　"怎么不告诉我一声？"

　　"怕你不高兴。"

　　"怕我不高兴，你就高兴了？"

　　朱杏子不吭声。

　　暹春走到她身边："今天你又去看家家了吧？"

　　朱杏子依旧不吭声。

"他们又对你说了些什么?"

朱杏子扭过头说:"你别问了,反正过两天我回洗马长街去,不在这住了。"

"为什么?"

"免得惹你烦呀。"

"您要这样,我还非得弄清楚,到底是怎么回事?"

朱杏子不吭声。

暹春见她这般,顿时气恼起来:"我是不是你姑娘,你有什么事要瞒着我?"

朱杏子见暹春急得脸通红,迟疑了一下,只得和盘托出:"上次你舅舅舅妈过来,看到我两住这么大的房间,就起了心思,说家里就两间房,伢大了,住不下,想搬来住,被我一口回绝了。"

"今天又是为什么?"

"我去看你家家,本想说你舅舅的不是,谁想你外婆偏心,倒说我住那么大的房子,不关心娘家人。"

"这房子是我祖母留给父亲的,萧家都没权利处置,你我也是暂住,没告诉他们?"暹春气道。

"我是说了呀,可你舅舅非说我找借口不让他住。我跟他争吵起来,他就骂我是祸害,逼走一个男人,又克死一个丈夫,还生了私伢……"

暹春的心似被钝刀猛戳了一下,脸刷地白了,她没想到,最恶毒的咒骂,不是出自外人,而是跟她有血缘关系的亲人口中。她曾被那家人伤过一次,心中旧痕未了,现在又添了新伤。她出身那样的家庭,就预示着命途多舛。自走出那扇门,她就与那家人断绝了,却不料会藕断丝连。心中一股怒气堵着受不了,便撒向了朱杏子。

"你娘家当时把我交给汪少芬，要断我性命，你明知他们心狠自私，为何还要来往？"

朱杏子哭道："我一直没联系他们，就是上月我姆妈的生日，我回去了一趟。"

"一回去就惹上事了。"

"所以不想惹你烦了，明天我就走，行了吧？"

暹春听她说这绝情的话，一时难过得受不了，不由起身往外走，进了自己房间，眼泪便簌簌往外流，止不住抽泣起来。

不知过了多久，才发现朱杏子在身边站着。

"明天我要了结一件事，你跟不跟我一起去？"

"什么事？"

"去会会汪少芬。"

见暹春还愣着，她坐了下来："我要把一切告诉你。"

永宁巷的萧家楼周围已竖起了几幢新房子，曾经的地标不复显现，由于年久失修，门槛和墙壁上有些斑驳的痕迹，显出几分沧桑感，但气势犹在，依然不减当年。

暹春是第二次来萧家楼，她是没想着再走进去，不是对萧家有恨，而是因为汪少芬这个女人。但这次她必须来，不光为母亲，也为自己。

汪少芬在堂屋里坐着，看到孙儿在地上打滚嬉戏，脸上露着满足的笑容。如今她已近花甲，两鬓斑白，皱纹渐多，经过仲平狱中那段时间的折腾，身体也大不如前。现在她也想通了，把萧家的事务基本交给仲平，自己落个清闲，平时就打打麻将，陪陪孙儿，享受天伦之乐。

但快乐总是短暂的，时常也被烦恼所冲淡，因为心里清静不了，总有事找着她。此时，她就因那母女俩的到来生起了烦恼。

当得知朱杏子在暹春那住着，她就开始紧张，朱杏子是个定时炸弹，不知哪天会引爆。只怪自己当初做得不彻底，引来这些祸患。这些担忧牵扯着，让她吃不香，睡不好，还时常梦到萧老太爷和景暄追杀她，醒来吓出一身冷汗。

该来的总得来，躲不掉。听到用人报出朱杏子的名字，她顿时一惊，缓了缓，才起身，叫把人带到西厢房的起居室里。

那母女俩走进来时，汪少芬想故作轻松，但脸上的表情还是僵滞的，尤其是面对亭亭玉立的暹春，那眉眼就是景暄的翻版，她想到梦里的情景，便一阵胆寒。

"哟，稀客，哪阵风把你们娘儿俩吹来了？"汪少芬挤出一丝笑容。

朱杏子冷冷一笑道："你倒是认得我？"

"那是自然。早就晓得你呀。"汪少芬的话里带刺。

"那就好。"朱杏子坐到对面的太师椅上。

汪少芬不看她，转头对暹春说："我现不管店里的事了，你有事直接找你叔叔说吧。"

不等暹春答话，朱杏子已开了口："你不知道我们之间还有笔旧账未了？"

"什么旧账？你别无事找事啊。"汪少芬故作轻松地一笑。

"你想赖账，那我就跟你说一说。"朱杏子也不温不火。

"我告诉你，现当着姑娘伢的面，我不想说你的丑事，你自己放尊重点。"汪少芬开始耍横了。

"你不就想说我生了私伢？"朱杏子轻轻一笑道，"没关系，暹春早知道自己的身世，她都这么大了，这也是她要了结的事。"

"跟我有什么关系，我不欠你们的。"汪少芬说。

274

"事到如今，你竟没一点悔过之意？"朱杏子用颤抖的手指向她的脸。

汪少芬歪了下脑袋，满不在乎道："我孙子都在地上爬了，我有什么悔过的？"

一旁的暹春已被对方的厚颜无耻激怒了，她走到汪少芬跟前说："你孙子是去栖隐寺磕了多少头得来的，你知道孩子来之不易，为何当初要弄死我？"

汪少芬呆了呆，还在否认："我没有……"

"寒天冻地，你要用人把我扔到野地里，人家不忍心，把我放在吕家铺子门口，不是吕掌柜救我，我早就死了……"暹春忍不住哭道。

汪少芬不吭声，脸已经白了。

朱杏子指着她说："不是你使坏，我和景暄已经结婚了，他就不会出走，暹春也不会有那么多磨难。"

外面的孙子在喊太，汪少芬抖了一下，朝外喊了声："别过来！"赶紧关了房门。

孙子在哭，汪少芬一时待不住，对母女俩说："那幢房子也没卖，留给暹春了，你们还要怎么样？"

暹春冷冷一笑道："那房子本就是我祖母的房产，跟萧家没关系，与你更没一文钱的关系！"

汪少芬愣了愣，说："那你们要怎么样？"

暹春直视着她的眼睛，问："你得老实坦白，我祖父是不是你害死的？"

汪少芬哆嗦了一下，说："没有，他是心脏病发作去世的。"

暹春说："你还想否认？"

汪少芬呆呆地望着她。

"你一直想独吞萧家的财产，把祖父骗到四川后，还不甘心，怕祖父唤回大儿子，就在他服用的中药里放入麻黄，以致他心衰而死⋯⋯"

"你胡说⋯⋯"汪少芬还想抵赖。

"祖父去世后，你怕贴身的丫头泄露秘密，又起了杀心，叫人把她扔到江里，不想老天有眼，她被一放排人救起，那丫头后来跟放排人辗转到了湖南，认识了我姆妈，说出了一切⋯⋯"

"她还说了什么？"汪少芬抖动着嘴唇。

"仲平叔⋯⋯也不是我祖父的儿子。"

"瞎说⋯⋯"

"那丫头亲耳听祖父说过。"

汪少芬瘫坐在一边："胡扯，你们冤枉人⋯⋯"

朱杏子指着她的鼻子骂道："你这个歹毒的女人，谁遇上你就是谁的不幸。到现在你还想抵赖，不忏悔你的罪过，等着老天爷收拾你吧！"

汪少芬惨白着脸，直瞪瞪地望着母女俩离去。

朱杏子回家后，一直没有说话。暹春也一样，心中的一口恶气出了，但也殃及了无辜，萧仲平，怎么可能不是她的亲叔叔？她接受不了，但面对汪少芬的无耻抵赖，她还是忍不住说出了口。

这秘密是祖父心中的痛。如果祖父在天有灵，会赞同她做这件事的，她也就释然了。唯一无法面对的是仲平叔，她不会告诉他这个真相，谅汪少芬也不敢，但是事情的发展由不得她，母女俩去萧家的事肯定会传到萧仲平的耳朵里，他如果细究，一定会问出点什么，或许会来找她，但萧仲平是有羞耻心的，他也不好问什么，彼此的关系从此也就淡了，她不愿想以后的情形。

晚饭后，遐春上楼来，见朱杏子在房间清理东西。

"姆妈这是做什么呀?"遐春问。

"明天回洗马长街。"

"能不能不走?"

"不能。"

"沈家不来往就行了，管他呢?"

"伢呀，你不懂，这十几年我改名换姓没来往，最终还是断不了啊。"

"这次就断了。"

"不行的，那我就对不住你了。"

"有什么对不住的?"

"你不知道人的贪心，住长了，我会真把这当成自己的家了。"

"这本就是我们的家呀。"

"潘家楼才是我有名有分的家。"

"好了，"遐春过去扯下朱杏子手里的衣服，关上皮箱，"就听我的，在这住着，这就是你的家，没人会说你。"

朱杏子苦笑一下："再住下去真会惹出事来的。"

"会有什么事? 不理他就行了。"

朱杏子没吭声。

"别走了，一直陪着我，好吗?"遐春俯下身问。

朱杏子瞧着遐春期待的眼神，勉强点了下头。

"好，我回自己屋去了，姆妈也早点休息吧。"

遐春回到房间，一时感到沉闷，她推开窗户，夜幕中几点星光在闪烁，近处的路灯光照着空寂无人的街道，戒严令下的夜，笼罩着一股肃杀之气。想着白天发生的事，她又一阵难受。

早上出门前。看朱杏子还没起床，便轻轻道了声："姆妈，我去店里了。"

"嗯，过点细呢。"朱杏子应了声。

暹春出门后，正走在巷子里，忽见桂嫂匆匆走过来。

"暹春，萧家出事了。"

"什么?"

桂嫂小声说："汪夫人昨天下午就不见了，有人看见她往江边去的，晚上戒严不能出门，现萧永康的人在四处找呢。"

暹春心里一紧，马上想到了一个人，忙问："仲平叔现在哪?"

"他一人关在屋里不吃不喝，"桂嫂凑近她耳边说，"昨天听说你们娘俩找过他姆妈，就把用人叫来问了个详细，汪太太得知后，就出了门。"

暹春说："就怕这样。"

桂嫂说："我来告诉你，想你去劝劝他。"

暹春摇了下头说："他现在是不愿见我的。"

"不会吧?"

"或许以后都不会再见了。"暹春难过道。

桂嫂叹了一声，只得劝她："你也不要多想，汪少芬是什么人我们都知道，她是自作自受。"

暹春闷闷地往前走，桂嫂也顾不得，自往萧家去了。

街道两边的店铺都刚刚开门，有的在忙，有的在谈论，看到暹春过来，便停下了话头："暹春，萧太太投河了呢。"

暹春眉头皱着，默默走过去了。

到了吕家铺子，只有刘爱华在柜上坐着，说咪毛一早就出去了，找木划子去寻萧太太。

暹春走到里屋，也没心思做账，就那么呆坐着。不知过了多长时间，听到毛姨过来喊："暹春，你姆妈走了，回洗马长街去了。"

她顿时一抖，泪水呼的一下涌出了眼眶。

萧家沿着长江汉水寻了几天，没有找到汪少芬，死活不知，自然不好办丧事，就一直悬着。但一团乌云还罩在头顶，尤其是萧仲平，整天阴沉着脸，不再有以前和蔼的笑容，像换了一个人。

这天中午，桂嫂弄了几样时令菜，央咪毛去把萧仲平请来尝尝鲜。咪毛去了也不说什么，拉起萧仲平就往外走。

萧仲平说："有事你说，拉我做什么？"

咪毛说："我没什么说的，是桂嫂找你。"

"我不去。"他站着不动。

咪毛说："桂嫂这几日为萧家忙前忙后，现在人家有心请你去坐下，就这么不给面子？"

萧仲平与咪毛亲如兄弟，也只有咪毛敢这么说他，何况桂嫂也如亲姐姐似的，难过的时候，唯有两人可以说说知心话，也就应了。

桂嫂特地安排在雅间，萧仲平一看暹春也在，顿时有些不自在，桂嫂也不管，还把暹春拉到他身旁坐着。

桂嫂端上了排骨煨藕汤、蒜苗烧鳝鱼、豌豆梅菜肉丁、青椒爆腰花、炒竹叶菜几样本地菜，一时香气扑鼻，又拿出自酿的米酒，萧仲平连忙把杯子移开，说不喝酒。

桂嫂说："糯米酒是补气血，又养胃，这几日你没吃几口饭，喝点补补身子。"

他没动，桂嫂便拿起杯子倒上酒。

暹春也斟上小杯，等桂嫂坐定，她端起杯子说："我先敬咪毛叔和桂姨，这几日忙前忙后，辛苦了！"

二人说，莫客气，应该的。

暹春又给身边的萧仲平夹菜，要他多吃点。

萧仲平迟疑了一下，拿起了筷子。

暹春端起杯子说："仲平叔，我敬您！"

萧仲平没动。

咪毛看不过，在一边劝道："伢给你敬酒，你得答应一下吧？"

暹春一时激动起来，涨红脸说："仲平叔，我不想伤害您，但确实又伤到您了，实在对不起！"

萧仲平被激了一下，端起酒杯说："暹春，是我们对不起你！"

暹春听到这话，心里一酸，不觉哽咽道："仲平叔，我们是亲人，您对我的好我一直记着，您永远是我的亲叔叔！"

仲平的眼眶也红了，他一口把杯中的酒饮尽，桂嫂又把酒斟满。

仲平端起酒杯，与几位一一相碰："我敬你们，你们都是我的亲人！"

咪毛也动情道："我本是孤儿，从小被萧太太收养，跟着大少爷一起长大……我当然要报答萧家，都是应该做的！"

桂嫂也端起酒杯说："这么多年，没有你们的帮衬，就没有我的今天，我得感谢老天爷让我遇上你们！"

彼此畅快地袒露心声，心情忧伤的萧仲平，被糯米酒香浸润着，脸颊渐渐现出红晕，眉头也舒展开来。

第三十章　天亮

五月的暖风在树梢间吹拂，在流动的衣袂上飘动，也传送着一些消息，解放军已接近汉口城外了。城内还在加紧修筑工事，策划着搬迁，秘密搞一些破坏活动。一些特务也在大街小巷里出没，充斥着紧张和不安的气氛。

吕家铺子门前，也时有陌生人晃悠，咪毛与暹春防备着一切，见缝插针地开展工作，咪毛已策动汉正自卫总队副队长，对方又串联了多名中队长以上教官。

暹春又与萧永康、孟记药铺几家商量，请一次会钱，预备汉正自卫队维持治安的警饷。

那天忙到下午，几家的会钱基本到账，暹春刚松口气，忽见陈瑾格急匆匆地进了门。

暹春知道有事，不等她问，陈瑾格就开了口："武昌平湖门外有三只小火轮要被炸毁，现需要一些银圆去与爆破者疏通。"

暹春听了便说："法币和金圆券不值钱，幸好兑换了一些银圆备着。"

"那太好了。"

暹春到银行金库里取了四十枚银圆，包好装进布袋里，便与陈瑾格一同去了集稼嘴码头，两人乘坐木划子，摇到汉阳对岸的高公街上岸，路过大名鼎鼎的周恒顺机器厂，却见大门紧闭，处于停工状态。两人没经过洗马长街，又沿着江边走了一段，来到汉阳东门码头，等了一会，过江轮渡便到了。

暹春第一次乘船过江，看到长江比汉水宽阔不少，两岸的风景也显得低矮朦胧，阳光在波浪上闪着金光，一片一片地变幻着，江鸥在四周飞翔，时而听到大轮船的汽笛声，沉闷而悠长。

不一会，船停靠在武昌的平湖门码头，还没下船，便见刘锦在趸船上向她们招手。

"锦哥怎么来了?"暹春笑着招呼。

刘锦小声说:"临时救济委员会派我过来的。"

他带着两人出了码头，随后上了停在路边的一辆吉普车。

到了车内，陈瑾格才舒了口气说:"我这护花使者一路可不轻松呢。"

刘锦笑道:"嗯，做得不错，提前到达。"

暹春说:"原来瑾格姐是锦哥的通信员呀。"

陈瑾格连忙否认:"他一时找不到人，就拉了我的差。"

车开了不远，就在平湖门外的滩地停下了，见岸边果然停泊着三艘小火轮，几个士兵正在往船上搬运炸药。

刘锦与司机先下了车，要她俩在车上等着，价钱事先已谈妥，他们去把那领头的叫来。

一会两人带着爆破手过来了，刘锦要暹春拿出三十块银圆交给对方。那人接过钱，朝刘锦点点头，便走了。

陈瑾格有点不放心，要跟过去看，刘锦制止了她:"都是中国人，相信他们还没丧失良心!"

不一会，便听见扑通扑通的响声，几个兵在往水里扔炸药，约莫半个钟头，小火轮便开动了。

"他们这是往哪开?"暹春问。

"开到湖弯处隐蔽起来。"刘锦道。

陈瑾格忍不住握了一下刘锦的手。

此时，天边布满绚丽的晚霞，映照着静静的江面，流光溢彩。

"中国人民将要在伟大的解放战争中获得最后胜利，这一点，现在甚至我们的敌人也不怀疑了……"刘锦情不自禁地诵读着。

陈瑾格说："这是毛主席写的新年献词《将革命进行到底》。"

"我在收音机里也听过。"暹春兴奋道。

刘锦朝她俩会心一笑："天快亮了！"

"天快亮了！"他们对着美丽的江天喊道。

五月十五号是个礼拜天，一大早，汉正街的人照例打开了排门，忙碌的忙碌，闲散的闲散，跟平日没有两样。

变化是从下午开始的，不知谁家先关了店门，接着又有一家，两家，三家……恐慌在空气里漫延，四下里传递，汉口江边聚集着一队队国民党兵，准备南逃，店主们担心被抢劫，索性关门大吉。

热闹的街道变得寂静无声，大家躲进了家门，又偷偷关注窗外的动静。

夜幕降临，疯狂的破坏便开始了，一阵阵爆炸声从江边传来，刺激着每个人的耳膜和神经，火光映红了江面，一艘艘轮渡和趸船瞬间灰飞烟灭。

这一晚，注定是个不眠之夜。

静寂的汉正街，也出现了晃动的人影，暹春与合唱团员们正在四处张贴《武汉市民临时救济委员会通告》。

前因战火迫近武汉，恐一旦延及市区，则灾害难免。

武汉人民团体、慈善团体、省市耆宿及社会热心公益人士，本此情势需要，共同组织武汉市民临时救济委员会，办理临时救济及维护全体市民安全事宜。刻下局势转变，武汉已成真空地带，自应加强负责维持地方治安，保护人民一切生命财产。当此非常时期，务望我全体市民同胞，发挥互助精神，竭诚合作，力持镇静，各守岗位，各安生业，以期安堵如常。倘有不肖之徒，乘机扰乱，肆意破坏，或杀人放火，或抢劫奸淫，或寻仇报复，定当执行人民之公意，立予逮捕，交付严惩。

特此通告周知。

常务委员会召集人

张难先　李书城　耿伯钊　夏斗寅

艾毓英　陈　时　陆德泽　邱伯衡　陈经畬

中华民国三十八年五月十六日

他们一路来到利济路电厂，又到永宁巷粮仓，看见戴着袖标的民众自卫队员与起义的警察在四周放哨巡逻，暹春心头的一块石头落了地，幸好前日把筹集的警饷送去了。

黑夜终于过去，黎明悄然降临，新的太阳升起来，金色铺满了大地。

下午，汉口中山大道成了欢腾的海洋，人们敲锣打鼓，挥舞着红旗，迎接一队队解放军进入市区。

暹春不顾一夜的疲劳，与合唱团员走上街头，他们唱着"解放区的天是明亮的天……"跳起了欢快的舞蹈。

"暹春——"

她听见呼唤，转头四顾，看见汉树从队伍中向她奔来。

"哥，你也回来了!"暹春惊喜道。

"我就在城外，随军做了向导。"汉树兴奋地说。

"好啊，我们又能在一起了。"

"是的，我们再不分离。"

阳光下，暹春的脸犹如刚刚绽放的春花，汉树忍不住拉起她的手。

"你带我去哪?"暹春羞红了脸问。

汉树也不管不顾，拉着她在欢庆的人群中穿梭着，一直走到品芳照相馆门前，才停下了。

"今天是个好日子，我们进去拍张合影，结婚吧?"他说。

"好!"暹春快乐地答应了。

照相机定格了两张幸福的脸。

这一天，是汉口解放之日，也成为他俩的结婚纪念日。

第三十一章 初生

汉口的街头巷尾贴满了庆祝解放的各色标语，马路上走着一队队游行的人群，全都拥向中山公园，去参加七大名城解放的庆祝大会。

暹春四处召集，把合唱团员组织起来，又拉了些店铺老板和伙计，组成了一个汉正街的方队，他们冒着霏霏的细雨，举着旗子，敲着锣鼓，扭着秧歌，一路唱着，到达中山公园公共体育场，便融入了欢腾的海洋，这边扭着秧歌，那边舞着龙灯，红旗如海，锣鼓喧天。

主席台上，一颗红星闪耀在最上方，八面红旗并排左右，正中悬挂着毛主席、朱总司令的巨幅画像，在悠扬的军乐声中，大会开始了，首先通过了以军管会、市人民政府和各界人士组成的三十多人的主席团，然后由市长致辞。

穿黄军装的汉树负责会场的警戒工作，此刻他就守卫在台下，目光时而扫视着会场四周。

暹春坐在观众席里，瞧见一脸庄严的汉树，不觉荡起笑靥，眼前又浮现上周在桂嫂菜馆里的情景。

"我说过，解放了我们就结婚……"汉树红着脸对亲朋好友表白道。

酒桌上围坐着朱杏子、萧仲平夫妇、咪毛夫妇，还有陈瑾格和刘锦，几位便埋怨汉树搞突然袭击，不给他们准备，结婚也太简单了，没个仪式不说，连家具都没打一件。

咪毛只得替汉树打圆场，汉口刚刚解放，汉树又忙，一时也来不及操持。

萧仲平却想不通，他是讲究传统的人，虽说新社会喜事简办，总不能太亏待了暹春。

母亲朱杏子不好说什么，她心里清楚暹春面临的难处，如果按萧仲平的意思办，萧家就是暹春的娘家人，汉树要上门迎娶，可暹春和汉树从小在一起，本就是兄妹，再说暹春姓吕，也不姓萧。如今解放了，那些往事更不好再提起。暹春这样简单地结婚，可能也是两人商量好的。见暹春穿着她祖母留下的紫旗袍，又心里酸酸的不是滋味，不觉抱怨道："这么草草地嫁了，连件新衣裳也没做。"

暹春笑道："这旗袍是我最喜欢的一件衣服，平时忙里忙外不舍得穿，今天这么重要的一天，我当然得穿上。"

秋娘赞不绝口："这旗袍真好，这质地，这做工，现在怕是找不到这么好的裁缝了……"

忙着上菜的桂嫂也说："这旗袍穿在暹春身上就是好看，故去的萧太也会保佑她的。"

陈瑾格自然帮着暹春："他们是革命青年，带头婚事简办，也是人民政府提倡的。"

萧仲平就怕提起政府二字，自己以前的那些事要被上面掌握了，他还怎么过活？现汉树在市政府工作，他已有三分畏惧，便不敢多说，怕汉树为此烦他。

汉树正跟几位讲着："现在刚刚解放，美蒋特务还在到处搞破坏活动，市政府保卫部门任务繁重，我现被抽调过去，也是增加这方面的力量……"

萧仲平便问："特务是些什么人呀，汉正街里有吗?"

"汉正街里鱼龙混杂，有可能是特务的藏身之所。"

"哟，可怎么发现他们?"

"总有办法的。"

……

又一阵的掌声打断了暹春的回忆，大会已近尾声，主席台上的嘉宾在陆续离场，却不见汉树的身影。

暹春环顾四周，看见汉树在吉普车那站着，护送首长们离去，她知道等不了，便随着人流往外走。

背后有人拍了她一下。

"瑾格姐，你们也来了?"暹春惊喜道。

"这么大的阵势，还能少了我们纺织工人?"

"那是，纺织局大员得亲临呀。"暹春揶揄道。

"别笑了，他们刚刚组建，我也是去帮忙的，留下还说不定呢。"陈瑾格说。

暹春不由问："你在纺织厂做过，熟悉业务，留下很正常呀?"

"各种资历都有，"陈瑾格挽着她往假山那边走，"旧府的人员基本还在，目前也维持着老的框架，现又有立过战功的军人、地下党组织的成员和一些城工人员输入进来，我也是其中一分子，一时还没理顺。"

"你想留下还有什么难的?"

"我是一颗螺丝钉，哪都行。"瑾格说。

暹春笑着拍了她一下。

"锦哥今天也来了吧?"

"这样的场合还少得了他。"

"你们的婚事几时办呀?

288

"快了。"瑾格含混道。

"上次也说快了，是下个月，还是下下个月？"

"还没准备好呢。"

"准备什么呀，我和汉树不也没准备？"

"我们不一样，两边的父母都是老观念，听不得什么自由恋爱，讲究门当户对，明媒正娶。"

"现在解放了，旧的那套都不提倡了呢。"

"老传统沿袭了几千年，哪那么容易破除的？"

"锦哥那么优秀，相信你父亲会答应的。"暹春安慰道。

瑾格叹口气说："刘锦的父母也守旧啊。"

"你们就各自回去做工作吧？"

"现这么忙，哪有时间。"

暹春感觉到瑾格的忧愁，这不像平时快人快语的她，人生大事是道坎，对面是家人，也是旧的自己。

"跟我们学学，先结婚再说。"暹春劝道。

瑾格苦笑了一下说："那又得脱层皮。"

"为爱也值得啊。"

瑾格摇了下头说："我也没准备好，怕生孩子，我妈就是难产死的。"

暹春结婚时也没考虑那么多，但孩子的降临总是要面对的，想到自己出生时的艰难，不觉触动："我也不想生孩子。"

瑾格笑道："结了婚就会有孩子，由不得你呀。"

暹春说："我就不生，又能怎样？"

瑾格急道："唉，你劝我的，自己倒被套进去了，这要出什么纰漏，汉树得怨我了。"

"还不是怪你想法多。"暹春噘嘴道。

"行，我再想想，可以吧？"

暹春把她一挽道："这就对了。"

汉树骑着自行车从洞庭街出来，已是傍晚时分，街道两边的房屋在暮霭中变得朦胧，刚刚亮起的路灯光像是瞌睡人的眼。

临到下班时，老许又召集了一个紧急会议。武汉解放后，即成立了军事管制委员会，老许在军政部里任副处长，事务冗杂，人手不够，本要去区里的汉树也被抽来协助工作。

汉树每天忙得连轴转，总是到晚上才回到家，跟暹春结婚后也没在一起吃个饭，本想中山公园庆祝大会后好好慰劳一下她，两人一起去六渡桥的老会宾酒楼吃顿晚餐，临时又有任务，只得取消。

从洞庭街拐入繁华的江汉路，霓虹灯都亮了起来，马路四周被照得流光溢彩，四明银行大楼上还悬挂着长达八丈的"庆祝武汉、南京、上海、西安、南昌、杭州解放"的红布金字条幅，镶有彩灯的四角熠熠生辉，时尚男女们倘徉在五光十色的街道上，也构成了夜汉口的绚烂多姿。

汉树在一片片光影里穿行着，目光扫到九华绸缎庄的橱窗，明亮的灯光里，各种花色的布匹璀璨夺目，吸引着一些人驻足观看。汉树想起鸿兴织布厂曾亚东老板是这里的股东，他的大儿子振五在店里管事，不由下车，随着人流走进店里。

振五正在给顾客量尺寸，听到汉树在叫，大眼睛一下亮了："稀客呀，哪阵风把你吹来了？"

汉树笑道："我现在洞庭街上班呢。"

振五问："是在军管会吧？"

"目前是。"

"好啊。"

"九华的生意总是好呀。"汉树望着川流不息的顾客说。

"目前还行，不知以后怎样呢。"

汉树正要说什么，振五又被店员叫一边说事。

一会振五过来，转问汉树道："今天是给暹春姑娘买布?"

汉树道："结婚也没顾得上给她做件衣裳，想弥补一下。"

振五说："知道了，花色你先挑，我留着她的尺寸，要她再来量一下也行。"

汉树说好。振五便给他推荐了几款花布，汉树看了一下，挑了一种水红起紫花的绵绸，振五说："好眼光，这布料柔软吸汗，色彩明丽又不艳俗，暹春穿上一定好看。"

振五根据暹春的尺寸量好了布，汉树掏出钱来，振五忙推开他说："我送给暹春姑娘的。"

汉树说："那哪行?"非要给他。

振五硬是不要，责怪道："你要给钱就见外了，我家跟萧家不是一两天的关系，你和暹春结婚也没告诉我，总得让我表点心意吧。"

汉树不好意思道："这怎么好，让振五叔破费。"

振五摆摆手说："一点薄礼，不足挂齿。"

汉树道过谢，告辞出来，又骑车往家奔去。

汉正街已亮起灯火，店铺有的还开着，有的在上排门，准备打烊，挎着竹篾篮子的老妇在街头叫卖："糖麻花、盐麻花、傲子枯麻花、金牛酥麻花……"食物的香味与弥漫的烟气诱惑着人的胃。

汉树饥肠辘辘，此时对家的渴望不仅是新婚的妻子，更是一桌热气腾腾的饭菜，想暹春可能在等着他，越发加快了骑行的速度。

前面杂货铺乱哄哄地围着些人，一看是顾客与店员在争吵。

"为何不收人民币?"

"老板只说收银圆，我也没法。"店员双手一摊。

"把你们老板叫来。"

"他不在。"

"你不收我就砸店，看他来不来？"

这时老板从里面出来，对那顾客说："又不是我一家不收，你看看几家敢收，现人民币一直跌，我不能亏本做生意，你说是不是？"

旁人议论纷纷，抱怨买东西不方便，还要拿人民币换银圆。才刚刚解放，这人民币要是跟金圆券一样贬，可怎么得了。

汉树推着自行车进了巷子，处里刚开过紧急会议，就是市面出现银圆挤兑人民币的事。刚才他掏钱时振五叔没要，是否也有这层因素？

毛姨听见门响，一看是汉树，便说："姑爷回来了，做好的饭菜已经放冷了，我再去热热，你先喝口水。"

"暹春没回来呀？"

"没呢。"

汉树走进堂屋，倒了杯水咕噜咕噜喝下，干渴的嗓子得到滋润，周身的疲惫感不觉消释了些。

毛姨端上一碗干豆角烧肉，一碗炒白菜。

"快吃吧，饿坏了。"

"等等暹春吧。"汉树说。

"你先吃，要不够给她下面。"

汉树说："你也饿了，一起吃吧。"

毛姨给汉树盛了碗饭："我刚才吃了两个红薯，现肚子还饱着呢。"

汉树扒了几口饭，嚼着干豆角，忍不住说："好吃！"

毛姨说："这是去年晒的，今年还没做呢。"

汉树愣了一下，不由问："给你买菜的钱不够用吧？"

毛姨说："菜都涨了价，不敢多买。"

汉树问："其他涨了没？"

"涨了哟，米涨得更厉害，有的米店不开门，有的偷偷变高价，还只收银圆。"

汉树默默扒完碗里的饭，放下筷子，起身进了厨房。

毛姨说："添饭呀。"

炉子上热着半锅红薯，他打开米缸，里面只剩小半缸米，不由拿起锅里的红薯嚼着。

这时门响，暹春回来了。

"好香啊。"

汉树把红薯分了小半给她："又忙到打烊才回？"

"别的店不收人民币，只有我们店在收，顾客就多。"暹春说。

"好事啊。"

"再跌也扛不住了，不能太亏了呀。"

汉树嚼着红薯，没作声。

"今天没做饭吗？"暹春问。

汉树小声说："做了我俩的饭，毛姨舍不得吃，只吃红薯。"

"快来吃饭吧。"毛姨在屋里催。

暹春进堂屋喝了口水，说："毛姨，这两天我们不在家吃饭，你就吃红薯打发呀？"

毛姨说："我抽空回家了一趟，也吃了面的。"

汉树笑道："毛姨是老实人，不会说假话。"

暹春盛了两碗饭，说："毛姨，来吃饭，我俩一人一碗。"

"我吃饱了，你让姑爷吃。"毛姨推让着。

"我也吃饱了。"汉树说。

"吃菜吧，光吃红薯哪行？"暹春将她拉到桌边坐下。

毛姨夹了两口菜吃，便退出去了。

暹春一边吃饭，一边说："米价要再涨下去，就真得每天吃红薯了。"

汉树说："我们刚开了会，正要解决这个问题。"

"怎么解决？"

"明后天就要下乡去筹集粮食。"

"现到处在打仗，道路不通，哪来的粮食？"

"总有办法的。"

"你也去吗？"

"肯定哪，我熟悉环境。"

"又得好几天不着家了吧？

汉树望着她，歉疚道："忙过这阵，就会好些的。"

暹春说："不是怨你忙，是心疼你。"

汉树心里一热，伸手揽过她，两人相拥着上楼去。

第三十二章　较量

盛和粮油店前排着长长的队伍，毛姨拿着粮袋也加入了其中。店门还关着，一些人等得不耐烦，在使劲地拍门。

门闩哗啦一响，里面的伙计把价牌挂了出来，吵嚷声便炸了锅一般。

"搞鬼，一礼拜不开张，一开门就涨这么多。"

"怎么得了，一天一个价。"

那伙计把手一摊："现在汉口周边的粮食供应中断，我们也没办法。"

"囤积居奇，操纵市场，哄抬物价！"有个戴眼镜的先生气愤道。

一些人便跟着骂起来。

前面的人在吵闹，后面的人担心没米，便拼命往前挤，不知把谁撞到一边，那人呼的一下反手将挤他的人打了个趔趄，旁边的人便起哄，有的趁机掏人家的口袋，又引来一阵叫骂声。

毛姨站在太阳底下直冒汗，耳朵被吵嚷声震得发昏，这时有人拉了她一下，一看是咪毛。

"站了半天队呢。"她埋怨道。

咪毛照顾吕家铺子，又兼着汉正街商业工会副主席一职，还得时常忙些商会的事。刚接到上级要开国营粮店的通知，便来河边的粮油店看看情况，就遇到粮油店前在闹腾，他姐姐还傻呆呆地排着队。

"这么高的价，还去买，苕了个死的。"毛姨被他拉着往前走。

"家里的米所剩不多，不买点怎么办?"

"政府会管的，汉树不是筹粮去了吗?"

咪毛不好跟姐姐明说，总算把她劝回去了。他在附近又转了几圈，问了几家粮店的情况，才往汉正街商会而来。

萧仲平正在商会里坐着，他兼着副会长之职，与咪毛时有磋商，现见咪毛回来了，忙给他倒了杯水。

咪毛咕咚两口喝完水，抹了下嘴说："几日没开门的盛和粮店，今天也开了。"

"涨得狠吧?"

"那还用说。"

萧仲平顿了一下，问："看到合适的铺面吗?"

"江边有个闲置的堆栈，改成粮店问题不大，离永宁巷粮仓也不远。"

"没透露国营粮店吧?"

"那自然。招人还得秘密进行。"咪毛说。

"这事得你负责。"萧仲平说。

"怎么是我?"

萧仲平说："上头指明要品德好，觉悟高，又懂经营的人，只有你最适合。"

咪毛拱拱手："惭愧!"

萧仲平说："吕家铺子一直在做亏本的生意，也不敢请伙计，忙起来就你和暹春硬顶着，还时常把爱华嫂子拉来守店，这些我都知道。"

咪毛听萧仲平提起这些，也触动了心绪，不禁说："当初我跟码头上的一些人厮混，景暄哥找到我，要我管理店铺，后来才明白他是让我远离那些流氓地痞，走正道。一晃十多年了，吕家铺子几次关闭，那次还被抓去……好在铺子还是保存了下来，现在汉树和遄春都长大成人，也该交给他们了，但一时要离开，还有些舍不得。"他眨了下小眼睛，似要弹去泪花。

"吕家铺子幸亏有你，才有今天。我大哥没有找错人，你没辜负他的期望。"

"我是尽力了，遄春聪明能干，铺子交给她不会错。"

萧仲平说："我从萧永康抽两个利索人供你调遣，吕家铺子我也会关照的。"

"多谢。"咪毛作揖。

"莫客气。"萧仲平笑着拱手。

咪毛被调去筹备国营粮油店，吕家铺子的担子就落在遄春的肩上，她要操心收支盈利，还要考虑进出货物。解放前为了给前线提供物资，吕家铺子进货品种多，除了药品，还兼卖生活用品，柜面显得繁杂凌乱，也失了风格，遄春就寻思恢复最初的经营模式，只售药品。

她在店堂里站着，左看看，右看看，进进出出的人无形就多了，有的也不买东西，就是为了一睹遄春的风采。

"结婚后更好看了。"女人羡慕道。

"爱的滋润呀。"另一个揶揄。

有的也不吭声，走出去了又回过头看。

遄春知道有人喜欢她，结婚也为了杜绝人家的妄想。但总有一两个贼心不死的，时不时在吕家铺子晃悠，当时咪毛在柜台镇着，就没有人敢拢边，现咪毛不在，遄春是店老板，总得要出面，有人就趁机来找她搭讪，套近乎。

"暹春姑娘忙呀。"又是做皮包生意的崔少爷。

暹春正忙着点货，两条长辫子在细腰间荡来荡去，勾得人心驰神往。

他见暹春不理，越发凑近身问："暹春姑娘，我要的紫河车到了没有?"

"没有呢。"

"这东西就这么难弄吗?"

暹春脸转向一边："你知道难弄，还问我干什么?"

"你是女人，好弄呀。"他色眯眯地说。

暹春不理，走到柜台另一边，拿起苍蝇拍子，上下挥着。

"汉树时常不着家，你受得了吗?"

暹春没理。

他又凑近了说："你家没米吃了吧，晚上我给你送点过去。"

"不要。"

"那你要什么，我都给。"他笑嘻嘻地说。

啪的一下，暹春重重拍到柜台上，震得他一惊。

刘爱华上完厕所回来，一看情形，便叫："崔少爷，你堂客在找你呢。"

崔少爷嘟囔道："这婆娘，一会不见就找。"

暹春便说："喊嫂子来店里坐坐吧。"

崔少爷忙说："我来买药，要她来做什么?"

刘爱华说："暹春是军管会家属，军管会是什么都要管的。"

崔少爷的脸僵了僵，转头往外走："无事找事。"

等他出了门，刘爱华便撇嘴："来晃悠几次，就像只苍蝇。"

暹春说："他除了嗡嗡几声，也不敢怎样。"

"总这样也不是事，"刘爱华往周围扫了扫，"得有男人在这镇着……"

"你说了我是军管会家属呀。"暹春笑。

"要安个喇叭广播……"

这时，一婆婆走了进来。

"买两盒虎骨追风膏。"

刘爱华从柜里找了找："只剩一盒了呢。"

"先买一盒吧，"婆婆掏出钱来，"收人民币吧?"

"收呀。"

"走了几家药店，不是卖完了，就是不收人民币。"

暹春说："我们也是亏钱在做。"

"这怎么得了，人民币老是跌，粮油不停地涨。"婆婆叹气。

"会解决的。"

"你知道呀?"婆婆将信将疑。

刘爱华连忙接话："她是军管会家属，你说知道不知道。"

暹春便拍了她一下。

婆婆见此，便说："难怪一直收人民币呢，有后盾哪。"

刘爱华说："这是两码事。"

婆婆笑了一下，拿起东西说："我也信你。"

等人一走，暹春便埋怨刘爱华："不要再提军管会家属了，免得人误解。"

刘爱华见她生气了，忙说："我也是着急，一不留神就蹦出来了。"

"要传出去，还真以为我们铺子得到什么优待。"

"还没想到呢，那怎么办?"刘爱华也着急了。

"随他吧，清者自清。"

暹春一挑帘子进了里屋，瞧着桌上堆的单据和账本，一时觉得好累，连日操心断货和亏损，还要面临无端的骚扰和猜忌，不知道自己还能坚持多久，她才感受到咪毛叔当初承受的压力。她呆呆地坐着，不觉想念起出差在外的汉树，一个星期不见，也快回来了吧。

夜幕又降临了，星星眨巴着眼睛，与人间的灯火两两相望，汉正街沿河一带忙碌的粮油行都打了烊，排门紧闭，只有江边几家吊脚楼还亮着灯，烧卤馆和茶馆门里进出着客人。临近午夜时，灯火越是黯淡迷离，市声也稀薄了，只闻江水拍打着堤岸，搅乱了落在水中的月影。

这时，杨家河码头边又有人影在晃动，瞅见小河里出现了两条帆船，由远而近，有人便跑上台阶，向岸边的粮店报信："来了，来了！"

守在店里的咪毛叫了声好，便快步下了堤岸。

帆船一到达岸边，有人便一下跃上了岸。

"汉树！"

"咪毛叔！"

"运回来了吧?"

"那还用说，赶紧搬！"

咪毛把手一挥，十几个搬运就跳上了船，油布掀开，露出码放整齐的粮食麻袋，便一一扛起，往岸上搬运。

汉树笑道："还是咪毛叔有办法，一下叫来这么多人。"

咪毛说："两天前就跟码头上的兄弟打了招呼，人家答应随叫随到，要不这深更半夜哪里找人?"

汉树带他上了后一条船，船上除了一袋袋粮食，还有成桶的菜籽油。

"还是你有本事，一下筹到这么多！"咪毛欢喜道。

汉树说："军管会早联系了天门县委，我们还没到，他们已到农户家中收粮食了。"

岸边的粮店亮起了灯，搬运工扛着麻袋往仓库里一层层码放。汉树走进粮店，里面约有篮球场大小，厚实宽大的柜台摆放着米筛、簸箕，还有斗、升等售米量具，地上放着磅秤，背面有芦席围成的米垛，垛的下方有出米的槽口，咪毛正叫人往垛里倒米。

"咪毛叔，这堆栈怎么找到的？"

"房主在六年前轰炸时没了，一直空置，后交由汉正街商会暂时托管，整修后改做粮店，倒还合适。"

汉树赞叹道："咪毛叔真能，一个星期就有模有样了。"

咪毛眨了下充血的眼睛："任务紧急，我只有四处觅宝，看到有合适的东西就借来一用。"

汉树搓了下格子储斗里的米："这是永宁巷粮仓发来的吧？"

"永宁巷粮仓的米没有动，可能是预备万一吧，这拨来的是军用粮油。"

"邓子恢同志现坐镇武汉，主持中南局工作，筹粮就是他亲自抓的。"汉树说。

"早闻邓子恢的英名，你这次被紧急调去筹粮，可谓兵贵神速。但粮商们都赚红了眼，也在拼命进粮呢。"咪毛说。

"领导已想到了，成立华中贸易公司就是为了打持久战，已派人北上华北，东赴江苏、上海、浙江，四处为武汉紧急筹粮。"汉树拍了下身上的尘土说，"我这次到天门，还有同志去了凉山……"

运粮的身影在黑暗中蚂蚁似的移动，船上渐渐地搬空了，一会粮店的灯也熄灭了，人影遁入一条条巷子，夜又恢复了静寂。

又一个黎明到来了，太阳一出来，汉水河边的盛和粮店门前又围了不少人，却迟迟不见开门。有的愁眉苦脸地等候，有的急不可待地叫嚷，又咚咚捶起门来。

"来了，来了!"胖伙计笑容可掬地打开门，随后挂上当日的价牌。一看大米每斤930元，人群里又炸了锅。

"巴妈又涨了，还要不要人活?"

"没看别人家都涨了，我们不能亏本呀。"伙计一副委屈相。

"你们还会亏本，赚饱了。"

……

一时吵吵嚷嚷。

有人正犹豫着，忽而看到一些人在往前面跑。

"国营粮油店开张了，米价便宜，赶快去买呀!"

这话像一阵风，顿时把这边排队的人刮走了。

盛和粮店一下变得冷清，胖伙计跑过去一看，国营粮店果然在出售平价米，门前已排起了长龙似的队伍，一些人生怕买不到，着急往前挤，就有戴袖标的工作人员在维持秩序，要不会乱成一锅粥。

伙计急忙跑回来，向老板禀报。

"他们平价供应，我们是不是也把价格调回去?"

盛老板轻蔑一笑。他是汉川过来的，打码头起的家，十几年的风风雨雨，能从小把头做到汉水码头一带粮油行的头把交椅，岂非等闲之辈。此时，他在粮食仓库里一边走，一边看，摸着那雪白的大米，轻轻吹了口气说:"工不如商，商不如囤。"

见伙计一知半解地望着他，便笑了笑说:"土八路们在战场上打国民党军队是有本领，但进城后不懂市场经营，打起商战可不是我们的对手。"

伙计说："可不下调粮价，没有人来买呀。"

"那就关门。"

"这样可行？"

盛老板又一笑："我们就跟国营粮店捉捉迷藏，你开门，我关门，你抛售，我就停售。"

"可是……"伙计欲言又止。

"别着急嘛，"老板拍了下他的肩膀，"国营粮店仓促开张，准备的粮食数量肯定有限。现在平价售粮食，只不过是装装样子。用不了多久，国营粮店就会粮尽库空，关门大吉。到那时，粮油市场依然是我们的天下。"

"老板真英明！"胖伙计忍不住恭维道。

咪毛不记得粮店里进来多少人，脑子一直是闹哄哄的，熟悉的，不熟悉的，都朝他眉开眼笑，满载而归，还是国营粮店好啊。

消息一传十，十传百，来的人越来越多，毛姨买了半袋米走出粮店，遇到桂嫂和伙计推着板车也过来了。

"来批发呀？"毛姨招呼。

桂嫂停下，对她小声道："趁着国营粮店没涨价，多进点。"

毛姨说："我也是怕涨价，昨天买了半袋米，今天又来了。"

"咪毛没说你？"桂嫂笑问。

"他忙得团团转，哪顾得上我，又不止我一个，多是买了一次又一次。"

桂嫂点头，看到盛和粮店的伙计又过来晃悠，故意说："现钱不值钱，我们做餐馆就更难了，还受得了一天天涨价？"

进了粮店，桂嫂看到咪毛在忙着称米，笑着说："店长生意兴隆啊。"

咪毛看到她，责怪道："还嫌我不忙，也过来凑热闹。"

桂嫂说："我可是头一次来哟。"

"你要买多少？"

"200斤。"

咪毛一听，便把她叫到一边，小声说："一下哪能买这么多？你买了，叫别人怎么办？平价米主要供应居民的。"

桂嫂着急道："不能买这么多，要涨价怎么受得了？"

咪毛笑道："你是被奸商吓坏了吧？"

"要没米卖了，难道不会涨？"

咪毛肯定地说："你放心好了。"

桂嫂半信半疑，其他人也在旁观，前来买米的依然排着长队。

一天，两天……国营粮店每天按时开门，价格不变，一个星期过去了，国营粮店的粮食照旧码得满满的，米垛堆得高高的。

阴雨绵绵的日子，国营粮店门前终于没了长队，但进出的人依然川流不息，有的买半袋，有的买几斤，再一手撑着伞，一手拎着米袋，轻轻松松往家去。

盛和粮店更显冷清，门可罗雀。盛老板望着垒得山高的米袋发着呆。

"老板，雨季到了，这些米再不出手就得发霉啊。"伙计急得又催。

他哪里会不知道？这批囤积的粮食卖不出去，积压仓库不说，资金无法周转，就面临着经营的困境。

"等等吧，"他还是不死心，经历多少次险境，他总能死里逃生，柳暗花明。他暗暗祈求菩萨保佑，这次也能蹚过险境，转危为安。

又苦苦等了几天，打探消息的人终于得到实信，军管会从各地秘密运进的500万斤粮食，除100万斤供部队使用外，其余400万斤全部投放粮食市场，平价销售给市民。

几个粮老板坐不住了，聚焦到盛和粮店，看老大的态度。

"国营粮店现一统天下了，我们不能等死啊！"

"我们也平价销售吧？"

"现在大家都相信国营粮店，不来我们私营粮店了，就是平价也干不过人家啊！"

一番叫苦连天，又开始唉声叹气。

盛老板默不作声，手上的粮食成了烫手的山芋，给谁都不会要，只有交给政府，但他不能首先认输，总得有个炮盍开头。

几位面面相觑，都等着别人先开口，但这样的空耗也实在难受。

终于有人控制不住了，嘟囔道："还是去找军管会吧，免得继续压仓压库，再这样下去，真要关门了……"

此话一出，压抑已久的愁绪就像找到了出口，顿时有人附和："也好，也好。"

但谁也不想做第一个，于是又有人提议，统一将囤积的粮食交政府销售。

"谁故意囤积粮食呀，还不是银圆一直涨，吃不消。"

"就怪国民党滥发金圆券，恶性通货膨胀，现只认银圆，不认纸币，银圆占领了整个市场。"

……

几位谈论着银圆，也找到一个出气口。

第三十三章　银圆

那天下午，汉树换上马褂，戴上礼帽，又出现在中山大道上。街面较往日显得有些冷清，行人匆匆，眼见九华绸缎庄进出的人也少了些，他正欲进门，却见振五叔拎着包从对面银行过来。

"振五叔！"汉树招呼道。

"哟，汉树，来取暹春的衣服吧?"振五笑道。

"我出来办事，路过这里。"汉树说。

振五把手里的包交给随行的店员，示意他先进去，回头对汉树小声说："抱歉啊，因裁缝没来上班，暹春的衣服还得耽搁两天。"

汉树一愣，不觉问："怎没来呢?"

振五犹豫了一下说："薪水没发，闹情绪呢。"

汉树见振五叔躲闪的样子，知道对方胆子小，不愿多说。还是忍不住问："振五叔，店里现在难吧?"

振五摇了摇头说："资金本来紧张，偏有讨债鬼登门，没办法。"

汉树明白过来："刚又去取银圆了?"

振五叹了口气说："被金圆券搞怕了，都不信任纸币，只用银圆，一些人又投乘机倒买倒卖，哄抬银圆价格……"他欲言又止。

汉树见他急着要进去，便说："那您去忙，我还有事。"

"那好，改日来坐坐。"

"好的。"

汉树又继续往前走。出了江汉路就是中山大道，马路对面一色的西式洋楼，处在十字路口的中国银行大楼尤其突出，引人注目的不仅是宏伟的外观，还有铜钿的光环。此时那门前又聚集着一些人，除了进进出出的顾客，便是做黑市生意的黄牛，三三两两的人堆里，说着隐秘的行话，汉树一走近，对方警觉地看他一眼，便避开，走到稍远的地方再谈交易。

也有人过来试探："换大头小头？"

"人民币怎么换？"汉树问。

"4500元一两。"

"涨这么高？"汉树吃惊不已，忙问，"银行不是规定550元换一两吗？"

"说什么梦话？还谈550，3500我全要了。"对方嗤道。

汉树没再理会。

他走进银行，柜台上取钱的人不多，也没有现银可兑。他在大厅站了片刻，便上了楼。走到二楼一间办公室，敲了下门。

"请进！"

"李科长，您好！"汉树进门，拿出一封介绍信交给对方，"军管会派我来了解一下情况。"

李科长看完介绍信，跟他握了下手说："吕同志，请坐！"

汉树坐下，便问："白银今天涨得如何？"

李科长皱起眉头说："情势异常严重，上午投入50万冲价，全吃进去了，现在又纹丝不动……"他拿出一张白银走势图递过来。

汉树看了一下，问："谁在操控呢？"

李科长停顿了一下，向他提到一个线索："在统一街和民权路交叉口，总聚焦了不少人，有人公开喊牌论价，拍肩成交，气焰十分嚣张……"

"那里也有黑市交易？"

"据我们了解，可能就是银圆黑市交易中心。"科长说。

……

从中国银行出来，汉树心情越发沉重，处里派他出来摸底，情况比想象的还要糟糕。

"大头，小头……"

银圆的叫卖声在街头巷尾流窜，走在哪，声音仿佛就跟在哪。

夜幕又降临了，一阵阵排门上锁的声音，在冷清的街道回响，急促而沉闷。

萧永康的店门下午就关了，萧仲平却还待在黯淡的店堂里。他打开一个药屉子，见里面的药材所剩无几，又打开一个，空空如也，不觉骂道："蠢婆娘，好好的店堂看不好，也弄得断炊。"

他当然着急。到处都在疯狂抢购生活用品，先是买米，买油，买布，现在又买药。各家药店的销售量一时急增，有的小店出现断货，就来萧永康求助，要赊些药应急。近来萧仲平在商会事务繁忙，无暇管理萧永康，店里的事就由堂客陈汉香照管。以为所订的货已在路上，店里的存货大致拖到月底不是问题，就没有顾虑。没想到一家家来要货，自家也面临断货的风险。

一想到关门二字，他的脑壳就轰炸似的嗡嗡作响。萧永康竟然也走到这一步，他怎么跟去世的父亲交代？

他心头生起一股无名火，只怪那婆娘没把好关，人家来要货，你就不查一下存货，由着人家釜底抽薪，自己关门？可又一想，她每天进出库房，怎么可能不知道库存，看不到空仓？

库管低着头走到他面前，等着挨训。

"你是怎么做事的，仓库都空了，还在往外发货？"

"我跟老板娘说了的，她说晓得。"

"你怎么不告诉我?"

"我以为老板娘告诉你了。"

"没人告诉我!"他瞪了下库管，"你是我一手调教的，把仓库这要紧的地方交给你，就是要你负好责，把好关，店里要是关了门，你喝西北风去!"

库管没见过他发这么大的火，心里也委屈，伸了下脖子，又扭到一边。

"你还委屈?"

"……是有点委屈。"他嗫嚅道。

"是你发的货，还想赖上别人。"

"不是我……"他申辩道。

"不是你是谁?"

库管迟迟不敢应声。

"快说。"

"说了别怨我。"

"说!"

库管凑近了一步:"不是赊账，老板娘收了人家银子。"

"收据呢?"

"不晓得。"

"银子在哪?"

"不晓得。"

萧仲平听得火星直冒，平日那婆娘小气吝啬，店员找她借点钱都难，这次又贪小利，竟然不顾店里的经营，私收银钱，真是胆大妄为。

他铁青着脸往楼上走，那是他们夫妻的临时住所，忙起来三天两头顾不上回家，就在楼上的住所过夜。有儿子后，陈汉香就时常回家陪伴孩子，他嫌儿子夜里吵，在此留宿的时候多些，有些紧要的东西和钱款，也会放在这，临时要用救个急。

萧仲平上楼后就往卧室里去，他打开橱柜门，里面是一个贮藏室，放着两个小木箱，他打开一个木箱，里面有些单据和少量的钞票，多为他与朋友熟人间的私人账款交易，他不在时，陈汉香也会把一些票据放进来。他一张张地翻看，没有找到收据，他又打开另一个稍大的木箱，里面放着一些人家赠送的纪念品和字画，也没有其他东西。

萧仲平心里的一股气憋在胸口，他的动作无形加重了力度，嘣嘣几声关上门，又咚咚咚下楼，从后门抄小路往家里去。

汪少芬失踪后，萧家楼就更清静了，萧仲平夫妻忙，白天都在店里，只有保姆带着两岁的儿子留在空荡荡的宅院里，堂客时常回家料理一下，萧仲平不回去，她也懒得管，夫妻俩一直松松散散的，不似别人那么亲热。

萧仲平走到家门口，便使劲地拍门，用人一看他回来了，便要叫，被他止住了。

"少爷还没吃饭吧?"

萧仲平点点头问:"少奶奶回来多久了?"

用人说:"有一个钟头了。"

萧仲平便往里走。

楼下是堂屋，里面是汪少芬的房间，一直空着，夫妻俩和儿子依然住在楼上。听见脚步声，保姆先迎出来，叫道:"哟，少爷!"

陈汉香坐在床边，看着玩耍的儿子，似乎想着心思。听见萧仲平回来，顿时一惊，刚要起身，萧仲平已进了房。

"把宝宝先抱到隔壁房玩去。"他对保姆说。

保姆抱着孩子出去了，萧仲平便把房门一关。

"吗事呀?"陈汉香故作镇静。

"你胆子好大!"

"我又做错什么了?"

"店里没货卖了你清楚吧?"

"怎么会没卖的呢，不是今天有货到吗?"

"有个屁，一个都没有到。现在柜上也快空了，要关门了。"

"关门就关门，过两天不就到货了?"

萧仲平瞧着婆娘一脸蠢相，顿时被激怒了，吼道:"萧永康要关门，这种晦气的事发生在我身上，叫我如何有脸见人?"

"跟人家说呀，货没到，没东西卖，不是经营不好。"陈汉香一副无所谓的样子。

萧仲平气得直抖，不由骂道:"你个蠢婆娘有什么见识，只会贪小便宜。"

"我没有，"陈汉香连忙否认，"人家没货卖了，过来求我，我又见不得人说好话，只好赊点……"

萧仲平说:"人家不给你好处，你会发这个善心，你是吗人我不知道?"

"你说我是吗人呢?"陈汉香仰起细脖子。

萧仲平把桌子一拍，说:"你别跟我顶嘴，快说，收的银子藏在哪了?"

"我没收。"

萧仲平气得脸发白，呼的一下把茶几上的汝窑梅瓶往地下一扔，顿时砸了个粉碎。

陈汉香也吓成了木头，眼直直地瞪着。

"蠢婆娘，什么都不懂，只会贪小便宜，"萧仲平一下掀开箱子翻找起来，"上面已来通知，要征收下半年所得税，只收人民币。马上要禁用银圆了……"

陈汉香一听便慌了，忙说："人家求我，答应用银子先付二成利钱，我想银子还在涨，货也马上到了……"

"银子呢?"

"我埋到后院了。"

"带我去看。"

两人提着灯笼一起来到后院花坛，萧仲平用铁锨拨开层土，便见里面埋着两个陶罐，揭开盖子，满满的银圆。

萧仲平说："明天拿银子把货换回，救柜上的急。"

陈汉香诺诺答应。

两天的工夫，形势果然变了。

先是孟掌柜的弟弟突然被抓，接着孟记钱庄被查封，有人很快嗅到事件的内幕，倒卖银圆要法办了。

江汉路、六渡桥、铜人像……凡是人多的地方，都有学生在贴标语，拿着喇叭筒在宣传人民币。

汉正街的街头巷尾聚集着一堆堆的人，有识字的念着墙上的公告。

武汉市军管会、湖北省人民政府命令禁止使用金银。

人民币为全解放区唯一之法定统一货币。

金银只准保存，不准流通，更不得从事金银投机……

一些人听着，便七嘴八舌地议论开了。

"好险，幸亏前日没去换银圆。"

"我刚换了不少银圆呢，还能换回人民币吗？"

"上面写着金银只准保存呢，即便能换也不是先前的价了吧。"

有人便急得跺脚。

陈汉香也在人堆里，她连连嘘气，忍不住夸耀："幸亏前日听了当家的话，用银圆进了货，不至于赔本，让萧永康接上了气……"

旁人正有气出不了，她这一说，无疑是在点火，引起爆炸。

"哟，你当家的可是消息灵通啊！"

"谁叫人家是会长呢。"

"还有个侄女婿在军管会呢，自然灵通，"

"会长怎不及时传达精神，自己得利，让我们吃闷亏！"

有人气极了，便骂起来："个巴妈，日本人在时是会长，现在解放了还是会长，可是不倒翁啊！"

陈汉香无端成了众矢之的，哪受得了这份气，便还嘴骂道："自家不清白①瞎买，怨得了谁？我当家的行得正，站得稳，没做亏心事，不怕鬼敲门……"

有人反唇相讥："还行得正呢，前年花了多少银子才赎出来的。"

陈汉香气得脸通红，正要回嘴，有人扯了她一下。

"你拉我干什么？"她恼道。

暹春也不吱声，把陈汉香一直拉到吕家铺子里。等她坐下，倒上一杯茶，才说："娘娘，就在这坐会，消消气，我陪你聊会天。"

"得让我还嘴呀，还怕他们不成？"陈汉香鼓着腮帮子。

暹春说："你说一句，他们来十句，你还得了吗？"

"我受不了冤枉气。"

"你受不了，人家受得了？都在气头上，正找出气口呢。"

---

① 不清白：武汉方言，糊涂。

"那也由不得他们胡说八道呀。"陈汉香愤愤不平。

"你现在争辩，只会越描越黑。"

"不说他们会以为我心虚，怕他们，不是越说劲越大？"

"你不理，看他们还有什么劲。"

陈汉香呆了呆，看到空荡荡的柜台，吃惊道："暹春，想不到你一直在撑着。"

暹春说："萧永康不一样难吗，也险些关门了呢。"

陈汉香不好意思道："暹春，那天你来萧永康要货时，真是晚了一步，货被孟掌柜要去了……"

暹春说："没事，人民币一回升，日子就好过了。"

陈汉香说："也真难为你，一直亏钱也没用银圆。"

暹春笑道："想政府总会管的。"

陈汉香忙说："孟掌柜就爱搞投机，他弟弟抓了，他又囤了不少银圆，恐怕也套住……"一时想着自己曾要过人家的银圆，连忙打住。

暹春说："不光银圆，还有人囤别的，布料也上涨了。"

陈汉香说："怪不得前日有人找仲平借钱，要进棉纱……"

正说着，忽见曾振五提着布袋走进来。

"振五叔，您怎来了？"暹春惊喜道。

振五笑着说："我回厂里有事，顺便把你的衣服带来了。"

"麻烦振五叔了。"

振五说："麻烦什么呀，前段时间裁缝没上班，耽误了，很抱歉。"

"没什么，我也忙忘了，"暹春接过布袋，拿出旗袍，看那别致的花色，精致的做工，不禁叫起来，"真好啊。"

陈汉香说："这一穿上不跟电影明星一样？"

振五说："按你留下的尺码做的，看合身不合身？"

暹春说："我没胖也没瘦，肯定合身。"

振五说："不合身就拿到店里去改。"

暹春点头答应。

振五便要走，一时想起什么又说："厂里还有少量次品棉布，你们要是需要可以去看看。"

陈汉香便说："现在布料是紧俏货，我们当然要呀。"便拉着暹春一同出门。

路上，暹春问起鸿兴厂的经营情况，振五说："一些商家在囤积棉纱，造成价格猛涨，父亲喊我回来就是商量此事。"

陈汉香嘟囔："银圆还没平息，现又搞这个鬼。"

拐了几个弯，就走到药帮巷，老远就望见那镂空雕花栏杆的四层白楼，此时门口正停着几辆运货的板车。

走进楼房，里面又有个院子，一棵硕大的柿子树枝繁叶茂，浓荫蔽日，对面的织布车间却听不到机器的响声，只有几个工人在往板车上装布匹。

振五让厂务带她们到配纱间选布，便去了对面楼里。

走进配纱间，见桌案上摆着一些染料，还有些花色图案，厂务拿出几段条纹棉布给她们看，说："这些布有的条纹错开了，有的地方有瑕疵，用作被里应该无妨，价格也比正品低很多。"

"可以，可以，"陈汉香摸着布料，悄悄对暹春说，"这布料质量蛮好，买了可是机会呢。"

厂务说："这几日工人没来上班，要不早抢光了。"

暹春听了，不由问："织布车间停了机，是不是棉纱供应不上了？"

厂务皱眉道："亚东公一直凭良心做事，可别人这么搞，工厂就挺难的。"

两人拿着布料出了车间，就看见亚东公与振五从楼里走出来，亚东公身材高大，四方大脸，大眼睛炯炯有神。振五个子虽不高，也是大眼睛，高鼻梁，一看就是父子俩。

暹春忙上前招呼。

亚东公微笑道："二位稀客啊。"见两人手上拎着布，得知原委，便小声责怪振五。振五赶忙叫厂务把钱退给两位，暹春躲闪不迭："振五叔别客气了，生意难做，这钱必须得付。"便拉着陈汉香逃离似的跑了。

走在石板路上，暹春不禁回头，见曾氏父子匆匆往新安街那边去了，想是去筹措棉纱货源，不觉叹道："亚东公也遇到难题了。"

陈汉香也感触道："曾氏父子是正派人，现在搞投机倒把的反倒过得滋润。"

暹春有点气不过，说："我就不信没人管。"

第三十四章　朋友

炎热的夏季有点漫长，汉正街的人们在酷暑中煎熬，也自动调剂着日常作息，不等太阳出来，烟囱已冒出缕缕炊烟，屋里演奏着锅碗瓢盆的欢快晨曲，等到天光大亮，一家家的排门如朝花一般次第开启，石板路上的足音也渐渐繁杂起来。

暹春穿着那件新做的紫花旗袍走在街上，便成了一道亮丽的风景，实在太显眼了，一些女人羡慕之余，忍不住问是哪里的裁缝，她便笑答，九华的裁缝做的哪。

不是节假日，她本不想穿这么好的衣服出门，可心里着急，就想出来做做广告，质量上乘的衣服自然都想拥有，但是布料价格猛涨，连大名鼎鼎的九华绸缎庄也经营困难，他们惋惜的时候，或许会提供一些信息，这也是暹春最想要的。

她就想弄清谁手里囤着棉纱，找出这个幕后黑手，事情就好办了。汉正街里三教九流，盘根错节，与外界有着千丝万缕的联系，所有的动静在此都会有所显现，总能从中找出一些端倪。

暹春左右打听，得到一些蛛丝马迹，依然云山雾罩，找不到真相。她跟桂嫂说起此事，桂嫂的先夫平先生曾在鸿兴绸布厂做会计，也为亚东公着急，便把萧仲平叫来商量。

萧仲平照例忙到中午才来，桂嫂已摆好饭菜等着，看到暹春穿着漂亮的旗袍，萧仲平不由问："这是在九华做的吧？"

暹春点点头说："仲平叔，鸿兴织布厂的情况您知道吧？"

萧仲平叹了口气说："听说停了产，工人的薪水发不了，亚东公急得生病了……"

"有人在操纵棉纱，跟米、油和银圆一样。"暹春说。

萧仲平吃了两口饭，才说："你知道跟银圆一样，就该知道不是个人解决得了的。"

"既然有人搞鬼，就该管管呀。"

"怎么管，能查抄人家仓库吗？"

"想您知道对方是谁。"

"隔行如隔山，我怎知道？"

"您是会长，对各个店主也大致了解，去找找囤货的人，人家总会买你的面子吧？"

萧仲平轻轻一笑："亚东公还是汉口商会副会长呢，他会不知道谁在囤货？对方或许就要借此打击他，消除竞争对手。"

暹春一听急了："仲平叔，谁都有难的时候，萧家跟曾家是世交，现在总该伸出援手吧。"

"没用的，拿钱也买不到棉纱，"萧仲平把碗里的饭扒完，吃了两口菜，才说，"亚东公是多么精明的一个人，他肯定会想到对手的目的，我们若贸然行动，反而会坏事。"

桂嫂在一旁听着，不由说："可这样耗下去，亚东公也撑不起呀。"

萧仲平思忖片刻，对暹春说："汉树在军管会，没说说情况？"

暹春说："他每天早出晚归，回来也不会跟我聊公事，想是工作纪律，也不好问。"

桂嫂一下想到什么，对暹春说："陈小姐不是在纺织局吗？跟她说说情况吧。"

暹春咦了一声："怎把她忘了呢?"

中山大道与江汉路交汇处，是汉口最繁华的地段，周边洋楼林立，银行商号毗邻，十字路口那幢颇具欧洲古典风格的兴业大楼，现是市纺织局的办公地，与宏伟壮观的中国银行大楼相对而立。

陈瑾格办公室的窗口正对着马路，喧嚣的市声随着热风一起扑进来，房间里虽转着电风扇，还是止不住热汗涔涔。

置身于汉口的繁华中心，陈瑾格从最初的兴奋，渐渐趋于了平淡。她热情爽朗，适应环境的能力较强，但内心里，她并不喜欢世俗的热闹，对穿衣打扮也不太热衷，这是性格使然，也跟经历有关，此时她穿着白衬衣，蓝裤子，一头齐耳短发，圆脸白皙，素面朝天，显得朴素而精干，她的布鞋与光洁发亮的红漆地板轻柔地贴合，没有一点声音，不像皮鞋铿铿作响，带一种气势，布鞋是谦和而含蓄的，这也是她的风格。

坐在对面的孙科长是位老小姐，她穿着高跟鞋，抹了香水，还化了淡妆，打扮得洋气时尚。陈瑾格本来也没在意这些，她参加革命，就是要摒弃这种小资产阶级情调。但不知怎的，孙小姐的香水味借着电扇一阵阵灌进鼻腔，让她不舒服，孙小姐的高跟鞋阵阵叩击着地板，也在显示着一种优越，似在鄙夷她的老土。尤其在她工作出了差错时，孙小姐脸上露出不屑的笑容，无疑挫伤了她的自尊心。要命的是，这位老姑娘精于打扮，业务能力也强，对下属要求严格，时不时找出陈瑾格统计数据中的差错，让她无地自容。

陈瑾格忙得一边擦汗，一边听着孙科长委婉的批评。

"小陈呀，这次又多写了一个零，这不是第一次犯这种低级错误了，多报一个零，就是多了10倍的成本，现在每个工厂的老板都焦头烂额，你叫他们怎么办……"

陈瑾格的脸又涨红了，她的脑子嗡嗡直响，羞愧不已，一时觉得自己挺无用的，不是这里错了，就是那里错了，不光孙小姐看不起她，连她也看不起自己了。

陈瑾格正黯然神伤之时，电话铃响了。

"我是。下午就要，好的……"

孙科长放下电话，对陈瑾格说："小陈，月报的数字修改好了吧？"

"改好了。"

"你现交给我，赶紧把这三年棉纱的进口总量统计出来，下午要数据。"

"好的。"

"再不能弄错了。"

陈瑾格答应着，赶紧从柜子里找出报表，又坐下埋头苦干，外面喧嚣的市声已听不见，连孙科长的皮鞋声也充耳不闻，专注于工作不仅能屏蔽噪声，也能忘却烦恼。

电话又丁零零地响了。

"喂，找小陈呀……她正忙着呢，你晚点再打来吧。"孙科长随手挂断了电话。

办公室的电话就放在孙科长的桌上，她在此把关，不是工作的事，一般是不让接的。尤其是陈瑾格这种新来的，像她这样的城工人员进入机关，无形挤占了旧府人员的位置，甚至有可能成为他们的上司。孙科长心有不平，对陈瑾格自然是排斥的，作出的反应也是本能的。

陈瑾格正忙得昏天黑地，但孙科长的声音还是听到了，不平之气顿时涌上心头，怎么可以不让人接电话，太霸道了吧？

"谁打来的?"

"没问呢,下午会打来的。"孙科长轻描淡写地说。

陈瑾格憋着气。不是第一次了,上次刘锦打电话找她,也被孙科长挂断了。刘锦现在华中贸易公司上班,忙得很,平时难得给她打电话,那天临时出差,要陈瑾格在江汉路给他买件中山装,结果陈瑾格的电话接不了,他只好找同事借。陈瑾格虽然年轻,也经历了一些锻炼,知道孙科长是有意如此,把她惹毛了,出了差错,也正有理由赶她走。她强忍着怒火,心里寻思着如何改变这种状况。

孙科长感觉到陈瑾格的不满,她心里也不痛快,从陈瑾格一来他们科室就有了,年轻的陈瑾格衣着朴素,充满自信,这让她感到压力,虽然她涂脂抹粉,打扮时尚,但在朝气蓬勃的陈瑾格面前还是明日黄花,不由产生了妒忌,得知陈瑾格还是解放武汉的有功人员,她又多了一份压力,生怕陈瑾格到时会取代她的位置,她从普通职员升到科长可是花了十年时间,不容易呀。办公室就三个人,另外一位已四十多岁,是老职工,她使唤不了,只有陈瑾格才让她有科长的优越感,陈瑾格一天不走,孙科长就会继续压着她,在领导面前也不会说陈瑾格一句好话。

孙科长也知道下午的事必须完成。电话里说,是华中贸易公司要的数据,她知道此公司直属军管会,调集物资的能量强大,现棉纱恐怕又是一项行动计划。耽误了事可承担不起后果的。

孙科长看着陈瑾格拿着一本本的资料袋在查阅,然后一个个地作记录,倒是放了心,也没想太多,却不知陈瑾格心里赌着气在工作,从那一刻,陈瑾格就不想在这里待了,但她会小心谨慎地做事,不让孙科长再找由头说她。

忙到中午,陈瑾格终于把数据整理出来了。她把价格一一列出,平均价也算好了,又仔细看了一遍,才放心去吃饭。

快到12点半了，食堂吃饭的人所剩无几，陈瑾格拿着搪瓷盆子打了菜饭，就坐在食堂大口吃起来。

"小陈才吃饭呀。"

陈瑾格一看来人，便笑道："局长也才吃饭呀。"

郑局长端着菜饭，在桌子对面坐下了。

郑局长即是那年带他们去中原大学的郑难，武汉解放后，郑难与中原城工局一些同志来到汉口，现在纺织局任局长，跟陈瑾格碰过几次面，各自忙碌，还没机会单独聊过。

"工作热情很高啊。"郑局长笑道。

"没办法呀，我是外行，笨鸟先飞呀。"陈瑾格说。

"嗯，勤快些好，没有学不会的。"郑难点头。他了解陈瑾格，一直是城工部的骨干成员，曾在汉正街为筹集前线的医疗物资做过贡献，还在银行经理家做过家庭教师，获得不少金融方面的情报。

陈瑾格扒了两口饭，心里的委屈一直没地方说，现在碰到郑局长，就不知不觉说开了："局长，革命工作本该任劳任怨，但如果用在最适合的地方，是不是可以发挥更大的积极性？"

"目前的工作不是干得很好吗？"

"不太好，经常挨批呢。"

郑难笑笑，没作声。他也听到孙科长说陈瑾格做事毛糙，但他并不会改变对陈瑾格的良好印象，这也是年轻人避免不了的，谁不犯错呢？

陈瑾格鼓足勇气说："我是师范学院毕业的，又去中原大学学习过，经历了不少锻炼，很想为革命事业多做一份贡献。"

郑难笑了笑说："组织上让你来纺织局，也因你在织布厂干过一段时间，女同志做这些工作，会相对轻松一些。"

陈瑾格说："谢谢组织上的关怀，但统计似乎不太适合我这种性格的人，总害怕出错。"

郑难感觉到她的情绪，不由问道："你做过那么多工作，最适合的是什么？"

陈瑾格想了想说："我也不知道，但就不想做四平八稳的事。"

郑难没作声，陈瑾格来纺织局，还是经过他批准的，现在陈瑾格做得不开心，他有些惋惜。

"你是个多面手，样样都想尝试。"

陈瑾格点头说："是的，我喜欢做挑战性的事情。"

郑难没有接她的话，转而说："刘锦在华中贸易公司，忙得很呀。"

陈瑾格说："他们是军管会直属部门，前段时间忙着调拨粮食，现在棉纱上涨，又要调拨棉纱。"

郑难说："他们现在就是另一个战场，跟对方硬碰硬，不打赢这场战斗，意味着什么，知道吗？"

陈瑾格说："新生的政权就不能巩固。"

"是啊，你现在的工作也是为他们提供数据，不也是战场上的一分子？"

"原来是华中贸易公司在要数据呀，他可没告诉我。"

"你还觉得现在的工作枯燥乏味吗？"

陈瑾格才感觉到局长的高明，没有直接批评她，而是循循善诱，让她知道本职工作的重要性，学会面对现实。但她实在不想在孙科长手下做事，又不好跟局长明说，只得继续表明态度："可我还是不想坐办公室里，这种统计的事换一个细致的人会做得更好，我还想做适合我的工作，发挥更大的作用。"

郑难沉默了一下，说："我马上要调到另一个单位工作。"

"真的?"陈瑾格瞪大眼睛。

"是的,今天下午就走。"

陈瑾格有些失落,原来碰上郑局长也是凑巧啊。

"您去什么单位,能带上我吗?"陈瑾格有点着急了。

"教育部门。"

"搞教育……好啊,我正好是师范学院毕业的。"

郑难笑了一下,没吱声。

"您就带我过去吧。"

"现在不能回答你,等我去了以后,看看情况再说。"

虽然郑难没有答应她,但陈瑾格满怀期待,也充满自信,她怎么忘记自己可以做老师呢?

"华中贸易公司调集货源,向市场抛售棉纱,满足供应,平抑物价上涨风潮。一些不识时务的投机资本家,起初认定物价还会上涨,不惜借高利贷大量吃进棉纱。谁知华中贸易公司连续抛售,棉花、纱布等商品价格猛跌。经过几个回合的较量,他们损失惨重,赔了老本,还要付高息还债……"

暹春看着《大刚报》上刘锦写的文章,不禁拍手称快。棉纱事件持续几个月,文章自然是后记。刚刚走上新岗位的陈瑾格过来看望暹春,两人坐在小楼阳台上聊着当时的情景,又有诸多的感慨。

"棉纱降下来,鸿兴织布厂又运转起来了。"暹春舒了口气。

陈瑾格说:"不是你告诉鸿兴织布厂停产的事,我还不知道有这么严重。"

暹春笑道:"我实在着急,本想从你这纺织局大员口中了解点信息,结果你忙得接不了电话。"

"真不知道是你打来的电话。"陈瑾格不好说孙科长不让接。

324

暹春笑道：“你就想着锦哥给你打电话吧？”

“他在华中贸易公司忙得连轴转，还顾得上给我打电话？”陈瑾格说。

暹春瞧她一脸娇嗔，忍不住问：“你俩的婚事怎么办？”

瑾格道：“我和刘锦也想过这事，到时先结婚，后通知家里。”

“瑾姐进步了。”暹春拍了拍她的肩膀。

“作为革命青年，首要是婚姻自主。”陈瑾格笑了笑。

“好啊，定哪天，我来操持。”暹春说。

瑾格说：“我现又有任务呢，得完成了再说。”

暹春看她一脸神秘，便说：“先准备着吧。”

“没什么准备的，你结婚不也没准备吗？”

暹春说：“我家里本来就有，无须准备，你们就不一样了。”

陈瑾格说：“刘锦住在珞珈山街，那里本是公寓，里面的家什都是现成的。”

“总得准备两床被子吧？”

陈瑾格说：“被子也是现成的。”

“你们的被子是旧的，”暹春起身进房，打开樟木箱子，从里找出两床软缎被面，又找出棉布被里，说，“再准备两床棉絮就行了。”

“用旧棉絮一样啊。”瑾格说。

“要用新的，”暹春一边收拾，一边责怪，“你是大学生，生活还像男人一样马虎，以后结婚了可不行哪。”

“你们汉口人就爱讲究。”瑾格想起了孙科长。

暹春说：“有些是老人说的，陈太以前就爱告诉我这些规矩。”

瑾格说：“这是大户人家的规矩，可穷人家连饭都吃不饱，哪有这些讲究？”

暹春说：“现在解放了，生活都在转好，一床新被子大都买得起，也图个喜庆哪。"

瑾格点头说："好，听你的，我去买。"

暹春说："不用买，棉絮我家也有，一会找出来。"

瑾格说："是你结婚准备的?"

暹春说："亲戚朋友送的，秋娘、桂姨都送了，多得用不完。"

瑾格瞧着欢喜，又难为情道："我随便过来玩，没带什么东西给你，你倒送我这么多。"

"随便来就是把我当姊妹，"暹春把被面整理装好，又说，"一会去桂姨那吃饭。"

陈瑾格说："唉，随便吃点什么吧。"

暹春说："你难得来一次汉正街，咪毛叔也好长时间没见了吧，仲平叔也是。他们一来，你的婚事就瞒不住了。"

瑾格说："就不要告诉他们了。"

暹春说："这不是我能瞒得住的。你结婚不告诉人家，他们会怎样想你，是不是觉得你一当干部，就把人忘了?"

瑾格发愁道："这又得忙，如何是好?"

暹春笑道："婚姻大事，总得过这一关。你就别管了，由我操持不就行了?"

瑾格一下搂住她说："你是我的护花使者。"

暹春说："我不是，锦哥才是。"

瑾格说："他说喜欢我的独立性。这还能指望人家? 恐怕就你家汉树可以够格。"

暹春说："汉树忙得很，现又去了公安局抓特务，哪顾得护我哟。"

陈瑾格说："他真是一颗螺丝钉，哪里需要就出现在哪。"

暹春说："我也不知道他还有这些能力，小时候可是个苕货，还被麻胡子骗走。"

陈瑾格笑道："男伢发蒙晚，经历多了，成长也快。"

暹春听了，不觉说："有时我看他，那说话的神态和动作，真有几分我父亲的样子。"

陈瑾格说："这叫潜移默化。"

第三十五章　特务

国庆过后，汉口的街头依然散发着余温，各色各样的条幅标语与招牌广告相互映衬，显示着新中国成立之初的别样景观。

"新生的共和国是初升的太阳，是刚刚出生的婴儿，我们要倍加珍惜，倍加呵护，因为反动势力不会甘心他们的失败，也在蠢蠢欲动，会不断制造混乱，颠覆人民的政权……"

五灯收音机里响着播报员甜润的声音，郭燮卿听到这一刻，便关上了按钮。

楼上起居室里就他一人，雪茄烟雾在空气中袅袅升腾，又渐渐散开，像一个个消逝的梦境。

是什么时候上了反共这条船呢？不仅因为有个去了台湾的兄弟，而是长期形成的观念，共产党就是共产共妻，会把他的资产分给穷人，他害怕共产党能够长久，就希望老蒋早日反攻大陆，收复失地。

作为汉口的茶业巨贾，这个名片显示他的资本和实力，也容易招风，他自然不会轻易露面，却操纵一双看不见的手，伸向各个角落。

此时，他正等着一个人的到来。听到楼梯响，他本能地站起身来。

"郭县长。"身着笔挺中山装的胡汉民走了进来。

"特派员来了，请坐!"

郭燮卿对县长这一称呼自然受用，他是胡汉民依靠的臂膀，被委任为总队上校高级参谋兼应城县长，得此器重，郭燮卿也甘愿效犬马之劳。

胡汉民坐到旁边的太师椅上，郭燮卿忙递过一根雪茄，他取过火柴，自己点上了。

胡汉民不过三十岁，但资历不浅，曾在蒋经国办的裁训班里受训，做特务已有十年，是国民党中坚特务干部。武汉解放后，他受命回汉，建立"湖北省京汉应三县军政特派员公署"，并组织"国防部青年救国团江汉义勇总队"，由蒋经国领导的"国防部青年救国团"直接指挥。两大组织成员分布武汉三镇，以暴动、破坏、刺探等方式，以"建立敌后政权，迎接反攻"。

胡汉民吸了两口烟，皱着眉头说："银圆、粮食和棉纱都被共产党压下去了，我们两个骨干成员也被迫离境，开局不利呀!"

伙计进来送上茶碗，便出去了。

郭燮卿说："喝喝茶，来日方长。"

"不会等太久，"胡汉民拿起盖碗喝了两口，操着一口汉川话说，"最迟明年阴历四月半，蒋总统就要从台湾、海南岛向大陆反攻了!"

郭燮卿露出一丝笑容，又半信半疑："特派员收到上峰的指示了?"

"对，"胡汉民肯定地说，"打入火车站的同志也调查到共匪运往海南岛前线的军用物资情况，并查到共军收集五十三加仑的汽油桶，准备为渡海做准备。"

"可喜可贺。"郭燮卿舒展眉头，一扫连日来的阴晦之气。

"我们就要从各个领域进行渗透，共党当年是这样渗透到我们内部，我们也要以其人之道，还治其人之身。"

郭燮卿点头称是。

"为配合总统反攻，我们准备在鄂南组织武装暴动，"胡汉民猛吸了两口雪茄，吐出一团烟雾，"与台湾联系的电台已拟好了波长和呼号，还有人员、编制、经费和应变计划等一整套方案，具体实施还需郭县长敦促一下。"

郭燮卿点点头，指着角落的几个纸箱说："我设法将这批收音机送到香港进行改装。"

"好的，"胡汉民满意地笑了笑，"关于行动经费，上峰会通过香港转运过来，只是大陆戒备森严，目前还有些难度，所以筹款还是首选。"

郭燮卿说："我们已有专人负责向地主、富农和商业巨贾筹借，也向一些商户发去秘而不宣的筹款信……"

"我知道，"胡汉民点头道，"郭县长身先士卒，贡献最大，已出巨资八百万，是党国的楷模，也是我辈的榜样……"

"为总统反攻大陆，郭某只是做了应尽之义务。"郭燮卿拱了拱手。

"郭县长过谦了，"胡汉民把雪茄烟放在一边，正了正身子，"我今天来是有重要的事情向您交代。"

"请特派员指示。"郭燮卿往前倾了倾。

"上峰有电，郭县长是党国之功臣，要我们尽量保护。这次与共产党的金融战，郭县长出了大力，但鸿爪雪泥，难免留下痕迹，以后您的工作要隐藏更深，不能轻易出手，我与您也尽量少见面。"

"是。"

"现在重要的还是筹款。"胡汉民拿出一份名单递给他。

郭燮卿看了一下说："协新百货商店、建国电影院等几个点已派人联系，应该没问题。"

"还有鹦鹉洲的向老板，听说是您发小，也没有问题吧？"

郭燮卿吸了一口烟，说："已着人跟他联系，但进展不大。"

"不行就直接告诉他底细，他不敢不买账。"

郭燮卿回过头说："找个熟点的去吧，对他不能来硬的。"

"行，您安排吧。"

两人又商谈了一阵，胡汉民才告辞离去。

鹦鹉洲是长江岸边的一座水洲，百米长的红沙石小路逶迤通向江边，与西湖河街的石板路相连，这里没有正规的街道，所有的房屋像夏天夜空中的繁星，随意地撒落在堤外的江滩上，五十米长的石板路从李家杂货铺伸展到码头，也是西湖河街最繁华的地方。

在一片低矮的木板房和树皮篾席屋中，除了白墙灰瓦的李家杂货铺，向家的西式二层小洋楼，可谓鹤立鸡群，一枝独秀。

客厅朝南有个大落地窗，采光自然好，雕有精美纹饰的暗红色壁炉边放着软椅，是向子建爱坐的地方。落地窗外是个场地，逢年过节这里是西湖河街最热闹的地方，舞龙舞狮、划采莲船、玩蚌壳精，还有踩高跷的，鞭炮阵阵，锣鼓喧天。

他有时也会走神，眼前浮现五府十八帮的会馆，牌门上有鎏金大匾，飞檐斗拱、争奇斗艳。店铺里的糕点泛着香气，码头木排蔽江，号子声此起彼伏，那是鹦鹉洲竹木市场最鼎盛的时期啊。

等木排一靠岸，木排主和木行老板谈起生意，就会请向爷去计算木材的立方数。

围量木材是个技术活，不仅要定尺寸、定重量、定价格，还要考虑木材的干湿差异，测量的精准决定买卖公平。围量师不仅要技术过硬，还要为人公道。向家的信誉就是靠口碑起来的。向爷在时，门庭若市，生意兴隆，小洋楼也是那时建的。向爷不是子建的亲爷爷，却是他唯一的亲人，爷爷把围量技术传授给他，也把家业交给了他，指望他将围量技术传承下去，向氏后继有人，兴旺发达。

但天有不测风云，国家颁布法令限制砍伐树木，长江黄金水道航运由此衰落，鹦鹉洲木材市场也日益失去了它的繁荣，围量生意逐渐黯淡。

向子建眼见这一活计在自己手上终止，哪里会甘心？他时常追忆过去的好时光，惆怅也渐渐转化为怨怼。他对现状的不满没有逃过别人的眼睛，就有人把他拉进了青年救国会，也不时向他传播，只有蒋总统反攻大陆，他才能重回过去的好时光。为了实现这一宏图大业，他必须身体力行，为党国做出应有的贡献。

他表示了一点，但人家似乎不满足，向他宣传一些贡献多的人，党国都记着功呢。在对方眼里，他是瘦死的骆驼比马大，钱肯定是有的，就看他舍不舍得。

他有些勉为其难。没看到我现在没活干了，连家都养不起？可面子在那放着，说不出口。对方还是一次次地来，逼得紧了，他不禁产生了抵触，渐渐有了躲避的想法，想找个清静的地方待着。

走上高高的瓜堤，就能看见百米外天主堂尖顶上的十字架。神父爱德华曾在显正街修了一座天主堂，后来又在鹦鹉洲瓜堤修建天主堂，其建筑风格色调与显正街天主堂极其相似，只是没有两个正方形的钟塔楼，整个气势不是那么恢宏壮观，倒也古朴典雅。教堂周围种有向日葵、蓖麻子，还有一座颇具欧美小镇风情的二层小洋楼，曾是神父和修女居住的地方，四周绿荫环抱，空气清新，环境幽静。

教堂的一边有个小学堂，最初是收留孤儿的，后来又建了两栋二层楼房，一排平房教室横卧在学校中间，将操场一分为二，每个都有足球场大小，镶嵌彩色玻璃的大教堂，如今做为学校礼堂和风雨体育馆。

两栋二层楼的教室设在前后操场的东边，教室里正在上课，隐约听到风琴奏出的声音。

那时他踏上木质楼梯，走近宽敞明亮的教室，默默地看看那些上课的孩子。

陈瑾格正坐在脚踏式风琴边奏着乐曲，优美的歌声里，陈瑾格渐渐变成了慈祥的格蕾莎修女，他和郭燮卿坐在一起，格蕾莎修女教他们唱歌，还教他们学做大小十字架、念珠和烛台，以及乳香炉和圣水壶等传教用具，他们还在机器车间学习铸造、钳工和木工……

下课的铃声响了。

"向师傅来了。"陈瑾格微笑着走过来。

他没有躲闪，朝她点了点头。

"向师傅，你想来教孩子钳工和木工，学校已经研究通过了，准备重开劳动课。报酬方面不多，但会给您一定的补偿。"

"不用，能来学校给孩子们上课我就很高兴了。"

"您不用客气，现在围量业务停滞，您虽然有点家底，但收入没了来源，总不能坐吃山空，政府也在考虑你们的就业问题，能来学校做事，目前也是较好的选择。"

"谢谢你。"

他心里生起一股暖流，好长时间没人体谅他的难处，望着微笑的陈瑾格，他又想起格蕾莎修女。

他从此留在小学堂里，回自家洋楼的时候越来越少了。

那天，他从小学堂回家拿点东西，就看见有人等着。

对方也不吭声，拿出圆球牌香烟，又掏出打火机点着："这烟有冲劲，你也来一支吧？"

"我已好久没抽烟了。"向子建摆了下手。

这是他们接头的暗号。

"老向，找你总不在，忙什么去了？"

"怎么不是老李？"他几分疑惑道。

"他有别的工作，现由我来跟你接头。"

"围量做不了，只得另谋生计，一家人的吃喝要保证呀。"他总算吐出点想法。

"等蒋总统反攻大陆，你还愁没好日子过？"对方从包里拿出一份委任状，"这是上峰对你的任命。"

他接过看了一下说："谢谢组织的信任。"

对方说："老李已跟你说过了吧，我们的组织经费还在筹措，希望你能慷慨解囊。"

"我现在没有收入，赞助方面确实爱莫能助。"他直截了当对来人说。

对方顿了一下，不觉笑了起来。

他看着对方，倏地觉得哪点不对劲。

"向师傅吧？我是市公安局的。"汉树笑着招呼，拿出证件给他看。

向子建顿时变了脸色，说："原来你是来套我的，我可什么也不知道，更没做坏事。"他起身要走。

"向师傅，别着急呀，"汉树扯住他的衣袖，脸上依然挂着笑容，"与你接头的老李已被我们抓获，他供出不少内容，包括与你的联系，也请你如实交代。"

向子建说："他们拉拢我，我可没做什么。"

汉树说："我们也了解了。小学堂的陈老师已向我们证实了你的行踪。"

"原来陈老师也是监视我的?"他的后背一阵发凉。

"你们的特务头子已在人民公安的监视之中,叫嚣蒋介石要反攻大陆,这只是痴心妄想,若不真心悔改,悬崖勒马,只会是搬起石头砸自己的脚。"汉树严肃地说。

向子建呆了呆,说:"我也是一时糊涂,答应了他们,但组织的内部情况,我确实不知道啊。"

汉树说:"为什么会找到你?"

向子建没吱声,然后走向窗口。

汉树说:"是你把这个谜底告诉我,还是等真相大白?对你是两种不同的结果。"

"他们来找我,还不是因为我有几个钱?"

汉树说:"不光是这些吧?"

向子建看了一下汉树,正与对方的目光相触,他慌忙躲闪开。

"我没做什么,也赖不到我身上。"

"你主动交代,做证人,性质是不一样的,"汉树的语气里有一种威慑力,"你现在说了,还是人民中的一员。因为这些美蒋特务迟早会全部落网,你也没时间摇摆不定,这是危险的,特务们也不会给你机会。"

向子建听得心惊,他沉默了片刻,低声说了一句:"郭燮卿,他一直是我的影子。"

鹦鹉洲的动静传不到汉正街,隔着一条河,这边又是另一番情景。

到傍晚,晚霞渐渐黯淡了光影,石板路上又亮起了路灯,与月

335

光交相辉映，街道也变得如梦似幻，喜欢夜生活的男男女女在光影里游走，最热闹的要数建国电影院了，门前总聚集着一簇簇的人影，小贩的吆喝声此起彼伏。

暹春难得与汉树出来逛街。结婚有段时间了，两人也一直各忙各的，没有休闲一下。晚上汉树下班早，特地把暹春从铺子里叫回来，要和她一起去看电影。暹春说今天是太阳打西边出了。汉树笑而不语。

晚饭后，暹春稍作整理，便与汉树出了门，沿着石板路边走边聊，不觉就走到了建国电影院门前。

"五香瓜子——"

"香烟——"

小贩对着进进出出的人流在叫卖。

墙上张贴着花花绿绿的海报，都是近期上映的影片，汉树看了看时间，买了两张上官云珠和蓝马主演的《万家灯火》，两人便随着观众往里走。

电影院里挂着白色的幕布，黑压压的观众席也快坐满了，两人找到座位坐下一会，电影放映的时间就到了，灯光刹那间熄灭，顿时一片黑暗。

上官云珠是暹春喜欢的影星，电影一开场，她便满怀兴致地看起来。不料汉树拉了下她的手，耳语道："你好好看，我出去一下。"

暹春望着他从太平门出去了，总算明白过来，今晚出来看电影，又是执行一项任务。她也没再想，聚精会神地观看起来。

影片讲的是四十年代的故事，男主人公志清在同乡的公司里上班，一直兢兢业业地工作，也梦想着有一天自己能当上厂长。他的妻子又兰是一个持家又本分的贤惠之人，在年迈的母亲、憨厚的弟弟弟媳以及两个小孩子从远道而来时，志清作为一个中国标准型的孝子，也竭尽全力照顾自己的亲人。可这五个人的到来，让本就拥挤的小房子更显狭窄，生活困境也逐步显现，从典当家中物品到给自己的孩子买不起新衣服，后来志清又被解雇而走投无路，到后半场，婆媳之间又因一个简单的骗局产生内讧，也把观众激荡的心推向高潮……

暹春旁边的座位一直空着，不免让她分心，时而望一眼太平门，盼着汉树能够出现。

一直等到剧终，汉树还是没来，灯光又亮起来，观众们陆续往外走，暹春等了一会，看到人都散尽了，她才走出来。

"暹春……"

她回头一看，汉树从后面快步走来。

"电影没看，忙什么去了?"

汉树小声说："会了会电影院的段家声。"

"段经理，他怎么了?"

"被国民党特务拉拢了。"

"平时不露声色的，他也做了反动派?"暹春惊讶道。

汉树点头说："有些商人摇摆不定，对新中国还心存怀疑，就容易被特务盯上。"

"这种人在汉正街还有吧?"

汉树说："汉正街隐藏着大特务呢。"

"真的? 抓了吗?"

"还没有。等着放长线钓大鱼。"

"段家声又做了什么?"

"他为特务提供了二百万的经费。"

"哟，你们都了解了?"

汉树压低声音说："我们让抓到的特务与他联系，约好时间地点，人赃俱获。"

"就你一个人吗?"

"看到电影院门口卖瓜子的小贩吧，还有里面的茶房，都是我们的同志。"

"人被带走了吧?"

"没有。不打草惊蛇。"

"这可是大收获，你又记了一功吧?"暹春兴奋道。

"是大家的功劳，连瑾格都有一份呢。"

"她说有任务，原来是参与了你们的行动。"

"她在鹦鹉洲诱导被特务拉拢的向子建，使对方迷途知返，为我们接近骨干特务赢得了不少时间。"

"好厉害呀。"暹春忍不住赞叹道。

"你是说我，还是瑾格?"

暹春故意反问："你说呢?"

汉树笑起来。

"难得把这些事告诉我。"暹春说。

"你已是久经考验的同志，说说无妨，但要注意保密。"

"晓得的。"

暹春瞅着那张夜色中轮廓分明的脸庞，显得好动人，不觉挽起他的胳膊。

"陈瑾格要结婚了呢。"

"听说了。"

"那天你得到场呀。"

"肯定哪。"

两人披着星光，轻松地说笑，不知不觉到了家门口。

第三十六章　喜庆

　　陈瑾格平时多穿列宁装，婚礼这天，她还是穿上一件红绸衬衫，外罩一件薄开司米背心，短发齐耳，清爽又时尚。新郎刘锦身着中山装，梳着分头，白净的长方脸，一双单眼皮炯炯有神，青春的朝气和新婚的喜气是最好的妆容，朴素的衣着衬着幸福的脸，愈显生机勃勃。

　　陈瑾格在汉正街待过一段时间，对这里也有感情，她怀念那些日子，和刘锦走在汉正街上，不少人跟他们打招呼，一听说两人结婚了，都上前道贺。

　　暹春看着漂亮的新娘子，忍不住说："也没做身新衣服，怎就学我呢？"

　　"学你不好吗？"瑾格一脸灿烂的笑容。

　　陈瑾格答应在桂嫂菜馆安排一桌酒席，简单而温馨，就像在家里一样。但还是被不少人知道，原定的一桌很快坐满了，随后又加了一桌，后来一些店家及合唱团的朋友也赶来捧场，硬是弄成了三桌，桂嫂忙挂出客满的牌子，食材准备有限，小店已是满负荷了。

　　暹春也始料不及，没想到陈瑾格在汉正街这么有人缘，她没觉得什么不好，结婚就该热闹一下。新郎刘锦却皱了下眉头，作为市府人员，婚礼自然要带头简办，国家初建，百废待兴，又刚经过粮油棉纱的涨价潮，生活尚在困难时期，市府机关都在带头减薪，有

339

的还提出以工代赈。瑾格和刘锦虽家中殷实，有条件办一场像样的婚礼，但现实情况不允许，他们也不想破这个例，只想请几个好朋友聚一聚。可一下来这么多人，弄得到处知道他们请客办酒。他向来心思缜密，便觉得有些不妥。

暹春看在眼里，私下跟咪毛说："这三桌酒我来负责，不能让瑾格他们为难。"

咪毛摇摇头说："你哪有钱付，吕家铺子现还亏损呢。再说汉树是军管会的，你作为家属，这么做也不妥当。人家还以为你蛮有钱。"

咪毛就跟桂嫂说："这三桌酒我来负责，一起结账。"

桂嫂说："哪能要你付，你这粮油店长还在减薪，比我还穷呢。你不用管了。"

咪毛连忙摆手："这哪能行，您是小店经营，那一桌酒钱只是成本价，这不亏死了？"

桂嫂说了一句："有人买账，你不用管。"便去忙了。

热腾腾的菜肴一一端上桌来，香气四溢，新郎新娘给大家一一敬酒，来宾们向他们道喜祝福，欢声笑语，热闹非凡。

一巡酒过了，萧仲平的脸已有些发红，他凑近咪毛说："酒席我包了，我请大家。"

咪毛摇头说："你不用管，瑾格在吕家铺子忙活那段时间，没付她一分钱薪水，本应该我来请。"

"不用争了，"萧仲平拍了他一下，"新娘新郎都是暹春的至交，两人为暹春筹办画展，我都没来得及感谢。后来我儿子的百日宴他们又赶来庆贺，陈小姐还高歌一曲，给大家凑兴，我都记在心里呢……"

两人说着话，没防着另一桌的暹春突然离席，匆忙往外走。

陈汉香一看不对，连忙跟了过去，瞧见暹春趴在水池边，哇哇呕吐起来。

"暹春，怎么了？"

"吃了点肉元子，一下恶心起来。"

陈汉香一听，忙问："哎，你月事来过多长时间？"

"有一月没来了，也不清楚。"暹春含混道。

"八成是怀上了。"陈汉香拍了拍她的后背。

汉树难得出现在这样的场合，正与亲戚朋友们相互敬酒，没有注意到暹春的动静。

"振五叔，现在厂里情况好转了吧？"

"还行，机器都在运转。"振五微笑道。

"我那时在忙别的事，没顾得上去看您。"汉树抱歉道。

振五忙作揖道："多亏暹春帮忙，了解到一些信息，太及时了。"

汉树点点头，又道："市里就要召开布匹绸缎呢绒业代表大会，你们要去吧？"

振五说："九华已接到通知，要成立店员工会，签订劳资合同。"

"这样统一规范，避免不少麻烦和纠纷，对资方也是有利的……"

汉树正说着，有人拍了他一下。

"汉树，你一点不关心暹春，快去看她吧。"陈汉香故意板着脸说。

汉树慌忙起身说："她怎么啦？"

"她……有喜了，你要当爸爸了！"陈汉香说。

不等汉树跑出去，咪毛便叫起来："好啊，今天是双喜临门，干杯，干怀！"

一时杯盏交错，笑语喧天，喜宴的气氛也进入高潮。

陈瑾格也醉了，大喜之日，没一位亲戚到场，多少有些伤感，好在暹春为她操持，又有众多朋友前来祝贺，让她喜不自禁，众人频频敬酒，她不能不答谢，一口抿下的，不再是酒，而是情意，到场的都是她的娘家人，她感受到另一份亲情，这是在河南老家没有得到过的温暖。

瑾格躺在暹春送她的软缎被子里，还能闻到陈年樟脑的香味，新棉絮泡松柔软，服帖地环抱着她，就像处在襁褓里，让她不由得想起了母亲。

那个她未曾见过的生母，是陈家的帮佣，后来被父亲喜欢上，糊里糊涂怀了孕，父亲的妻子得知此等丑事，一怒之下把女人赶走了。父亲后来给女人安置在一户农户家中待产。女人孤独地住在那个偏僻的地方，无人问津，还承受着周围的闲言碎语，临到生产时又遇到难产，幸而父亲赶去了，给她爱的动力，拼上最后一口气生下了孩子，便撒手离去。父亲安葬了女人，抱着婴儿回到家中，就交给了太太，后来她就成了太太的女儿，这也是陈家心照不宣的秘密。

她在陈家被奶妈养大，少有母亲的温暖，与忙于学问的父亲也不亲近，直到奶妈去世前告诉了她的身世，她对家由此产生了疏离，对父亲也有了怨恨，这是她走上革命道路的起因。

她没有告诉别人这个秘密，连刘锦也不知道。她向来争强好胜，在酒桌上都要逞能，只有刘锦知道她是外强中干，为她挡了不少酒。昨日婚宴上，不爱应酬的刘锦也放开了，在酒桌上聊天、猜拳、行令、唱歌，瑾格没看出他还有这能耐，在陌生环境能迅速适应，哪怕自己并不擅长，比汉树还要随和些。

在西北师范学院读书时，他们还不相识，是共同的革命理想让他们走到一起，她个子高挑，与身材中等的刘锦似乎并不般配，她热情爽朗，刘锦内敛谨慎，平时在一起，也是她说的多，刘锦总是倾听者。后来去中原大学学习，他们一起生活，一起学习，两人都喜欢音乐，她爱唱歌，刘锦就为她拉手风琴，后来还一起演话剧。他们之间没有生离死别的考验，却有过共同成长的岁月，润物细无声，从相知到相爱，成为夫妻，似乎也自然而然。

但新婚之时，瑾格还是感到不太圆满。因刘锦的父亲固守传统，不接受两人自由恋爱，也一直没有接受这门亲事。陈瑾格与自己的父母疏淡，现在婆家也不接纳她，她又尝到年少的孤单，心里的空洞没有被填满，现在又有了新的残缺。她的敏感脆弱也因长期爱的缺失，在外争强好胜，其实是害怕被人看不起，这是她的软肋。

晨光从花布窗帘的缝隙透了进来，隐约听到外面的市声，这是婚后的第一个清晨，房间里的五屉柜、写字桌、洗脸架，渐渐清晰起来，泛着光亮。暹春把大红喜字窗花贴在玻璃上，柜子桌椅也撒上五颜六色的碎屑，让半新不旧的家具添上喜庆的色彩。

闻到香味了，刘锦把热干面和伏汁酒放在桌上，走到床边朝她亲了一口。

"嘴上有热干面的味呢。"瑾格娇嗔道。

"过日子的味道。"刘锦笑道。

瑾格红着脸说："第一餐就让你送到跟前，如何使得？"

"你有口福啊，能吃又能睡。"

瑾格起身穿衣，出去洗了把脸。

"晚饭我做给你吃。"她梳着头发说。

刘锦说："等下我要去趟火车站。"

"干吗？"

"接哥嫂。"

瑾格心里一跳："哟，刘家大少爷和少奶奶要来了，这如何招待?"

"家里就一间房，只能住招待所。"

"招待所条件一般，他们养尊处优，住得习惯吗?"

刘锦说："哥哥就是个中学校长，有什么不习惯的?"

瑾格试探道："他们肯来，是不是刘老爷认我这儿媳了?"

"不认也得认呀，谁让我俩是革命同志呢。"刘锦笑道。

瑾格舒了口气，不觉舒展眉头："我和你一起去接他们吧?"

刘锦迟疑了一下说："我去就行，你在家收拾一下吧。"

他知道父母还在生气，哥嫂现过来，刚刚有所松动，得缓冲一下，他先给哥嫂打打预防针，多提瑾格的优点，免得哥嫂对不擅家务的瑾格生出成见。

瑾格见他眉头微蹙，也不想触动彼此的心病，忙转移话题："哎，暹春有喜了呢。"

"好啊。"他应了一句。

"可我不想。"瑾格说。

刘锦朝她看了一眼："女人都要走这一步的。"

"你也想当爸爸吧?"

没等刘锦回答，突然外面有人叫。

"刘锦，刘锦。"

刘锦奔到窗前一看，竟是哥哥嫂嫂坐着三轮车过来了。

"我们赶上了头趟火车。"哥哥笑着招呼。

两人忙赶到楼下迎接，瑾格不等刘锦介绍，就哥哥嫂嫂叫得亲热，抢着拿行李，又挽着娇小玲珑的嫂子上楼。大哥见瑾格文雅大方，嘴上没说，脸上已露出笑容。刘锦走在后面，心里的一块石头也落了地。

市声渐起，阳光铺洒下来，把码头的石阶照得白亮亮的，长天秋水一色，木桨划过一道道水波，连带一片金色的涟漪。

解放后的首个中秋节，暹春买了汪玉霞的月饼和水果，与汉树一起过江来看望母亲。洗马长街还是老样子，湘乡码头的牌楼依然挺立，江边帆影片片，石板路上的商铺鳞次栉比，巷子里也比往常热闹，走亲访友的不少，屋里飘出食物的香味。

偌大的潘家楼里，只有朱杏子独居。秋娘一家还在童家老屋里住着，离槽坊也近，有时会过来看看朱杏子。

朱杏子也不守在屋里，她时常去汉水边的潘记杂货铺，秋娘忙童家的槽坊，一时顾不过来，朱杏子闲着没事，就去照看一下店铺。她不太懂经营，也弄不清商品的进出货，就坐在那照照场子，打发时光。秋娘管着账，店铺的盈利孰少孰多，朱杏子不会计较，她虽是潘有声的太太，自己在外转了一圈回来，秋娘让房子给她住，又把杂货铺的红利分给她，她便觉得秋娘大气，已很知足，与秋娘的关系也亲近不少，两人不在一起，反而处着像姐妹了。

秋娘一家也过来了，听说暹春怀了孕，都欢喜不已，秋娘做了暹春喜欢吃的排骨煨藕汤、仔鸡烧板栗，满满一大桌菜，暹春吃了一点又吐得稀里哗啦，朱杏子在一旁叹气："怀一个伢不容易呀……"

暹春不觉问："姆妈，你怀我时也这样吧?"

朱杏子叹了口气说："真不是人过的日子，吃一点东西就吐，又怕人知道了，就尽量在家躲着……"她摇了下头，不想再说下去。

暹春感受到母亲当初的不易，都因她是一个不该来的孩子，可母亲还是受尽苦难将她带到这个世间，幸亏又遇到那么多的好人，一路护佑着她长大成人。她感恩上天的恩赐，也就原谅了母亲当初的逃离，对沈家也不那么怨恨了。

汉树和童三少爷一边喝酒，一边聊着，酒是自家酿的，清香扑鼻。汉树也好长时间没来洗马长街了，这里也是他的故土，有着不一样的情感。当年不是秋娘收养受伤的他，真不知道自己能否活到今天。

"当初秋娘把你弄回来时，一副憨实相，没想到变化这么大。"童三少爷瞧着长身玉立的汉树感叹道。

秋娘说："杨先生要是看到你和暹春结了婚，该有多好啊。"

"我父母也会高兴的。"汉树动情道。

暹春听了不觉触动，她来到楼上朱杏子的房间，母亲年轻时的照片还放在五屉柜上，回想当时带父亲来看这帧照片，父亲便要她守在这里。她又一阵心酸。

爸爸，今天是中秋节，我们都在，唯独少了您啊。她呆呆地望向窗外，晴空万里，江水泱泱，父亲能听见她的呼唤吗？

不知几时，一双手从背后揽住了她，暹春闻到熟悉的气息，娇嗔道："哎，姆妈在隔壁呢。"

汉树仿佛没听见，就那么紧紧抱着她。

"这里真好，此时跟你特别亲……"

暹春故意问："自己家不好吗？"

"不一样啊，这是我重获新生的地方，每一样东西都是回忆……"

暹春感受着他的心，如同她自己的心，洗马长街真是神奇的地方。

不知不觉，天色渐晚。吃过饭后，一家人又在庭院里摆了桌椅，放上月饼、石榴及糖果瓜子，等到一轮圆月升上来，朱杏子便一手拈香，向月亮作揖默拜，然后将月饼切开，每人一块，谓之取月华。

汉树吃完了月饼，陪朱杏子聊了几句，便悄悄对暹春说："明天有重要事情，我得走了。"

暹春本想留住一晚，见他急着回去，只得跟母亲告辞。

两人走出来时，屋外夜色静谧，江边渔火点点，那轮圆月已升到中天，静静地照耀着江面，银光笼罩下的龟山，更显空里流霜，花林似霰。

木划子一桨一桨地荡着，划开片片的碎银子，就像一个个残梦，暹春靠着汉树的肩膀，想起每一次过江的情景，总是匆匆而来，匆匆而去，唯有此时是宁静而安详的。

"汉正街，洗马长街……"她喃喃地念着。

汉树随口道："一边是汉口，一边是汉阳。"

"已连在一起了。"

汉树似乎明白了，动情道："嗯，我们就是那根线。"

第三十七章　落网

秋去又冬来，春归又夏至。

梅雨季一过，热辣辣的太阳开始烘烤着大地，房屋和树木被照耀得格外亮眼，穿上夏装的人们多彩多姿，不仅有长衫和旗袍，也流行衬衣和裤子，姑娘们扎着蝴蝶结，穿起了喇叭裙，一派生机勃勃的景象。

太阳之下总有暗影，尤其在汉正街这种人流量大的地方，嘈杂喧嚣在热风中扩散，不免给行人增加了烦躁，有人路过碰了谁一下，就会引起叫骂，继而打斗，招来无数看客。

国民党特务胡汉民瞧到这一幕，嘴角不觉泛起了笑意，这正是他想要的，来来往往，吵吵闹闹，没有比汉正街更适合做事情了。此时他跟十几个头目正在郭记茶馆密室里开会，皆是"青年救国团江汉义勇总队"大队长以上人选，这些人的公开身份有江岸车站的车长、粤汉铁路货物员、汉口市公益联合会委员、小学校长等，他们行事谨慎，相互间从不来往，只在需要时与胡汉民单线联系。

郭记茶馆的密室闹中取静，曲径通幽之处，与外间的茶室隔着二十多米的过道，放置着假山盆景和花草，此时胡汉民的堂弟胡春和正守在通道口，他是联络参谋，胡汉民下达的命令，约见组织里的骨干，都是通过胡春和上传下达。

密室里有三十余平方米，低垂的竹帘遮挡着屋外的热气和噪声，一台大电扇使劲转着，吹散了缭绕的烟雾和浓烈的汗味，又混杂了一股酒气和血腥。

彼时，胡汉民给每个骨干颁发了委任状，然后按职务高低依次排坐，大家端起滴入雄鸡鲜血的高粱酒，对天盟誓，一饮而尽。胡汉民对着一张张发红的脸，清了清嗓子，开始作形势分析报告，在座的特务听得情绪激昂，摩拳擦掌，反攻的机会真的来了，仿佛已经拥有了美钞和娇妾。

"武汉即将空虚了，正是动手的大好机会，"胡汉民扫视了一下周围，放低语调，从牙缝中挤出他的计划，"为了配合五月初的国际行动，我命令——"

特务们一个个坐正了身子。

"葛大副队负责炸毁铁路桥和涵洞，切断解放军的运输线，炸药由老孙负责；冯大队长干掉张难先，造成混乱局势；胡总队长带人搞掉金口税卡，同时将我们在被服厂控制的 2000 套军服准备好；高参郭燮卿等加紧调查房产，先行接受之鸿、杨子、远东三家大旅馆，并准备好救火会袖章，趁机点火，届时，将有 200 架国军飞机到达汉口……"

胡汉民正滔滔不绝传达着指示，坐在一边的茶馆老板郭燮卿却有些走神，他的眼前又浮现上周的一幕。

那天晚上，他正在密室里忙着，茶房老王突然进来禀报，鹦鹉洲的向老板来了，想要见他。

郭燮卿一愣，上次派去找向子建筹资的人无果而归，他就疑惑是不是已被共产党收买，正打算断了这条线，免得引起后患，现在突然又来找他，肯定不同寻常。但又一想，人家既然来了，又是曾经的发小，多年未见，不见似乎说不过去，反而让人以为他起了疑心。

"他来说了什么?"

"他家亲戚在普爱医院里住着,他看了亲戚,顺便过来看望您。"老王说。

郭燮卿嗯了一声:"他是一个人来的?"

"不是,"老王犹豫了一下说,"还有一位三十多岁的男人。"

"是谁?"

"说是亲戚。"

郭燮卿转了下眼珠子,心想向子建家里除了堂客娘家,好像没什么亲戚呀。

"怎么不带太太过来呢?"

老王见他犹疑,便说:"现时间也不早了,您见还是不见?他们还要过江去呢。"

郭燮卿思忖了一下,说:"我去看看。"

走了几步他又停下了,对老王说:"让他们过来吧。"

一会便听见脚步声。

"燮卿兄——"

"子建——"

两人禁不住拥抱,端详着彼此,向子建说:"十多年不见,燮卿兄还是老样子啊……"

"老了哟。"

再看进来的高个子,似曾相识,一时又记不起在哪见过。

"这位是……"

高个子笑了笑,将鼻子下的络腮胡子轻轻揭下,露出笑容道:"郭老板,我是市公安局的吕汉树,等你多时了。"

郭燮卿一惊,又故作镇静道:"你来做什么?"

汉树说:"郭老板,你要相信我们公安局的侦查能力,你以为我们找不到你的蛛丝马迹，其实早就在我们的掌握之中。顺便告诉你一声，你发到香港的一批改装短波的收音机是不是没了音信?"

郭燮卿顿时失了颜色，用手指了指向子建，一下瘫坐在椅子上。

……

郭燮卿想到这里，后背又起了一些冷汗。他假装专注于听讲，不时用笔作着记录。见特务们稍有松懈，有的在喝茶，有的在抽烟，他不觉起身，走到房门口，把个小纸条塞给守在屋外的老王。

老王会意，拿着托盘往外走。

"你去哪?"把守在过道的胡春和问。

"里面烟不多了，我再去买两包。"老王说。

"快去快回。"

老王答应着出门，然后进了街对面的杂货铺，嚷着要烟时，将小纸条夹在钱里交给了伙计，然后拿了烟出来。

扮成店伙计的公安人员赶紧把纸条揣进了衣兜。

暹春挺着大肚子还在店里忙碌，她坐不下身子，就站着拨算盘，打账，收款，这副样子让人提心吊胆，汉树就来吕家铺子陪着。暹春在楼下忙，他就在楼上待着。

其实汉树是任务在肩，汉正街成了特务窝子，市公安局侦讯处在此加强了侦查人员，汉树调到侦讯处后，便成为许处长的手下干将。

"暹春需要照顾，你就在汉正街镇守，对外称休假，另外派个同志协助你工作。"

老许想得很周到，正好利用暹春生产前的特殊时期，要不汉树待在吕家铺子还会引人注意。汉树就顺着向子建这条线进行深挖，终于将郭燮卿这条大鱼钓上了岸，并为我方所用。

汉树收到老王的纸条，马上给老许报告特务们的行动计划。老许得知特务准备刺杀张难先，又赶紧向市委报告。

在侦讯处的紧急会议上，老许有些动情地说："在抗战期间，张难先在我党统一战线的影响下，逐渐转向支持民主运动，抗战结束后，他严词拒绝了蒋介石高官厚禄的利诱，毅然辞去政略顾问委员会顾问之职，反对国民党的反共反人民的政策，并与中共武汉地下组织联系，与李书城等人发起和平运动，为配合武汉解放，防止国民党破坏城市，做了很多有益工作。解放后，为了新生的红色政权，他又日夜奔波……"

"一定保护好张难先老人，粉碎敌人的暗杀计划。"同志们纷纷表示。

为确保万无一失，老许与大家连夜制订了周密的行动计划，避免打草惊蛇，他们务求一网打尽，不留后患。

几天后，一幕幕惊险刺激的镜头上演了。

那天下午，一辆小轿车正在马路上行驶，车内坐着一位鹤发童颜的老人，正是中南军政委员会副主席张难先，准备去参加一次重要的会议，市委书记和市长都委婉地劝他不要参加，他依然不顾个人安危，坚持前往。

此时，特务大队长及其手下已潜伏在路边，眼看小汽车越来越近，手枪里的子弹都顶上了膛，黑洞洞的枪口从不同角度对准了目标。

正要开枪的瞬间，突然一脚飞来，将特务踢到一边，此人正是打入特务行动队的侦查员，那特务一下跃起，同其扭打起来。早已埋伏在周围的公安战士呼的一下围拢上来，此时特务们才如梦初醒，沮丧地垂下了脑袋。

一刹那间，张难先老人的汽车疾驰而过。

又一个夜晚，另一支队的特务们准备袭击武昌金口税卡，却遭到公安人员伏击，特务们仓皇逃离，躲藏在紫阳村一处民房内，又被公安人员全部抓获。

汉树从《长江日报》看到一伙破坏公债的匪徒被抓捕的消息，他不由会心一笑。这是侦讯处放出的烟幕弹，如果秘密抓捕，势必打草惊蛇，敌人就会提前行动，或逃之夭夭。以破坏公债罪由逮捕，可以让尚在潜伏的特务产生没有暴露的错觉，便于我公安机关个个击破、逐一逮捕。

这天，暹春挺着大肚子一直在忙碌，不觉到了中午，刘爱华喊她吃饭，才停下手。

"汉树呢?"她问。

"出去好一会呢。"刘爱华答。

暹春没再吱声，她现习惯了汉树不跟她打招呼。

吃了中饭，暹春就准备上楼小憩一会。刚躺下，咪毛就来了。咪毛在粮店干了段时间，又调到汉正区公所当了副主任，事务繁杂，经常要到街道居民点走访，解决实际问题，大街小巷总会出现他瘦削的身影，顺道的时候，他就会来吕家铺子看看。

"吃了没有?"刘爱华问。

"吃了，吃了。"

咪毛是来告之，接替暹春工作的人找到了，明天就带人过来。刘爱华近来催他找人，但顶替不是个小事，他是吕家铺子出来的，知道账务的繁杂，暹春能打理得井井有条，一般人不一定做得好，还得找个知根知底的才行，好在熟人多，总算找到较为合适的人选。

刘爱华说："好啊，汉树正愁这事呢。"

咪毛说："我在建国电影院碰见他，还顾不上说呢。"

"你怎么去了电影院?"

"我是路过呀。"

"汉树是去看电影?"刘爱华有点不舒服。这个时候丢下暹春出去实在不好。

咪毛当时见汉树站在电影院门口，汉树朝他点点头，没招呼，他也觉得诧异，后来才明白，汉树不是回来休假的，而是在执行任务。

"人家总有人家的事，你管他做什么。"他只能这么说。

这时，楼上突然传来暹春的呼唤。

"娘娘，快来。"

刘爱华赶紧上楼，一看暹春扶在床头，裤子下面都湿了。

"哎呀，你的羊水破了，"她惊叫道，"我去找接生婆来。"

暹春说："娘娘扶我一下，我要去医院生。"

楼下的咪毛听见了，马上说："我去叫辆车。"

一会三轮车停在了门口，咪毛夫妻把暹春扶到车上，一起往普爱医院赶去。

此时，汉树还站在建国电影院门口，他似乎等待着进场，其实是等一个目标，就是胡汉民的堂弟胡春和，他是胡汉民的眼睛、耳朵和鼻子，侦讯处决定抓捕胡春和，就要让胡汉民变成瞎子和聋子。

过了一会，电影终于散场了，观众一个个走出来，有个二十岁的瘦个子进入了视线，汉树拿出照片对了一下，确认此人就是胡春和。

此时，胡春和怀揣着数张委派令，哼着小曲从电影院出来，不想碰见载着暹春的三轮车急驶过来，胡春和一看是孕妇，不由停了下来。

汉树正关注着胡春和的动静，一看三轮车上坐着暹春和刘爱华，咪毛骑着车紧跟在后面，他大吃一惊，赶紧闪在一边，又向周围的同志作了行动的暗号。

等三轮车驶过，胡春和正要过街，又一辆三轮车从侧面飞速冲过来，呼的一下将他撞倒在地，那条崭新的蓝华达呢长裤从裤脚一下撕到裤腰。胡春和顿时恼羞成怒，从地上一下爬起，用他那浓重的汉川乡音对着骑车人就开骂起来。骑车人被骂烦了，对着胡春和劈头盖脸一阵拳脚，打得胡春和踉踉跄跄。

打斗声惊动了公安民警，便过来扯开二人："你们这群流氓，竟敢当街斗殴，走，跟我们到局里去解决。"不由分辩，带走了两人。

原来骑车人正是汉树的同志。这出好戏也是他们策划好的。

傍晚，汉树赶到普爱医院，暹春已经生了，刘爱华把襁褓里的小毛头抱过来："快来看，是个男伢。"

汉树瞧着儿子的小脸，只是傻笑，刘爱华说："看看长得像谁？"

汉树把孩子放在暹春床前，对她说："像你呢。"

咪毛说："儿子多是像姆妈的。"

暹春对汉树说："你不在，多亏了咪毛叔照应。"

汉树说："我知道，都看见了。"

"你看见我们的车了？"刘爱华惊讶道。

汉树点点头。

"你怎不叫我们？"

咪毛把她一拍说："汉树的事你不要问。"

刘爱华愣愣地望着他，咪毛也不理，转头问汉树："孩子的名字起了没？"

汉树说："早想好了，儿子就叫小松，像松树一样坚强健壮。"

"名字不错。"咪毛点头说。

"小松，小松。"汉树逗着儿子。

刘爱华端着一碗鸡汤过来喂暹春："刚煨好的，快吃。"

汉树站起身来，望了望窗外。

咪毛说："你有事就先走吧，暹春有我们照护，你放心好了。"

汉树说："那就麻烦叔叔娘娘了。"

"不用客气。"

汉树走在夜色中，脸上一直洋溢着幸福的笑容。

特务头子胡汉民果真慌了。

几天前，近在咫尺的郭记茶庄出了事，公安人员查到收发的电台，郭老板被带走。现在胡春和又失踪了，让他真成了聋子和瞎子，外面的事听不到，组织下面的事也不知道了，他有种厄运来临的预感。心一时乱极了，情况突然变得这么快，令他始料不及。看来武汉不能继续待下去了，现在只有一条路，就是逃回台湾。

胡汉民在住处的前后巷子观察许久，确信没有盯梢后，才放心上了一辆三轮车，径直往江汉路的家中驶去。他暗自庆幸，这个住处没有第二个人知道。却不知，他身后不远处，若即若离出现了一辆三轮车，一直跟着他，车上坐的正是汉树和他的同伴。

不一会，三轮车就在一个巷子口停下了，胡汉民下了车，然后走进了家门。

汉树和同伴随后也下了车，两人观察了一下，发现巷子有两个出口，一头是个伢伢书摊，另一头是个茶摊，汉树走进伢伢书摊里，同伴就坐到茶摊旁喝起了热茶。

大约一顿饭的工夫，胡汉民换了一身衣服，拎着个手提箱匆匆走出家门，然后钻进一辆三轮车里。

"快，到码头。"他对车夫说。

汉树一看情形，立即跟同伴打手势，两人也上了一辆三轮车，紧紧跟上。

走了十几分钟，就到了江边轮船码头，胡汉民跳下车，走到长航售票点买了张船票，然后就钻进候船室边的一间小屋里。这个地方，之前他实地察看多次，从这间小屋翻过去就是马路，混进人群也很难发现他，如果顺利，不到一分钟就可以到检票口。他暗暗祈祷，愿神灵保佑，过了这一关，就暂时安全了。

"不许动！"

这声音如晴天霹雳，震得他一呆，面对几支黑洞洞的枪口，他一下瘫坐在墙角，再也不想起来了。

第三十八章　儿子

每个朝阳升起时，总是从东边的屋顶照进窗户，衣柜的镜子折射着一片橘黄色的光芒，房里就显得更亮了。儿子粉团团的脸在光影里更加生动，圆眼睛瞧着她，然后咧嘴一笑。

这一刻，暹春也被融化了，她一直记得小松最初的笑脸，只要想起，所有的烦恼忧愁都抛之脑后。

她没有抚养孩子的经验，一切都是现学，如何抱孩子，如何换尿布，小衣服小被子倒不用愁，毛姨帮着做了一些，陈汉香把儿子小时候的衣服都送来了，出了月子，她就把儿子交给毛姨照看，去吕家铺子上班，再抽空回来喂奶。

哺乳期的暹春，脸似多汁的桃子，饱满润泽，穿着收了腰身的碎花褂子，更是凹凸有致，丰腴动人。

她走在街上，就会聚焦不少目光，进了吕家铺子，店堂也仿佛亮堂了些，顾客川流不息，趁着买东西，也多看一眼暹春。

暹春早就是名人了，她的出生和经历总是人们茶余饭后的话题，又美丽能干，多才多艺，解放前的那个画展已让她崭露头角，慕名者纷至沓来，得知吕家铺子曾是红色联络点，在抗战和解放武汉时筹集药品，做过不少革命工作，人们对暹春就不只是羡慕，更是钦佩了。

她休产假这段时间，一直是刘爱华打理着店铺，她一上班，刘爱华自然轻松了不少。

"你来了，我也少磨些嘴皮子，不时有人来问你呢。"

"问什么呀?"

"还不是盼着你来。"

暹春看到店堂窗明几净，柜台里陈列的商品整整齐齐，忍不住说："娘娘辛苦了。"

"你在时不觉得，你不在时总有事情来，尤其是进出货，我这脑袋瓜子容易被蒙，就全照你的来。"刘爱华说。

"我来了，你就好好休息几天吧。"暹春说。

"你要喂奶，店里也离不得人，我反正也没事，就守着吧。"

"成刚中学毕业了，你得做饭呀?"

"现在咪毛要他去粮店帮忙，早上做的饭带过去，不用我忙。"刘爱华道。

暹春说："成刚是个听话的伢，长得又挺拔，全接收了你俩的优点。"

"操心哟，"刘爱华说起儿子便滔滔不绝，"每天一早到江边练操跑步，回家就抱本书看，叫什么《钢铁是怎样炼成的》。还说要去当兵，上战场……"

又有顾客进门，刘爱华只得去照应。

阳光一点点移动着，街上的人流也在变动，各种声音汇成了交响曲，构成石板路上独有的韵味，冗杂而悠长。

十点多钟的样子，有位穿中山装的青年走进吕家铺子，对柜台里的刘爱华说："请问吕暹春同志在吗?"

刘爱华一看他，便说："你就是前天来找过她的吧?"

"是，"青年不好意思地点头，笑着说，"我找她有点事。"

"她正好来上班了，"刘爱华转身去叫暹春，一会出来说，"行啊，请进来吧。"

青年跟着她进了里屋，看到暹春正在打账，他便招呼道："吕暹春同志，你好！我是二区文教科的晏玉伟。"

暹春抬头一看来人，中等个子，戴着眼镜，文质彬彬的，便笑着招呼道："晏同志，你好！请坐。"

晏玉伟坐下，环顾了一下周围，说："没想到你还会做账呢。"

暹春笑笑没作声。起身倒了杯水，递到他手里。

"谢谢。"晏玉伟把杯子放在桌上。

暹春坐下，把手上的事放在一边，等着他发话。

晏玉伟把眼镜扶了扶，笑着说："我曾看过你的画展，印象很深刻，没想到是出自一位没学过画画的小姑娘手中，太难得了。"

"随手画着玩的，只是想留住那些记忆。"暹春说。

"真好，真的……"晏玉伟情不自禁道。

暹春一下想起什么，便问："你就是送文房四宝的那位吗？"

"是我，"晏玉伟不好意思地笑笑，"当时慕名而来，是想向你学习的。"

暹春忙说："谢谢，实在不敢当。"

"你过谦了。"

暹春红着脸，不知说什么好。

晏玉伟也意识到有些失态，喝了口水说："是这样，区里有一个去杭州美术学校进修的名额，我们考虑到你有绘画天赋，如果经过正规学习，绘画一定会更上一层楼，就想推荐你去，你看怎样？"

暹春愣了一下，她现整天考虑的是进货出货，成本利润，画画几乎忘记了，此刻人家提起那些过往，令她欣慰，也生出莫名的怅然。

"谢谢，可是我好久没画画了。"她不好意思道。

晏玉伟说："基础在那，应该是可以的。"

暹春还是摇了摇头："我刚坐完月子，孩子也丢不开，恐怕去不成。"

晏玉伟惊讶道："你有孩子了？"

暹春含笑点头。

晏玉伟眼里流露一丝失落。

"学习机会难得，你还年轻，又有天赋，以后当画家不好吗？"他又劝道。

刘爱华在外面听见了，便进来说："怎么，你要去学习画画，刚来又要走啊。"

暹春笑着没作声。

晏玉伟见此，写了个电话号码交给暹春，站起身说："我还有事，今天特地过来告诉你，还是考虑一下吧，请尽快给我回话。"

暹春把晏玉伟送出来，看着他匆匆的背影消失在人流里，想人家为她的事特地跑来两趟，却让人家失望，一时也有些难过。

她对着人来人往的石板路发着呆，五颜六色的招牌在太阳下闪着光影，蓝田室雅扇、玉露斋烧腊、罗天源帽、何云锦鞋、洪太和丝线……像一座座航标，引导来来往往的商客奔向各自的目标。恍惚看见有个小姑娘在人流中穿行，她身后的景象也变成了画面，在不断延伸，小姑娘也在变，渐渐成了今天的样子。

她一时痴着，像一座雕像，没发觉来来往往的人也在看她。

"暹春，该回去喂奶了？"

刘爱华过来催促。

儿子……她一下清醒过来，赶紧往家走去。

夕阳落下去了，天边铺着淡霭色的云霞，石板路上的人流渐少，一些店铺陆续打烊，四处响起小贩的吆喝声。

汉树因破获特务团伙有功，被提为侦讯处副处长，前日又为一个案子去市郊待了两天，此时他正快步往家赶，却见一个货郎慢悠悠地走在前面，那身上背着一嵌有玻璃的木竖柜，柜子擦抹得纤尘不染，像玻璃水晶似的透明无瑕，柜子里装着各色各样的物品，他一边吆喝着，一边摇动那根穿着皮鼓和小铜锣的木棍，一时鼓锣齐鸣。

"噗咚咚当嘟……雪花膏、香粉、香肥皂……噗咚咚当嘟，冰片扑粉、爽身粉哎——蚊子一见就会滚，宝宝一宵睡安稳哎……"

汉树对货郎有着本能的排斥，也是幼年的那次被拐。此时听到吆喝，想起毛毛头上生了不少痱子，夜里就爱啼哭，吵得大人也难以安眠，不由掏钱买了袋爽身粉。

刚拐入花翎巷，却见暹春抱着孩子匆匆往外走，毛姨跟在后面。他急忙问道："毛毛怎么了？"

暹春说："毛毛有些发热，带他去看看。"

汉树赶忙接过孩子，对她们说："我去医院，你们就不用陪着了。"

暹春非要去，就让毛姨留在家里。

两人抱着儿子急急忙忙往前赶，一会到了普爱医院，儿科诊室里已坐着几个来看病的孩子，有一位医生在忙着。等了一会，医生把前面的孩子看完了，暹春忙把毛毛抱过来，急着说："上午还好，下午有些吐奶，现在又发烧了。"

医生摸了下头部，说："头上生了这么多痱子，平时喂水多吗？"

"他就不爱喝水，只吃奶。"

医生把水银温度计放在毛毛的腋窝，又拿压舌板看了看毛毛的喉咙，再用听诊器放在毛毛的胸口，仔细地听："喉咙有点红，肺部还好。"

一会，医生拿出温度计，一看是37.5℃，便说："可能是热毒引起的，先打一针消炎，再给他喂点保婴散吧。"

护士给毛毛打了针，服了药，又用盐水擦拭头部，抹了消炎粉，毛毛也安静些了，不再哭闹，医生说毛毛太小，就留在医院里观察一下吧，等烧退了再说。汉树拿着医生开的药单去缴费，一看上面写有冰片粉，就拿出口袋里的爽身粉说："我正好买了一袋。"医生便划掉了。

汉树缴完费回来，就坐在一边守着。遑春看他疲惫的样子，便说："你饿了先回去吧?"

汉树问："你不饿吗?"

遑春说："已经饿过了。"

汉树便把她一拉："出去吃点东西。"

两人走出医院，已是夜幕低垂，灯火阑珊，看到挑担的小贩在叫卖凉粉凉面，那面担用白桐油鬃得白里透亮，栗木扁担两端还镶着黄铜云头，金光闪闪。担子一边放着洁白晶莹的凉粉，上面盖着崭新的白毛巾，另一边是锃黄油光的银丝凉面，配以十来个白瓷小罐，除了酱油、麻油、辣椒油和芝麻酱外，还有姜汁、蒜水、香醋、味精、胡椒粉、虾皮、蜇皮和绿豆芽，以及榨菜、红萝卜和大头菜三样切成的碎丁，那盛面的碗底足有二寸高，像个高脚瓷盘。

汉树看得诱人，便和遑春各要了碗凉面，两人就站在街边吃起来，微风轻轻吹拂，舒爽宜人，等胃部熨帖了些，遑春便说起去美术学校上学的事。

"你要喜欢画画就去吧。"汉树说。

"家里哪丢得开，毛毛这一病，就完全打消了念头。"

汉树顿了一下，小声说："还得告诉你一下，现在形势很严

363

峻，以美国为首的联合国军已从朝鲜仁川登陆，战争一旦扩大，我们难免遭殃。"

"朝鲜要打不赢美国佬，我们要不要支援?"暹春问。

"听说已有几十万边防军在鸭绿江边集结。"

"台湾还没解放，这边又起火了，打仗又会导致货源受阻，价格波动，刚刚经历银圆粮食棉纱的风波，稍得一点喘息，哪受得了再次折腾?"暹春忧心忡忡。

"我看你练就了一副商人头脑，画画怕是离远了。"汉树笑道。

"我也知道，就不用去美术学校了。"暹春说。

汉树说："你自己想好。"

"不去了。"

汉树知道她的个性，定了的事不会改变，也不好再说什么，两人又一起走进医院。

第三十九章　参军

"雄赳赳，气昂昂，跨过鸭绿江，保和平，卫祖国，就是保家乡……"

歌声在四处传唱，像火苗一样点燃民众的热情，"抗美援朝，保家卫国"的标语张贴在大街小巷，汉正区公所门前设立了捐献箱，前来捐献的人川流不息，各种各样的钱币堆放在桌上，咪毛与工作人员站在太阳底下，有的登记，有的收款，有的开收据，有的拿着喇叭筒在宣传："豫剧演员常香玉义演了170多场，募得捐款15.2亿余元，为志愿军购买了一架米格15战斗机……"

"啧啧，一架战斗机要15亿元呀。"有人叹道。

咪毛忙着解释："捐献人民币15亿元①，即作为战斗机一架，捐献人民币25亿元即作为坦克一辆，捐献人民币9亿元即作为大炮一门，捐献人民币8亿元即作为高射炮一门……"

刘爱华走上前来，工作人员便笑着招呼："刘阿姨也来捐款啊，毛主任已捐过了呢。"

刘爱华说："他是他，我是我。"

"夫妻做表率啊。"

咪毛没想到妻子会来，她平时省吃俭用，一分钱当两分钱用，

---

① 旧币值，其一万元等于新币值一元。

能来捐款，肯定是受了暹春的影响。

"好，好爱国。"他朝妻子笑道。

"是好爱华。"旁边的人打趣道。

咪毛不好意思，转头又去忙他的事。

这边的刘爱华交完款，接过收据，见上面写着：

武汉市抗美援朝分会

今收到二区汉正街刘爱华同志交来的捐献飞机款人民币壹万元。

1951年5月17日

刘爱华看到同志二字，嘴角不觉微微上扬，她把收据叠好，放进口袋，便往回走。她是个热闹人，嗓门又大，走在路上总碰到熟人，彼此招呼，半条街走过，都知道她去捐了款。走到吕家铺子，暹春便笑着招呼："你看谁来了？"

刘爱华一看柜台里的人，顿时绽开笑脸："哟，是瑾格呀，听说你调到教育局，好久没来了，稀客啊。"

暹春说："瑾姐是特地来给我们送戏票的。"

"谁的戏？"

"你猜猜。"

刘爱华迟疑一下，问："听说梅兰芳来汉口了，在大智门车站被围得里三层、外三层，难道是去看他的戏？"

陈瑾格点点头说："好不容易得到的票。"

"真是呀，瑾格你太好了，"刘爱华喜得一下抱住她，"没见过梅先生，这下可要圆梦了。"

遄春说："娘娘，你轻点，瑾姐害伢呢。"

"怀上了？"刘爱华一下松开手，"怪不得瘦了呢，是不想吃东西吧？"

"吃点就吐。"瑾格说。

"我弄些酸黄瓜给你带去。"

"嗯，就想吃酸的。"

"我这就回去拿。"刘爱华急急忙忙往外走。

这时，一群学生拿着喇叭筒喊着"抗美援朝，保家卫国……"从门前经过。

陈瑾格见了，不觉道一句："刘锦可能要去朝鲜……"

遄春愣了一下："他们是军管部门，也会有调动？"

陈瑾格说："志愿军总后勤部需要人，华中贸易公司不少人应征，他也报了名。"

"你怀了孕怎么办？"

"怀孕的是我，又不是他。"陈瑾格笑了一下。

遄春迟疑了一下说："他去了朝鲜，又没人照顾你，不如来我家住吧？"

陈瑾格摆了下手："你整天忙，毛毛还在吃奶，我来不是添乱？"

遄春说："你一个人又添什么乱？"

陈瑾格还是摇了摇头："我现早出晚归，吃饭都在单位解决，不麻烦了。"

遄春见她执意如此，也不好再说。

不一会，刘爱华拿着一罐酸黄瓜过来，瑾格说还有事，带上东西便匆匆走了。

当晚她们提前关了店门，遄春回去把儿子安顿好，特地换上在九华做的绸旗袍，刚剪的短发微微卷曲，靓丽又时尚。刘爱华已过四十，穿着绿格子旗袍，一头波浪卷，清爽利落，两人说说笑笑，一起前往民众乐园。

暹春说："没想到头一次看戏，就是梅先生的戏。"

刘爱华笑着说："我们有福啊。"

从汉正街出来，就上了中山大道，天边的云霞已变成灰褐色，一时华灯初放，街道两边的店铺也亮起了霓虹灯，马路的车辆似乎比白天还要繁忙，公交车、小轿车、吉普车、自行车、人力车，来往穿梭。走到六渡桥，人流越是熙攘，德华酒楼上高挂着"抗美援朝，保家卫国"的大幅横幅，民众乐园圆顶大楼附近的车辆已排到南洋大楼，门前川流不息，梅兰芳出演《霸王别姬》的大幅海报十分抢眼，不时还有人在询问戏票。

民众乐园大楼里灯火辉煌，五彩缤纷，犹如进入光怪陆离的大世界。走到民众乐园的后半部分，不仅有玩杂技的雍和厅，唱戏的大舞台，还有演文明戏的新舞台，鼎足而立。上了九级台阶，才能进入典雅华丽的大舞台，大门口两侧各有一只浮雕金凤，凤喙朝上，羽翅飘逸，寓意"凤鸣九天"。

走进剧场内，便觉高旷开阔，穹弧圆顶下，拥有两千多个座位的观众席像一把铺展的优雅折扇，坐在哪个点上，都能听得清楚分明，声音也显得清彻动听。

二人刚找到座位，暹春的视线里出现个熟悉的身影，一看是振五叔带着妻子张咏芹及女儿德华、宝华兴致勃勃走进来，被茶房安排在前排位子就座。

"振五叔，咏芹姨……"暹春忙上前招呼。

"哟，暹春，你们也来看戏呀，"振五起身道。

"朋友送的票，"暹春笑着问，"振五叔也是被邀请的吧?"

振五小声说："梅先生在九华订了行头，做好后，我亲自送到民众乐园。"

"哟，您见到梅先生了？"

"是我量的尺寸呢，"振五几分自得道，"梅先生很满意，特地安排我们一家过来看戏。"

暹春说："有福呀。"

振五拱手道："一样，一样。"

帷幕里响起咚锵咚锵的声音，戏就要开演，暹春忙回到位子上就座，一时观众黑压压一片，座无虚席。

报幕员从帷幕里走出来，向观众简要介绍剧情："京剧《霸王别姬》是梅派的经典剧目。秦末楚汉相争，韩信命李左车诈降项羽，诓项羽进兵。在九里山十面埋伏，将项羽困于垓下。项羽突围不出，又听得四面楚歌，疑楚军尽已降汉，在营中与虞姬饮酒作别。虞姬自刎，项羽杀出重围，迷路，至乌江，感到无面目见江东父老，自刎江边……"

帷幕徐徐拉开，出现项羽与汉军搏杀的场面。

随后，八位侍女随身着武装的虞姬上。雍容华贵的梅兰芳一亮相，顿时引起满堂喝彩，只听虞姬唱道——

> 自从我随大王东征西战，
> 受风霜与劳碌，
> 年复年年。
> 恨只恨无道秦把生灵涂炭，
> 只害得众百姓困苦颠连。

暹春不是戏迷，但《霸王别姬》流传甚广，在茶馆酒肆里常播，大都耳熟能详，此时亲耳聆听梅先生的妙音，如闻天籁，更觉亲切。

> 劝君王饮酒听虞歌，
>
> 解君愁舞婆娑。
>
> 嬴秦无道把江山破，
>
> 英雄四路起干戈。
>
> 自古常言不欺我，
>
> 成败兴亡一刹那，
>
> 宽心饮酒宝帐坐。
>
> ……

虞姬舞剑，是全剧的高潮，已是炉火纯青的梅兰芳，舞得惊心动魄，出神入化，饱含深情又难掩悲凉，临到虞姬抽出项羽的宝剑自刎，观众便唏嘘一片。

终场到了，梅兰芳与演员们出来谢幕，一时掌声雷动，有人献花，掷物，呼喊着梅先生，迟迟不愿离去。

暹春和刘爱华走出来，好久还沉浸在剧情之中。

"难怪是经典，这么引人入胜。"暹春禁不住道。

"我不太懂，只觉得梅兰芳有种气势，一上场就把人吸引住了。"刘爱华说。

"可惜瑾姐没来看。"

"他们夫妻的票，让给我们看了。"

"刘锦哥就要去朝鲜，可能没时间，瑾姐又不舒服。"

刘爱华叹了口气："这一去，不知又要分别多久。"

深蓝色的夜，微风清凉，灯影迷蒙，一对对青年男女在街上徜祥，暹春不觉问："成刚有喜欢的姑娘没?"

刘爱华摇头说："他现只想着参军，去朝鲜参战呢。"

暹春说："咪毛叔是三代单传，就成刚一个儿子，可以不用去。"

刘爱华说："这伢看起来听话，有时也倔得很。"

"他报名了吗?"

"不知道呢，"刘爱华几分忧愁道，"再说我们也拦不住呀，毛主席都送儿子去了朝鲜，我们能落后?"

暹春一时无言，想到面临的战争，看戏的快感渐渐被夜风冲淡了。

朝鲜战争打得正酣，国内成了大后方，一批批的物资运往朝鲜，一批批的部队送往前线。

二区新征入伍的名单下来了，毛成刚赫然在列，那一刻，咪毛的眼睛刺了一下，定了定神再看，果然是他。

"毛主任，你家成刚也入伍了，跟我侄子是一个部队。"同事在旁说。

他含混了一句，连他自己也不知说了什么，心里想的是，怎么向刘爱华交代。

他与刘爱华认识得早，那时爱华是萧家的丫头，比他小两岁，爱华可怜他是孤儿，时常给他送些吃的，他都记在心里，出外也给爱华带着小玩意，两人的关系被萧老爷知道后，就做主办了婚事，还把萧家堆栈的一间房让给他们住，那时他二十岁。婚后不久，李爱华怀了孕，他喜不自禁，可过了两个月，爱华流了产。过了半年再怀，结果又流了，他伤心不已，后来就不让爱华做事了，安心在家养身体。第三次怀上，两人特地到栖隐寺烧了香，每天小心翼翼，他也不出去做事了，整天守着爱华，苦熬十个月，终于产下儿子成刚。

儿子来之不易，也蛮听话，好不容易长到十八岁，现突然要离开他们，让他一下接受不了。但在同事面前，他不能流露一点情绪，暗暗责怪自己，不能这样，已经是预备党员了，就这么点思想觉悟？你儿子是亲生骨肉，人家就不是？都像你这样，谁还去保家卫国？共产党员不就是舍小家，为大家，为党奋斗终生吗？

他这番想着，就准备去做刘爱华的工作。晚上回到家里，却看到那母子俩在说话。

"姆妈，你舍不得我走，但我又必须参军，我们同学好些都参军了，我不能落后，现在国家需要我，这是很光荣的事……"

刘爱华一下急了："可我们只有你一个儿子啊，你要一走，我和你爸爸怎么办？"

成刚怔了一下，说："姆妈，我知道你生我不容易，但如果敌人打进我们的国家，就像当初美国飞机将汉口炸为焦土，又能保我们活下？"

咪毛听了，便对刘爱华说："儿子心里装着国家，我们不能只想着自己，也要起带头作用，我现在是干部，如果不做表率，怎么做人家的工作？"

刘爱华望着父子俩，一时不知说什么好。

成刚说："爸，妈，你们就让我去吧，我在战场上英勇杀敌，报效国家，也是为你们争光啊！"

刘爱华鼻子一酸，说："你们父子俩都是一个倔脾气，决定了的事，八匹马都拉不回，我还能说什么呢？"

咪毛知道刘爱华还是过不了这道坎，晚上又劝她半天，才稍稍平复。

成刚见父母的工作做通了，也就放了心，准备去军事干部学校集训，却不料去报到的时候，唯独没有他的名字。他急得问征兵负责人，人家摇摇头说，这是上面的通知，我们也不知道。

成刚气得跑到区公所找咪毛，问是不是他做的事，咪毛也一头雾水，便到处打听，不料区长打来了电话。

　　区长是转业军人，说话也直截了当："老毛，你儿子参军的事是我拦下的。"

　　"为什么？"

　　"你们夫妻都是捐款的积极分子，已做了贡献，独生儿子就不用参军了。"

　　"谢谢区长关怀，可是……"

　　"我知道你的顾虑，我会对大家说明此事，独子不征是早有的传统，你就回去做做儿子的工作吧。"

　　成刚就在父亲旁边，急得直跺脚，一下抢过电话说："区长叔叔，我要参军，我不会在家里待着，请您一定答应我的请求。"

　　区长说："年轻人爱国是好的，但你父母就你一个儿子，也要为他们着想啊。"成刚说："我父母想通了，他们会支持我的。"

　　区长说："你还不知道战争的残酷，要有什么闪失，你父母怎么办？"

　　成刚便把电话交给咪毛，要他说。

　　咪毛看儿子的脸涨得通红，不由说："谢谢区长的好意，成刚想要参军，我和他妈都是支持的，那么多父母都送儿子上前线，我现是国家干部，更要做出表率，为国家，舍小家，您就批准吧。"

　　区长停顿了一下，说："既然孩子这么有决心，我也不好再说什么，你们想好了吧？"

　　咪毛说："我想好了，支持他。"

　　放下电话，成刚说："爸，那我去报到了。"

　　咪毛忙叫："你吃过饭再走啊。"

　　成刚挥挥手，转身跑了。

第四十章　失亲

转眼到来的冬天，让所有人记住了那个最寒冷的日子。

> 长津湖，寒冷的天气比敌人更可怕，零下40多摄氏度，志愿军战士们只有单层的薄棉衣根本不能抵御，加上粮食物资也不充分，一人一天只有一个冻土豆，忍饥挨饿与敌人作战。这场战役打得艰难，志愿军战士在冰天雪地中坚守六天六夜，活生生被冻死……

陈瑾格从内部资料看到这些消息，她为牺牲的志愿军战士难过，也为刘锦担忧，他去朝鲜已整整四个月，来信渐少，而她也快临产了。

刘锦每次来信都说好，丝毫不提战争的严酷情况，怕瑾格为他担心。但瑾格在机关工作，内部消息听得也多，知道志愿军补给线时遭轰炸，随着战线的拉长，后勤部队越来越难跟上先头部队的速度，这让战士们的粮食都很难得到保障。除了粮食之外，士兵的衣物和弹药保障也出现了困难。在长津湖之战中坚守阵地被冻僵的冰雕连，就是和衣物供给短缺有很大的关系。陈瑾格写信问起他的近况，刘锦还是说好，告诉她洪学智司令员负责总后勤部后，后勤工作有了很大改进，建立了一个个兵站，他们在兵站掩体里，相对安全。

除夕前，暹春把瑾格接到了家里，也让刘锦放心。暹春还准备了不少婴儿的衣物，都是她忙里偷闲做的。瑾格对她的好只有照单全收，两人亲如姐妹，一句谢谢便言轻了。

瑾格告诉暹春，成刚现跟刘锦在一起，分到后勤部也因他的特殊情况，成刚进步很快，入朝前已学会了开车，现在走山道也能自如驾驶了。

暹春说："咪毛叔和娘娘都特别关注朝鲜的战况，每天收听广播。现在知道成刚跟锦哥在一起，相互有个照应，也让他们放心了。"

一旁的毛姨听了又发愁："他们在山道上开车，也危险呀。"

陈瑾格正吃着韭菜饺子，愣了一下，不觉停下了筷子。

"怎么啦？"

"还是有些担心……"

"不会有事的。"暹春安慰道。

瑾格勉强吃了几个饺子，便撑着要起身，腰稍一用力，肚子扯动了一下，她连忙扶着桌子站住。

暹春正帮着整理衣物，看她站在那里不动，便问："没吃完呢，再吃点，要不生伢没有劲的。"

瑾格一手扶住桌子说："肚子痛起来了。"

暹春一听，立马起身说："恐怕是要生了，我们赶快准备，送你去医院。"

毛姨赶忙去叫三轮车，暹春把衣物、包被、洗漱用品准备好，便搀着瑾格下楼。

外面正下着雪，毛姨一吱一滑地走在雪地里，半天不见车，好不容易来了一辆，却是满载，她急得大喊："谁有车吗？孕妇要生伢了呀!"

周围店铺的人得知陈瑾格要生了,也跟着四处找车,终于叫来一辆拉货的板车,毛姨带着车夫进了小巷,让瑾格躺到板车上,暹春叫毛姨回去照看儿子小松,自己跟在板车后面推,踏着雪艰难前行。

雪花纷纷扬扬的,飞到瑾格的头上、身上,暹春听到她的呻吟,心急火燎,地又湿滑,她只得安慰:"瑾姐,快了,马上就到了……"

好不容易走到普爱医院门口,暹春忙喊来护士,抬着担架直接把瑾格送到了产房。

暹春守在外面,产房里传来瑾格痛苦的叫喊,护士出来告诉暹春,胎位不正,可能难产,问暹春是产妇什么人,暹春急得说:"我是她的朋友,她丈夫现在朝鲜战场,你们一定要救她呀!"

护士点点头说:"我们会尽力的。"

咪毛夫妇和萧仲平闻讯也赶来了,几个人苦苦地守候着,一分,一秒,缓慢地移动。

暹春望着窗外的漫天飞雪,想着在朝鲜冰天雪地里的刘锦,他是否也在祈祷自己的孩子能顺利降生?

终于听到婴儿的啼哭。

"生了个女孩,6斤2两,母女平安!"护士出来报喜。

暹春望着婴儿红扑扑的小脸,一时鼻子发酸,泪水止不住流了下来。

龙年春节过得很简单,汉树忙得几乎没休息,家里的担子就压在暹春一人头上,偏巧毛姨回家去了,暹春要烧火弄饭,还要时常去看望月子里的瑾格,幸好母亲朱杏子过来了,帮忙照护儿子小松。

元宵节那天，暹春弄了几个菜，想好好团聚一下，结果汉树还是忙到八点多才到家。

暹春给他盛了饭，看他狼吞虎咽地吃着，也不好问。

"等你好半天，菜都热了几次。"朱杏子在一旁说。

汉树吃完了饭，两人一起回到房里，汉树才告诉她："今天河北省人民政府公审了大贪污犯刘青山和张子善。"

暹春一脸惊愕，不禁问："这两人是做什么的？"

汉树从公文包里取出一份文件，递给她。

暹春打开一看——

刘青山，前任中共天津地委书记，被捕前任中共石家庄市委副书记。张子善，前任中共天津地委书记、天津专区专员，被捕前任中共天津地委书记。在国民党的白色恐怖下，在艰苦的抗日战争和解放战争中，没有被凶恶的敌人和险恶的斗争环境所征服，建立过功绩，但他们却在全国胜利两年多的和平环境中，经不起资产阶级自私自利思想作风的侵蚀和引诱，蜕化变质。他们利用职权，盗用机场建筑款、救济水灾的造船贷款、治河款、干部家属救济粮、地方粮、克扣剥削民工供应粮及骗取银行贷款等，总计达1716272万元（旧币）。用于经营他们秘密掌握的机关生产。他们还勾结奸商，投机倒把，使国家财产损失达21亿元。刘、张二人生活腐化，贪污挥霍达37825万元。其中刘贪污1.8399亿元，张贪污1.9426亿元，鉴于罪恶严重，河北省人民法院临时法庭奉最高人民法院令准，判处刘、张二犯死刑，立即执行，并没收其本人全部财产……

暹春念到这里，后背一阵发凉，真是人心不足蛇吞象。她儿时听牧师教导，人类的始祖亚当和夏娃因贪心偷吃果子，被逐出伊甸园，终生劳苦。可见贪心是人的本性。

　　汉树告诉她，刘张大案是"三反五反"斗争的前奏，接下来，公安机关就要展开对贪污盗窃、投机倒把和铺张浪费等案件的查处。

　　暹春说："知道你会更忙的。"

　　"你不也一样？"汉树笑道。

　　过了春节，汉正街的商户便被召集开会，传达五反文件，一些人便议论开了。

　　"公安局抓了一批人呢。"

　　有人指了指暹春："人家汉树春节都没休息呢，暹春是不是？"

　　暹春笑而不答。

　　"武汉的周泽信和刘文清你们听说了吧？"

　　"知道呀，"有人接话道，"两人承做解放军和志愿军用的铁锹70000把，里面却有24300把违反合同，是用汽油桶铁板做的。这种铁锹在挖工事的时候，一碰就弯……"

　　"黑良心的！"

　　"还有更黑的呢，"又有人爆料，"福华电机药棉厂经理李寅廷，负责承做志愿军的医护用品，他从政府领取了一万斤棉花后，却将这些棉花私吞，高价卖给其他的商户，之后雇人在垃圾堆里捡棉花，还扒下死人衣服上的棉花，用来制作志愿军的急救包和三角巾，致使前线很多伤员伤口感染，轻的截肢，有的甚至失去生命。彭老总知道后，气得要枪毙这些奸商，要国内严查此事。总参谋长聂荣臻后来把这些烂棉花拿到了毛主席面前，毛主席也气得要求相关部门严惩这些奸商……"

　　"原来五反运动是因这些奸商发起的呀。"

萧仲平副会长示意大家安静，他继续宣读五反运动的精神。

"五反运动的任务就是在城市中依靠工人阶级，团结守法的资产阶级和其他市民，向违法的资产阶级开展一个大规模的坚决彻底的反对行贿、反对偷税漏税、反对盗骗国家财产、反对偷工减料和反对盗窃经济情报的斗争……"

有些人听了，心里难免忐忑，眼见大街小巷也贴上了标语，坦白从宽，抗拒从严。还要大家检举揭发，胆子小的就坐不住了，生怕被人抓了辫子，偷偷去把那些税款补缴了，那些偷工减料的，也开始收敛起来。总有胆子大的，还存有一分侥幸心理，想蒙混过关。

刘爱华不出店，来来去去的人总会向她透露新闻。

"盛和米店关门了呢。"她又跟暹春说。

"为何呢?"

"跟大兴米厂有来往。大兴米厂在给一批支援志愿军的大米加工时，暗中用两千斤霉米盗换好米，副经理已被抓了。"

"上次囤积粮食就有盛和粮店，那盛老板这次恐怕逃不过了。"暹春说。

"不是不报，是时候未到。"

事情总是复杂多变，无常如影随形。

那个傍晚，卫生局的电话打到萧永康店铺，幸好萧仲平在楼上，一听是局长打来的电话，他的心顿时一跳，不知发生了什么事。

"萧会长，汉正街有几家店卖口罩、消毒粉和喷雾器的?"局长问。

"有一家店卖口罩，主要是销往医院。卖消毒粉和喷雾器的倒有几家。"萧仲平答道。

"好，"局长指示道，"你尽快将那几家店的库存收集汇总，明天下午两点卫生局会有车过来，直接装运。"

"没问题……局长，是运往哪里?"

"安东。"

萧仲平一呆，安东是朝鲜前线的后方枢纽，不是出现紧急事情，局长怎会亲自给他打电话，他想再问，对方已挂断了。

萧仲平不敢耽搁，赶紧给卖口罩的店主打电话。

"刘老板，你家的口罩有多少库存?"

"还有500只，有300只预订的货，准备后天发出。"

"哪里预订的?"

"一个县医院。"

"能暂缓发出吗? 卫生局来通知，有急用。"

"我联系一下。"

"联系好了，将所有口罩打包出库，明天会有人来取。"

"晓得。"

萧仲平又拨了两个号，没电话的，便准备出门去联系。

夜幕降临，街边的店铺亮起了灯光，有的在上排门，准备打烊，萧仲平在麻石路上匆匆而行，见到熟人也顾不得寒暄。他想起还有一家店似乎也卖过口罩，便穿巷子径直而去。

"仲平叔……"

他定睛一看迎面而来的人，便叫道:"汉树，下班回家呀?"

"是啊，仲平叔，这是去哪?"

萧仲平便停下，说了卫生局长来电的事。

汉树点点头说:"我们也刚知道，美帝在朝鲜和东北边境投下大量细菌弹。"

"情况怎么样?"萧仲平急着问。

"具体情况还不明朗，但出现感染是肯定的，中央政府紧急从国内调拨大量鼠疫疫苗及防护用品运往安东，以避免细菌的传播……"

萧仲平说："嗯，接到局长的电话，就想到一定出了大事。"

"是的，耽误不得。"汉树点头。

萧仲平说："碰上你正好，回去告诉一下暹春，她们店里若有消毒粉，明早送到萧永康来。"

"晓得。"

萧仲平走了几步，又回头叫住汉树，小声说："那些防护用品要尽早备货，说不定就会用上的。"

"多谢仲平叔提醒。"

汉树与萧仲平分开，他没有直接回家，而是绕道去了吕家铺子，暹春有时比他回得还晚，说不定还在店里。

拐到正街上，老远看到店里亮着灯光，幸好还没打烊，他刚走到门口，却看到刘爱华出来上排门。

"娘娘，忙到现在呀。"

"哦，汉树，"刘爱华笑着问，"过来接暹春的？她回去了呢。"

汉树正想说那个事，看到刘爱华的笑脸，连忙改口说："刚才遇到仲平叔，他店里有顾客要消毒粉，临时不够数，问店里有没？"

刘爱华说："我们店里卖得少，进得不多，可能只剩几十袋了。"

汉树哦了一声，说让暹春明天回复仲平叔。

往回走的路上，汉树心里沉甸甸的，看到刘爱华他就想到了成刚，那孩子虽然处在后勤部相对安全，但美帝的细菌弹投到了边境线，如果被感染了可怎办？他不敢告诉娘娘，怕她着急，但这消息迟早会披露出来，说不定咪毛叔已经知道了，但愿孩子没事，还有刘锦，他不敢往下去想，瑾格刚生了孩子，可不能让她再添忧愁了。

那几日，陈瑾格一直心绪不宁，生了女儿后，她给刘锦写了封信，报告她们母女平安，好让他放心。又写到生产那天武汉下了大雪，多亏遑春把她送到医院，想他也可能处在冰天雪地之中，就为女儿取名忆雪。

信发出后，她就等着刘锦的回信。上次刘锦的回信过了十多天才到，这次恐怕也要等半个月吧。她就数着日子，到了那几天，只要听到邮递员的车铃声，她就本能地起身，奔到窗前，邮递员的车果然停在门口，手里拿着几封信在叫收件人名字，却没喊她的名字。

她呆呆地望着邮递员骑起车，远去了，心里一阵空落，二十多天了，怎还没来信呢？

除了盼邮递员，她又盼遑春。生完孩子后，她坚持要回自己的家坐月子，遑春和汉树本就事多，儿子也要人照护，她就不能去添乱了。幸好刘锦的堂妹从老家过来，帮忙照料她们母女，但在家坐月子，她的信息也闭塞了，遑春隔三岔五会来看她，也带来一些消息，尤其是毛成刚的消息，那孩子要是有信来，自然会谈到刘锦，遑春就会道给她听。

可是遑春也有一个多礼拜没来了，她想人家忙，肯定抽不开空，但等待的日子十分难熬，堂妹是乡下姑娘，才十七岁，话少内向，又没什么文化，只会埋头做事，跟她也说不了什么。陈瑾格想早点去上班，又不放心堂妹独自带孩子。这般期盼着，她吃不香，睡不好，奶水也少了，孩子吃不饱，整天哭闹，她烦心，人也瘦了，出了月子，脸上还白得没一点血色。

又熬过了一个礼拜，陈瑾格已支撑不住了，那天终于听到门铃响，她无神的眼睛顿时有了光亮，可一看来人，她顿时愣住了。

"陈科长，郑局长过来了。"随行的同事招呼道。

郑难手里拎着水果和奶粉，进来一看瑾格的脸色，便不好受，连说："瑾格呀，受罪了。"

陈瑾格感动道："局长，您那么忙，还过来看我……"

郑难说："你说哪里话，是我们来晚了。"

陈瑾格让堂妹给他们泡茶，被郑难拦住了，说："不要忙，我们不渴。"

屋里的婴儿又在哭闹，陈瑾格忙抱着毛毛到另一屋里喂奶，郑难和同事坐着一边等，望着墙上刘锦和陈瑾格的结婚照，郑难的神色也变得忧戚。

一时陈瑾格喂完奶，把毛毛交给表妹，又过来坐着。

"瑾格，"郑难的话到了嘴边，似乎难以启口，"你和刘锦真是好样的。"

陈瑾格说："郑局长，您是老领导，我和刘锦上中原大学时就认识您了，您一直对我们很关心爱护的，我后来调到教育局，也得益您的关怀。"

郑难摆手说："你是真的不错，到教育局后又立了功，协助公安局抓特务，升为科长是肯定你的能力。"

陈瑾格说："也是领导给我成长的机会。"

郑难停顿了一下，说："作为局长，我做得不够，没能照顾好同志，让我感到惭愧，对不起刘锦。"

陈瑾格听郑难这么说，不觉有些诧异，郑难向来作风严谨，不苟言笑，不太容易让人亲近，即便相熟的人，也难得跟他多说几句话，总是言简意赅。今天亲自来家里看望，又说了这些话，陈瑾格感觉他的到来有些不同寻常。

"局长，您今天来，是有什么情况吗？"

郑难似在极力克制着，但嗓音已变得沙哑起来："我来是要告诉你……刘锦出了点意外……"

"什么?"

同事见郑难低下头，只得接口说："郑局长从志愿军总后的战友那得知了刘锦同志的情况……"

"什么情况?"

"刘锦在后勤兵站附近发现两个生病的朝鲜夫妇，他把两人送到医院后不久自己也病了，一直高烧不退……"

"现在怎么样?"陈瑾格的身子在发抖。

"他感染的可能是鼠疫，一时没有特效药……"

"他人在哪，我现就去朝鲜看他。"陈瑾格站起来，急着要出去。

郑难急忙起身，一把拦住了她："你去找他，孩子怎么办? 再说你去了，又有什么用?"

陈瑾格呜呜地哭起来："那怎么办，就等他去死吗? 局长，您要救救他呀!"

郑难把头转向窗外，哽咽道："对不起，瑾格同志……"

陈瑾格一呆，悲切地问："他已……牺牲了吗?"

郑难掏出手帕掩住脸，点了下头。

陈瑾格木然地问："怎么会是鼠疫?"

同事答道："是美国鬼子投下的细菌弹，那些弹壳中装满细菌粉剂或带菌昆虫，朝鲜夫妇就是被带鼠疫杆菌的跳蚤叮过被感染，后来又传染了刘锦……"

陈瑾格尖叫一声，捂住脸抽泣起来。

郑难抹了下泪说："瑾格，不要太难过了，朝鲜战场涌现了无数优秀儿女，刘锦是为革命牺牲的，我们要继承他的遗志，努力为国家做贡献，早日把美国佬赶出朝鲜……"

陈瑾格停止了哭泣，抹了下泪，说："局长，您放心吧，我会好的。"

此后的几天，暹春和刘爱华轮流过来陪伴瑾格，给她带来各种吃食，但陈瑾格吃得很少，话也少，毛毛又哭闹，暹春着急说："知道你心里难受，可毛毛这么小，要有什么差池，怎么对得起锦哥，孩子可是他唯一的血脉啊。"

陈瑾格一听，泪水又来了，说："此生能与刘锦结为夫妻，是我最引以为豪的事，也庆幸与他有了我们的孩子。"

暹春说："瑾姐，你和锦哥都是我钦佩的人，你一直是要强的，我相信你会渡过这个难关，现在你首先得多吃饭，精神好起来，奶水才足，毛毛才能吃饱。"

陈瑾格听了，便撑着起床，拿起一个包子嚼起来，一时吃急了又噎着，暹春赶忙把菜汤递过去。

瑾格吃了两个包子，缓了口气，又问起成刚。

暹春说："成刚也被细菌感染了，可能是年轻，抵抗力强，挺过来了。"

陈瑾格又触到了痛处，停住了筷子。

过了一会，她问："前几日没来也是因为这吧?"

"也不全是，事情也多，"暹春顿了一下说，"亚东公病重，去看望了他……"

"就是鸿兴织布厂的曾老板吧，蛮好的人啊，他怎么了?"

"得了肝癌，没几天了……"

陈瑾格怔了怔，不觉叹了口气。

四月的那个晚上，月光似乎没有出现，夜显得特别黑，唯有灯光静静地照着纵横交错的巷道，那些灯光里透着无尽的人生，仿佛在诉说各自的悲欢离合。

汉口八元里三巷的曾家，这晚一直亮着灯，几间屋里却少有人说话，孩子从大人的神态里读出了哀愁，都不敢嬉戏打闹，压抑的气氛笼罩着整个家庭。

振五这两天一直在家里守候。自父亲生病，他就挑起了家庭的重担，但九华绸缎庄的生意每况愈下，做旗袍的人少了，老客户也渐渐离去，最后只好关门。他已回鸿兴织布厂，接替父亲负责厂里的一切事务。

但振五实在不像精明果断的父亲，亚东公长得高大伟岸，天庭饱满，地阁方圆，他却个子不高，瘦长脸，承接了母亲洪丽珠的模样，且生性胆小，温良谦和，没有亚东公那般有魄力，不具备管理的能力，好在精通业务，像调色一些关键程序都要经过他这一关才能放样，他对账务也熟，算盘打得飞快，字也写得好，他的和善也赢得了好人缘，由此弥补了性格上的欠缺。何况亚东公早树立了威信，曾家父子的为人有口皆碑，虽然有些工人吊儿郎当，只要不违反厂规，振五一般不会处罚什么，出现偷工减料之类的事，也自有监工和厂务处理，所以振五虽不是强悍之人，却和风细雨一般调和着矛盾，维持着厂里的正常运转。

振五性格懦弱，但他不爱发愁，除非遇到迈不过去的坎，就像父亲的病，无力回天。父亲一向要强，不愿在人前示弱，得了病也一直瞒着外界，只有振五知道，父亲就是承受太多的压力得的病，为了不声张，先在私人医院住了一段时间，不见好转，且昂贵的医疗费用也难以承受，只得送回家里挨日子，整个家庭，便处在愁云惨雾之中。

此时，振五觉得头顶一直有块铅云压着，胸口堵得难受，父亲的肝腹水即便隔着被子也能显出凸起的肚子，已吃不进任何东西，奄奄一息，恐怕熬不过今晚了，他得准备着后事。

母亲洪丽珠一直守候在床边，她个子虽小，性子却刚烈，此时也强压着悲伤，陪伴着丈夫生命中的最后时刻。

夜，静极了，只有偶尔的打更声飘过。

不知几时，外面传来小贩的吆喝声："油绞①——"仿佛从天边传过来。

弥留中的曾亚东听见了吆喝，虚弱地说："振五，我想吃油绞，你去买点来……"

振五赶快跑下楼，买了两根热油绞上来。他把油绞递给母亲，洪氏掐了一些喂到丈夫口里，曾亚东嚼了嚼，似乎想吞下，却一口气上不来，眼睛直瞪了一下，便垂下了头。

哭声从房里传出来，渐渐左邻右舍也听见了。

"亚东公走了……"

人们叹息，感念他一生勤勉，为人仁厚，三三两两前来悼念，悲伤在四周弥漫。

---

① 油绞：方言，油条。

第四十一章　停战

一晃儿子小松已满周岁，开始蹒跚学步，时刻要人跟着，暹春却发愁小松没人看护，毛姨的儿媳生了伢，要回去照护，想来想去，只好让外婆朱杏子代劳。

朱杏子散淡惯了，现在跟姑娘女婿住在一起，每日除了带外孙，附带还要烧火做饭，生活变得忙乱起来，无形扫去了形影相吊的孤独和寂寞，尤其是孙儿绕膝的天伦之乐，让她舒心，忙碌倒也不觉得累了。

每天早上，她挎着竹篮子，推着藤车椅，让小松坐着，从花翎巷出来，沿着石板路慢慢地溜达，小车轮咯吱咯吱地响着，奏鸣曲一般，汇入街上的市声，就好像注入了一道水流，经年的，新鲜的，所有的气息都在此融合，形成了一幅恒常悠远的风情画卷。

朱杏子虽年过半百，却一直生活在市井之外，她不太喜欢跟人打交道，总是独来独往，随性而自在。人的天性却在不经意间被焕发，确是隔代亲，暹春都改变不了她的孤僻，但小松改变了她，为了小松，她也过起了琐碎的世俗生活，在菜场里，她会左挑右选，渐渐跟摊位的小贩熟悉了，知道谁家蔬菜新鲜又便宜，有时还会讨价还价，买了豆腐干子，还会买碗豆腐脑，就坐在摊位边，慢慢喂给小松喝，吃完了，再推着车慢慢地往回返。

日子在这份闲适中一天天流过。

那天下午，朱杏子在窗台边绣着花，阳光透过窗户照进来，地板上投下一道暖暖的光影，小松就在那光影里玩着积木，屋里很安静，只有小松搭积木的声音。朱杏子绣了一会花，一时有些困倦，便走到床上躺着，一会就迷糊睡着了。

小松在屋里玩了会积木，看外婆睡着了，房门虚掩着，便摇摇晃晃往外走，走到楼梯口，就想下楼，便摸着栏杆往下挪步，刚下了两步，脚一下没站稳，身子一歪，就顺着楼梯一路滚下来，砰的一下，正好碰到楼梯边的一个花盆上。

哭声惊醒了朱杏子，她连忙跑下楼，一看小松倒在花盆边，嘴角豁开一个大口子，鲜血直流，她也吓坏了，抱起孩子就往医院跑。

她跑得上气不接下气，经过萧永康时，幸好被店员看见了，马上喊来陈汉香，陈汉香一看小松还在渗血的嘴，哎哟一声，连忙喊店员把装货的三轮车推来，载上他们一起往普爱医院奔去。

到了医院急诊室，大夫一看口子，说要缝针，可是没有麻药，孩子一痛就哭，实在不好处理，但不缝针以后伤痕较大。

朱杏子急得直掉泪，也没有主意。陈汉香问大夫能否想点办法，多花点钱都行。大夫说：“麻药多支援朝鲜前线，十分紧张，一般用在大手术，实在没有别的办法。”

陈汉香说：“可让伢受罪了。”

大夫说：“只能往他口里塞点纱布看行不行。”

陈汉香扯了下朱杏子，朱杏子抹了下泪说：“只能这样了。”

大夫便拿来针线，把棉纱球塞进小松嘴里，几个人在一旁按住他，大夫消完毒，将针扎进小松的嘴里，他的喉咙里堵着，脸涨得通红，大粒的泪直往外滚，朱杏子心疼死了，抖着嘴直叫：“造孽呀……”

晚上，暹春和汉树回来，小松便奔上前哭道：“妈妈，好痛……”

汉树看到小松的嘴肿着，一听缝了三针，心里自然不好受。暹春问了下情况，忍不住埋怨说："姆妈，您怎么不看着呢，摔成这样，这恐怕要破相呢。"

　　朱杏子心里难受，有嘴说不出，晚上饭也没吃，就在自己房间里待着，自责，担忧，怨怼，懊恼，一股脑袭来，她是为了孙儿才这般辛苦，为看好小松，平常的作息都打乱了，一直没有好生休息，下午确实是累了，才去打个盹，结果还是出了事。她一直在硬撑着，知道姑娘姑爷都忙，她尽量把家务事都做了，笨拙的她已尽了最大努力，才勉强维持目前的局面。但是暹春和汉树心里只有工作，哪会想到家务事一样琐碎磨人。现在出了事，就只有埋怨她，所有的辛苦一笔勾销了。

　　她越想越委屈，止不住地流泪，却不见暹春和汉树过来安慰她，知道两人心疼儿子，还在懊恼中，就越发不是滋味。

　　却不知，暹春和汉树也没有吃饭，小松的嘴肿着，不能吃东西，晚上一直哭闹折腾，两人也跟着受罪，没睡个囫囵觉。

　　第二天，夫妻俩比平时起得晚，汉树匆忙洗漱一下就走了，暹春看小松睡着，收拾完了就下楼，今天店里的事情多，她还得早点过去。

　　朱杏子在楼下摆好了早点，她买了热干面、面窝和豆浆，又给小松煮了稀饭。朱杏子叫暹春快吃，暹春看她肿着眼泡，便说："姆妈，您家昨晚也没睡好吧？"

　　朱杏子说："怎么可能睡得好。"

　　暹春没作声，吃了几口又问："今天小松还要去打消炎针吧？"

　　朱杏子说："是啊。"

　　"我今天有点忙，实在不能陪你们去医院了。"

　　朱杏子说："你忙你的，我推他去就行。"

暹春吃完了早点，正要走，朱杏子叫住她说："这两天你去找个保姆吧，我得回洗马长街去了。"

"为什么？"暹春一时接受不了，"你不带小松了？"

"我身体吃不消，要休息一下。"

暹春明白过来，她姆妈心里有怨气，便说："姆妈，昨天出那个事，我们都不舒服，您家也不舒服，如果有什么不是，您家就担待一下吧？"

朱杏子一听这话又不舒服，说："我担待得还不够吗？"

暹春听这话里带着气，连说："好，好，是我说错了。"

朱杏子说："你还是去找人吧，我确实累了。"

暹春愣了一下，说："嗯，我先去店里忙，今天尽量早点回来。"

三天后，朱杏子回汉阳去了。

暹春没有找到合适的保姆，她就带着小松上下班，把车椅放在后门，让小松坐在里面玩，她和刘爱华时不时看护着，等到空闲了，便牵着小松出来走走。

小松嘴巴的伤口恢复得不错，但还是留下一道浅浅的印子。这道伤痕也让暹春决定，自己带着儿子，虽然累点，但伢在她眼皮底下，总让人放心。

不久，汉正街建起了托儿所，这也是咪毛抓的一件大事，不光是解决暹春的困难，也有不少妇女因孩子拖累无法工作。

托儿所就定在桂嫂菜馆里。

桂嫂答应把菜馆改成托儿所，自然是咪毛做了不少工作，当然也要她自己情愿。菜馆本就不大，每天的营收也就那么多，扣除成本和租金，略有盈余。改成托儿所，她就不用自己花钱付租金，还有人员工资。每天的支出，都是公家的，而且公家还要付给她工资，省去了不少麻烦。她当了托儿所所长，就是国家公职人员，比做小老板要体面，何况那么多孩子需要人照料，自己没有孩子，把人家的孩子当自家的孩子，不也一样？这是咪毛教导她的，她慢慢就领悟了。

菜馆改成托儿所说来简单，也花了两个月的修整，首先厨房要干净整洁，食材新鲜而多样，防火消毒要到位，还要隐避，防止孩子们出入。雅间改成休息室，里面摆放小床、小柜子，大堂是活动区域，成排的小板凳、小桌子、木马等，墙壁粉成了暖色，画上了好看的动物、花草，画画的人也是现成的，就是暹春。暹春全力帮忙，不光是要把小松送进托儿所，她也是居民小组长，负责街道的工作，咪毛在区公所的事千头万绪，不可能时常过来，暹春就协助桂嫂做事，一件件地理顺，包括招收护理员，都要把关，小伢们的启蒙和安全可不是小事，要找那种踏实又细致的人。

萧仲平也是热心者，哪怕再忙，都要抽空过来看看，有时还帮忙搬东西。旁人有时开玩笑，说萧会长自家的店不去，也要过来看桂嫂。

萧仲平听了也不作声，依然故我。谁都知道他跟桂嫂的关系好，平先生在时，他就几乎每天来菜馆，那时别人不觉得什么，知道平先生与他关系不错。平先生去世后，他照例每天中午要来桂嫂菜馆里吃饭，跟桂嫂有说有笑的，渐渐就有了些闲言碎语，说他跟堂客说不了三句话，到桂嫂那里就像被黏住似的。

话传到陈汉香那里，自然是气不顺，有时就叨嚼几句，好在桂嫂会做人，时常请夫妻俩一起吃饭，有好吃的也给她送过来，俨然亲姊妹一般，把她的疑惑打消了，也把桂嫂当姐姐看待，就不在意萧仲平去不去菜馆。当事人不计较，旁人又有什么好说的，那些闲话也渐渐烟消云散。

遑春自然不会在意这些，萧仲平和桂嫂都是长辈，也是亲人，她最初在汉正街落脚，就因二人的帮助，她时常感念，每处在困境中，总有一双手把她拉出来，让她逢凶化吉，遇难成祥。那时她还想不到贵人相助这个词，只觉得冥冥之中有神明在护佑她。

托儿所建好之后，解决了不少职业妇女的后顾之忧，遑春每天早上把小松送进来，看到小松与孩子们一起吃早餐，不像在家里还要撵着喂，渐渐地，小松长高了，身上的肉也变结实了，她不知桂嫂施了什么法，让不好好吃饭的小松乖多了。

那天，遑春到大夹街进行了人口普查登记，便去了托儿所，正好碰上孩子们围着小桌子吃中饭。孩子们的饭碗里有蒸鸡蛋、胡萝卜炒肉丁、白菜蘑菇等，有孩子把胡萝卜挑出来不吃，桂嫂见了，也不作声，笑着说："我给小朋友们讲个小白兔吃萝卜的故事，想不想听呀？"

孩子们说想听。

桂嫂便讲起来。

　　从前有一只可爱的小白兔，它住在一个美丽的森林里。

　　小白兔非常喜欢吃萝卜，就在森林里种了不少萝卜，等萝卜长大了，小白兔都会去田地里挖萝卜。

　　每当小白兔看到萝卜，它就会感到非常兴奋，因为它知道自己可以吃到美味的萝卜了。小白兔的嘴巴非常灵活，它可以轻松地咬下萝卜的一小块，然后慢慢地嚼着吃。但是有一天，小白兔发现田地里的萝卜都被其他动物吃光了。小白兔非常失望，因为它没有吃到萝卜，而且还感到非常饥饿……

不知不觉，那些被挑出来的胡萝卜又被一张张小嘴吃进去了。

暹春忍不住鼓掌叫好，桂嫂真让她刮目相看，原以为桂嫂只会做吃的，为人圆泛，却没想到还有这种能耐，让孩子们乖乖听她的。可她没有养过孩子，也没正经念过书，是从哪里学到这些的？

她也不作声，四下找答案，终于从桂嫂的房间里，看到一摞童话书，便问桂嫂，书是哪来的。

桂嫂说："你仲平叔找来的，多半是你小弟弟以前看过的。"

暹春笑问："那些故事就是从这里学来的？"

桂嫂说："不学哪行啊？你仲平叔说，托儿所的阿姨，先要把自己当作孩子，得懂孩子们的心理。"

暹春感叹道："徽州人好学真是名不虚传，也难怪咪毛叔会找您做托儿所。"

桂嫂说："我是赶鸭子上架。"

暹春笑道："好啊，我家小松有福了。"

桂嫂小声说："做托儿所也因小松啊。"

暹春娇俏一笑："晓得桂姨疼我。"

板门店停战协定签订后，朝鲜战争结束了，全国上下欢欣鼓舞，总算可以腾出手搞建设了。

汉正街一片繁忙的景象，一些新的变化也在改变着人们的生活。人口普查完成后，武汉市人口已达百万，跻身全国大城市前五之列。人口多，吃饭成了天大的问题，市政府为了将有限的物资最大限度地分配给居民，以保证基本的生活需要，对粮食实行统购统销，凭证计划供应。作为街道居民小组长的暹春，成了大忙人，被抽到区公所帮忙发放粮票和购粮证。

暹春在外面忙，吕家铺子就基本交给刘爱华打理，刘爱华每天在店里守着，心却飞到万里之外，每天盼着还在朝鲜的成刚回家，却迟迟不见动静，她让咪毛写信给成刚，成刚倒是回了信，只说现在部队的生活比战时好多了，吃饭和休息都能保证，他们还要帮助朝鲜人民恢复建设，但没提到几时回家。

刘爱华本不是爱忧愁的人，儿子参军上前线，她虽心有不舍，但有那么多榜样激励着，她也接受了成刚的选择，后来又听说分配到后勤部队，跟刘锦在一起，她就放心了。

却没想到，一向谨慎小心的刘锦中了细菌之毒，白白牺牲了，刘爱华为他惋惜难过时，也为成刚担心，刘锦好似成刚身边的一棵大树，护佑着她的儿子，没了刘锦，成刚就像失了依靠，她不觉为儿子担心，生怕又出什么意外。咪毛虽也担心，还是尽量安慰妻子，志愿军战士都是人民的子弟兵，官兵也是互相爱护的，而且洪学智司令足智多谋，总有制敌的策略，要她尽管放心。

好在停战了，她心里的一块石头终于落了地，但儿子迟迟不归，她的心不免又悬了起来，思念也与日俱增。

咪毛感知到她的心思，总是安慰，快了，快了，也是安慰自己，但是部队几时回归谁都没有底，也不敢有这个承诺。

这天总算来了个好消息，咪毛入选了中国人民赴朝慰问团成员，不日即将启程，就会见到儿子了。

刘爱华的心情又好起来，咪毛走后，她又一天天盼着他回程。

终于等到一个月后，咪毛回来了，刘爱华见到他的第一句，就是成刚怎么样。

咪毛说，因为行程紧，他没见到儿子，但打听到成刚的消息，他很好，还立了功。

刘爱华松了口气，不由又问："为何不能回国呢？"

咪毛仅懂一部分内情，只能大致说道："停战协定虽然签下

395

了，但形势还不稳定，朝鲜方面也请求志愿军继续驻扎，因为美军也驻扎在南朝鲜。现朝鲜到处百孔千疮，我们每到一处，看到桥梁、水利、房屋都炸得所剩无几，急需建设……"

"又不知什么时候回来了。"刘爱华叹息道。

咪毛眨了眨眼，几分神秘道："别急，有个好消息要告诉你，"

"什么，快说。"

"我们慰问团首长得知成刚的情况，就向志愿军总部作了汇报，志愿军首长听说我是他父亲，特批毛成刚提前回国。"

"真的？他回来了吗？"

"快了。"

刘爱华喜不自胜，呜呜地哭起来。

第四十二章　抗洪

转眼又过了一年，新的事物总在涌现，汉正街也在不变中寻求着改变，一些电线杆上，已安上了高音喇叭，播放党的方针和要闻：

> 在一个相当长的时期内，逐步实现国家的社会主义工业化，并逐步实现对农业、对手工业和对资本主义工商业的社会主义改造。……

一些店主听着《人民日报》社论，心里难免惶惑不安，资本家这三个字可不是好词，希望早点实现过渡，摘掉这个帽子。怎么实现过渡，公私合营这个词又灌进了耳朵，似乎是必经之路，知道店铺将不再属于自己，又难免五味杂陈。

有此想法也是人之常情。最初暹春也有过，但想明白就看开了，吕家铺子凝聚了自己的心血，但一直不属于她个人所有，从开店之初就成了新四军的联络站，一直为襄河新四军筹集物资，吕家铺子的成长，也见证了她的成长。她以吕家铺子为起点，成为抗日青年，解放武汉的城工人员，为了支持汉树的工作，她也甘愿留在吕家铺子，她所有的经历有目共睹，新年伊始，经过民主选举，暹春当选为汉正街居民委员会的主任。

此时她才二十八岁，年纪轻，有文化，有才干，还有革命工作的经历，确实是难得的人才。居委会的工作事无巨细，可谓"上有千条线，下面一针穿"，她总是和蔼可亲，不温不火，却自带一分威严，让人喜欢，又不敢有非分之想。

这一日，暹春把抗美援朝的物资汇总上报了，又让人召集扫盲认字班上课，自己则坐在广播站前发通知："居民同志们，今天又到了灭四害的日子，居委会要在各下水道、餐馆及居民点投放老鼠药，晚七点统一用六六粉烟熏灭蚊和蟑螂，请大家看护好老人和孩子，管好牲畜，避免不必要事故发生。为安全起见，晚上七点请大家自带板凳，到鸿兴织布厂大院内开大会，传达认购公债的具体政策和内容……"

她刚刚播报完，就看到陈瑾格拎着一摞油印本进来了。

"你可真有能耐，消灭四害又推销公债，一个晚上办两件事……"陈瑾格说着，把书本放在桌上。

暹春在街道组织家庭妇女办了识字班，几个会认字的轮流教，但没有书本，口音也有差异，效果不太好。一见瑾格带来了认字本，她便高兴道："陈大科长，你真是及时雨呀。"

瑾格说："扫盲运动，教育局得带头呀。我们轮流来居委会，用速记法教大家认字，今天我先来。"

暹春说："让陈科长来教大家，真是太荣幸了。"

"难得与你碰面，这也是机会呀。"瑾格说。

识字班暂时定在药王庙的覃怀小学里上课，暹春便与瑾格一道过去。

两人边走边聊，暹春问道："你现在硚口区上班，离家不太远了？"

瑾格说："我已搬到民意二路，上班比以前方便多了，离汉正街也比较近。"

"好啊，以后带忆雪过来玩也方便了。"

暹春瞧着瑾格黄瘦的脸，知道她是怎么挺过来的。她不好触碰那些伤痛，但感觉瑾格似在表现一种坚强，那么多志愿军将士牺牲了，她跟那些烈属一样，总得从悲痛中走出来，但身体会说真话，显现她从中经历了什么。

瑾格跟这里不少人认识，沿路都有人打招呼，走到吕家铺子前，看到刘爱华在柜台前忙着。暹春不想引起瑾格的伤痛，就没招呼。等走过了，却听陈瑾格在问："成刚回家了吧?"

"回来了，刚转业到区里。"暹春答。

瑾格说好。暹春想安慰几句，一时又无从启齿。

"吕主任，"居民小组长走过来，小声对暹春说，"不是说反特反坏实行监控吗? 刘家外甥从南京来了，已住两天，还没打报告呢。"

"再去了解一下情况吧。"暹春说。

对方答应走了。

药王庙早已不是当年的模样，战争损毁，面积已缩小许多，抗战时期改成覃怀小学后，勉强维持现有的光景。此时小教室里已坐满了人，不光是妇女，也有些男人，瑾格跟各位打招呼，把带去的识字本一一发给大家。

上课开始了，瑾格在黑板上画了一个四下放光的圆，然后问大家，"这是什么?"众人说："太阳。"瑾格便在黑板上写两个字，念道："太——阳——"

大家跟着念："太——阳——"

她又画了一个几何菱形，问是什么，有人说是星。

"对。"瑾格点头，写了个星字，教大家念，"星——"

她又画了一个星，又一个星，从一数到五，一个一个地写出数字，教大家念。然后画了一面旗子，把五颗星围住，问是什么，大家说："国旗。"

她又写下国旗两个字。

暹春站在后排,默默朝她微笑。

"吕主任,"有人找到她,"我要去北京出差,要有居委会证明,请盖个章子。"

暹春拿着对方的证明看了下,从衣兜里掏出公章和印泥,盖了章。

刚忙完这一件,覃怀小学校长又过来找她。

"吕主任,上次已跟你提过,我们几位老师的工资太低,一直没解决,还有校舍翻修的事,现在一到下雨,有的教室就漏水,找过萧会长,他说商会现没有这方面的资金。居委会能否帮忙解决一下?"

暹春说:"居委会恐怕没这个能力,你看我们连办公地方还没有解决呢。"

"那怎么办?"

暹春愁着眉说:"你们是民办小学,政府没有资金下拨,全来自商会的资助,但商会能力也有限,民办小学要变成公办就好了,还得等等。"

"翻修也等不得呀,听说来上课的陈老师是区教育局的,能否要她帮忙解决一下?"校长说。

暹春说:"我问问她。"

又到了春夏之交的梅雨季节。

淫雨一直不止,偏偏长江汛期又来凑热闹,洪峰接二连三,全部聚集在长江与汉江交汇的武汉,强烈冲击着长江汉水两岸脆弱不堪的堤防。

暴雨又引发内涝，汉口的低洼地段已变成一片汪洋，又出现1931年在马路上划船的景象。七月中旬，江汉关水位已达28米，处于汉口绝大多数的屋顶，情状就像头顶着一锅开水，随时有倾沸的可能。

"洗马长街都淹了呀！"

暹春从堤上看到汉阳对岸一片汪洋，她也过不去，打电话给秋娘一直不通，只能干着急。幸亏从报纸上读到了一则信息：

> ……张体学省长指出，治鄂即治水，人命关天。无数的防汛人员都战斗在堤防一线，人在堤在，水涨堤高，战胜洪水，保卫武汉！各机关、学校、部队都临时安置灾民，不让一人露宿，居民都安置到龟山上临时搭起的芦棚里……

暹春稍稍松了口气，想母亲和秋娘一家应该无恙吧。

此时，汉正街也险象环生，有的街道中间就是堤顶，沿堤是成片的民房，堤内还有很多私自挖设的厕所和下水道，直接通到江里，堤岸上还有数不清的老鼠洞、蚯蚓窝，防汛人员正紧急疏散堤岸南侧的人家。

咪毛正拉着板车帮人搬家，毛成刚跑了过来。

"爸爸，还有多少家没有搬完？"

"有上十家，到晚上可以搬完。"咪毛答道。

父子俩现都在区防汛指挥部，各自承担着职责。

"水利工程公司马上要进行施工了。"成刚说。

"要他们预留一个通道，搬迁群众一律从那通过。"

"好，我通知施工队。"成刚答应。

很快施工队就过来了，火急火燎地撬起了覆盖路面的麻石，接着填土，打夯，准备在汉正街当中筑一道阻拦洪水的新堤。

这段堤防工程是在原来的防水墙外先挖一条三公尺深，底宽八十公分的槽，然后回填黏土，分层夯实，筑成一道地面下的防水墙，以防止在高水位时期江水透过地面层而造成的堤内管涌或散浸等险象。在此基础上，再从内外两面筑一条骑在原来防水墙上的大土堤。为了保证堤防的质量，工人们不让一根草筋、一块石子夹杂在土里，他们在木夯下面绑石碨，增加了夯的重量，使夯落得稳，打得平，把土堤夯得很结实。

大堤上唱起打夯打碨的号子，喇叭里响着防汛口号："防备万一，消灭万一！"

入夜，长江汉水两岸灯火闪烁，用河北芦席和湖南竹竿搭建的工棚密密麻麻，几十万防汛大军坚守在那里，全国各地又运来了大量麻袋和草袋，用以加固堤防，抽水机昼夜不停地工作着。

七月下旬，长江汉水又出现第三次洪峰。

那天，突然刮起八九级的大风，长江上波涛汹涌，铺天盖地冲击着脆弱的堤防，随时有崩塌的可能。

咪毛的心绷得很紧，他守候在硚口的旧堤防上，此地已多处出现了管涌险情，沿岸居民拿出门板、床板、铁桶和脸盆参加抢险，遇到渗水的地方，就用大铁锅扣住，找不到渗水口，就用蒸笼盖在渗水口大概位置上，等蒸笼里的水蓄满了，再摞上个蒸笼，层层往上摞，直到停止渗水为止。

但防不胜防，脆弱的大堤不堪承受，还是出现了几处漏洞。

千钧一发之时，咪毛第一个跳入了水中，毛成刚见了，也跟着跳了下去，随后抢险队员纷纷而下，拿着门板去堵漏洞。这时，一个浪头打来，把咪毛一下掀开了，幸被成刚死死拉住，父子俩手挽手，与队员们肩并肩泡在水中组成人墙，堵住漏洞。

八月十九日，武汉关水位达到29.73米，为1865年建站以来的最高水位。

两江四岸的防汛大军与洪水展开殊死的较量，他们用5.3万立方米的木料和260多万米的篾缆，建起一列长达125华里的防浪木排，用6200多个大铁锚抛在水下固定，铺就了坚固的水上长城。

设在船上的广播站在时时播报着新闻：

"党中央电告全国各地大力支援武汉防汛斗争，全国各地抽调1091名顶尖级排水技术人员，驰援武汉。"

"全国唯一发电列车已派往武汉。"

"沔阳县垸禹王宫、沙市荆江分洪区、洪湖蒋家码头、鲁湖和梁子湖开闸分洪，缓解洪峰陡涨对武汉的直接压力。"

……

咪毛与成刚还守在武圣路段的堤防上，父子俩拿着竹竿、铁锹，沿路检查堤坡、堤脚，这段时间朝夕相处，历经着生死考验，父子之间有了更多的了解，感情也更深了。

"爸爸，我一回国就遇到这么大的水灾。"

"我也是第二次经历大水，但那一次印象更深。"

"1931年吗？"

咪毛说起那年，汉口的马路成了河，萧永康的铺子淹没了，他们困在楼上，每有木划子路过，萧太太就把竹篮子递下去，里面装着换钱的东西，由着人家掂量，递上一点食物，时常一天也不见有划子过来，咪毛刻骨铭心的记忆就是饿。

"困了一百多天，不少人饿死了。"他感叹道。

成刚听了，不禁说："今年这么大的水灾，政府从全国各地运来粮食，粮价稳定，生活安定，要什么有什么，我们不仅吃得饱，还吃得好……"

两人边走边聊，不觉来到汉正街段，眼见一道三十米高的新堤拔地而起，连绵几千米，旧堤外的房子也都拆除了，人们早已疏散到新堤之内。

"真快呀，只用了十天就筑好了新堤。"咪毛感叹道。

"这不仅是保障市区安全的第二道防线，施工人员还埋好了下水道，以后汉正街靠阳沟排水的日子也结束了。"成刚说。

咪毛看了他一下，说："你参与了施工，也有一份功劳啊。"

成刚咧嘴笑了笑："幸亏赶上了。"

两人还没走到工棚，老远就听到暹春的喊声。

"咪毛叔，饭来了！"

眼见几个女人拖着装满饭桶、菜盆子、苹果、西瓜的板车来到堤边，防汛队员拿着搪瓷碗过来打饭。

"辛苦你们了！"

"好丰盛啊！"

暹春一边用勺子盛菜，一边说："瓜果蔬菜是山东运来的，这是四川榨菜，这是江苏酱菜……"

他们吃饭的间隙，女人们便去工棚整理床铺，换上干净的床单，刘爱华还拿出针线缝补起衣服。

"你吃了饭没？"咪毛问她。

"还有不吃饭的？"刘爱华说。

"人家关心你呀。"旁边的笑道。

……

这段艰苦又火热的日子，也成为每个人心中永久的珍藏。

一百天后，大水终于退了。

不久，汉口江滩上建起了一座防汛纪念碑，永久纪念这一年的抗洪胜利。

第四十三章　友谊

　　几个小姑娘在过街楼下跳着橡皮筋，一边唱着："马兰花，马兰花，风吹雨打都不怕，勤劳的人在说话，请你马上就开花……"

　　曾振五从她们身旁走过，就进入麻石铺就的药帮巷里，这是他每天的必经之路，清晨踏着露珠而来，傍晚披着晚霞而归，这也是父亲曾亚东走过的路。以前他不养家不知柴米贵，生活得舒适自在，少有忧愁和烦恼，只因有父亲宽大的肩膀扛着一切。父亲病故后，作为长子的他，责无旁贷地承担起管厂和养家的责任，他本是不爱发愁的，也慢慢体会到父亲曾经的艰辛和不易。如今政府对民族工商业实行社会主义改造，商会也向他们宣讲了公私合营政策，大致内容是，企业由企业家所有变为公私共有；国家派驻干部（即公方代表）负责企业的经营管理；企业盈利是将利润分为国家所得税、企业公积金、工人福利费、资方红利四个方面进行分配，资方红利大体占四分之一，企业利润的大部分归国家和工人，基本上是为国计民生服务。

　　由私变公是大势所趋啊。有人明白得快，便申请公私合营。接着三三两两，成群结伙地赶来申请，然后敲锣打鼓欢迎改造。

　　此时振五已走到那幢白色四层楼房前，大门口的厂牌上缀着红布束花，已换成公私合营鸿兴织布厂。他一边看着，眼前又浮现父亲当年挂厂牌的情景，定了定神，门口空空如也，只有地上还残留着昨日鞭炮的碎屑。他的心掠过一丝酸楚，转而走进门内。

门房师傅照例向他问安："老板早！"

振五小声说："我不再是老板，别再叫了。"

"叫习惯了呢。"门房师傅说。

振五摆了摆手说："一会公方的干部就要来了，以后是他负责。"

"那您不管厂了？"

"不管了，轻松了，以后跟你们一样，都是厂里的一分子，以后就叫我老曾吧。"他笑了笑，往里走去。

他没有马上上楼，因他原来的办公室还没有移交，此后他在哪办公，签协议时没写，但他应该明白，既然厂里以后由公方干部负责管理，厂里唯一的办公室恐怕不再有他的坐席，他必须等待人家的安排。

他走到院子里那棵柿子树下，每到秋天，树上结满金黄的果实，妻子咏芹便带着孩子们过来摘柿子，他们欢快的笑声又在耳边响起。他呆了片刻，便去了织布车间，工人们还没来上班，他一个人在织机间走着，时而停下来看看，抚摸着机身，就像自己的孩子。

听到有脚步声，他缓缓抬起头，看到厂务进来了。

"公方厂长来了，找您呢。"

"知道了，就来。"

振五走到院子，外面的高音喇叭又响起激昂的声音：

亲爱的同志们！

1956年已经到来了，我们国家各个方面，都向着幸福美满的社会主义的道路大步迈进，社会主义革命的新形势，给我们带来了光荣而又艰巨的任务，对资本主义商业改造即将大批地、按行业地实行公私合营，大家盼望很久的日子就要到来了。我们一定要满怀信心地、以战斗姿态做好全行业公私合营工作，提前完成第一个五年计划……

曾振五听着广播往楼上走，心里默念着两个字：改造。

"社会主义好，社会主义好，社会主义国家人民地位高……"

歌声在大街小巷里唱响，不时又有敲锣打鼓，鞭炮阵阵，一派更新的气象。

吕家铺子里，暹春正在柜上量尺寸，萧仲平走了进来。

"又忙什么呀?"

"做中药柜呢，"暹春比量着抽屉的大小，"我们几家一整合，成立药材公司，吕家铺子就要以中药为主，不能兼营其他了。"

"暂时不用吧，"萧仲平朝她摆了下手，"我就是来跟你谈这事的。"

两人走进里间，萧仲平坐下，暹春递上茶，他喝了两口说："我们两家，加上老孟的店，公私合营成一家，是很好，可以互相帮助，互通有无，但也不是一刀切。"

暹春说："吕家铺子当初重建是为筹集抗日物资，以购货方的需求为主，除了中药，还有西药、医疗用品、生活用品，我后来也想统一，明确主营药材，但老客户已经固定，变动也有些风险。以后都是公家的了，由萧永康牵头做药材，吕家铺子是大树底下好乘凉，正好转舵。"

"成立药材公司也变化不大，还不是继续做零售。"萧仲平叹口气说，"还是叶开泰好，自己制膏药，现与陈太乙、陈太保两家合作，成立了健民制药厂，产销一条龙，实力更大了。"

暹春说："叶开泰是好几代人做起来的，不能比呀。"

萧仲平说:"我祖父先在叶开泰里做事,学到一技之长,后来自己开了萧永康,生意不错,慢慢有了名气,可惜他去世得早。我父亲虽懂些中医,只能维持现状,到底做不到自己开药问诊,这也是有风险的,弄不好会出人命。"

遌春说:"当初我在萧永康,跟柜上的师傅学了不少中药知识。"

萧仲平说:"这是必须要懂的呀,不懂就出错。"

正说着,刘爱华在外面叫:"遌春,人家来找你盖章呢。"

遌春便出去了,一会进来,还没坐稳,又有人来找吕主任。

萧仲平等她忙完进来,便说:"你以后怕是要专职做居委会主任了。"

遌春说:"哪有专职的?都是尽义务。"

"事情也不少啊。"

"只能先做着吧。"遌春说。

萧仲平说:"总来店里找也不是个事呀,居委会还没找到合适的地方?"

遌春说:"居委会只有十来平方米的广播室,还是借人家的仓库,汉正街寸土寸金,有一点地方都用上了。"

"我看呀,你得有个思想准备,"萧仲平迟疑了一下,说,"可能要把小楼交出去……"

"您是说让我把小楼交给公家?"

"铺子都交了,迟早是要交出去的。"萧仲平说。

遌春看了一下他,说:"您也是为这事来的?"

萧仲平说:"我跟咪毛说了,让他给你们居委会找地方,他一直没回信,想是不好办。"

遌春说:"我去居委会,不就离开吕家铺子,您舍得放我走?"

萧仲平说:"公私合营了,以后都是国家的,你我都是社会主义的一分子，在哪不都是工作?"

暹春笑道:"难怪是会长，思想觉悟高。"

"没你高啊，早就是革命青年了。"

"我没那么多想法，觉得该做什么就去做。"

"我知道，你向来有主见。"

暹春说:"依您的意思，我们的中药柜不用扩充了?"

萧仲平说:"改成纯中药店，肯定拼不过叶开泰和金同仁，暂时维持不变，中西兼顾，我们就叫医药用品公司比较好。"

暹春笑了笑说:"您向来稳妥。"

萧仲平走出来说:"没有开疆拓土的本事，只有守。"

"您现去哪?"暹春朝他的背影叫道。

萧仲平说:"看小松去。"

刘爱华朝暹春眨了眨眼:"顺便去看桂嫂。"

暹春一下想起什么，便说:"我也去识字班看看去，今天又是瑾姐过来上课，得问问覃怀小学维修的事。"

刘爱华说:"去吧，免得总有人来店里找。"

一路上，暹春又被人绊住，走走停停，到了覃怀小学，陈瑾格已经上完课，正和几个学员走出来。

暹春说:"陈老师辛苦了。"

陈瑾格说:"吕主任又迟到了。"

"总是有事找，没得法，"暹春笑了笑，转而问，"上次问你的事有眉目吧?"

陈瑾格说:"覃怀小学的事吧，改公办的报告已交上去了，等着批吧。但维修资金一时不能解决，也要等。"

暹春叹了口气，便不言语。

陈瑾格看她的样子，不觉问:"怎么了，像有心思?"

暹春犹豫了一下说："刚才仲平叔来店里，让我把小楼交出去，说总要交的。"

陈瑾格点点头说："农村的地都分给了农民，城市的资本家也公私合营了，社会主义是平均分配，不会有太大差异……"

暹春是个聪明人，不由说："我们一家三口住一幢小楼，别人会看不惯的。"

陈瑾格说："仲平叔是商会会长，见过的事情多，想得长远。我可都是瞎说的。"

暹春说："你是大学生，大科长，站得比我高，说得自然有理。"

陈瑾格拍了拍她："回去跟汉树商量一下吧。"

暹春说："他现在水上公安局，长江大桥开工后，他主要负责大桥安全保卫工作，毛主席和中央领导又经常过来视察，任务较重，有时都不能回家。"

陈瑾格说："肯定是忙，但房子也是大事，还是商量一下为好。"

暹春笑了笑说："还是瑾姐考虑周到。"

陈瑾格一看手表，说："唉，不早了，我回去了，忆雪在家里呢，堂妹一人看不过来。"

暹春说："本想留你吃饭的。"

陈瑾格说："不用，以后有机会。"

民意二路上聚集了许多孩子，他们抬头张望着，终于又看见三辆小汽车缓缓地开了过来。孩子们便挥舞着小手，有的拍着小巴掌，热烈地欢呼，抱在妈妈手中的孩子，也跃动着身子，张开圆胖的小手臂，向汽车里的人喊道：

"苏联伯伯好！"

"苏联阿姨好！"

苏联专家从窗口伸出手来，满面笑容和孩子们打招呼。

此时，临街33号的住宅楼上，三岁的忆雪正在吃饭，陈瑾格也刚刚下班回来，听到欢呼声，忆雪忙奔向窗口，慌得把饭碗也摔破了，一直看着汽车拐弯驶上另一条马路。

这条马路平时难得见到高鼻子黄头发的外国人，自去年年底中苏友好宫建筑工程动土后，总有几辆载着苏联专家的小汽车开过民意二路。到三月中旬，那座占地11公顷的苏式建筑群便拔地而起。

中苏友好宫竣工典礼时，陈瑾格也有幸出席，场面实在壮观，却没想到，在民意二路上会有这般奇遇。

民意二路的孩子们本就对外国人好奇，一听是展览会的苏联专家，就更加热心了。原来中苏友好宫还未完工时，苏联展览会的筹备工作已在紧锣密鼓地进行，展览会的专家们陆续到场，一万多件工业、农业、科技和文化艺术等方面的展品和图片也从苏联、广州、上海、北京等地运抵武汉。

日复一日，孩子们渐渐认识了苏联专家坐的汽车，熟悉了专家上下班的时间，到时就跑到街上等着，不论烈日当空，还是刮风下雨，一见苏联专家的汽车开过来，孩子们就热烈地欢呼。专家们被孩子们的热情感动了，每逢汽车驶过民意二路时，老远就把车窗打开，司机也降低了行车的速度，有些专家还特地带些糖果和小玩意，抛送给孩子们。

那天小忆雪得到了一枚纪念章，她把纪念章别在胸前，给妈妈和姑姑看。

"妈妈，听说苏联伯伯在友好宫布置展览会，友好宫好玩吗？"忆雪闪动着大眼睛问。

"那里蛮大的，到时就带你去看看。"瑾格说。

"好啊。"忆雪高兴地拍手。

等到五月，苏联展览会开幕了，那个礼拜天，瑾格便带着忆雪，一路往中苏友好宫而来。

中苏友好宫就处在中山公园正对面，透过米色洗石嵌金属镂空雕花的外墙，便见凹字形主建筑巍然屹立着，为典型苏式中轴对称，正门六个精美的柱廊间，嵌有中苏友好宫五个遒劲大字，顶部两边的红旗簇拥中央大红星的组塑装饰，简明又庄严。门楣上的"苏联经济及文化建设成就展览会"十分醒目，大门左右两侧，嵌有中俄文标语"中苏两国人民牢不可破的友谊万岁"，左右两翼馆舍向前突出，犹如一个巨人的双臂有力地伸向前方。

双臂怀抱中，是可容数万人的中央广场，广场周围的石质旗杆上一面面红旗迎风招展，热闹非凡，充满节日喜庆的气氛。正门前还塑有两个少先队员的汉白玉雕像，男孩伸展的左手上托着一只和平鸽，女孩的右手高举一束鲜花，欢迎来到中苏友好宫参观的人们。广场中央是一方荷花形喷水池，16个花瓣喷出不同形状的水柱，水雾弥漫，蔚为壮观。

走进镶嵌中俄文和平友谊字样的大门，便是高阔华丽的圆形中央大厅，四面八方均无梁柱遮挡，显得格外宽敞明亮，地面铺以光滑的水磨石，正中是革命导师列宁和斯大林并肩而立的高大雕像，厅内还悬挂四幅巨幅油画，展示苏联精神和中苏友好。后部为精美大气的额穹顶大厅，厅顶的灯光如繁星点点，游客仿佛置身于浩瀚夜空。

陈瑾格带着忆雪四处拍照，忆雪跑呀，跳呀，像一只欢快的蝴蝶。

这时，忆雪发现了什么，跑向一侧的文化馆。

索斯诺夫斯基正在跟游客介绍，看到一个小女孩奔过来，叫着苏联伯伯。他愣了愣，忆雪指着胸前的纪念章说："谢谢您送

中苏友好宫

的礼物。"

索斯诺夫斯基一下想起了，用不太标准的中文说："你是在马路上等待的小姑娘?"

忆雪点了点头。

陈瑾格走上前说："您好！我是忆雪的妈妈陈瑾格。"

"我是文化馆馆长索斯诺夫斯基，欢迎你们!"他热情与陈瑾格握手。

随后，索斯诺夫斯基便带着她们参观，介绍各种精美的柱式、屋檐和室内天花板构件，具有良好保温性能的外墙，她们还看到馆内所设的电梯，一条百米长的中苏友好铁道，展出苏联的先进机车和新式旅客车厢。

"实在太壮观了，友好宫真是复杂而不烦琐，高雅又有品位，展现了一种庄严、坚固和精致的风格……"陈瑾格忍不住赞叹。

"谢谢你的夸奖!"索斯诺夫斯基说。

真是快乐又丰富的一天。

此后，每天汽车路过民意二路，看到孩子中间的小忆雪，索斯诺夫斯基就会向她招手示意，忆雪也向他招手，两人似有默契。

不知不觉，苏联展览会快要闭幕了，苏联专家也要告别武汉，几个月里，他们有不少难忘的记忆，自然也包括民意二路那群可爱的孩子。临别之前，专家们就想表达一下对孩子们的情意，商议是送些糖果给他们好呢，还是到他们家里拜访一下好呢？最后，大家决定邀请孩子们看一场苏联儿童电影。

六月的那个上午，索斯诺夫斯基亲自到民意二路迎接小朋友。

几百个孩子穿得整整齐齐，女孩子们的头上扎着漂亮的蝴蝶结，手牵手地坐上了苏联展览会派来接送的大客车，一路载着他们到达了友好电影院，做了苏联伯伯的客人。

索斯诺夫斯基代表专家们讲话，他对孩子们说："你们的友谊给我们留下了不可磨灭的印象，我们不知道你们住的地方叫什么路，但是在我们中间，已经把它叫作友谊路了……"

孩子们使劲地鼓起掌来。

那天，忆雪回到家里，告诉妈妈陈瑾格，他们这条路有了新的名字。

"叫友谊路吧?"

"是，你怎么知道?"

"有苏联伯伯和你们的友谊啊。"陈瑾格笑。

忆雪眨了眨大眼睛，拉长声音说："我住在——汉口友谊路33号。"

"对的。"瑾格抱起女儿亲了一口。

第四十四章　重逢

长江之水汩汩向东流淌，周而复始，两岸的树木由绿变黄，转眼枯枝上又显出新绿。

汉树在水上公安局的日子长了，他对长江两岸的风景也变得敏感。以前他多与汉水接触，从汉口到汉阳，又时常去襄河，汉水碧绿温柔，坐木划子也不觉颠簸，两岸的房舍树木清晰可见，鸡犬相闻。此时他站在长江巡逻的警艇上，眼见江面雄浑宽阔，帆影片片，江鸥在四周翱翔，过江轮渡来来往往，码头上时而响起大轮船的汽笛声，两岸的景物就像绵亘蜿蜒的环带，朦朦胧胧，唯见武昌的蛇山与汉阳的龟山对峙着，两两相望。

三镇被江水阻隔，各自为政，如今虽统属为武汉市，彼此往来较少，风俗民情也不太相宜，汉口商业气息浓，较为开放，武昌长期为省府衙门，民众较为传统，汉阳除了龟山一带较为开化，与汉口、武昌相比，稍显落后保守。如何彼此连通成为一个整体？

　　　　一桥飞架南北，天堑变通途。

汉树心里默念着伟人的诗句，也是无数人的愿望。

伟人已几次来武汉视察长江大桥工程。此项目由中国工程师在苏联专家的帮助下开发，他们计划建设一座双层桥，底层用于铁路交通，顶层用于汽车通行。

由于长江水深达40米，高低水平面之间的差距约为19米。在这样的条件下，选择未来建筑地基的支点类型异常困难。苏联专家西林是项目总工程师，他提出一个大胆的创意，摒弃当时设计的气压沉箱法，采用钻孔深桩基础，在深水急流中下承以稳住直径较大的钢筋混凝土管柱圆筒，首创了世界最新的深水筑墩"管桩钻孔法"。

伟人视察工地后几次在长江上畅游，并写下了诗篇。当时水上公安局负责周围水域的警戒，远远看见江面几个移动的身影，已过花甲之年的伟人依然矫健，动作娴熟，几个卫士陪在一旁，一艘游艇静静地跟着……那情景时常在汉树的脑海里浮现着。

江上已竖起了八座椭圆形桥墩，一截钢梁悬臂已架起，此时施工人员正在铆合铆钉，工地一片繁忙的景象。

几乎每天，汉树都会带领警员在长江大桥工程周边巡查一番，以确保工程建设的安全。此时，又一条载满长竹竿的帆船开过来了，船夫主动向警艇出示了大桥工程的供货单，艇长带人上船查看了一会，才向汉树报告："吕处长，湖南过来的船，工地要的脚手架材料，没有问题。"

汉树点点头，艇长向船夫示意放行。一会，帆船便行到大桥工地边，工地上陆续有人过来，帮忙卸货。

警艇又继续往前巡查。

忽而，一艘小艇朝他们开了过来。不等到近前，就有人在喊："吕处长，许局长有事找您。"

汉树二话没说，直接上了小艇，劈波斩浪而去。

上了岸，很快到了水上公安局大楼，汉树径直去了许局长办公室。

许局长正在跟一位穿中山装的人谈话，见汉树敲门进来，便指了指说话的人，对他招呼道："快来认认，这是谁?"

汉树定睛一看，顿时喜出望外："老K——"

对方笑道："是我。"

许局长一旁说："再不用叫老K了，应叫陈昆明同志。"

汉树一把握住他的手说："自上次别后，一晃六年多没见了，听说你留在河南了?"

陈昆明点头说："解放前夕留在中原局，后来又派去郑州铁路局，现一直留在那里工作。"

许局长说："昆明同志现在郑州铁路局公安处任处长，破获了好几件大案，立功嘉奖两次。这次是来汉口开会，见一面不容易啊。"

"太难得了。"汉树说。

陈昆明说："我一听说老许和汉树都在水上局，开完会便赶过来见老同志。"

聊了几句，汉树一看手表，已到中午，便要请陈昆明吃饭，陈昆明摇头说："不了，我有点事去要办，以后还有机会的。"

汉树把陈昆明送出来，昆明便问他："陈瑾格认识吧?"

汉树一听，马上说："岂止认识，她可是我家暹春的好姊妹呢。"

陈昆明说："她是我堂妹。"

"真的?"汉树惊讶道。

陈昆明说："她一直没跟家里来往，我受叔父的委托，最近才打听到她的下落，今天就准备去见见她。"

"原来如此，"汉树感叹道，一时又说，"既然是你的妹妹，晚上就叫上瑾格，一起来我家吃个饭，叙叙旧吧。"

"下次吧，"陈昆明说，"晚上我就要乘火车回郑州了。"

汉树点点头说："后会有期。"

陈昆明没有想到，他还是去汉正街找到了陈瑾格。

陈瑾格不在教育局里，她是临时决定出来的。党内开展整风运动，批主观主义、官僚主义和宗派主义，发动和组织党外人士和群众大鸣大放，帮忙党进行整风，在科教文卫系统已迅速开展，每逢开会，就有人提出批评意见，平时一些不平和牢骚就有了合适的出气口。陈瑾格是科长，算是个小领导，提拔她的又是自己的老上级郑难局长，本来年纪轻轻提为科长，就有人不服气，现在赶上这阶段，平时一点小事，就可说成大毛病了。

"对下属要求严格，不让迟到早退，自己却不打招呼，经常跑到汉正街去会朋友。"

"仗着有资历，随意更改科室的计划和流程，增加大家的工作量，又不听同事的意见，由着自己一言堂。"

"一去向郑局长汇报工作，就忘记了时间，找她还要去局长办公室。"

……

陈瑾格先还不动声色，发现有人添油加醋，无中生有，她就有点忍不住了，便回敬道："我是听大家的意见，接受中肯的批评，改进工作，但也希望大家实事求是。我去汉正街的时候，不是去给妇女们讲课，就是了解小学堂和私塾的状况，整合教育资源。说我改变科室流程，也是想改变现在人浮于事的现状。至于跟领导汇报工作，都是谈公事。说时间过长，那是提意见者想多了，或者叫心存不正……"

在座的一时面面相觑，有的又私下谈论开了，说她就是听不进别人的意见，也根本不把下属放在眼里。陈瑾格听着来气，便坐不住了，说："今天的会就开到这里，我又要到汉正街去，落实覃怀小学的维修资金。"

陈瑾格自然是带着气走的，她不管了，想自己一心扑在工作上，只想把事情做好，却得不到别人的理解，有委屈时跟老领导诉诉苦，又被人借机抹黑。她向来吃软不吃硬，你们要说，就由着你们去说吧。

她来到汉正街，先和覃怀小学校长一起去商会，跟萧仲平说了小学堂改公办只是时间问题，要商会垫付一点资金，先解决教室漏水问题。

萧仲平看了下校长拿来的学生名册，说："这名册里确实不少是商户子弟，以往可以让商户们捐钱筹资，可现是公私合营，一分一毫都要入账的，属公有，是不可以随便拿钱的。我看是不是这样，让各家先垫付一些资金，作为维修费用和增加老师待遇，减免孩子的学杂费，等公办小学批复下来，再偿还给商户如何？"

陈瑾格说："改为公办是以批示时间为准，之前的费用恐怕难以兑现。"

校长着急道："那怎么办？总得有个解决办法呀。"

萧仲平说："那老师工资的事就缓几天，先解决漏水问题吧，校长也请老师们体谅一下，陈科长就再催一催上面，早点批复。"

陈瑾格点头。

"补漏的钱谁出？"校长不放松。

"让商户们出份子吧，他们的伢在学堂里上课，出点钱也是应该的。"

正说着，电话铃响了。萧仲平接过电话，是暹春的声音。

"仲平叔，瑾格姐在您那儿吗？"

"在呀，要她接电话吗？"

"不用了，要她现在来我这里，有急事找。"

萧仲平一听非同小可，便对陈瑾格说："你赶紧去吕家铺子吧，学校维修的事我负责联系。"

陈瑾格心里忐忑，暹春突然找她，是不是教育局的人跑到街道里跟踪她来了，不觉烦恼。

还没走到吕家铺子，老远就看到暹春在楼上向她招手。等走进店里，暹春已迎了出来，把她的手一牵，小声道："瑾姐，快上楼，你堂哥来看你了。"

陈瑾格一口气还没松开，顿时又紧张起来。

陈昆明站在楼梯口，招呼道："瑾格，终于找到你了。"

暹春把两人引到房间里坐，房间刚刚粉刷完，还透着石灰味，一些老家具都蒙着，暹春见陈瑾格愣着不作声，便说："你哥哥找到教育局，同事说你来这里了，他又找到我，我想你是为覃怀小学堂的事，打电话给仲平叔，果然在。"

陈昆明说："瑾格，多少年了，你爹一直惦记你，要我打听你的消息，这次来汉口出差，他又要我务必找到你。"

瑾格没作声，她跟陈家人一直存着隔阂，彼此没来往，对这位堂兄自然也陌生，没多少印象。

"瑾格，你对我不熟悉很自然，我很早就离开家了，解放前曾在华中剿总司令部里工作，跟吕汉树时常联系。"

暹春一听，不由问："汉树当时在三元里跟老 K 联系，难道是您？"

陈昆明点头笑道："上午我已见到汉树了。"

"哎呀，太难得了。"暹春惊喜道。

"哥哥，想不到您那时也在汉口……"陈瑾格终于说话了。

陈昆明说："要早知你在汉口就好了，就能跟刘锦妹夫见上一面了……"

陈瑾格听他提起刘锦，眼眶便红了。

陈昆明说："瑾格，你爹已为当初对你生母的疏忽感到愧疚，得知你在汉口，很挂念，你能不能回去看望他，他也老多了……"

瑾格没吭声，起身走到小阳台上站着。

暹春见此，便说："今天难得相聚，一会汉树回来，我们一起吃晚饭。"

陈昆明一看表，说："现在不早了，我得马上去火车站。"

暹春急得挽留，忙说："耽误这么久，终于找到了，没坐一下又要离开。"

陈昆明说："我还会来的，郑州到汉口也方便。"

陈瑾格从阳台出来，说："我送哥去火车站。"

暹春问："忆雪在幼儿园吧？"

陈瑾格说："我去接她，一道去送舅舅。"

汉正街就像一条悠远的河流。

走在石板路上的晏玉伟感叹着。他来了几次，看到那些熠熠闪光的招牌，雕梁画栋的房屋，川流不息的人流，与经久不散的商品气息组成独特的世俗风景，深厚而悠长，总让他想到暹春的画卷，她画的就是一条长河啊。

走到吕家铺子，没看到暹春，又是刘爱华在柜上忙碌，不等他自我介绍，人家已认出了，笑着招呼："是上次来的晏同志吧？"

晏玉伟点头道："是啊，我找吕暹春有点事。"

刘爱华说："别又是学习的事呢，她可走不了。"

晏玉伟说："不是的。"

刘爱华便进了里屋。

随后暹春出来了，见晏玉伟站在店堂里，便笑着招呼："晏同志，有什么事吗？"

晏玉伟见店里有顾客，便说："我能进来跟你说一下吗？"

暹春迟疑了一下，说："那好，请进来吧。"

晏玉伟走进里屋，狭小的空间里堆放着货物，一扇小窗对着巷道，暹春的桌子挤在角落里，桌上堆放着各种账册票据，四周混杂着药品和杂物的气味，更显闷热难耐。

"你一直在这里干活呀。"他不禁叹息。

"没有地方呀。"暹春笑道，要给他倒水，他摆了下手。

晏玉伟来回走了两步，忍不住说："你不该是在这里，你是拿画笔的人，你有那么好的天赋，却消耗在这些事务中，真是可惜啊。"

暹春怔了一下，笑着说："请坐呀。"

晏玉伟坐到桌子旁的椅子上，稍稍平复了一下，才说："我来是想告诉你，为迎接国庆，我们准备举办一个汉正街风貌回顾展，你当年画的汉正街特别难得，就想收入进来，我们准备放在重要的位置展出。"

暹春笑了一下说："自那年展出后，画就放在樟木箱子里，一直没再动过，你不提起，我都快忘了。"

晏玉伟说："快十年了吧？"

暹春感叹："是啊，好像是一个世纪前的事。"

晏玉伟说："画在就好。"

暹春说："你来取画也好，我准备搬家呢。"

"搬哪里去？"

"就搬到这楼上来住。"

晏玉伟看了看街面，说："这街上人来人往，有点吵人吧？"

"没其他地方，目前就这里空着。"

"你住的房子不好吗，为何要搬家呢？"

暹春犹豫了一下说："迟早要搬的。"

晏玉伟感觉她不好明说，也没往下问。

这时又有人来找吕主任，暹春出去后，就在店堂里跟人说事，晏玉伟问了下刘爱华，才知道暹春是居委会的主任。

"每天有人来找，这小店的门槛快被踏平了。"刘爱华抱怨道。

晏玉伟走出来，暹春感觉他等不及急，抱歉地笑了笑，一时跟人谈完了，晏玉伟便走上前去说："明天我们过来取画，可以吧?"

"可以，你早点取走也好。"暹春答应道。

晏玉伟皱了下眉头说："你还是不慌着搬家吧，这里太嘈杂了，等画展出后再说吧。"

晏玉伟走了几步，又回过头，柔和的目光里透着怜惜："还是希望你拿起画笔，有些事看起来不重要，但是有价值，是值得一辈子追寻的。"

暹春呆呆地望着他，好久没听到这样的话了，她莫名生出一分感动，点了点头说："谢谢你。"

"别客气。再会!"他笑了一下，转过身去。

"再会!"

暹春目送着他消失在人流中。

第四十五章　归来

鸡年的前半场确实应了一个鸣字，像煮沸的水一样不停冒泡子，等那阵火熄了，又渐渐归于平静。

自晏玉伟把画取走后，暹春也没和他联系，每天依旧忙来忙去，几乎也忘了这桩事。只是晏玉伟要她暂缓搬家的话，倒是听进去了。有一天，她突然接到晏玉伟的电话，说那个展览可能要延期了。暹春表示没什么。转过身，又有些惆怅。

她本来不在意的，这一刻反而关注了，充满了期待，可一直没有音信。她后来一打听，终于得到信息，晏玉伟因为说了一些过激言论，被划成了右派，已经下放去了乡下。

暹春的心陡地一空，好像丢失了什么，她对晏玉伟还是陌生的，只是短短的两次谈话，都是他来汉正街找她，还有两次也没有见到，每次都是因为她的画而来，他喜欢她的画，像发现珍宝似的欣赏，惊奇于她的天赋，甚而喜欢她这个人。

暹春一直没好好审视过自己，只是凭着感觉做事，她变成今天的样子好像是时代造就，也可能是个性使然，她没有好好想过。但是晏玉伟，他像是另一个洞口举着火把的人，他想把她往那个方向引，但她没有在意，还是沿着大多数人走的道一路前行。

暹春回想晏玉伟对她说过的话，如果当初她去美术学校上学，可能就跟画画接上缘了，也许就离开汉正街了。当然也不止这个机会，比如那个画展结束后，她就出了名，想去学习也容易。如果她想到个人前程，当然也不止画画，从中原大学回来后就有机会。何况武汉解放后，上级也要她出来工作，但她都以支持汉树工作为由，主动放弃了，一直留在汉正街，留在吕家铺子。

她一直这么走着，不问来时的路，只有一个人在默默关注着她的成长，他有不同于一般人的眼光，他为她感到惋惜，他的离去也让她有些心痛，因为痛，她才开始回顾一番自己的来路。

暹春把汉正街的长卷取了回来，小心放回到樟木箱子里。

她又从箱子里找出另一幅画，摊开来，画作因岁月的侵蚀已经泛黄了，色彩也不那么鲜明，但饱含感情的线条依旧，那是父亲献给母亲的画，她就是看了父亲这幅画作，触动了心思，激起了她画画的兴趣，开始一发不可收。

爸爸……她轻轻地呼唤着，眼泪不觉涌了出来，这一刻，她才明白，她一直留在汉正街，留在吕家铺子，都是因为爱。为了回报当初吕氏夫妇对她的养育之恩，为了完成父亲重开吕家铺子的心愿，也为了满足汉树心中的眷念。

国庆节到来了，汉树难得休一次假，暹春早跟他商量好了，带着小松一起去洗马长街，看望母亲朱杏子。

洗马长街到处插满了五星红旗，长江大桥已竣工建成，这头等喜事让整座城市欢欣鼓舞，热烈的气氛弥漫在大街小巷。

朱杏子带着小松在街上转悠，看到好吃的，好玩的，她就掏腰包，把小松吃得小嘴合不拢。洪水过后，江边的一些铺子拆掉了，修起了长堤，另一边的房子依然错落有致，连绵到龟山脚下。逛完了长街，又到附近莲花湖里玩，临到中午，祖孙俩才拿着莲蓬往回返。

吃过了午饭，暹春把带来的那幅杏花图拿出来，挂在朱杏子的房间里。朱杏子默不作声地看着，不由问："放你那不好吗，怎么又拿来了？"

暹春说："本就是您的画，物归原主。"

朱杏子说："老了，也时不时想起过去，有时一个人在这幢楼里，也感到寂寞。"

暹春说："我是想您跟我们一起住，可小楼也住不长，搬到吕家铺子楼上，又嫌吵了点。"

朱杏子得知了缘由，叹了口气说："只怪你当初没把这事处理好，现房子的归属还是在萧家，提起来，话又长。"

暹春说："我就没想到要占房子。"

朱杏子摇了下头："有些事不是你不办，就会按你的想法来的。"

暹春说："也没什么。以后房子都是公家的，也不属个人，我们一家三口不可能住整幢楼。"

朱杏子想了想，说："要不，你来我这住吧，房主是我，一时搬不了。"

暹春笑道："我也有这想法。"

朱杏子看着她，半信半疑问："你肯离开汉正街？"

暹春说："离开也没什么。"

朱杏子笑道："真是太阳打西边出了。"

晚饭后，暹春与汉树走到江边散步，长江大桥近在咫尺，桥上红旗招展，建设者们还在忙碌，正在进行最后的施工检验。

两人站在桥边欣赏着，暹春说："以后我就每天听火车轰隆穿桥而过了。"

汉树问："你真想好了？"

暹春说："姆妈老了，得有人陪伴。"

在汉阳晴川江畔

汉树说："你一下丢开那些，能适应吗？"

"我以前就是一个清静的人，现在不过是回到从前。"她说。

汉树笑道："你现在可不是一个人，有我和小松呢。"

暹春说："有你们，也要有我自己。"

汉树看了看她，不觉问："画没展出，真的有心思了？"

暹春说："你要懂我的心思，就不该有这个问题。"

汉树沉默了一下，便说："好吧，我们都来洗马长街，你就在家休息吧，有我一个人上班，工资能养活你们。"

暹春没作声。

此时，两人已走到晴川阁的遗址旁。

长天寥阔，秋水浩荡，片片云霞被夕阳镶上了金边，江面也映照得流光异彩。

暹春望着晚霞中汩汩流淌的江水，恍惚又听见了隆隆的炮声。

多壮观的画面啊，东门江面上40艘清军水师炮艇一字排开，礼炮齐鸣，晴川阁外彩旗飞舞，阁内金碧辉煌，宫灯高悬，湖广总督张之洞长髯飘逸，风仪峻整，正在此宴请来访的俄国尼古拉皇太子，真是"日丽晴川开绮席，花明汉水逗霓旌"。然后，他大笔一挥，汉水南岸便出现了一条宏阔的工业长廊。

江水在不停流淌，一幅幅画面如屏风一样从眼前闪过，大禹、屈原、关羽、李白、崔颢……暹春望着东逝的江水，喃喃说了句："我想画画了。"

汉树朝她笑了笑："这又是太阳打西边出了。"

暹春说："我一直随心做事，以前如此，现在也如此。"

汉树望着暹春，觉得她笃定的神态像极了杨先生，不由拉起她的手说："嗯，我陪你。"

倏忽之间，天边金色的云霞已变得灰黄，又化成灰紫，对岸渐渐迷蒙，如烟似幻，近处的帆船点起星星渔火，身后的龟山也变得朦胧。

大别内如屏，长江外如带。汉阳好城郭，山水合烟霭。

她的耳边又响起熟悉的歌谣，美丽的画面也在铺展，如长江汉水一样，绵延不绝。

图书在版编目（CIP）数据

暹春纪 / 姜燕鸣著 . -- 北京：作家出版社，2024. 11.
-- ISBN 978-7-5212-2578-5

Ⅰ . I247.5

中国国家版本馆 CIP 数据核字第 2024F9L026 号

暹春纪

作　　者：	姜燕鸣
责任编辑：	宋辰辰
装帧设计：	意匠文化·丁奔亮
插　　画：	姜燕鸣
出版发行：	作家出版社有限公司
社　　址：	北京农展馆南里 10 号　　邮　　编：100125
电话传真：	86-10-65067186（发行中心）
	86-10-65004079（总编室）
E-mail:zuojia@zuojia.net.cn	
http://www.zuojiachubanshe.com	
印　　刷：	唐山嘉德印刷有限公司
成品尺寸：	152×230
字　　数：	332 千
印　　张：	27.5
版　　次：	2024 年 11 月第 1 版
印　　次：	2024 年 11 月第 1 次印刷
ISBN	978-7-5212-2578-5
定　　价：	58. 00 元